Southern Reach 2

THE SOUTHERN REACH TRILOGY #2:
AUTHORITY
by Jeff VanderMeer

Copyright © 2014 by VanderMeer Creative, Inc.
All rights reserved.

Korean Translation Copyright © Minumin 2017

Korean translation edition is published by arrangement with
Farrar, Straus and Giroux, LLC, New York through KCC.

이 책의 한국어 판 저작권은 KCC를 통해
Farrar, Straus and Giroux, LLC와 독점 계약한 ㈜민음인에 있습니다.
저작권법에 의해 한국 내에서 보호를 받는 저작물이므로 무단 전재와 무단 복제를 금합니다.

앤에게

차례

주문   009
000   011
001: 추락   013
002: 적응   044
003: 과정   075
004: 재진입   097

의식   115
005: 첫 번째 단절   117
006: 지형적 변이   123
007: 미신   137
008: 공포   147
009: 증거   163
010: 네 번째 단절   188
011: 여섯 번째 단절   197
012: 분류의 분류   200
013: 권고   213
014: 혁명의 위대한 영웅들   221
015: 일곱 번째 단절   234
016: 테루아   249
017: 관점   265
018: 회복   283

망령   299
000   301
020: 두 번째 회복   302
021: 반복   330
022: 작전   341
023: 붕괴   362
00X   376

환생   387

감사의 말   449

주문

000

    컨트롤의 꿈속은 늘 이른 아침이었고, 짙푸른 하늘에 한 줄기 빛이 드리울 뿐이었다. 컨트롤은 절벽 위에서 때로는 깊은 바다를, 육지로 둘러싸인 만을, 작은 해변을 내려다본다. 풍경은 늘 변한다. 고요한 수면 아래로 몇 킬로미터 깊이까지 눈에 훤히 들어온다. 물속에서는 거대한 바다 괴물들이 잠수함처럼, 혹은 섬 모양의 난조나 커다란 배처럼 유유히 헤엄친다. 놈들의 거대한 몸집에서 엄청난 힘이 느껴지고, 이렇게 멀리서도 녀석들이 지나간 자리에 남겨진 파괴의 흔적이 고스란히 드러났다. 컨트롤은 몇 시간이고 그 형체와 움직임을 바라보며, 자신을 향해 울려 퍼지는 속삭임에 귀를 기울인다……. 그리고 나서 그는 떨어진다. 천천히, 너무 천천히, 물방울이나 잔물결조차 일지 않은 채 어두운 물 위로 떨어진다. 그리고 계속해서 떨어진다.

    때로는 깨어 있는 동안에도 마치 백일몽처럼 이런 장면을 본다. 그러면 그는 다시 현실로 돌아올 때까지 자신의 이름을 조용히 되뇐다.

001: 추락

첫날. 마지막 기회의 시작.

"저들이 생존자인가요?"

컨트롤은 서던 리치의 부국장 옆에 서서, 반대편에서는 이쪽을 볼 수 없는 유리창 너머로 취조실에 앉아 있는 세 여성을 관찰하고 있었다. X구역에서 복귀한 열두 번째 탐사대의 생존자들이었다.

키가 크고 날씬한 40대 흑인 여성인 부국장은 아무런 대답도 없었지만, 컨트롤은 당황하지 않았다. 어제인 월요일에 새 부임지인 이곳에 인사차 들르고 나서 오늘 아침 출근한 이래 부국장은 꼭 필요한 말 이외에 단 한 마디도 낭비하지 않았다. 심지어 그에게 눈길조차 주지 않았는데, 그가 직원들에게 '존'이나 '로드리게즈'가 아니라 '컨트롤'이라고 부르라는 말을 했을 때에는 예외였다. 부국장은 잠시 멈칫하더니 이렇게 말했다.

"그런 식이라면, 저도 그레이스가 아니라 페이션스라고 부르시죠."

나머지 직원들은 긴장하면서도 흥미로운 시선으로 두 사람을 지켜봤다. 컨트롤은 그녀의 본명에도 지금 선택한 가명에도 뭔가 의미가 있다는 사실이 흥미로웠다.

"괜찮습니다." 컨트롤이 말했다. "그냥 그레이스라고 부르죠."

당연히 부국장이 기뻐할 만한 대답은 아니었다. 그러자 그녀는 컨트롤을 계속해서 국장 '대행'이라고 부르며 대응했다. 그건 사실이었다. 아직 공식적인 발령이 나기 전이었고, 서류 작업이나 다른 절차 그리고 조직 개편도 필요했다. 당분간은 지휘 체계가 모호할 수밖에 없었다.

컨트롤은 페이션스(인내)나 그레이스(품위) 모두 부국장의 이름으로 어울리지 않는다고 생각했다. 자신의 관점에서는 오히려 방해나 장애에 가까운 인물이었다. 부국장은 그가 자리에 앉아서 X구역에 대한 오리엔테이션 비디오를 끝까지 보게 했다. 아주 기초적이고 시대에 뒤떨어진 내용밖에 없다는 사실을 알면서도. 두 사람의 관계가 적대적이라는 점을 분명히 보여 준 셈이었다. 적어도 그녀 쪽에서는 분명히 적대적이었다.

"저들이 발견된 장소는 어딥니까?"

세 사람을 각각 격리 수용하지 않은 이유가 궁금했지만, 컨트롤은 우선 그렇게 물었다. 기강이 해이하기 때문이겠지. 벌써 오래전부터 조직이 엉망이기 때문이야. 다들 제 할 일을 하고 있지 않으니까.

"보고서에 있습니다."

말하자면 그가 미리 보고서를 잘 읽어 보고 왔어야 한다는 뜻이었다.

그런 다음 그녀는 방을 나갔다.

컨트롤은 혼자 남아서 자신 앞의 탁자에 놓인 서류철들을 바라봤다. 그리고 다시 유리창 너머의 세 여성에게 눈길을 돌렸다. 물론 보고서는 읽어 본 뒤였다. 하지만 그는 부국장이 경계심을 누그러뜨리고 자신의 생각을 드러낼지도 모른다고 기대했다. 컨트롤은 부국장에 대한 서류도 읽었다. 하지만 자신에 대한 반응을 제외하면 여전히 그녀가 어떤 인물인지 감이 오지 않았다.

근무 첫날이 아직 네 시간도 지나지 않았지만, 벌써부터 낡아 빠진 녹색 양탄자가 깔린 낡은 건물의 우중충한 느낌과 지금까지 만난 직원들의 구닥다리 견해에 오염된 기분이었다. 쇠락해 가는 분위기가 모든 것을, 높이 달린 창문으로 무심하게 쏟아지는 햇빛마저 집어삼켰다. 컨트롤은 언제나처럼 검은 블레이저와 정장 바지, 하얀 셔츠에 푸른색 타이 차림이었다. 구두는 그날 아침 닦아서 광을 냈다. 지금에 와서는 굳이 그럴 필요가 없었다는 생각이 들었다. 컨트롤은 이런 식으로 의기소침한 기분에 잠기는 일을 좋아하지 않았지만, 좀처럼 마음을 고쳐먹기 어려웠다.

컨트롤은 시간을 들여 세 여성을 관찰했지만 겉으로 봐서 알아낼 수 있는 점은 많지 않았다. 셋 모두 별 특징이 없어서 군복 같기도 하고 작업복 같기도 한 유니폼을 입고 있었다. 머리는 하나같이 깨끗하게 밀었는데, 뭔가 좀 더 불가해한 이유 때문이 아니라 머릿니 같은 해충을 방지하기 위해서라는 인상이었다. 얼굴 표정도 모두 같았는데, 어쩌면 다들 아무 표정이 없다고 하는 편이 더 정확할지도 몰랐다. 컨트롤은 비행기를 타고 오는 동안 이들을 이름으로 기억하지 말자고 다짐했다. 적어도 처음에는 오직 업무로만 생각해야 했다. 나머지는 천천히 채워 나가면 족했다. 하지만 컨트롤은 늘 거리를 두는 일에 어려움을 겪었다. 너무 과하지 않으면서도 세부 사항이 모두 드러나는 수준까지 파고드는 편을 선호했기 때문이다.

측량사는 자기 집 뒷마당에 있는 의자에 앉은 채로 발견됐다.

인류학자는 그녀의 남편이 발견했다. 남편이 운영하는 병원의 뒷문을 두들기고 있었다.

생물학자는 그녀의 집에서 몇 블록 떨어진, 잡초가 무성한 공터에서 무너져 가는 벽돌담을 바라보고 있었다.

이전 탐사대와 마찬가지로 그들 중 누구도 어떻게 X구역의 보이지 않는 경계를 통과해서 돌아왔는지 기억하지 못했다. 군에서 경계선 부근에 설치한 울타리와 각종 장애물을 어떻게 피할 수 있었는지도 마찬가지였다. 그리고 제4의 대원인 심리학자, 반대를 무릅쓰고 신분을 숨긴 채 탐사대에 참여했던 서던 리치의 국장과 그녀의 행방에 대해서도 전혀 몰랐다.

뭔가를 제대로 기억하고 있는 사람은 그들 중 아무도 없었다.

그날 아침, 식사를 위해 구내식당을 찾았던 컨트롤은 벽 전체를 차지한 유리창 너머로 대리석 탁자들이 늘어선 정원을 내다봤다. 그리고 다시 줄지어 움직이는 사람들을 관찰했다. 건물 규모에 비해 인원이 너무 적다는 생각이 들었다. 그는 그레이스에게 물었다

"탐사대가 돌아왔는데 다들 별로 기뻐하지 않는군요?"

부국장은 마치 보충 수업을 받는 모자란 학생을 쳐다보는 듯한 눈빛을 컨트롤에게 보냈다.

"왜 그럴까요, 컨트롤?" 컨트롤이라고 부르는 말투에 이미 비꼬는 기색이 드러났다. 컨트롤은 예전에 할아버지가 낚싯줄에 매달았던 봉돌처럼 호수 바닥에 가라앉는 기분이 들었다. "이전 탐사대의 경우에도 이 모든 과정을 겪었으니까요. 아홉 달이나 심문을 했지만 아무것도 알아내지 못했죠. 그리고 그러는 내내 그들은 죽어 가고 있었어요. 그러니 직원들의 기분이 어떨까요?"

그 대원들은 혼란에 빠진 채로 긴 시간을 보낸 뒤 지독한 암으로 죽음을 맞이했다.

컨트롤은 대답 대신 천천히 고개를 끄덕였다. 물론 그녀가 옳았다. 그의 아버지 역시 암으로 죽었다. 컨트롤은 그런 경험이 직원들에게 어떤 영향을 미쳤을지 생각하지 못했다. 그에게는 아직도 추상

적인, 비행기 안에서 읽었던 서류 위의 글자일 뿐이었다.

구내식당의 양탄자 위에는 다른 곳과 달리 짙은 녹색 바탕에 연두색 화살표가 그려져 있었다. 화살표는 모두 정원 쪽을 향했다.

"여긴 왜 이렇게 어둡죠? 왜 등을 더 달지 않습니까?"

하지만 그레이스는 더 이상 컨트롤의 질문에 대답할 마음이 없어 보였다.

셋 중 하나, 생물학자가 고개를 조금 돌리더니 마치 유리창 너머가 보인다는 듯 컨트롤 쪽을 응시했다. 컨트롤은 뒤늦게 부끄러움을 느끼며 그 시선을 피했다. 물론 지금 하는 조사에 사적인 구석은 없었고 업무를 위해 필요한 절차였다. 당사자들도 누군가 자신들을 관찰하고 있다는 사실을 알 터였다. 하지만 컨트롤은 그런 식으로 생각하기 어려웠다.

첫날부터 기억을 잃은 채 X구역에서 돌아온 대원들을 심문하게 될 거라는 이야기는 듣지 못했다. 하지만 본부에서는 그에게 이 자리를 제안할 때부터 이 사실을 알고 있었을 터였다. 귀환한 탐사대원들은 거의 6주 전에 회수되어 북부의 격리 시설에서 한 달간 테스트를 거친 후 서던 리치로 보내졌다. 컨트롤 역시 여기로 오기 전, 본부에서 2주 동안 머물며 사전 브리핑을 제외하면 딱히 기억에 남을 만한 일도 없이 시간을 보내야 했다. 거기서는 언제나 그런 식으로 시간을 허비하는 것 같았다. 그러다 갑자기 모든 일에 속도가 붙어서 긴급 상황이라도 닥친 듯이 일이 진행됐다.

여기 도착한 이래 그가 아무 소용도 없는 분노에 휩싸인 데에는 그런 이유도 있었다. 상부에서 그를 담당하고 있는 '보이스'는 처음에 컨트롤의 경력을 고려할 때 이번 일이 쉬운 임무가 될 거라는 식으로 이야기했다. 서던 리치는 더 이상 누구도 그리 신경 쓰지 않는 것처럼 보이는 오래된 비밀을 지키는 비밀 조직으로, 테러리즘과 생태계 붕괴에 초점을 두고 있었다. 보이스는 통명스러운 말투로 컨트롤의 임무를 '적응하고 평가하고 분석한 다음 깊이 파고들기' 위한 과정의 '시작'이라고 규정했다. 최근에는 맡아 본 적이 없었던 종류의 임무였다.

컨트롤은 자신의 경력에 기복이 있었다는 점을 인정할 수밖에 없는 입장이었다. 그는 국내 테러 조직을 감시하는 현장 요원으로 출발했다. 그런 다음 자료 수집과 분석 업무로 자리를 옮겨, 20여 건의 평이하지만 주위에는 발설할 수 없는 사건들을 처리했다. 일반 대중은 전혀 모르는, 존재하지 않는 비밀 역사였다. 하지만 시간이 흐르면서 컨트롤은 점점 더 해결사에 가까운 역할들을 맡았다. 자신의 평범한 임무를 처리하기보다 남들의 특정한 문제를 구체적으로 파고드는 일에 소질이 있었기 때문이다. 그래서 서른여덟 살이 되어서야 어느 정도 이름을 알릴 수 있게 되었다. 해결사 역할을 수행하기 위해 한 자리에 오래 머물 필요는 없었다. 비록 그 자신은 일의 결말을 보기 위해 그러고 싶을 때가 많았지만. 문제는 아무도 '이봐, 당신이 뭘 잘못했는지 내가 찾아 주지.'라고 말하는 해결사를 좋아하지 않는다는 점이었다. 이미 지나간 일을 들춰내려 할 때에는 특히 더 그랬다.

시작은 늘 괜찮았다. 하지만 결말은 그렇지 않을 때가 많았다.

보이스는 X구역이 지난 30년 동안 아무도 이해하지 못했던 경계 너머에 존재한다는 점을 제대로 설명하지 않았다. 컨트롤은 보고서를 검토한 뒤에야, 그리고 불필요한 동어반복에 가까운 오리엔테이션 비디오를 시청하고 나서야 그 사실을 알았다.

실종된 국장을 대신해 부임한 자신에게 부국장이 적대적으로 나올 줄도 예상하지 못했다. 하지만 부국장의 보고서를 좀 더 면밀히 검토했다면 충분히 짐작했어야 하는 일이었다. 그녀는 넉넉하지 못한 가정에서 태어나 공립 학교를 졸업했다. 지금의 자리에 오르기까지 남들보다 훨씬 더 노력했을 터였다. 반면에 컨트롤은 비밀스럽고 대단한 집안 출신이라는 소문을 등에 업고 있었다. 어떻게 보면 부국장이 분개하는 것도 당연했다. 하지만 실상을 알고 나면 대단한 집안이라고 해 봤자 한물간 프랜차이즈나 다름없었다.

"준비가 끝났습니다. 따라오시죠."

그레이스가 어느새 다시 나타나 문가에서 명령조로 말했다.

컨트롤은 동료의 반대나 의지를 꺾는 몇 가지 방법을 알고 있었다. 어쩌면 그것 모두를 사용해야 할지도 모르겠다는 생각이 들었다.

그는 탁자 위에 놓인 세 개의 서류철 중에서 두 개를 집어 들었다.

그리고 남아 있는 하나, 생물학자의 서류철을 응시했다. 컨트롤은 손에 든 서류철 두 개를 있는 힘껏 반으로 찢어서 쓰레기통에 던져 넣었다.

등 뒤에서 숨이 막힌 듯한 소리가 들려왔다.

컨트롤은 돌아서서 부국장의 소리 없는 분노를 마주했다. 하지만 동시에 그녀의 눈에서 지친 기색도 발견했다. 좋아.

"왜 아직도 종이 서류를 사용하는 겁니까, 그레이스?"

한 걸음 다가가며 컨트롤이 물었다.

"국장님의 고집이셨죠. 방금 그건 무슨 짓인가요?"

컨트롤은 그녀의 말을 무시했다.

"그레이스, 여기 사람들은 왜 X구역에 대해 얘기할 때 **외계**라는 단어를 불편하게 여기는 겁니까?"

컨트롤 역시 그런 단어가 편하지는 않았다. 자료를 검토하고 난 이후 그는 때로 자신의 내면에 어떤 거대하고 공허한 틈이 생겨난 것처럼 느꼈다. 그 틈 안에는 도저히 믿을 수 없다는 비명과 고함이 가득했다. 하지만 그 사실을 누구에게도 말할 생각은 없었다. 컨트롤은 좀처럼 속을 알기 어려운 사람이었다. 애인이나 가족, 심지어 처음 보는 사람들도 그를 그렇게 평하곤 했다. 컨트롤은 180센티미터의 키에 운동선수처럼 단단한 근육질의 몸매, 몇 킬로미터를 달려도 끄떡없는 체력의 소유자였다. 위스키를 즐겨 마시긴 하지만 건강한 식습관과 꾸준한 운동량은 컨트롤의 자랑거리였다.

그레이스는 동요하지 않았다.

"확신이 없으니까요. 증거에 대한 선입견을 가져서는 안 되죠."

"그렇게 오랜 세월 동안 말입니까? 면담은 한 명만 진행하죠."

"뭐라고요?"

컨트롤은 서류철을 찢을 때 손아귀에 들어갔던 힘을 대화로 옮겼다.

"저들 중 한 명만 심문할 테니 나머지 서류들은 필요 없다는 말입니다."

"세 명 모두 심문하셔야 합니다."

마치 이해할 수 없다는 듯한 말투였다.

컨트롤은 몸을 돌려 남아 있는 서류철을 집었다.

"아니. 생물학자면 됩니다."

"실수하시는 거예요."

"753개는 실수가 아니죠. 722개 역시 실수가 아닙니다."

그레이스가 눈을 가늘게 떴다.

"무슨 말인지 모르겠네요."

"생물학자만 남겨 두고." 컨트롤은 부국장의 말을 무시했다. 그러면서 **난 네가 모르는 걸 알고 있어**라고 말하는 듯한 그녀의 말투를 흉내 내서 말했다. "나머지는 숙소로 돌려보내요."

그레이스는 마치 혐오해야 할지 동정해야 할지 헷갈리는 쥐새끼를 쳐다볼 때처럼 컨트롤을 응시했다. 그러더니 곧 딱딱한 표정으로 고개를 끄덕인 뒤 자리를 떠났다.

컨트롤은 그제야 숨을 내쉬며 긴장을 풀었다. 아무리 부국장이 자신의 명령을 따라야 하는 위치라고 하더라도, 앞으로 한두 주는 그녀가 직원들에 대한 통제권을 행사할 터였다. 마음만 먹는다면 그녀는 수천 가지 방법으로 자신을 감시할 수 있었다.

연금술일까 아니면 진짜 마법일까? 자신이 틀린 걸까? 설사 틀렸다고 해도 어차피 분간할 수 없다면 의미가 있을까?

분명 의미가 있었다.

이번이 그에게는 마지막 기회였다.

그가 여기에 오기 전에 어머니가 그렇게 말했으니까.

컨트롤은 종종 어머니가 마치 밤하늘 멀리 번쩍이는 섬광 같다고 생각했다. 눈 깜짝할 사이에 사라져 버리지만 언제나 기억에 남아 있는 섬광. 대체 무엇이 그런 빛을 만들어 내는지 궁금해도 결코 답을 **알 수는** 없었다.

재키 세브란스는 외동딸로 태어나 부친의 뒤를 이었다. 그리고 업무 능력을 인정받아서 뛰어난 요원이던 부친 잭 세브란스보다 더 높은 위치까지 승진했다. 잭은 딸을 냉정하고 논리적이며 리더십을 가진 사람으로 키웠다. 컨트롤이 알기로, 할아버지는 어린 어머니에게 타이어로 만든 장애물 코스를 통과하거나 총검으로 밀가루 포대를 찌르는 훈련까지 시켰다. 물론 가족 앨범에 그런 장면이 담긴 사진들은 없었다. 과정이 어땠든 그런 할아버지 덕분에 어머니는 냉철하면서도 잔인한 성품을 가지게 되었다. 그녀는 언제나 높은 성과를 기대했고, 타인의 운명에 무관심했다.

반짝이는 섬광 같은 어머니를 존경한 컨트롤은 부족한 줄 알면서도 그녀의 뒤를 따르려고 노력했다. 하지만 부모로서 어머니는 설사 곁에 머물 때조차도 그리 믿음직스럽지 못했다. 수업이 끝나도 제시간에 데리러 오는 법이 드물었고, 숙제를 돕거나 도시락을 싸는 일도 자주 잊어버렸다. 어머니에게는 이쪽 세계의 평범한 일상이 그리 중요하게 느껴지지 않았는지도 모른다. 하지만 그녀는 아들이 요원이 된 후로 지금까지 버틸 수 있도록 언제나 독려했다.

반면에 할아버지인 잭은 그런 어머니의 태도를 못마땅하게 여겼다. 어느 날에는 컨트롤을 보면서 말하기도 했다.

"이 녀석은 소질이 없어."

이미 진로를 결정한 열여섯 살 소년에게 그런 평가는 가혹하게 들렸지만, 어쩌면 덕분에 더욱 결심을 굳히고 집중해서 달려올 수 있었는지도 모른다. 컨트롤은 어쩌면 할아버지가 자신을 도발하기 위해 일부러 그렇게 말했는지도 모른다고 생각했다. 할아버지는 예측하기 어려운 산불 같은 존재였다. 그에 비해 어머니는 시리도록 푸른 섬광이었다.

그가 여덟 살인가 아홉 살이었을 때, 할아버지와 어머니 그리고 컨트롤 세 사람이 함께 호숫가 별장에서 휴가를 보냈다. 어머니는 그 별장을 '우리만의 스파이 클럽'이라고 불렀다. 스파이 클럽의 회원은 물론 그들 세 사람뿐이었다. 별장 구석에는 오래된 텔레비전과 낡은 소파가 있었다. 할아버지는 그에게 텔레비전이 잘 나오도록 안테나를 조정하게 시켰다.

"컨트롤, 살짝 왼쪽으로 돌려 보거라." 할아버지는 작전 지시라도 내리는 것처럼 그렇게 말했다. "아주 조금만 더."

그러는 동안 어머니는 옆방에서 기밀 서류를 검토하고 있었다. 그렇게 컨트롤이라는 별명이 탄생했다. 당시만 해도 그 말이 스파이들이 쓰는 용어라는 사실을 알지 못했다. 어린 시절에는 단지 어감이 멋있어서, 그리고 할아버지가 붙여 준 별명이라서 그 이름을 좋아했다. 하지만 그는 꽤 오랫동안 가족들 외에 다른 사람들, 심지어 여자 친구 앞에서도 그 별명을 언급하지 않을 만큼 영악하기도 했다. 그가 고등학교 시절 쿼터백 후보 선수였기 때문에 나중에도 사람들은 아마 스포츠와 관련된 별명일 거라고 생각했다.

"이제 다시 오른쪽으로 돌려 보겠니, 컨트롤."

프로 선수가 정확하게 공을 던지는 것처럼. 컨트롤은 수신 상태가 제일 좋도록 안테나를 딱 맞추는 일이 재미있었다. 비록 실전에서는 연습만큼 잘해내지 못했지만, 그래도 그런 종류의 예측과 정확성으로부터 순수한 만족감을 느꼈다.

그는 자라고 나서도 컨트롤이라는 별명을 유지했다. 나이가 든 뒤에는 그 단어에 담긴 거만한 느낌을 알 수 있었지만, 그 점을 의도했는지 할아버지에게 물어보지는 못했다. 호수에서 낚시를 하는 대신 별장 안에서 책을 읽는 시간이 늘어나면서 할아버지와 거리가 생긴 탓인지도 몰랐다.

어쨌든 컨트롤은 그 스스로 선택하고 고수한 이름이었다. 하지만 직장 동료들에게 자신을 그렇게 부르도록 시킨 적은 처음이었다. 왜 그랬는지는 설명하기 어려웠다. 그렇게 해야만 순조로운 출발이 가능하다는 기분 때문에 그럴 수밖에 없었다.

조금 더 왼쪽으로, 컨트롤. 그러면 그 섬광을 잡아낼 수 있을지도 모른단다.

왜 하필 텅 빈 공터였을까? 오전에 감시 카메라를 본 뒤로 컨트롤의 머릿속에서는 그런 의문이 떠나지를 않았다. 생물학자는 왜 집이 아니라 그 공터로 돌아갔을까? 다른 두 사람은 어떤 연관성이 있는 장소에서 발견됐다. 하지만 생물학자는 잡초가 무성한 공터에 몇 시간이나 우두커니 서 있었다. 영상을 통해 수많은 범죄 용의자를 관찰했던 컨트롤은 사소한 버릇이나 긴장할 때 나오는 독특한 몸짓에서 의미를 찾아내는 일에 노련했지만…… 그런 그에게도 오전에 본 영상은 생소하게 다가왔다.

서던 리치가 생물학자의 존재를 포착한 계기는 지역 경찰이 그녀를 부랑자로 체포하면서 작성한 보고서였다. 서던 리치가 다른 두 사람을 확보하고 나서야 적극적인 수색에 나섰기 때문에 시간차가 생겼다.

그러고 나서 간결함과 간결함의 대결이라는 문제가 발생했다.

753. 722.

사소한 단서에 불과했지만, 컨트롤은 이미 이번 임무의 성공 여부가 이런 세부 사항에 기반한 추리에 달려 있다는 예감을 느꼈다. 물론 쉽지 않은 일이 될 터였다. 비료 성분으로 폭탄을 제조하려는 멍청한 아마추어나 취조실에 넣어 두면 20분도 채 지나지 않아 술술 불어 대는 싸구려 선동가를 상대할 때와는 전혀 달랐다.

자료에 따르면 12차 탐사대원을 선발하기 위한 예비 면접에서 생물학자는 총 753개의 단어만을 사용했다. 그는 단어 수를 직접 세어 보기까지 했다. 어떤 질문에는 **아침식사**라는 하나의 단어만을 가지고 대답했다. 컨트롤은 그 대답에 감탄했다.

출근해서 사무실의 컴퓨터가 설치되기를 기다리고 출입증과 여러 비밀번호를 발급받는 등 다른 부서나 조직으로 옮긴 후에 겪기 마련인 지루한 시간 동안 컨트롤은 단어의 수를 재차 확인했다.

그레이스는 컨트롤을 핵심 부서에서 멀리 떨어져 있는 구석방에 처박으려 했지만, 그는 전 국장의 사무실을 쓰겠다고 고집했다. 뿐만 아니라 전 국장의 개인 물품을 포함해 아무것도 치우지 말도록 지시했다. 그레이스는 전 국장의 물건까지 그가 마음대로 뒤질 수 있다는 사실을 언짢게 생각하는 기색이 역력했다.

"좀 지나치군요." 남들이 없을 때 그레이스가 말했다. "여느 사람이라면 하지 않을 짓이에요."

조금 지나치다는 사실을 스스로도 알았기 때문에 컨트롤은 그저 고개만 끄덕였다. 하지만 자신이 여기에 온 이유가 평가와 재건을 위해서라면, 기존의 실패를 보다 면밀히 검토할 필요가 있었다. 그가 다른 임무에서 검거했던 소시오패스는 이렇게 말했다. "생선은 머리부터 썩는 법이죠." 모든 부위의 세포는 동시에 썩기 시작하지만 그자가 말하려고 했던 의도에는 공감할 수 있었다.

컨트롤은 수많은 문서와 서류철, 휘갈겨 쓴 쪽지 따위가 수북하게 쌓인 책상 뒤에 결연하게 자리를 잡고 앉았다. 의자에 앉자 벽에 붙어 있는 책장 사이에 온갖 종이 쪼가리를 핀으로 꽂아 놓은 메모판이 눈에 들어왔다. 마치 난잡하면서도 섬세한 설치 미술 작품 같았다. 사무실 안은 오래 묵은 담배꽁초 냄새처럼 퀴퀴한 느낌으로 가득했다.

전 국장이 사용하던 컴퓨터 모니터의 크기와 무게만 봐도 얼마나 오래된 물건인지 알 수 있었다. 수십 년 전에 고장이라도 난 것처럼 먼지가 두껍게 쌓여 있었다. 모니터는 대충 한쪽으로 치워진 채였고, 달력이 그려진 책상 패드에는 노트북 컴퓨터가 놓였던 자국이 보였다. 하지만 전 국장의 노트북은 아직 발견되지 않았다. 그녀의 자택도 수색해 봤는지 잊지 말고 물어봐야겠다고 컨트롤은 생각했다.

달력 날짜는 아직도 90년대 후반이었다. 국장이 그때부터 이성을 잃기 시작했던 걸까? 컨트롤은 문득 12차 탐사대와 함께 목적지도 없이 황량한 X구역 안을 배회하는 국장의 모습을 떠올렸다. 그녀는 큰 키와 다부진 체격의, 실제보다 나이 들어 보이는 마흔 살 여성이었다. 과묵하고 신중하며 상처 입은 사람이기도 했다. 국장은 자신이 X구역으로 보냈던 대원들에 대한 책임감과 부채 의식 때문에 직접 탐사대에 참가했다. 왜 아무도 그녀를 막지 않았을까? 그녀를 걱정하는 사람이 없었던 걸까? 아니면 그녀가 사람들을 설득했을까? 보이스는 컨트롤에게 아무런 설명도 해주지 않았다. 어처구니없을 정도로 형편없는 보고서만 제공했을 뿐이다. 그런 서류 몇 장으로 국장을 파악할 수는 없었다.

보고서에 나온 내용에 따르면 국장은 불성실한 사람은 아니었다. 다만 조직을 제대로 운영하는 일에는 큰 관심이 없었던 듯했다.

책상 밑에서 모니터와 연결된 하드 드라이브가 컨트롤의 무릎에 걸렸다. 그는 그것 역시 90년대에 작동을 멈췄는지 궁금해졌다. 컨트롤은 온갖 배선이며 기판으로 가득한 구식 기계의 내부를 들여다보고 싶은 생각이 없었다. 어쩌면 정말로 생선은 머리부터 썩는지도, 그래서 국장부터 분해되어 버렸는지도 모른다.

아직 업무용 컴퓨터가 지급되지 않았고, 개인 컴퓨터도 보안 절차가 끝나지 않아서 사용할 수 없었다. 컨트롤은 하는 수 없이 12차 탐사대원들의 초기 면담 기록을 가볍게 훑어보며 시간을 보냈다. 심리학자이기도 했던 전 국장은 직접 면담 절차를 지휘했던 모양이다.

컨트롤이 보기에 생물학자를 제외한 다른 지원자들은 한시도 쉬지 않고 증기를 내뿜는 온천 같았다. 뻔한 이야기를 끝도 없이 늘어놓으며 깔깔대는 떠버리들. 결코 세 치 혀를 가만히 놔두지 못하는 작자들. 4623단어…… 7154단어…… 그중에서도 가장 말이 많았던 사람은 마지막 순간에 탐사를 포기한 언어학자였고, 무려 1만 2743단어의 대답을 했다. 그녀의 유년기에 대한 기나긴 추억은 '음경에서 요로 결석이 폭발하는 편이 나을 정도로 지루하다.'고 누군가 여백에 낙서를 남겼다. 반면에 생물학자는 단지 753개의 단어로 면담을 마쳤다. 그 정도의 자제력은 컨트롤로 하여금 단어들 외에 그 사이의 공백까지 주목하도록 만들었다. 예를 들어 생물학자는 "전 제 일을 좋아합니다."라고 말했지만, 기록을 보면 거의 모든 직장에서 해고를 당했다. 그녀는 자기가 아무 말도 하지 않았다고 생각했을지 몰라도, 심지어 **아침식사**처럼 사소한 단어조차 뭔가를 드러냈다. 생물학자의 유년기에 아침식사는 그리 좋은 기억이 아니었을 터였다.

생물학자가 귀환한 후 작성된 서류에는 더 큰 공백들이 숨겨져 있었다. 행간마다 분명히 뭔가가 있었다. 하지만 컨트롤은 행간에 숨어 있는 의미를 자신이 제대로 이해하지 못하고 있다는 생각에 그녀의 대답을 소리 내어 읽기가 꺼려졌다. 엉겅퀴에 대한 상세한 묘사…… 등대에 대한 언급. 한두 문장은 X구역의 습지에서 본 불빛에 대해 이야기하고 있었다. 무엇 하나 정확히 이해할 수는 없었지만, 어째서인지 다른 대원들의 면담 내용과는 달리 어렴풋이 생물학자의 존재감이 느껴졌다.

생물학자는 다른 대원들과 마찬가지로 기억나는 게 별로 없다고 주장했다.

컨트롤은 그 말이 거짓이라고 생각했다. 자신이 그녀의 입을 열게 만들면 거짓말이 밝혀질 터였다. 하지만 정말로 그러고 싶은지 확신하기 어려웠다. 생물학자는 X구역 안에서 벌어진 어떤 일 때문에 조심스럽게 행동하는 걸까 아니면 원래부터 그런 사람인 걸까? 국장의 책상 위로 그림자가 지나갔다. 컨트롤은 전에도 이와 유사한 경험을 해 봤다. 그때도 이런 종류의 결정을 내려야 했고, 그로 인해 완전히 망가질 뻔하기도 했다. 하지만 선택의 여지가 없었다.

생물학자가 귀환하고 나서 한 보고는 700단어 정도였다. 다른 두 사람과 비슷한 숫자였다. 출발 전에 유난히 간결하게 말하던 것과는 달랐다. 게다가 그녀는 다른 대원들과 미묘하게 다른 방식으로 이야기했다. 인류학자가 "황야는 텅 빈 원시 상태였습니다."라고 말하는 반면, 생물학자는 "사방에 진분홍 색깔의 엉겅퀴가 보였습니다. 민물이 바다와 만날 때까지도…… 해 질 무렵의 빛은 눈이 부셨습니다. 빛 말입니다."라고 하는 식이었다.

거기에 특이하게도 텅 빈 공터에서 발견되었다는 사실까지 더하니, 컨트롤은 그녀가 다른 대원들보다 실제로 더 많이 기억한다고 믿게 되었다. 남들과 달리 자기 자신을 간직하고 있지만 무엇 때문인지 그 사실을 숨기는 중일지도 몰랐다. 컨트롤에게도 생소한 상황이었지만, 머리를 다친 테러리스트를 심문했던 동료의 경우가 생각났다. 그 동료는 테러리스트의 기억이 돌아오기를 기다리며 심문을 계속 연기했다. 결국 테러리스트는 기억을 되찾았다. 하지만 테러의 동기를 부여했던 대의명분은 이미 사라졌고, 사건에 대한 기억만 돌아와서 곧 무너지고 말았다. 그를 심문하는 일은 식은 죽 먹기였다.

컨트롤은 자신의 가설을 부국장에게 말하지 않았다. 만약 그 생각이 틀렸다면, 그에 대한 그녀의 부정적인 평가가 더욱 견고해질 터였다. 게다가 부국장을 최대한 궁금하게 만들고 싶기도 했다. "한 가지 이유만 가지고 어떤 일을 하지는 말거라." 할아버지는 여러 차례 그렇게 말하곤 했다. 컨트롤은 적어도 그 말만큼은 명심하고 있었다.

생물학자의 머리카락은 원래 어두운 갈색으로 길었지만 지금은 깨끗하게 민 상태였다. 두꺼운 눈썹 역시 짙은 색이었고, 눈동자는 녹색을 띠고 있었다. 바위에 넘어지면서 부러진 적이 있다는 코는 살짝 비뚤어진 채였다. 높이 솟은 광대뼈는 동양인의 피가 섞였다는 점을 암시했다. 유난히 두꺼운 입술을 놀랄 정도로 꽉 다물고 있었다. 컨트롤은 그녀의 눈이 드물기로 유명한 녹색이라는 사실이 의심스러웠지만, 확인 결과 X구역에 탐사를 떠나기 전에도 같은 색이었다.

의자에 앉아 있는 채로도 육체적인 강인함이 엿보였다. 목과 어깨가 만나는 지점에는 단단한 근육이 자리 잡고 있었다. 지금까지 한 검사에서는 암이나 다른 어떤 비정상적인 증상도 발견되지 않았다. 그녀의 키가 정확히 얼마였는지는 기억이 나지 않았지만 컨트롤은 대략 자신과 비슷한 정도라고 짐작했다. 생물학자는 벌써 2주 동안 동쪽의 부속 건물에 갇혀 지냈고, 할 수 있는 일은 식사와 운동뿐이었다.

탐사대가 출발하기 전, 생물학자는 본부 시설에서 생존 기술과 무기 사용법을 집중적으로 훈련받았다. 서던 리치의 상부에서는 컨트롤 자신조차 아직 확실히 이해하지 못하며 종종 기이하다고 생각하기까지 하는 그들만의 기준에 따라, 유용하다고 판단한 정보를 그녀에게 제공했을 터였다. 물론 그 정보들은 반 정도만 진실이었고 생물학자는 최면 암시에 더 잘 걸리도록 하는 조치를 받았다.

심리학자인 국장은 대원들에게 최면을 걸기 위한 다양한 암호를 준비했고, 몇 개의 단어를 조합해서 특정한 행동을 이끌어 낼 수 있었다. 문을 닫으며 들어가는 컨트롤의 머릿속에 한 가지 생각이 스쳤다. 탐사대가 X구역에 머무르는 동안에 국장이 이들의 기억을 흐리기 위해 뭔가 수작을 부렸을까?

컨트롤은 그레이스가 분명 거울 뒤에서 지켜보고 있을 거라고 생각하며 생물학자의 맞은편 의자에 앉았다. 전문가들이 이미 그녀를 심문했지만, 컨트롤 역시 전문가라면 전문가였고 대상을 직접 관찰할 필요가 있었다. 영상이나 서류를 통해서는 결코 알 수 없는 것들이 있는 법이다.

발밑의 바닥은 지저분하다 못해 끈적거릴 정도였다. 천장의 형광등은 불규칙하게 깜빡였고, 책상과 의자는 근처 고등학교에서 가져온 물건처럼 보였다. 컨트롤은 싸구려 청소 약품 특유의 꿀이 썩는 듯한 냄새를 맡았다. 방 안에서 서던 리치에 대한 자부심이라고는 찾아볼 수 없었다. 통상적인 면담을 위한 공간이라면, 혹은 적어도 그렇게 보이려면 좀 더 편안해야 했다. 이렇게 취조실 같은 분위기는 저항감을 불러일으킬 수밖에 없었다.

생물학자와 마주 앉은 컨트롤은 그녀에게서 눈을 똑바로 쳐다보기 어려울 정도의 존재감을 느꼈다. 하지만 그는 누군가를 면담하기 전에는 언제나 긴장하는 편이었다. 하늘에 번쩍이던 섬광이 잠시 가던 길을 멈추고 땅에 내려와, 어머니의 모습을 한 채 자신의 등 뒤에서 지켜보는 기분이었다. 실제로 어머니는 가끔 컨트롤의 업무를 관찰했다. 어머니라면 지금 이 면담 영상도 어렵지 않게 입수할 수 있었다. 따라서 컨트롤의 이런 불안감은 단순한 편집증이나 기분 문제가 아니라 엄연한 현실이었다.

때로는 그의 불안감이 상대방의 긴장을 풀어 주는 일에 도움이 되기도 했다. 컨트롤은 헛기침으로 목을 풀면서 가져온 물을 어색하게 한 모금 마셨다. 그는 두 사람 사이에 놓인 생물학자에 대한 서류나 텔레비전 리모컨을 만지작거리기도 했다. 외부 정보에 의한 영향 없이 발견 당시의 상태를 유지하기 위해, 부국장은 서류에 적힌 내용을 당사자에게 절대 알려 주지 말라고 당부했다. 잔인하다는 생각이 들었지만 컨트롤 역시 그녀의 생각에 동의했다. 그는 생물학자가 자신이 가져온 서류를 다음번에 받을 수도 있는 선물로 여기기를 바랐다. 물론 실제로 그녀에게 보여 줄 수 있을지는 아직 알 수 없는 일이었지만.

컨트롤은 자신의 본명을 소개한 후, 서던 리치가 이 '면담'을 녹화하고 있다는 사실을 밝혔다. 그리고 기록을 위해 이름을 말해 달라고 생물학자에게 요청했다.

"유령새라고 불러 주십시오."

그녀가 말했다. 담담한 목소리에 희미하게 드러나는 감정은 일종의 반항심일까?

컨트롤은 고개를 들어 생물학자를 쳐다봤다가, 이내 당황해서 시선을 돌렸다. 지금 나에게 최면 암시를 걸려는 수작일까? 하지만 곧 그럴 리는 없다고 판단했다.

"유령새라고요?"

"그 이름이 아니라면 아예 부르지 말아 주십시오."

컨트롤은 고개를 끄덕였다. 그는 대충 넘어가야 할 때를 알았고, 유령새라는 단어에 대해서는 나중에 연구해 보기로 했다. 서류에서 관련된 내용을 본 듯한 생각도 들었다. 어쩌면.

"유령새라." 컨트롤은 그 말을 되뇌었다. 낯설고 입에 붙지 않는 별명이었다. "탐사에 대해서는 전혀 기억이 나지 않습니까?"

"다른 분들께 이미 말씀드렸습니다. 그곳은 원시 상태의 황야였습니다."

컨트롤은 그녀의 말투에서 묘한 느낌을 받았지만 확신할 수는 없었다.

"언어학자와는 얼마나 잘 알고 지냈죠? 훈련 기간에 말입니다."

"그리 친하지는 않았습니다. 말이 많은 사람이었죠. 입을 다무는 법이 없었어요. 그 사람은……."

생물학자가 말꼬리를 흐렸고, 컨트롤은 의기양양한 기색을 감추려고 애썼다. 그녀가 전혀 예상하지 못한 질문이었다.

"그 사람은?"

컨트롤이 되물었다. 이전에 심문했던 자들은 일반적인 기술을 사용했다. 친밀감을 형성하고, 사실을 적시하고, 거기서부터 이야기를 풀어 갔다. 하지만 이렇다 할 성과는 없었다.

"기억나지 않습니다."

"기억하고 있을 것 같은데요."

그리고 만약 언어학자를 기억한다면…….

"기억나지 않습니다."

컨트롤은 일부러 서류철을 펼쳐 놓고 지난 기록을 검토했다. 생물학자의 신체 상태가 대부분 정상이라는 내용을 그녀가 볼 수 있도록 했다.

"그렇다면 좋아요. 엉겅퀴 이야기를 해 보죠."

"엉겅퀴요?"

컨트롤은 생물학자의 눈썹 움직임을 보고, 그녀가 질문에 대해 생각하는 것을 알 수 있었다.

"그래요. 엉겅퀴에 대해 아주 자세히 설명을 했더군요. 이유가 뭡니까?"

지난주, 생물학자가 서던 리치에 도착하자마자 진행한 면담에서 그녀가 엉겅퀴에 대해 했던 묘사는 여전히 의문이었다. 컨트롤은 다시 최면 암시를 떠올렸다. 어쩌면 엉겅퀴라는 단어가 최면을 방어하는 장치일지도 모른다는 생각이 들었다.

생물학자는 어깨를 으쓱해 보였다.

"모르겠습니다."

컨트롤은 기록을 읽기 시작했다.

"'엉겅퀴 꽃은 라벤더색으로, 숲이 습지로 변하는 지점에 피어 있었습니다. 피해 갈 수는 없습니다. 온갖 종류의 벌레들이 모여들어 내는 소음과 그 주변의 환한 불빛은 마치 사람들이 모여 사는 도시를 연상시킬 정도입니다.' 그 뒤로도 더 있지만 굳이 읽을 필요는 없겠죠."

생물학자는 다시 어깨를 으쓱했다.

컨트롤은 첫 번째 만남에서 변죽만 울리다 말 생각은 없었다. 그보다는 앞으로 상대해야 할 인물을 전체적으로 파악하고자 했다. 그래서 질문을 이어 나갔다.

"남편에 대해서는 뭐가 기억납니까?"

"그게 어떤 관계가 있습니까?"

"어떤 관계라니, 무엇과 말이죠?" 컨트롤이 물고 늘어졌다.

그래도 대답이 없자 그는 다시 질문했다.

"남편에 대해서는 뭐가 기억나죠?"

"저한테 남편이 있었다는 사실이 기억납니다. 탐사를 떠나기 전의 몇몇 기억들이 있습니다. 언어학자에 대한 기억과 마찬가지로 말이에요."

그 두 가지를 연결시켜 요점을 피하다니, 영리한 대답이었다.

"남편도 당신처럼 돌아왔던 사실이 기억납니까? 당신처럼 혼란스러워했던 것도?"

"전 혼란스럽지 않습니다."

생물학자가 갑자기 몸을 앞으로 기울여서, 컨트롤은 조금 뒤로 물러났다. 겁을 먹지는 않았지만 지금은 그러는 편이 좋겠다고 생각했다. 뇌 검사 결과는 정상이었다. 외래종의 침투 가능성에 대해서도 모든 측면을 확인했다. 그레이스는 그걸 '침략자'라고 부르면서도 **외계인**의 존재에 대한 가능성은 언급하지 않았다. 말하자면 유령새는 탐사를 떠나기 전보다 오히려 더 건강한 상태였다. 그녀와 다른 대원들 모두, 현대인들 대다수가 가지고 있는 독소의 체내 보유량이 일반적인 경우보다 현저히 낮았다.

"기분이 상했다면 사과하죠."

컨트롤은 그렇게 말했지만, 그녀가 혼란스러워한다는 걸 알고 있었다. 생물학자가 무엇을 기억하고 무엇을 기억하지 못하든, 그가 탐사 전의 기록을 통해 아는 그녀는 이렇게 빨리 감정을 드러낼 리 없었다. 무엇이 그녀를 자극한 걸까?

컨트롤은 서류철 옆에 놓여 있던 리모컨을 집어 들고 단추를 두 번 눌렀다. 왼쪽 벽에 걸린 평면 텔레비전의 화면이 켜지더니, 공터에 서 있는 생물학자의 모습이 담긴 흐릿한 영상이 나타났다. 감시용 카메라 특유의 보기 흉한 녹색 화면 안에서 그녀는 꼼짝도 하지 않고 서 있었다.

"왜 그 공터였죠? 왜 거기에 있었던 겁니까?"

아무런 표정 변화도 대답도 없었다. 컨트롤은 영상을 계속 틀어 놓았다. 가끔은 그러면 도움이 될 때도 있었다. 하지만 보통은 영상에 용의자가 가방을 내려놓거나 쓰레기통에 뭔가를 넣는 장면이라도 나올 경우의 이야기였다.

"X구역에서의 첫날, 베이스캠프까지 도보로 이동했지요. 이때 무슨 일이 있었죠?"

"별다른 일은 없었습니다."

컨트롤에게는 자식이 없었다. 하지만 10대 자녀에게 오늘 학교에서 무슨 일이 있었는지 물어본다면 아마 이런 대답이 나올 거라는 생각이 들었다. 일단 처음으로 되돌아가 보기로 했다.

"하지만 엉겅퀴에 대해서는 아주아주 잘 기억하고 있군요."

"왜 계속 엉겅퀴 이야기를 하시는지 모르겠습니다."

"엉겅퀴에 대한 이야기가 당신이 탐사에서 본 것 중 일부를 기억하고 있다는 사실을 알려 주기 때문이죠."

잠시 정적이 흘렀다. 컨트롤은 생물학자가 자신을 응시하고 있다는 사실을 깨달았다. 마주 쏘아보고 싶었지만 뭔가가 그래서는 안 된다고 경고했다. 그랬다가는 물속 깊이 가라앉는 꿈에 사로잡힐지도 모른다고 뭔가가 말하고 있었다.

"왜 제가 죄수 취급을 받는 겁니까?"

생물학자가 그렇게 묻자, 다시 시선을 마주해도 괜찮다는 느낌이 들었다. 마치 어떤 위험이 순식간에 다가왔다 사라진 듯했다.

"그렇지 않아요. 이건 보고의 일환일 뿐입니다."

"하지만 전 여기서 나갈 수 없는걸요."

"당분간은 그렇죠." 컨트롤이 인정했다. "하지만 곧 나가게 될 겁니다."

아마 다른 시설로 옮겨질 가능성이 높았다. 모든 일이 잘 풀린다 해도, 귀환한 대원들을 다시 세상에 내보낼 때까지 2~3년은 더 걸릴 터였다. 국가 안보에 대한 위협이라는 자의적 해석에 따라 그들의 법적 지위는 불확실한 상태에 놓여 있었다.

"그럴 것 같지는 않군요." 그녀가 말했다.

컨트롤은 다시 시도해 보기로 했다.

"엉겅퀴가 아니라면, 뭐가 관련이 있죠? 내가 무슨 질문을 해야 되겠습니까?"

"그건 그쪽 일이 아닌가요?"

"내 일이 뭐죠?"

그는 생물학자가 무슨 말을 하고 싶은지 잘 알았지만 일부러 그렇게 되물었다.

"서던 리치의 책임자겠죠."

"서던 리치가 뭔지 압니까?"

"네."

망설이는 기색.

"베이스캠프에서의 둘째 날은 어땠죠? 그때부터 일이 이상해지기 시작한 겁니까?"

그랬을까? 그는 그랬을 거라고 확신했다.

"기억이 나지 않습니다."

컨트롤이 몸을 앞으로 기울였다.

"당신에게 최면을 걸 수도 있어요. 내게는 그럴 권한이 있습니다."

"전 최면이 듣지 않습니다."

그의 위협에 생물학자는 역겨움을 그대로 드러내며 그렇게 말했다.

"그걸 어떻게 알죠?"

잠깐 동안의 혼란. 그녀가 말하고 싶지 않았던 뭔가를 말해 버린 걸까? 아니면 잊고 있었던 뭔가를 기억해 냈나? 스스로 그 차이를 알기는 할까?

"그냥 압니다."

"분명히 해 두죠. 우리는 당신 상태를 재조정한 다음 최면을 걸 수도 있습니다."

실제로는 훨씬 복잡한 과정을 거쳐야 해서 사실상 허풍에 불과했다. 생물학자에게 최면을 걸기 위해서는 우선 그녀를 본부로 보내야 했다. 그러고 나면 컨트롤은 보고서나 구경할 뿐 다시는 그녀를 직접 만날 수 없게 될 터였다. 게다가 딱히 그녀를 재조정하고 싶지도 않았다.

"그런 짓을 했다간 당신을……."

생물학자는 뒷말을 삼켰지만 죽여 버리겠다는 말이 실제로 들리는 듯했다.

컨트롤은 그 반응을 무시하기로 결정했다. 어떤 협박을 심각하게 받아들여야 할지 알 정도로는 충분한 경험이 있었기 때문이다.

"최면에 걸리지 않는 이유가 있나요?"

"그쪽은 최면에 잘 걸리는 편입니까?"

도전적인 대답이 돌아왔다.

"왜 공터에 있었던 거죠? 다른 두 사람은 사랑하는 사람 곁에서 발견됐는데."

아무 대답도 없었다.

어쩌면 지금은 이 정도로 충분할지도 몰랐다. 어쩌면 그럴지도.

컨트롤은 텔레비전을 끄고 서류철을 챙긴 다음 생물학자에게 고개를 끄덕여 보이고 문 쪽으로 걸어갔다.

문이 열리자, 원래 그곳에 있어야 하는 수보다 더 많은 그림자들이 보였다. 컨트롤은 부국장이 복도 저편에서 자신을 바라보고 있다는 사실을 인식하며 몸을 돌려 생물학자를 쳐다봤다.

그리고 원래 계획했던 대로 금방 생각났다는 듯이 물었다.

"X구역에서 한 일 중 마지막으로 기억나는 게 뭐죠?"

어둠 속에 쏟아지는 빛처럼, 예상치 못한 대답이 그에게 날아들었다.

"가라앉고 있었습니다. 전 가라앉고 있었어요."

002: 적응

"눈을 감아 보렴. 그럼 내가 기억날 거야."

3년 전, 컨트롤의 아버지가 서던 리치에서 그리 멀지 않은 곳에서 돌아가셨을 때 그에게 남긴 위로였다. 하지만 눈을 감으면 모든 것이 사라졌다. 단지 추락하는 꿈과 과거의 임무가 남긴 상처만 쌓여 갈 뿐이었다. 생물학자는 왜 그런 말을 했을까? 왜 가라앉는다고 한 걸까? 컨트롤은 한 대 얻어맞은 기분이면서도, 두 사람이 비밀을 공유하는 듯한 묘한 느낌을 받았다. 마치 그녀가 자신의 꿈속에 들어와 보기라도 한 것 같았다. 그리고 심문 대상에게 그런 유대감을 느낀다는 사실이 불편했다. 자신은 언제나 위에서 내려다보는 존재여야 했다. 스스로가 아닌 다른 사람의 의지로 끌려 내려와선 안 되는 일이었다.

다시 눈을 떴을 때, 컨트롤은 서던 리치의 본관인 U자형 건물의 뒤쪽에 서 있었다. 구부러진 길을 따라 건물 앞쪽으로 돌아가면 주차장이 나왔다. 수십 년 전 스타일로 지어진 콘크리트 건물은 기념비나 유적 같았다. 컨트롤은 둘 중 어느 쪽이 더 어울리는 비유일지 고민했다. 울퉁불퉁한 외벽은 보기 흉했고, 살짝 기울어진 지붕은 하나의 거대한 행위 예술이나 추상적인 조각품처럼 비실용적인 형태였다. U자 모양의 건물로 둘러싸인 정원에서 내다보이는 숲속 호수의 모습은 더 처참했다. 언젠가 불이라도 났는지 호숫가는 온통 검게 그슬린 상태였고 비참하게 꺾인 측백나무의 옹이 부분은 어두운 물속에 잠겨 있었다. 호수 위로 퍼져 나가는 불빛은 우울한 회색이라 푸른 하늘과 분명한 경계를 이루었다.

이 건물도 막 지어졌을 때가 있겠지만, 지금 봐서는 그 시기가 백악기까지 거슬러 올라간다 해도 이상하지 않을 정도였다. 창밖을 내다보면 독수리만 한 잠자리들이 날아다니고 있었을 것이다.

U자로 배치된 건물에서 위풍당당함이라고는 전해지지 않았다. 행운의 상징인 말굽 모양을 의도했을 테지만, 그보다는 미완성이라는 느낌이 강했다. 미완성의 생각들. 미완성의 결론들. 미완성의 보고들. 많은 사람들이 다른 쪽으로 넘어가기 위한 지름길로 사용하는, U자 모양의 끝부분에 달린 문은 실패한 설계라는 점을 확인시켜 줄 뿐이었다. 그러는 와중에도 끔찍한 늪지대는 서던 리치가 불완전한 만큼이나 완전하게 습지 본연의 역할에 충실했다.

사방이 너무 고요해서, 딱따구리 한 마리가 풍경 속을 지나쳐 날아가자 F-16 전투기가 비행할 때처럼 요란한 소리가 났다.

컨트롤이 서 있는 위치에서는 U자 건물 왼쪽의 호수와 나무 사이로 이어진 길이 보였다. 그 길을 따라가면 나오는 보이지 않는 경계 너머에 X구역이 존재했다. 경계까지는 56킬로미터의 포장도로와 24킬로미터의 비포장도로 그리고 검문소 열 군데가 존재했고, 관계자가 아닌 사람이 지나가려 하면 그 자리에서 사살하도록 되어 있었다. 날카로운 가시가 달린 철망과 수많은 함정들, 특수하게 훈련시킨 맹수들과 유전자 조작으로 만들어 낸 독성 산딸기, 머리를 노리고 날아드는 쇳덩어리까지……. 컨트롤은 이 장소에 대한 설명을 듣고 난 뒤로 줄곧 의아하게 생각했다. 도대체 왜? 이런 상황에서 해야 할 일이기 때문일까? 사람들이 들어가지 못하도록 하는 것이? 보고서는 모두 검토했다. 만일 누군가 '허가 없이' 경계에 다가가서 문이 아닌 다른 장소를 통해 들어가면, 아무도 다시는 그 사람을 보지 못할 터였다. 얼마나 많은 사람들이 그렇게 사라졌을까? 서던 리치가 그 수를 다 파악하고 있을까? 한두 차례 정도, 탐사 보도를 하는 기자들이 서던 리치 시설의 사진을 찍을 수 있는 거리까지 접근한 적도 있었다. 하지만 서던 리치는 원래대로 회복되려면 한 세기 이상이 필요할 정도로 심각한 환경 재해가 발생했다는 기존의 공식 입장을 재확인할 뿐이었다.

콘크리트 정원에 놓인 대리석 탁자들 사이로 흰색 타일로 만든 길이 나 있었다. 길 주위에는 어울리지 않는 튤립이 마구잡이로 심어져 있었다. 컨트롤은 조금 끄는 듯한 특이한 발소리를 분간해 냈다. 부국장은 현장 임무를 맡던 시절 다리 부상을 입었다. 실내에서는 별로 티가 나지 않았지만 위태롭게 붙여 놓은 타일 위에서는 달랐다. 이런 정보를 안다고 컨트롤에게 더 유리하지는 않았다. 오히려 그녀에게 공감하고 싶어졌기 때문이다. 그의 아버지는 어머니에게 이렇게 말한 적이 있었다. "당신이 '현장'이라는 말을 할 때면 당신네 요원들이 일제히 밀밭을 가로질러 달려가는 장면이 떠올라."

컨트롤은 함께 늪지대를 바라보며 X구역에 대한 이야기를 나누자고 그레이스를 불렀다. 콘크리트로 만든 관 같은 건물에서 벗어나 장소를 바꿔 보면, 그녀의 반감이 누그러질 수도 있다고 생각했기 때문이다. 하지만 그때는 여기서 보이는 풍경이 지옥을 연상케 할 정도로 흉측하다는 사실을 몰랐다. 그래서 오히려 컨트롤 자신조차 짜증이 나 있는 상태였다. 이 모기 구덩이를 좀 봐요, 그레이스. 그리고 이제 나한테 좀 친절하게 대해 줘요.

"난 아직도 생물학자만 면담한 이유를 모르겠네요."

컨트롤이 첫 수를 던지기도 전에, 부국장이 먼저 말문을 열었다. 그리고 일부러 오해를 유발하거나, 은유적으로 말하자면 신장에 잽을 날려서라도 자신이 적이 아닌 동료라는 사실을 그녀에게 납득시키고자 했던 컨트롤의 외교 전략은 눅눅한 공기 속으로 흩어져 버렸다.

그는 자신의 사고 과정을 설명했다. 그레이스의 속내를 알 수는 없었지만, 적어도 겉으로는 납득하는 눈치였다.

"훈련 도중에 그녀가 뭔가 숨기는 듯한 기색은 없었습니까?"

"유도적인 질문이네요. 그녀가 뭔가를 숨기고 있다고 생각하는군요."

"실은 아직 모르겠습니다. 내가 틀렸을 수도 있겠죠."

"우리에게는 당신보다 더 전문적인 심문관들이 있어요."

"그럴지도 모르죠."

"그녀를 본부로 보내야 해요."

그 생각은 컨트롤을 몸서리치게 만들었다.

"그건 안 됩니다."

그는 조금 너무하다 싶을 정도로 단호하게 대답했다. 그리고 다음 순간, 자신이 생물학자의 운명을 걱정한다고 부국장이 추측할까 봐 걱정했다.

"인류학자와 측량사는 이미 본부로 보냈어요."

이제 컨트롤은 늪의 표면 아래에서 천천히 썩어 가는 온갖 부유물의 냄새를 맡을 수 있었고, 그 속을 헤엄치는 못생긴 거북이와 기형 물고기의 움직임을 느낄 수도 있었다. 그는 돌아서서 부국장을 마주 보는 모험을 저지르지 않았다. 섣불리 뭐라 말하지도 않았고 다만 놀란 채로 그 자리에 우두커니 서 있었다.

쾌활한 목소리로 부국장이 말을 이었다.

"그들이 필요 없다고 했잖아요. 그래서 본부로 보냈어요."

"누구 권한으로 말입니까?"

"당신 권한이죠. 분명히 그랬으면 좋겠다고 말했잖아요. 혹시 그런 뜻이 아니었다면 사과드리죠."

컨트롤의 내면에서 알아차리기 어려울 정도의 떨림이, 미세한 지각 변동이 일어났다.

그들이 가 버렸다. 다시 데려올 수도 없었다. 머릿속에서 그들의 존재를 지워 버리고, 그레이스가 자신의 수고를 덜어 준 셈이라고 스스로에게 거짓말을 하는 수밖에 없었다. 도대체 부국장은 본부에 얼마나 많은 연줄을 가지고 있는 걸까?

"생각이 바뀌면 언제든 기록을 참고할 수 있겠죠."

컨트롤은 진심으로 동의하는 말투로 들리기를 바라며 그렇게 대답했다. 결국 그들과 면담할 필요가 없다는 말로 부국장에게 빌미를 준 건 컨트롤 자신이었다.

제대로 과녁을 맞혔는지 확인하려는 듯이 그레이스는 컨트롤의 얼굴을 유심히 쳐다봤다.

컨트롤은 미소를 지으려고 애썼다. 그는 부국장이 정말로 자신을 곤란하게 할 작정이었다면 생물학자도 본부로 보낼 방법을 찾아냈을 거라고 생각하며 화를 다스렸다. 이건 그저 경고였다. 하지만 이제 자신도 그레이스로부터 뭔가를 빼앗아야 했다. 복수가 아니라 더 이상 자신을 건드리지 못하게 만들기 위해서. 생물학자마저 빼앗길 수는 없었다. 아직은 아니었다.

불편한 침묵이 흐르자 그레이스가 말했다.

"이런 더운 날씨에 바보처럼 밖에 서 있는 이유가 뭐죠?" 아무 일도 없다는 듯 쾌활한 목소리였다. "안으로 들어가죠. 점심시간이니, 관리자들 몇몇을 만나 볼 수 있을 거예요."

컨트롤은 어느새 부국장의 무시에 익숙해져 가는 자신이 마음에 들지 않았다. 전세를 역전시킬 기회를 찾아야만 했다. 그녀를 따라 안으로 들어갈 때, 뒤쪽에서 늪지대의 존재감이 묵직하게 느껴졌다. 또 다른 종류의 적이었다. 이런 풍경이라면 지겹게 봐 왔다. 10대에 부모님이 이혼한 뒤 물가에서 살았고, 아버지가 천천히 죽어 가는 동안에도 마찬가지였다. 다시는 늪지대를 보고 싶지 않았다.

"눈을 감아 보렴, 그럼 내가 기억날 거야."

그래요, 아버지. 아버지를 기억합니다. 하지만 점점 희미해져 가네요. 방해 요소들이 너무 많고 이 모든 게 점점 더 현실로 다가오거든요.

컨트롤의 아버지 쪽 혈통에는 중앙아메리카와 히스패닉, 그리고 인도 혈통이 섞여 있었다. 그는 아버지의 검은 머리와 손재주를 닮았고, 어머니의 좁은 콧대와 큰 키를 물려받았다. 피부색은 두 사람의 중간쯤이었다. 컨트롤은 그가 아주 어렸을 때 돌아가셨다는 친할아버지의 전설 같은 이야기를 익히 들어 알고 있었다. 할아버지는 어린 시절부터 집집마다 돌아다니며 옷핀을 팔았고 20대에는 권투 선수였다고 했다. 챔피언에 도전할 만한 재능은 없었지만, 두들겨 맞으면서 돈을 벌 만한 실력은 있었다. 나중에는 공사장 인부로 일하다가, 65세의 비교적 이른 나이에 심장마비로 목숨을 잃기 전까지 운전 교습소에서 강사 노릇을 했다. 빵집에서 일하던 할머니는 그 1년 뒤에 돌아가셨다. 컨트롤의 아버지는 식구 대부분이 목수나 기술자인 집안에서 장남으로 태어난 예술가였다. 그는 자신이 보고 자란 것들을 활용해서 조각을 했다. 추상적인 형태에 마야인이 좋아했던 화려한 색감을 입히고 유리와 타일 조각을 붙이는 식으로 전통 예술을 접목한 비주류 조각가였다.

컨트롤의 부모님이 사랑에 빠지게 된 이야기는 아버지가 한때 고급 화랑들이 선호하는 작가로 출세했던 시절의 즐거운 추억이었다. 두 분은 아버지의 작품 전시회에서 처음 만났다. 자기들 말로는 첫눈에 반했다고 하지만 생각해 보면 믿기 어려운 이야기였다. 당시 어머니는 뉴욕에서 근무했는데, 승진이 빠르기는 해도 아직 사무실에 앉아 서류 업무를 보던 처지였다. 아버지는 어머니와 함께 지내기 위해 북부로 이사했지만, 컨트롤이 태어나고 얼마 지나지 않아 어머니는 현장 임무를 맡기 시작했다. 거기서부터 파국이 시작됐다. 그의 어린 시절에 위안을 주던 추억들은 결국 기나긴 불행 속의 짧은 순간에 불과했다. 기념품 가게에 가면 늘 걸려 있지만 아무도 사지 않는 뻔한 그림들처럼, 특별할 것도 없는 이야기였다.

침묵이 깨질 때는 곧 언쟁이 벌어질 때였다. 어머니는 비밀이 많았고 말수는 적었다. 컨트롤은 어른이 되고 나서야 어머니에게도 어쩔 수 없는 사정이 있었다는 걸 깨달았다. 어머니의 부재는 아버지를 힘들게 했고, 컨트롤이 열 살쯤 되었을 때에는 모든 부부 싸움의 원인에 그 문제가 숨어 있었다. 아버지는 어머니가 자신의 예술적인 영감을 죽이고 있다며 비난했다. 하지만 사실 미술계의 조류가 변화했고, 돈이 많이 드는 아버지의 작업을 유지할 수 있게 해 주는 후원자도 보조금도 없었을 뿐이었다.

하지만 아버지는 계속해서 새로운 작품을 계획하며 도면을 그렸고, 어머니가 현장 임무를 마치고 돌아올 때면 그 증거를 온 사방에 펼쳐 놓곤 했다. 컨트롤이 기억하는 어머니는 침착하고 냉담하게 모든 비난을 견뎌 냈다. 그녀는 느닷없이 나타나 공항에서 급하게 산 선물을 안기고는 자기가 무슨 일을 하고 왔는지 그럴싸하게 꾸며 낸 이야기를 들려주곤 했다. 문제가 생겨서 늦어졌을 때에는 조금 덜 그럴싸한 이야기로 둘러댔는데, 컨트롤도 나중에 비슷한 문제를 겪으면서 당시의 어머니를 이해하게 되었다. 시간이 흐르면서 보안 등급이 낮아져 기밀이 해제된 건에 대해서는 사실대로 이야기할 수 있었지만, 그 무렵에는 이미 오래전에 지나간 일일 뿐이었다. 꾸며 낸 변명들과 무관심이 아버지를 불쾌하게 했다면, 어머니의 열정은 아버지를 분노케 했다. 아버지에게는 어머니의 행동이 거들먹거리는 모습으로밖에 보이지 않았다. 하늘에 번쩍이는 섬광이 진심인지 누가 알 수 있을까?

부모님이 이혼하고 나서 컨트롤은 아버지와 함께 남부로 이사했다. 아버지의 친척들이 살고 있다 보니 은행 잔고가 바닥이 난 상태에서도 예술가로서의 삶을 영위할 수 있는 지역이었다. 컨트롤은 그렇게 많은 소리와 움직임, 다채로운 색들이 고작 하나의 집 안에 존재할 수 있다는 사실에 놀랐다. 그는 갑자기 대가족의 일원이 되어 버렸다.

하지만 서던 리치에서 그리 멀지 않은 그 작은 마을에서 보낸 뜨거운 여름, 몇몇 친구들과 녹슨 자전거가 가진 전부였던 열세 살 소년은 멀리 떨어진 어떤 나라 혹은 도시를 누비고 있을 어머니를 생각했다. 밤하늘에 번쩍이는 섬광은 때때로 인간의 모습을 빌려 그들의 현관 앞에 나타나곤 했다. 예전에 한 가족으로 살 때와 전혀 달라진 바가 없었다.

컨트롤은 언젠가 어머니가 자신을 데려가리라고, 그러면 그 역시 섬광이 되어 남들은 절대 알 수 없는 비밀을 가지게 되리라고 믿었다.

X구역에 대해서는 수많은 소문들이 떠돌았다. 컨트롤은 그런 소

문들이 마치 수족관에 떠다니는 맹독성 해파리 떼 같다고 생각했다. 녀석들이 파란 배경 속을 물결치듯 헤엄치는 모습은 현실 속의 비현실을 보는 듯했다. *외계인의 침략. 정부의 비밀 실험.* 어떻게 그런 괴상망측한 생물 같은 소문들이 존재했을까? 인간에 의한 환경 재앙이라는 정부의 공식적인 발표나 그와 비슷하게 단순한 설명은 사람들의 기억에 남지도, 관심을 끌지도 못했다.

진실은 차라리 더 단순했다. 32년 전, 몇몇 사람들이 '잊힌 해안'이라고 부르는 멀리 떨어진 남쪽 지역에서 어떤 사건이 벌어졌다. 그 사건으로 인해 주위 환경이 변했고, 보이지 않는 장벽 혹은 경계가 생겨났다. 마치 유령 같은, 보고서의 표현을 빌자면 '투과성 경계선의 징후'가 나타나 알 수 없는 진원지로부터 빠르게 퍼져 나가다가 지금의 위치에서 갑자기 멈췄던 것이다.

그 사건 이후 설립된 서던 리치는 무슨 일이 일어났는지 알아내기 위해 탐사대를 보내기 시작했다. 많은 대원들이 희생되는 동안 알아낸 바는 거의 없었다. 하지만 경계 너머의 비밀을 알아낼 수 있는 가능성에 비하면 인명 손실은 사소한 문제였다. 과학자들은 연구를 계속했지만, 아직도 경계의 작용에 대해 제대로 이해하지 못하고 있었다. 회수한 장비들이 어째서 작동하지 않는지, 혹은 불가능할 정도로 빠르게 분해되어 버리는지도 수수께끼였다. 어떤 탐사대가 아무런 피해도 입지 않고 무사히 귀환했다는 점은 더욱 불가사의했다.

"경계가 생기기 전부터 기이한 일들이 일어나기 시작했어요."

점심식사를 마친 후, 컨트롤의 사무실에서 부국장이 말했다. 부국장은 이제 완전히 사무적인 태도를 보이고 있었다. 컨트롤도 일단은 인류학자와 측량사를 치워 버린 그녀의 선제공격에 대한 분노를 접어 두기로 했다.

그레이스가 책상 한쪽에 X구역의 지도를 펼쳤다. 해안선, 등대, 베이스캠프, 오솔길, 강과 호수, 한참 북쪽에 떨어진 섬들이 있는 곳까지…… 침입? 침략? 점령? 어떤 단어가 적당할까? 지도에서 가장 문제가 되는 지점은 컨트롤이 수기로 '동굴'이라고 적어 놓은 작은 점이었다. 대부분의 사람들은 '지형적 변이'라는 표현을 더 많이 사용했다. 문제가 되는 이유는 해당 지역을 탐사한 대원들 중에서 일부만이 그 동굴을 목격했기 때문이다.

그레이스는 지도 위에 여러 개의 서류철을 내려놓았다. 컨트롤은 지금 시대에 종이 서류를 사용하는 일이 꽤 시대착오적으로 느껴졌다. 하지만 전 국장은 경계 너머에 현대 기술을 가져가서는 안 된다는 생각에 사로잡혀 있었다. 그녀는 몇몇 형태의 통신 수단을 금지했을 뿐 아니라, 모든 이메일을 종이에 인쇄하고 전자 원본도 따로 보관하도록 지시했다. 또한 서던 리치 내부에서 인터넷이나 다른 전자 통신을 사용하려면 복잡하고 이해하기 어려운 절차를 준수해야 했다. 이제 그런 규정들을 없애야 할까? 아직은 속단할 수 없었다. 비록 실용적인 규정들은 아닐지 몰라도 어느 정도 공감은 할 수 있었다. 컨트롤은 오직 검색과 관리 용도로만 인터넷을 사용했다. 그는 현대인의 두뇌가 오히려 퇴화하고 있다고 느꼈다.

"그 전부터 벌어지기 시작했죠······."

"얼마나 이전부터 말입니까?"

"조사에 따르면 경계가 생기기 약 100년 전부터 그 해안을 따라 기이한······ 활동이 감지되었어요."

X구역이 형성되기 전이었다. '원시 상태의 황야.' 컨트롤은 지금까지 **원시**라는 단어를 그렇게 자주 들어 본 적이 없었다.

컨트롤은 **그들**이 그 영역을 뭐라고 부르고 있을지 궁금했다. 사람이든, 아니면 다른 무언가든 누군가가 창조해 낸 그 원시 영역이 수많은 사람을 죽음으로 몰고 갔다. 별장이라고 부르려나. 아니면 교두보라고 부를지도 모르겠다. 어쩌면 애초에 '그들'부터가 이해할 수 없는 대상이라서 뭐라고 부르든, 그리고 그 이유가 무엇이든 자신으로서는 납득하기 어려울지도 몰랐다. 컨트롤은 보이스에게 자신이 다른 중대한 미해결 사건들의 정보에 접근할 필요가 있을지 물어봤다. "아니."라고 대답하는 보이스의 음성은 깎아지른 절벽처럼 단호했다.

책상다리가 부러질 만큼 쌓여 있는 서류철의 일부 내용은 이미 읽어서 알고 있었다. 베이지색 서류철에 들어 있는 방대한 분량의 정보는 대부분 등대 일지와 경찰 보고서였다. 컨트롤은 그 안에 담긴 불가사의를 파헤치려면 가장자리부터 접근해야 하며, 말라붙은 치약을 쥐어짤 때처럼 끈질겨야 한다는 점을 잘 알았다. 마치 오래된 공포 영화 속의 한 장면처럼, 거친 삶을 살아온 무성한 턱수염의 어부들이 무자비한 바다를 초점 잃은 눈동자로 바라보며 저질렀던 '이상 행동들'. 미해결 실종 사건들. 밤의 불빛들. 기이한 항해자들, 거짓 신호들, 인적 없는 해안의 등대를 중심으로 쌓여 가는 100가지도 넘는 전설.

심지어는 '초자연적 현상의 경험적 실재'를 입증하기 위해 헌신하는 강령술과 과학 협회(Séance&Science Brigade)라는 비공식 단체도 끼어들었다. S&SB의 회원들은 자비로 서적을 출판했고 실제로 X구역이라는 이름에 영향을 주기도 했다. 문제의 해안을 '특별 관심 대상'으로 구분한 다음 '활성지점X'라는 이름을 붙였던 것이다. 활성지점X는 S&SB가 과학에서 영감을 얻어 새로 만들었다는 타로 카드 중 특히 의미 있는 한 장을 가리키는 말이기도 했다. 서던 리치는 초기부터 S&SB를, 그게 무엇이든 X구역의 원인과는 '그 어떤 관련도 없는' 단체에 불과하며 자신들이 이해할 수 있는 범주를 벗어난 사건에 관심을 가지는 운 좋은(없는) '아마추어'일 뿐이라고 폄하했다. 하지만 컨트롤이 그동안 맞닥뜨렸던 가장 위험한 테러리스트들은 거의 전부 '아마추어'였다.

"우리는 우연이 지배하는 세계에 살고 있단다." 컨트롤의 아버지는 언젠가 그렇게 말했다. "하지만 형편없는 예술가들은 어디서든 인과 관계를 찾고 싶어 하지."

물론 아버지가 말하는 형편없는 예술가란 어머니를 의미했다. 하지만 이 말은 더 넓게 적용될 수 있었다.

그렇다면 X구역에 대한 음모 이론의 전부 혹은 일부도 우연의 일치에 불과할까? 그 답을 알아내기 위해서는 몇 년이고 자료 속을 헤매야 할지도 몰랐다. 아마 전 국장이 했던 일이 바로 그거라고 컨트롤은 생각했다.

"그래서, 이것들이 믿을 만한 증거라고 생각합니까?"

컨트롤은 아직 부국장이 이 산처럼 쌓인 헛소리를 얼마나 신봉하고 있는지 알지 못했다. 그녀가 내비치는 반감으로 볼 때 상당히 빠져들어 있겠지만, 굳이 거기서 건져내고 싶은 마음은 없었다.

"전부는 아니겠죠." 부국장은 찌푸렸던 표정을 지우고 옅은 미소를 띠며 말했다. "하지만 경계가 생기고 나서 발생한 사건들을 되짚어 보면, 일정한 패턴들이 드러나요."

컨트롤은 그녀의 말을 믿었다. 설사 그레이스가 더운 여름날 딸기 아이스크림의 소용돌이나 아니면 그녀가 좋아하는 또 다른 기호 식품인 라임을 띄운 럼-앤-다이어트 칵테일 속의 얼음에서(그녀의 개인 서류철은 어이가 없을 정도로 업무와 무관한 세부 사항으로 가득했다.) 어떤 계시를 봤다고 해도 믿었을 터였다. 패턴을 발견하는 일은 분석가의 기본적인 자질이었다. 하지만 그중 어떤 패턴이 전 국장의 마음을 사로잡았을까? 컨트롤은 국장이 남겨 놓은 이 난장판이 보다 합리적인 조사 과정을 은폐하려는 의도적인 행동의 결과이기를 어느 정도 바라고 있었다.

"하지만 그건 반쯤 버려진, 별 특이한 점이 없는 다른 해안들도 마찬가지 아닙니까?"

전국적으로 그런 장소는 10여 군데에 달했다. 기반 시설이 거의 전무하고 정부 시책이 오락가락하는 바람에 부동산 개발업자들로부터 외면당한 지역들이었다.

부국장은 건방지게 구는 중학생을 쳐다보는 듯한 눈빛으로 그를 응시했다.

"무슨 생각을 하는지 알아요." 그녀가 말했다. "우리가 자체적인 정보에 매몰되지 않았을까? 답은 물론 '그렇다'예요. 시간이 흐르면 어쩔 수 없이 일어나는 일이죠. 하지만 당신은 낯선 시각을 가졌으니까 그 서류들 속에서 뭔가 유용한 정보를 찾아낼 수 있을지도 몰라요. 원한다면 내가 전부 요약해서 보고할 수도 있어요. 아니면 당신이 우리에게 뭔가 도움을 줄 수도 있겠죠. 당신이 모든 걸 다 알기 때문이 아니라, 아는 바가 거의 없기 때문에 말이에요."

분노 섞인 자존심이라는 불필요한 감정이 컨트롤의 안에서 고개를 쳐들었다. 모르는 게 없는 듯한 부모 밑에서 자란 탓에 생겨난 감정이다.

"그런 뜻은 아닙니다, 난……."

다행히도 부국장이 그의 말을 잘랐다. 불행히도 그녀의 말투에는 경멸이 드러났다.

"우리는 여기서 오랜 시간을 보냈어요……. 컨트롤. 아주 오랜 시간을. 이 문제와 살다시피 했죠. 할 수 있는 일도 별로 없으면서 말이에요." 목소리에서 놀랄 만큼 깊은 고통이 느껴졌다. "아직 당신은 뼈에 사무치지 않았을 거예요. 하지만 몇 주만 더 지나면, 모든 걸 다 보고 나면, 아마 당신도 우리와 마찬가지 기분을 느낄 거예요. 오히려 더 심할지도 모르죠. 왜냐하면 상황이 점점 더 나빠지고 있으니까요. 발견되는 일지는 점점 줄어들고, 머리가 텅 빈 채 돌아오는 좀비들은 점점 늘어나요. 그리고 책임져야 할 사람들 중 누구도 우리에게 신경 쓸 시간이 없죠."

컨트롤은 나중에 자신이 본부의 변덕스럽고 부당한 처사를 견뎌야 하는 부국장을 위로할 수도 있었다는 점을 깨달았지만, 이때는 그저 그녀를 가만히 쳐다보기만 했다. 그녀가 내비친 체념이 조직 안에 퍼져 있다면 큰 장애물이 되리라는 점을 깨닫고 우울한 만족감을 느꼈다. 아무도 그들을 필요로 하지 않고, 아무도 돕지 못하고 있다는 공포심의 조합. 진전은 없는 거나 마찬가지였다.

서류에 의하면 첫 번째 탐사대는 거의 상상을 초월한 공포를 경험했다. 그런데도 계속 탐사대를 파견했다는 사실이 놀라울 따름이었다. 하지만 그들에게는 사실 선택의 여지가 없었고, 전 국장의 표현을 빌자면 '긴 싸움'이 되리라는 점을 이해하고 있었다. 심지어 두 번째 탐사대에게는 첫 번째 탐사대가 어떻게 되었는지 알리지 않고, 단순히 사람의 손길이 닿지 않은 황야에 대한 몇 가지 이야기를 꾸며서 들려줬다. 아마 후속 탐사대의 사기를 유지하기 위한 조치일

뿐만 아니라, 서던 리치 자체가 받은 충격을 완화하기 위한 방편이기도 했을 것이다.

"30분 후에 과학 부서를 둘러보는 약속이 있어요." 부국장이 자리에서 일어나더니 책상 위에 손을 짚고 그에게 몸을 기울였다. "물론 혼자서도 찾아갈 수 있겠죠?"

그 정도 시간이면 사무실에 미리 설치된 감시 장비가 있는지 찾아보기에 충분할 터였다.

"고맙군요." 그가 말했다. "나가 봐도 좋습니다."

그리고 부국장이 나갔다.

하지만 기분은 나아지지 않았다. 여기에 오기 전, 컨트롤은 자신이 서던 리치의 상공을 날아다니며 폭격기처럼 일을 착착 처리하게 될 거라고 상상했다. 하지만 일은 그런 식으로 돌아가지 않았다. 그의 날개는 이미 불에 타 버렸다. 진창에 빠진 발을 꺼내지 못하고 신음하는 육중한 짐승이 되어 버린 느낌이었다.

전 국장의 사무실에 익숙해진 뒤에도 컨트롤의 노련한 시선은 새롭거나 특별한 점을 포착하지는 못했다. 결국 책상 위에 설치한 그의 새 컴퓨터는 방 안의 나머지 물건들에 비하면 거의 SF 영화 속의 소품처럼 보였다.

벽을 등진 마호가니 책상은 긴 직사각형 방의 한쪽 끝에 달린 문을 바라보고 있었다. 누군가 등 뒤로 몰래 들어오거나 어깨 너머로 서류를 훔쳐볼 방법은 없었다. 사방의 벽은 책장이나 서류를 보관한 사물함으로 가려져 있고, 그 앞에도 책과 서류가 잔뜩 쌓여 있었다. 책장 위에는 정체를 알 수 없는 상자들이 꽉꽉 들어찼고, 예의 메모판에는 찢어진 종잇조각들과 손으로 휘갈겨 쓴 도표들을 핀으로 꽂아 놓았다. 누군가의 혼란스러운 머릿속에 들어와 있는 기분이었다. 국장의 책상 바로 왼쪽에는 생물 표본들이 일렬로 놓여 있었다. 선반 위에는 먼지로 뒤덮여 썩어 가는 솔방울들이 흩어져 있었다. 희미하게 퀴퀴한 냄새가 풍겼지만 출처는 찾을 수 없었다.

입구 맞은편의 책장들 사이로 문이 하나 더 있지만, 서류철과 골판지 상자로 가려진 상태였다. 부실한 보수 공사 탓에 그 문을 열면 바로 벽이 나오는 괴상한 구조라고 했다. 책상에서 먼 쪽 벽까지 거리는 대략 7.5미터 정도였다. 그 벽에는 다른 물건 없이 할인 판매점에서 샀을 법한 싸구려 액자가 두 줄로 걸려 있어, 그나마 이 난장판의 숨구멍 노릇을 하고 있었다. 액자 안에는 1880년대에 만들어진 등대 그림의 동판화, 등대를 배경으로 남자 둘과 소녀 하나가 나온 흑백 사진, 드문드문 검은 나무가 서 있는 갈대 숲을 그린 어설픈 수채화 그리고 등대가 정상적으로 운영되던 시절 촬영한 내부의 컬러 사진이 담겨 있었다. 개인적인 취향은 전혀 드러나지 않는 사진들이었다. 국장 본인은 물론 백인인 부친이나 미국 원주민인 모친을 포함해 그녀의 삶에 관계된 어느 누구의 모습도 보이지 않았다.

컨트롤은 이제 자신의 사무실이 된 이 방에서 뭔가 쓸모 있는 정보를 얻을 수 있다고 기대하지 않았다. 아마 가장 마지막까지 살펴보지 않아도 될 장소였다. 사무실 전체가 국장의 부재를 나타내고 있는 듯했다. 책상 서랍들 중 하나는 잠겨 있었는데, 열쇠는 어디에도 보이지 않았다. 컨트롤은 그 잠긴 서랍 안에서 오래전 뭔가가 썩어 갔던 듯한 흙냄새를 맡았다. 책상 한쪽으로는 알 수 없는 덩어리가 축 늘어져 있기까지 했다.

노련한 스파이 출신인 컨트롤의 할아버지는 설거지를 할 때나 낚시 여행을 준비할 때에도 늘 이렇게 말하곤 했다.

"절대 단계를 건너뛰지 말거라. 하나의 단계를 건너뛰고 나면, 다섯 단계가 더 생겨나 버린단다."

감시나 도청을 위한 장치를 찾아내려면 예상보다 시간이 더 걸릴 듯해서 컨트롤은 내선으로 과학 부서에 좀 늦겠다는 연락을 했다. 전화를 끊기 전 상대방의 짜증스러운 신음 소리가 들렸다. 컨트롤은 전화를 받았던 자가 누군지 궁금했다. 사람일까? 훈련받은 돼지일까?

컨트롤은 끈질긴 수색 끝에 놀랍게도 스물두 개나 되는 도청 장치를 사무실 안에서 찾아냈다. 그중에 몇 개나 제대로 작동하고 있을지 의심스러웠다. 제대로 작동한다 해도, 그 정보를 누군가 듣고는 있을지도. 실제로 국장의 사무실은 도청 장치의 박물관이나 마찬가지였다. 여러 시대에 걸친 다양한 장치들이 뒤섞여 있었고, 최근

것일수록 더 작고 찾아내기 어려웠다.

도청 장치를 하나 찾아낼 때마다 흥이 나고 기분이 좋아졌다. 도청 장치는 서던 리치의 몇몇 다른 부분들과 달리 컨트롤이 이해할 수 있는 영역에 존재했다. 컨트롤은 다양한 종류의 훈련을 받았고, 실제 임무에서 도청 장치를 사용해 어떤 사람이나 장소를 감시한 적도 많았다. 누군가를 감시한다고 해서 어떤 쾌감이나 흥분을 느낄 수는 없었다. 혹시 그런 감정이 생긴다고 해도 점차 대상을 이해하고 보호하기 위해 노력하는 동안 점차 엷어졌다. 하지만 장치 자체는 무척 흥미로웠다.

수색을 마친 컨트롤은 책상 위의 색 바랜 패드 위에 오래된 순서대로 도청기를 늘어놓고 즐거워했다. 어떤 것들은 은색으로 빛났고 어떤 것들은 어둡고 새까만 색이었다. 몇 가지는 마치 탯줄처럼 전선이 연결되어 있었다. 지점토로 만든 공이나 벌집으로 위장한 장치들은 외국에서 들여온 것으로 보였다. X구역이라는 블랙박스에 대한 호기심으로 이끌린 침입자들의 작품 같았다. 분명한 사실은 전 국장이 도청기의 존재를 알면서도 내버려 뒀다는 점이다. 어쩌면 내버려 두는 편이 가장 안전하다고 생각했을 수도 있다. 이 중에 그녀가 직접 숨겨 둔 장치가 있을지도 몰랐다. 컨트롤은 국장이 이런 이유로 현대 기술을 불신했던 건지 궁금했다.

새로 도청기를 설치하는 일은 뒤로 미뤄야 했다. 지금은 시간이 없었다. 찾아낸 장치들을 지금 막 떠오른 다른 용도로 사용하기 위해 다시 설치할 시간도 없었다. 컨트롤은 조심스럽게 도청 장치들을 서랍 속에 넣어 둔 다음, 과학 부서를 안내할 직원을 찾아 나섰다.

연구동은 건물 전면의 주차장에서 봤을 때 U자 모양의 오른쪽 지하에 있었다. 그 맞은편은 원래 탐사 준비를 위한 구역으로 사용하다가, 지금은 출입이 봉쇄된 채 생물학자가 머무는 장소였다. 과학 부서의 만물박사 하나가 컨트롤의 안내 역할을 맡았다. 다른 어떤 직원보다 더 오래 이 기관에서 일한 휘트비 앨런이라는 사람이었다. 최근의 인원 감축 때문에 선임자인데도 '생태계를 전공하는 포괄적 박물학자 겸 전체론적 과학자'로서의 자기 연구를 희생하며 이런저런 잡무에 불려 다니는 처지였다. 휘트비는 과학 부서의 책임자 밑에서 일했지만 동시에 부국장의 지시를 받기도 했다. 그는 조상 대대로 고풍스러운 기둥이 늘어선 여러 대학에서 종신 교수로 재직한 학자 가문의 후손이었다. 어쩌면 자신의 집안에서는 이단아에 가까운 존재일지도 몰랐다. 미술 학교를 중퇴하는 등 한참 방황하다 뒤늦게야 제대로 된 학위를 받았기 때문이다.

휘트비는 파란 블레이저에 하얀 셔츠, 그리고 묘하게 튀지 않는 진홍색 보타이 차림이었다. 갈색 머리카락과 다소 마르고 초췌한 소년 같은 인상의 얼굴 때문에 실제로는 50대지만 훨씬 어리게 보이는 인상이었다. 주름도 거의 없었고 머리카락도 아직 풍성했다. 컨트롤이 점심시간에 우연히 휘트비를 봤을 때 그는 구내식당의 테이블 위에 지폐 여러 장을 일렬로 늘어놓고 있었다. 돈을 세고 있었던 걸까? 예술 작품을 만들고 있었던 걸까? 아니면 지폐들로 생태계를 설계하고 있었을까?

휘트비의 웃는 표정은 어색했고, 구취나 치아 상태는 치료가 필요해 보였다. 가까이 다가가서 보니 몇 년 동안 제대로 잠도 자지 못한 사람 같았다. 피곤한 표정과 수분 부족으로 푸석한 얼굴 때문에 물빛 눈동자가 더 크게 보였다. 식당에서 돈을 가지고 놀던 괴상한 모습에도 충분히 유능한 느낌을 주는 사람이었다. 휘트비는 잡담에 기꺼이 응하면서도 좀처럼 의중을 드러내지 않았다. 그래서 컨트롤은 구내식당의 의자들 사이를 헤쳐 나가며 그에게 질문을 던졌다.

"12차 탐사대의 대원들에 대해서는 좀 아십니까?"

"'안다'고 하기는 어려울 것 같습니다."

휘트비가 불편한 기색을 드러내며 말했다.

"하지만 그들을 본 적은 있겠죠."

"그렇습니다."

"생물학자도요?"

"네, 그 여자도 봤죠."

구내식당을 지나자 천장이 유리라 빛이 환한 건물 로비가 나왔다. 멀리 어딘가의 사무실에서 경쾌한 대중음악 소리가 들렸다.

"그녀에 대해서 어떻게 생각합니까? 인상이 어땠나요?"

휘트비가 심각한 표정으로 기억을 더듬었다.

"거리감이 느껴졌습니다. 진지했고요. 다른 누구보다 열심이었죠. 하지만 그리 열중하는 것처럼 보이지는 않았어요. 무슨 뜻인지 아실 거라 믿습니다만."

"아니, 무슨 뜻인지 잘 모르겠군요, 휘트비."

"흠, 그녀에겐 이 일이 별로 중요하지 않아 보였습니다. 대수롭지 않다는 인상이었죠. 그 너머를 보는 것 같았다고나 할까요? 뭔가 다른 걸 보고 있었습니다."

컨트롤은 휘트비가 생물학자를 무척 자세히 관찰했다는 인상을 받았다.

"전 국장은 어땠습니까? 전 국장이 생물학자와 대화하는 모습을 본 적이 있습니까?"

"두 번, 어쩌면 세 번 정도는요."

"두 사람이 친했나요?"

컨트롤 자신도 왜 이런 질문을 하는지 몰랐지만, 원래 낚시란 그런 법이다. 때로는 아무 곳에나 낚싯줄을 던지는 식으로 시작할 필요가 있었다.

"아닙니다. 하지만…… 두 사람 모두 그 누구와도 친하게 지내지 않았습니다." 휘트비는 마지막 말을 누가 엿듣기라도 할까 봐 걱정하는 것처럼 거의 속삭이듯 말했다. 그런 다음 짐짓 아무렇지도 않은 척 말을 이었다. "12차 탐사대에 생물학자를 참여시키고자 했던 사람은 국장님 말고는 아무도 없었죠."

"아무도 말입니까?" 컨트롤이 은근하게 물었다.

"대다수는 그랬습니다."

"부국장도 포함해서 말입니까?"

휘트비가 곤란하다는 듯한 시선을 던졌다. 하지만 침묵은 대답이나 마찬가지였다.

국장은 오랜 시간 서던 리치에서 일하며 이 조직에 커다란 그림자를 드리웠다. 사라지고 없는 지금조차 일종의 영향력을 행사하고 있었다. 아마 휘트비는 그 영향을 크게 받는 사람이 아닐 수도 있었다. 하지만 어쨌든 컨트롤은 그 점을 느낄 수가 있었다. 그리고 국장이 부국장의 눈을 통해 자신을 감시하고 있다는 기묘한 생각까지 들었다.

엘리베이터가 고장 난 데다 며칠 내로 군사 기지에서 전문가가 올 때까지는 수리도 불가능해서 두 사람은 계단을 이용할 수밖에 없었다. 컨트롤은 U자의 구부러진 부분에 위치한 문을 통과하여 나란히 뻗어 있는 15미터 길이의 복도 한곳으로 향했다. 복도 바닥에는 건물의 다른 부분과 마찬가지로 볼품없는 양탄자가 깔려 있었다. 복도 끝까지 가서 도살장이나 응급실에 더 어울릴 법한 커다란 미닫이문을 열자 계단이 나타났다. 휘트비는 여태까지 보여 줬던 소심한 모습과 달리 마치 무대로 나가는 록스타처럼(혹은 반대편에서 기다리는 사람에게 경고라도 하듯이) 거칠게 문을 밀고 들어갔다. 그리고 나서 생각에 잠긴 컨트롤을 위해 한쪽 문을 잡고 기다렸다.

"이리로 가시면 됩니다."

"알고 있습니다."

문을 통과하자 갑자기 바닥이 꺼지듯 녹색 양탄자가 끝나고 콘크리트 바닥이 드러났다. 계단 아래쪽은 컴컴했고 벽에 붙어 있는 칙칙한 흰색 할로겐 조명이 드리우는 그림자 사이로 붉은 비상등이 깜빡였다. 높은 천장 때문에 지하로 내려가는 통로라기보다 인공 동굴이나 창고처럼 보였다. 희미한 불빛 아래 철제 난간의 녹슨 부분이 눈에 띄었다. 컨트롤은 서늘한 공기를 느끼며 고등학교 시절 견학했던 자연사 박물관을 떠올렸다. 인공 동굴 안에 선사 시대의 거대한 아르마딜로나 나무늘보처럼 멸종한 동물들의 어설픈 모형을 전시해 놓은 곳이었다.

"과학 부서에 근무하는 직원이 몇 명입니까?"

어둠에 눈이 익숙해진 뒤 컨트롤이 물었다.

"스물다섯 명일 겁니다."

휘트비가 말했다. 정답은 열아홉 명이었다.

"5년 전에는 몇 명이었죠?"

"거의 비슷했죠, 아마 조금 더 많았을 겁니다."

정답은 서른다섯 명이었다.

"이직률은 어떻습니까?"

휘트비가 어깨를 으쓱해 보였다.

"언제나 자기 자리를 지키는 충직한 직원들이 몇 있습니다. 하지만 그만큼 새로운 직원들도 들어오고, 대부분의 경우 의욕이 충만하지만 실제로는 아무런 변화도 이루어 내지 못하죠."

그의 말투는 그들이 얼마 지나지 않아 그만두거나 현실을 깨닫는다는 점을 암시했다……. 하지만 현실을 깨닫고 어떻게 된다는 걸까?

컨트롤은 침묵이 길어지도록 내버려 뒀고, 한동안 두 사람의 발소리만 들렸다. 그가 예상한 대로 휘트비는 침묵을 좋아하지 않았다. 잠시 후 그가 입을 열었다.

"죄송합니다, 죄송해요. 무슨 뜻이 있어서 한 말은 아닙니다. 그저 새로운 직원이 실제 상황은 아무것도 모르면서 이런저런 변화를 주고 싶어 하면 정말 힘들거든요. 신참들이 매뉴얼부터 읽어 보면 좋겠다는 생각이 듭니다……. 그러니까, 매뉴얼이 있다면 말이죠."

컨트롤은 휘트비의 말에 건성으로 대답하며 생각에 잠겼다. 마치 휘트비가 다른 사람들을 상대로 한창 언쟁을 벌이는 도중에 자신이 끼어든 느낌이었다. 어느 시점에는 휘트비도 새로운 목소리였을까? 예전의 그는 과학 부서를 넘어 서던 리치 전체에 변화를 요구하는 신참이었을까?

휘트비의 안색이 갑자기 거의 아파 보일 정도로 창백해졌다. 부지런히 계단을 내려가는 그의 눈동자는 초점을 잃고 있었다. 아래로 내려갈수록 상태가 점점 더 나빠졌고 말도 짧아졌다.

컨트롤은 동정심이나 연민에 가까운 감정을 느꼈다. 둘 중 어느 쪽인지는 알 수 없었다. 어쩌면 주제를 바꾸는 일이 휘트비에게 도움이 될지도 몰랐다.

"X구역에서 마지막으로 새 표본이 들어온 건 언제였습니까?"

"5~6년쯤 전이었습니다."

이번에는 좀 더 당당하다고 할까, 자신 있게 들리는 대답이었다. X구역에서 서던 리치로 뭔가 새로운 것이 온 지가 6년이라. 열한 차례에 걸쳐 완전히 변해서 돌아온 탐사대 대원들을 제외하면 말이다. 여러 의사와 과학자가 끊임없이 그들이 입고 온 옷까지 연구했지만…… 아무것도 알아내지 못했다. 특이한 점이라고는 없었다. 단 하나의 예외라면 암이었다.

과학 부서에서 자체 가동하는 전등을 제외하면 외부에서 지하로 들어오는 빛은 전혀 없었다. 발전기는 물론 환기 시스템과 식량 공급까지 부서 자체에서 조달했다. '긴급 상황에는 과학자부터 구하라'는 오래전 지침의 영향이 분명했다. 컨트롤은 정부가 밀실에서 패닉 상태에 빠지고, 서던 리치에서 일하는 직원들은 잊힌 해안을 통해 이 세계에 들어온 존재들이 조만간 육지까지 노릴지도 모른다고 생각했던 초창기 시절을 상상하기 어려웠다. 어쩌면 예상과 달리 침략이 일어나지 않았기 때문에 서던 리치가 쇠락하기 시작한 건 아닌지 궁금해졌다.

"여기서 일하는 게 마음에 듭니까, 휘트비?"

"마음에 드냐고요? 그럼요. 때때로 대단히 흥미롭고, 아주 도전적이죠."

휘트비는 이제 땀을 흘리고 있었다. 이마에 땀방울이 송글송글 맺혔다.

대단히 흥미로운지는 몰라도, 기록에 따르면 휘트비는 3년 전에는 주기적인 발작처럼 전근 발령을 요청하곤 했다. 간헐적인 SOS 신호처럼 한 달에 한 번, 두 달에 한 번 꼴로 요청하더니 점차 빈도가 줄어든 끝에 심전도기가 정지하듯 휘트비의 시도도 멈췄다. 컨트롤은 여러 차례의 시도에서 드러난 그의 적극성과 절망감을 모두 이해했다. 휘트비는 이런 벽지에 갇혀 있고 싶어 하지 않았지만, 전 국장이나 다른 누군가에게는 그를 놓아줄 생각이 없었다.

어쩌면 휘트비가 다양한 업무를 처리할 수 있기 때문인지도 몰랐다. 컨트롤이 보기에는 서던 리치의 다른 모든 부서들과 마찬가지로 테러 방지책과 본부의 횡포 때문에 과학 부서 역시 어머니가 자주 하던 표현대로 '산산조각 난' 상태가 분명했다. 인사 기록에 따르면 한때 과학 부서에는 거의 30가지 분야의 정식 과학자 115명이 근무했다. 지금은 그중 65명만 이 삭막한 곳에 남아 있었다. 컨트롤은 시설 이전에 대한 소문마저 돌고 있다는 사실을 알았다. 하지만 이 건물은 뭔가 다른 용도로 사용하기에는 경계와 너무 가까운 위치에 있었다.

컨트롤은 무언가 썩는 듯한 예의 그 약품 냄새를 다시 맡았다. 아무래도 청소부가 건물 안의 아무 곳이나 마음대로 돌아다닐 수 있는 모양이었다.

"청소용 약품 냄새가 너무 강하지 않습니까?"

"냄새요?"

휘트비가 눈을 크게 뜨고 주위를 이리저리 살폈다.

"상한 벌꿀 냄새 말입니다."

"전 아무 냄새도 안 나는데요."

컨트롤은 휘트비의 퉁명스러운 말에 인상을 찌푸렸다. 하긴 여기 일하는 사람들이야 이미 익숙해졌다고 해도 놀랍지 않았다. 사소한 일이지만 청소용 약품을 천연 성분으로 바꾸도록 지시해야겠다는 생각이 들었다.

두 사람은 불필요하게 급한 각도로 꺾어진 모퉁이를 돌아서 과학부서 앞의 넓은 공간에 도착했다. 컨트롤은 건물 내의 다른 어느 곳보다 높은 천장을 보고 놀랐다. 금속으로 만든 높다란 벽이 그들을 맞이했고, 작은 문에서는 복잡한 보안 시스템이 붉은 빛을 내며 깜빡이고 있었다.

정작 그 문은 열려 있었지만.

"이 문은 항상 열려 있습니까, 휘트비?"

휘트비는 자신의 추측을 함부로 말하지 않으려는 듯 망설이다가 대답했다.

"원래는 여기가 시설의 가장 끝 부분이었습니다. 문을 설치한 건 고작 한두 해 전이죠."

그럼 그 전에는 이 넓은 공간이 무슨 용도로 쓰였을지 컨트롤은 궁금해졌다. 댄스홀? 결혼식이나 유대교 성인식을 위한 장소? 군법회의에 따른 즉결 처분을 하는 곳?

안으로 들어가기 위해서는 두 사람 다 몸을 숙여야 했다. 문 안쪽에는 마치 우주선 안에나 있을 법한 에어로크 두 군데가 기다리고 있었다. 의심할 여지 없이 오염을 막기 위한 장치였다. 완전히 밀폐된 방식이 아니라서 그 너머에 일렁이는 강렬하고 하얀 빛을 볼 수 있었다. 그 빛이 어떻게 열려 있는 문 밖으로 새어 나가지 않는지 신기했다.

두 개의 에어로크 모두 어깨 높이에 기다란 검은색 장갑들이 줄지어 걸려 있었는데, 실의에 빠진 듯 축 늘어진 모양새였다. 누군가의 팔과 손이 들어가 생명을 불어넣었던 때로부터 아주 오래 지났다는 느낌을 주는 물건들이었다. 마치 호기심과 연구에 대한 의지를 안치해 놓은 묘지 같은 모습이었다.

"이 장갑들은 뭡니까, 휘트비? 손님들을 겁주기 위한 용도라도 됩니까?"

"아, 오랫동안 사용하지 않았던 물건입니다. 왜 계속 여기에 놔두는지 모르겠군요."

그 뒤로도 상황은 그리 나아지지 않았다.

003: 과정

나중에 휘트비를 그의 세계에 남겨 두고 사무실로 돌아온 컨트롤은 다시 한 번 도청 장치를 수색했다. 그런 다음 정기적으로 보고하라는 지시를 내린 보이스에게 전화할 준비를 했다. 보이스가 보고용 휴대폰을 따로 지급하는 바람에 컨트롤의 사첼 가방이 두툼해져 있었다. 컨트롤은 서던 리치로 오기 전에 보이스와 이미 10여 차례 대화를 나눴다. 남자인지 여자인지도 알 수 없는 보이스는 지금도 이 근처 어딘가 있을지 모르는 존재였다. 어쩌면 숨겨 둔 카메라로 그를 계속 감시하고 있을지도 몰랐다. 아니면 수 킬로미터는 떨어진 곳에, 단지 컨트롤한 사람을 추적하기 위한 시설을 건설해 놓았을지도 몰랐다.

이전 대화에서 받았던 인상 외에는 딱히 아는 바도 없지만, 보이스와 대화할 때면 늘 긴장이 됐다. 복도에 사람이 없다는 사실을 확인하고 문을 잠근 뒤, 전화기의 번호를 누르는 컨트롤의 속옷이 땀으로 축축해졌다. 어머니나 보이스는 그가 어떤 내용을 보고하리라 기대하고 있는지 말해 주지 않았다. 어머니는 보이스가 당신과 상의 없이도 컨트롤을 이번 임무에서 제외시킬 수 있다고 말한 적이 있었다. 사실인지 의심스러운 이야기지만 일단은 믿어 두기로 했다.

보이스는 언제나처럼 음성 변조 장치를 사용했다. 보안 때문일까 아니면 컨트롤이 자신의 목소리를 알지도 모른다고 생각하기 때문일까?

"보이스의 정체는 절대 알아낼 수 없을 거다." 어머니는 그렇게 말했었다. "그러니 그에 대한 의문은 머리에서 지워 버려. 당면한 과제에 집중하거라. 네가 가장 잘할 수 있는 일을 하는 거야."

하지만 그 일이 대체 뭐란 말인가? 그리고 보이스는 어째서 그가 그런 일을 잘한다고 생각하게 된 걸까? 컨트롤은 이미 보이스의 정체를 상상하고 있었다. 너무 은밀하고 복잡하게 이어져 내려온 탓에 이제는 아무도 원래 목적을 기억하지 못하면서 의례적인 활동만 반복하는 비밀 조직 안 어딘가에 위치한 소금물 탱크에 들어 있는 메갈로돈 혹은 다른 종류의 거대한 바다괴물의 모습으로. 싱크 탱크(Think Tank)가 아니라 싱크 탱크(Sink Tank)인 셈이지. 아니면 스팅크 탱크(Stink Tank)라고. 컨트롤은 어머니나 보이스도 그런 농담을 재미있어할지 의심스러웠다.

보이스는 컨트롤을 본명으로 불렀다. '컨트롤'이라는 호칭에 너무 익숙해진 탓인지 처음에는 다른 사람의 이름처럼 들려서 혼란스러웠다. 컨트롤은 왼손 검지로 책상 위의 압지를 두드리는 동작을 멈출 수가 없었다.

"보고하게." 보이스가 말했다.

"어떤 식으로 할까요?"

바로 그렇게 대꾸한 컨트롤은 스스로 말하고도 어리석은 질문이라고 생각했다.

"언어를 사용하면 좋겠지."

보이스의 음성은 부츠 밑의 자갈이 내는 소리 같았다.

컨트롤은 자신이 받았던 서던 리치의 현황에 대한 요약 보고를 전달하는 것을 시작으로 여태까지 있었던 일을 간략하게 설명했다.

하지만 그러는 도중 실마리를 잃고 헤매기 시작했다. 사무실의 도청 장치에 대해서 이미 이야기를 했던가? 그러자 보이스가 말을 끊고 끼어들었다.

"과학자들에 대해 말해 보게. 과학 부서에 대해 말해 봐. 오늘 그들을 만났을 텐데. 그쪽 상황은 어떻던가?"

흥미롭군. 보이스가 서던 리치 안에 또 다른 *끄나풀*을 가지고 있다는 건가?

컨트롤은 보이스에게 과학 부서를 방문한 일을 보고하면서 개인적인 의견은 완곡하게 표현했다. 보고를 받는 사람이 보이스가 아니라 어머니였다면, 과학자들이 운영하는 부서라는 점을 감안해도 엉망진창이라고 말했을 터였다. 부서장인 마이크 체니는 체격이 작고 다부진 데다 목소리가 우렁찬 50대 백인 남성으로, 머리는 짧게 다듬었으며 오토바이 폭주족이나 입을 법한 가죽 재킷에 티셔츠와 청바지 차림이었다. 억양으로 볼 때 북부 출신이 분명했지만 가끔 뒤늦게 배운 남부 사투리가 섞여서 나오곤 했다. 입가의 주름과 양 끝이 솟구친 눈썹 때문에 마치 얼굴에 X자 표시가 되어 있는 듯한 인상이었다. 체니는 그 X자 운명에 대항해 싸우기라도 하듯 항상 미소를 짓고 친절하게 굴었다.

부서의 2인자인 데버러 데이비슨 역시 물리학자였다. 깡마른 마라토너 같은 모습이지만 실제로는 몸무게를 유지하기 위해 담배를 피우는 사람이었다. 그녀는 짧은 소매의 붉은 체크 셔츠에 딱 붙는 갈색 코듀로이 바지를 두꺼운 가죽 벨트로 단단히 조여 맨 채로 뒤뚱거렸다. 이런 옷차림은 커다란 어깨 패드가 들어간 한참 유행이 지난 검은색 비즈니스 재킷 아래 가려져 있었다. 컨트롤은 그녀와 악수를 나누다가 죽은 생선처럼 차가운 손의 감촉에 놀랐다.

새로운 이름을 기억하는 컨트롤의 능력은 거기까지가 한계였다. 그는 미팅을 위해 작은 방에 옹기종기 모여 앉은 실험 화학자와 심리학자, 병리학자, 인류학자에게 가볍게 고개를 끄덕여 인사했다. 처음에는 좁은 공간 때문에 무시당하는 듯한 기분이 들었지만, 시간이 흐르면서 자신이 오해했다는 사실을 깨달았다. 과학자들은 컨트롤을 무시하는 것이 아니었다. 오히려 맹수를 만난 고양이처럼 겁에 질린 나머지 더 크게 보이고 싶어 했고, 그래서 주위 공간을 작게 만들어 버린 것에 가까웠다.

한 명씩 따로 만나 보면 뭔가 더 있을 듯한 느낌은 받았지만, 당장은 나머지 사람들에 대해서 기억에 남는 바가 딱히 없었다. 주로 체니와 데이비슨이 떠들었고, 인류학자가 몇 마디를 덧붙이는 정도였다. 두 사람이 말하는 태도로 볼 때 만약 학위가 훈장이라면 그들의 제복, 즉 지금은 아무도 입고 있지 않지만 과학자라고 하면 으레 떠올리는 실험실 가운에 주렁주렁 매달고 다닐 듯했다. 하지만 저간의 사정을 고려할 때 이들이 보이는 행태를 이해할 수 있었다. 과학 부서는 한때 그들이 차지하고 있던 광대한 영역을 계속해서 조금씩 빼앗기고 있는 처지였기 때문이다.

그레이스가 이들에게 컨트롤을 만나면 뻔한 내용만 이야기하라고 부탁(혹은 명령이었을까?)한 것이 분명했다. 컨트롤은 이 만남이 속임수, 최대한 좋게 봐도 시간 낭비에 불과하다고 생각했다. 하지만 과학자들은 이런 재탕을 별로 개의치 않는 듯했다. 오히려 청중을 앞에 둔 초보 마술사처럼 즐기고 있었다. 컨트롤은 휘트비가 방 구석에 전혀 중요하지 않은 사람 취급을 받으며 앉아 있는 처지를 민망해한다는 사실을 알 수 있었다.

아버지가 농담을 할 때마다 즐겨 사용하던 표현을 빌자면, 그 자리의 '알맹이'는 하얀 토끼들이 보이지 않는 경계 너머로 사라지는 영상이었다. 음성 해설이 나오는 것으로 보아 여태까지 사람들에게 수없이 보여 준 영상이 틀림없었다.

영상 속의 사건은 1990년대 중반에 벌어졌다. 컨트롤은 그 사실을 X구역과 세계 사이에 보이지 않는 경계가 생겨난 시기를 다룬 보고서를 통해 알고 있었다. 진척 없는 연구에 화풀이라도 하듯, 과학자들은 경계에서 15미터 떨어진 개벌지에서 토끼 2000마리를 풀어 놓고 경계 방향으로 몰았다. 과학 부서는 토끼들이 이쪽에서 저쪽에서 넘어가는 모습을 관찰하려는 목적 말고도, 수많은 '살아 있는 육체'들이 동시에 혹은 거의 동시에 경계를 지나갈 때 어떤 숨겨진 '기제'에 '과부하'를 유발해 적어도 '국지적으로' 이상을 일으킬지도 모른다는 기대감을 가졌다. 이는 경계가 마치 전력을 이용한 장치처럼 과부하를 일으킬 **가능성**이 있다는 가정에 입각한 시도였다.

과학 부서는 일반적인 영상 촬영 외에 토끼의 머리에도 소형 카메라를 달았다. 극적 효과를 위해 화면을 절반으로 분할해 두 가지 관점을 동시에 보여 주는 영상은 군데군데 느린 화면이나 빠르게 감는 부분이 들어가서 전체적으로는 묘하게 우스워 보이기까지 했다. 마치 영상을 편집한 사람이 일부러 우스꽝스러운 장면을 넣어서 영상 속의 사건을 별것 아닌 일로 취급하고 싶어 하는, 어떻게든 진실을 외면할 방법을 찾는 듯한 느낌이었다. 컨트롤이 아는 바로 토끼들이 사라지는 장면을 기록한 자료는 영상과 디지털 파일을 합해 4만여 점 이상이 존재했다. 토끼들은 서로의 머리 위로 뛰어오르고,

가파른 피라미드를 쌓으며 어떻게든 경계에 다가가지 않으려고 애썼다.

영상의 주요 장면들은 느리게 재생되거나 정상 속도거나 모두 사실적이고 딱딱한 느낌이었다. 헐렁한 방호복을 입은 사람들이 반원형을 이루고 서서, 이리저리 뛰어다니는 토끼들을 한쪽으로 몰아갔다. 기다란 흰색 방패를 서로 붙여서 벽을 만들며 토끼를 몰아가는 모습은 시위대를 진압하는 경찰 병력을 떠올리게 했다. 지면에 표시된 밝은 빨간색 선은 X구역과 이쪽 세계가 만나는 4.5미터 너비의 경계선을 나타냈다.

몇몇 토끼들은 반원의 입구 부근에서 달아나거나 놀라운 도약력으로 방패의 벽을 뛰어넘기도 했다. 하지만 나머지 대부분은 도망가지 못했다. 대다수 토끼들은 그대로 밀려나서 달리거나 뛰어오르던 도중에 경계의 가장자리와 닿았고 그대로 사라졌다. 허공에서 뭔가가 일렁이거나 피와 살점이 폭발하는 일은 없었다. 녀석들은 그냥 사라져 버렸다. 확대해서 본 느린 영상은 토끼가 경계를 통과하는 순간을 100만분의 1초까지 포착했는데, 토끼 몸의 절반 혹은 4분의 1만 찍혀 있는 경우도 있었다. 하지만 엄밀히 말하자면 영상에는 토끼가 **나왔거나** 나오지 않았거나 둘 중 하나였다. 어떤 정지 영상에서는 대부분 도약 중인 50여 마리 토끼 떼의 엉덩이만 보이기도 했다.

과학자들이 보여 준 영상은 원래 해설을 제외한 소리가 들어가 있지 않았지만, 컨트롤은 기록을 통해 처음의 토끼 몇 마리가 경계를 가로지를 때 끔찍한 비명이 들렸다는 사실을 알고 있었다. 일종의 비통함과 집단 공포. 만약 영상이 계속되었다면 컨트롤은 마지막 남은 토끼들이 몰이에 저항해서 인간을 향해 뛰어오르며 물어뜯고 할퀴는 모습을 보게 됐을 터였다……. 하얀 방패에 붉은 핏방울이 떨어지고, 놀란 연구자들의 대열이 흐트러지며 족히 200마리가 넘는 토끼들이 달아나는 장면을.

토끼 머리에 설치한 카메라에 찍힌 영상은 볼 만한 내용이 더 적었다. 격렬한 전쟁 영화 속의 한 장면처럼 온통 흔들리는 화면에는 겁에 질려 미친 듯이 뛰어다니는 토끼의 엉덩이나 뒷다리가 보이다가 이내 깜깜해질 뿐이었다. 경계를 넘어간 토끼들이 보내온 영상은 없었다. 다만 경계 이쪽과 저쪽에 똑같이 늪지대가 있었기 때문에 일이 복잡해졌다. 서던 리치는 달아난 토끼들의 카메라에 찍힌 영상을 골라내고, 경계 너머를 촬영한 자료가 없다는 사실을 확인하기 위해 많은 시간을 들여야 했다.

실험 일주일 뒤에 X구역으로 파견된 탐사대 역시 토끼의 흔적은 찾지 못했다. 훨씬 작은 규모로 진행한 다른 실험들도 아무런 결과를 내지 못하기는 마찬가지였다. 컨트롤은 어떤 생태학자가 서류에 남긴 불만 섞인 낙서를 놓치지 않았다. '대체 뭐하는 짓이지? 녀석들은 외래종이야. X구역을 **오염**시킬지도 모른다고.' 과연 그랬을까? 그게 뭐든, X구역을 만든 존재가 그런 일이 일어나도록 내버려 뒀을까? 컨트롤은 몇 년이 지난 후 본능 외에 모든 기억을 상실한 사람

크기의 토끼가 경계를 넘어 돌아오는 말도 안 되는 상상을 머릿속에서 몰아내려 애썼다. 과학자들은 마치 자신의 가장 놀라운 속임수를 선보이는 마술사처럼 부적절한 장면에서 웃음을 터뜨리곤 했다. 하지만 컨트롤은 전에도 그런 불안한 웃음소리를 들어 본 적이 있었다. 오랜 시간이 지났지만 아직도 그들이 영상 속의 장면을 불편하게 여기고 있다고 컨트롤은 확신했다.

실험에 책임이 있는 몇몇 사람들은 해고를 당했고, 나머지는 부서를 옮겼다. 하지만 이제는 그 처참한 기억도 일종의 희극적인 소동처럼 여겨지는 듯했다. 과학 부서의 생존자들이 완전한 실패라고밖에 부를 수 없는 그 실험에 대해 열성적으로 설명하는 모습을 보면 그랬다. 그들은 영상 말고도 X구역에서 얻은 자료와 표본을 컨트롤에게 보여 줬다. 하지만 모두 이미 서류로 접한 것들이어서 시간이 날 때 천천히 검토해도 상관없는 내용이었다.

어떤 면에서는 토끼 실험의 영상을 보는 일도 괜찮았다. 적어도 앞으로 봐야 할 영상들보다는 나았다. 컨트롤은 단 한 명을 제외하고 모든 대원이 사망한 1차 탐사대가 남긴 영상을 이번 주 내에 직접 검토해야 했다. 하지만 동시에 지금 이 자리에 참석한 사람들 사이에 감도는, 철없는 대학생들에게나 어울릴 법한 치기를 외면하기 어려웠다. '우리가 경계에다 한 짓을 좀 봐! 우리가 무슨 짓을 했는지 보라고!' 싸구려 맥주라도 가져다 놓고 토끼가 나올 때마다 한 잔씩 마셔야 할 듯한 분위기였다.

컨트롤이 떠날 때가 되자 과학 부서의 직원들은 사진이라도 찍을 때처럼 일렬로 서서 한 사람씩 그와 악수를 나눴다. 컨트롤은 휘트비와 함께 끔찍한 장갑이 걸린 에어로크를 지나 계단을 올라오고 나서야 자신이 느낀 위화감의 정체를 알아차렸다. 그들은 모두 꼿꼿하게 서서 아주 심각한 표정을 짓고 있었다. 아마 자신이 부서를 감축할 의도로 방문했다고 생각했던 모양이다. 직원들을 평가하기 위해서 왔다고 말이다. 하지만 나중에 보이스에게 전화를 걸기 전 나쁜 짓을 저지르기 위한 준비 단계로 책상 위의 도청기들을 집어 들다가 어쩌면 과학자들이 전혀 다른 뭔가를 두려워하고 있는 건 아닌지 의문이 들었다.

컨트롤은 보이스에게 이야기를 할수록 한심한 생각이 들었다. 보고 내용의 대부분은 말이 되지도 않았고 새로운 내용도 없었다. 그저 무슨 말이라도 해야 하기에 떠들어 댈 뿐이었다. 컨트롤은 과학자 몇몇이 '우리가 정말 맞서 싸워야 하는가?'라는 불편하고 의기소침한 의도를 담아서 X구역을 **자연의 선물**이라고 표현했다는 사실을 말하지 않았다. 어쨌든 그곳은 인간이 만들어 낸 독소나 오염이 존재하지 않는 '원시 상태의 황야'였기 때문이다.

"**제기랄!**" 과학 부서에 대한 컨트롤의 보고가 끝나갈 때쯤 계속 뭐라고 투덜거리며 듣던 보이스가 갑자기 소리를 질렀고…… 컨트롤은 궁금증을 억누르며 목소리가 다시 들릴 때까지 잠시 기다렸다.

"미안하군. 커피를 쏟았지 뭔가. 계속하게."

커피라는 단어가 컨트롤이 머릿속에 그리는 메갈로돈의 모습을 다소 흐리게 해서 다시 이야기를 계속할 때까지 잠깐 시간이 걸렸다.

마침내 컨트롤이 보고를 마치자, 보이스가 이제 막 이야기를 시작한 사람처럼 달려들었다.

"현재 자네의 정신 상태는 어떤가? 조직은 잘 돌아가고 있나? 혹은 제대로 돌아가려면 뭐가 필요하다고 생각하나?"

무슨 질문부터 대답해야 할까?

"필요한 건…… 낙관일까요? 하지만 좀 더 명확한 구조와 방향성, 그리고 자원이 생길 때까지는 잘 모르겠군요."

"전 국장에 대한 인상은 어떤가?"

강박증 환자. 괴짜. 수수께끼.

"여기 상황이 복잡한 데다 아직 하루밖에 지나지 않아서……"

"전 국장에 대한 인상이 어떠냐고!"

마치 쏟아지는 폭풍우에 자갈이 튀어 오르는 듯한 고함이었다.

컨트롤의 심장 박동이 빨라졌다. 그는 전에도 분노 조절 장애가 있는 상사와 일해 본 적이 있었다. 이번에는 상대가 휴대폰 너머에 있다는 차이가 있지만 그리 위안이 되지는 않았다.

하는 수 없이 설익은 견해를 쏟아 냈다.

"균형 감각을 상실했습니다. 이성을 잃었던 거죠. 그녀가 일했던 방식은 너무 기이해서 밝혀내려면 상당한 시간이……"

"그만!"

"하지만, 전……"

"고인에 대해 함부로 말하지 말게."

이번에는 조약돌 같은 속삭임이었다. 음성 변조 장치 너머로도 슬픈 감정이 느껴졌다. 혹은 컨트롤 혼자 그렇게 받아들였는지도 모른다.

"알겠습니다, 죄송합니다, 전 그저……"

"다음번에는 좀 더 흥미로운 이야기를 가져오게. 내가 모르는 이야기 말일세. 예를 들어 부국장에게 생물학자에 대해 물어보든가. 생물학자에 대한 국장의 계획이 어땠는지."

"알겠습니다, 좋은 생각이군요." 컨트롤은 빨리 통화를 끝내고 싶은 생각에 동의했다가 갑자기 어떤 생각이 떠올랐다. "아, 부국장 말입니다만……"

컨트롤은 그날 아침 부국장이 인류학자와 측량사를 보낸 이야기를 하며, 그녀가 본부에 연줄이 있는 것처럼 보이고 어쩌면 그 점이 문제가 될 수도 있다고 말했다.

"알아보겠네. 내가 처리하도록 하지." 보이스는 살짝 울리는 효과 때문에 미리 녹음해 둔 것처럼 들리는 목소리로 이어서 말했다. "그리고 내가 항상 지켜보고 있다는 걸 기억하게. 그러니 내가 모르는 게 뭘지 잘 생각해 보는 편이 좋을 거야."

딸칵.

과학자들이 들려준 이야기 한 가지는 유용했고 예상치도 못한 내용이었지만, 보이스가 이미 알고 있을 것 같아서 보고하지 않았다.

컨트롤은 실패한 흰 토끼 실험으로부터 벗어나려는 노력의 일환으로 아무리 허황된 것이라도 상관없으니 경계에 대한 그들의 최신 이론을 말해 달라고 요청했다.

체니가 기침을 한두 번 하더니 주위를 둘러보며 목소리를 냈다.

"좀 더 확실하게 말할 수 있다면 좋겠지만 아시다시피 우리는 많은 논쟁을 하고 있습니다. 아직 모르는 점이 더 많기 때문이죠. …… 하지만, 글쎄요, 저 개인적으로는 경계가 생겨난 원인과 X구역이 지금처럼 변한 원인이 꼭 같다고 생각하지는 않습니다."

"뭐라고요?"

체니가 얼굴을 찌푸렸다.

"대개 그런 반응을 보이죠. 탓하는 건 아닙니다. 제 말은 그저, 증거가 없다는 겁니다. X구역에 있는…… 존재가…… 경계도 만들었다는 증거 말이죠."

"무슨 말인지는 압니다. 하지만……"

그때 데이비슨이 끼어들었다.

"우리는 X구역 안에서 가져온 표본을 조사한 것과 동일한 방법으로 경계를 테스트하지는 못했습니다. 하지만 기록을 측정할 수는 있었죠. 지루한 데이터는 다 빼고 말씀을 드리면, 경계는 그 이론을 뒷받침하기에 충분할 정도로 이질적이었습니다. 어떤 하나의 사건이 발생해서 X구역이 생겨났고, 또 다른 두 번째 사건으로 인해 보이지 않는 경계가 생겨났다고 볼 수도 있을 겁니다. 하지만 그건……"

"서로 상관이 없다는 겁니까?"

컨트롤이 믿을 수 없다는 말투로 끼어들었다.

체니가 머리를 흔들었다.

"글쎄요, 다만 두 번째 사건은 첫 번째 사건으로 인한 반응이 거의 틀림없다고 봐야겠죠. 하지만 어쩌면 다른 누군가가……" 컨트롤은 다시 한 번 그가 '외계인이' 혹은 '뭔가가'라고 말하기를 주저한다는 인상을 받았다. "경계를 만들었을 수도 있습니다."

"그러니까…… 이 두 번째 사건을 일으킨 존재가 첫 번째 사건으로 인한 영향을 억누르고 있을지도 모른다는 말입니까?"

"바로 그겁니다." 체니가 말했다.

컨트롤은 벌떡 일어나 그곳을 나가서 다시는 돌아오지 않고 싶은 강한 충동을 억눌렀다.

"그렇다면." 컨트롤이 간신히 입을 열었다. "경계를 통해서 X구역으로 들어가는 길은 어떻습니까? 그건 어떻게 만들어 낸 거죠?"

체니가 자기 동료들을 바라보며 난처한 표정을 지어 보였다. 그러나 아무도 나서는 사람이 없자 얼굴에 다시 X자를 만들며 말했다.

"우리가 만든 게 아닙니다. 발견했을 뿐이죠. 어느 날 보니까 거기에…… 있었습니다."

컨트롤은 분노가 솟구쳐 올랐다. 부분적으로는 그레이스의 처음

브리핑이 너무 막연했거나, 그가 너무 많은 가정을 했기 때문이었다. 하지만 대부분은 서던 리치가 그들이 만들지도 않은 입구를 통해 계속해서 탐사대를 들여보냈다는 사실로 인한 분노였다. 안에 뭐가 있을지도 모르면서, 그저 아무 일도 없이 대원들이 돌아올 거라는 기대만 가지고서. 앞서 들어간 흰 토끼들이 엄청난 고통 속에 분자 단위로 분해되어 버리지는 않았는지 전혀 알지도 못하면서 말이다.

"첫 번째 존재일까요 아니면 두 번째 존재일까요?"

체니에게 그렇게 물어보는 와중에도 컨트롤은 이미 생물학자에게 물어볼 새로운 질문을 떠올리며 그녀를 이 자리에 데려와 함께 이야기할 수 있으면 좋겠다고 생각했다.

"뭐가 말입니까?"

"어떤 사건을 일으킨 존재가 경계에 문을 열었다고 생각합니까?"

체니가 어깨를 으쓱해 보였다.

"글쎄요, 그건 알 수 없는 일이 아닐까 싶군요. 우리는 그 문의 목적이 뭔가를 들여보내기 위한 건지, 아니면 내보내기 위한 건지도 모르니까 말입니다."

어쩌면 둘 다일지도 몰랐다. 혹은 체니가 스스로 무슨 말을 하고 있는지조차 모를 수도 있었다.

컨트롤은 모두 어디로 이어지는지 아직 완전히 파악하지 못한 수많은 복도들 사이를 헤매던 중에 우연히 부국장과 마주쳤다. 그는 서류를 제출하기 위해 인사과로 가던 중이었다. 아직 머릿속에 건물 전체의 지도를 그리지 못한 데다 보이스와 한 통화 때문에 살짝 평정을 잃어버린 상태였다.

복도에서 엿듣게 된 대화는 자신이 아직 전후 사정을 충분히 알지 못한다는 사실을 깨닫는 외에는 별 도움이 되지 않았다. "얼마나 깊이까지 이어질 것 같아?" "아니, 난 모르겠어. 하지만 내가 전문가는 아니니까." "날 믿든지 말든지." 그레이스 역시 도움이 되지 않았다. 그가 옆에 서자 그레이스가 몸을 바짝 붙여 왔다. 아마 자신이 컨트롤만큼 키가 크고 강인하다는 점을 보여 주고 싶어서 그러는 듯했다. 컨트롤은 그녀의 몸에서 풍기는 라벤더 향수 냄새 때문에 재채기가 나오려는 걸 억지로 참았다.

과학 부서 방문에 대한 질문에 대답한 뒤, 부국장이 돌아서서 걸어가려 할 때 컨트롤이 느닷없이 물었다.

"왜 12차 탐사대에 생물학자가 들어가는 걸 반대했죠?"

그레이스는 걸음을 멈추더니 그에게 의심의 눈초리를 던졌다. 좋아, 적어도 싸움을 받아 주긴 하는군.

"이유가 뭐였습니까? 왜 생물학자를 제외하고 싶어 했죠?"

직원들이 두 사람의 좌우로 지나갔다. 그레이스는 목소리를 낮추며 대답했다.

"그녀는 자격이 부족했어요. 대여섯 군데도 넘는 직장에서 해고를 당했죠. 그래요, 그녀에게는 다듬어지지 않은 재능이랄까, 남다른 점이 있기는 했죠. 하지만 자격이 부족했어요. 그녀의 남편이 이전 탐사대의 일원이었다는 사실도 문제였고요."

"하지만 국장은 당신 의견에 동의하지 않았죠."

"그건 그렇고, 휘트비는 어땠나요?"

컨트롤은 부국장의 질문에 자신이 방금 전 한 말의 출처를 들켰다는 점을 깨달았다. 그는 마음속으로 휘트비에게 사과했다. 한편으로는 휘트비와 자신이 한 대화를 그레이스가 신경 쓰고 있다는 뜻이기도 했다. 그렇다면 휘트비는 그레이스가 아니라 체니의 파벌인 걸까?

컨트롤은 물러서지 않았다.

"하지만 국장은 당신 의견에 동의하지 않았죠."

"그랬죠." 부국장이 인정했다. 컨트롤은 그녀가 배신감을 느꼈을지 궁금했다. "동의하지 않았어요. 국장님은 그 모든 것들이 오히려 **장점**이라고, 우리가 일반적인 적합성의 척도만을 지나치게 고집한다고 생각했어요. 그래서 우리는 국장님의 뜻에 따랐죠."

"국장이 이전 탐사대의 시신을 무덤에서 꺼내 다시 조사하게 했는데도 말입니까?"

"그 이야기를 어디서 들었죠?"

그레이스가 진심으로 놀라며 물었다.

"그 일이 국장 자신의 적합성에 대해 뭔가를 말해 주지는 않았습니까?"

하지만 그레이스의 놀람은 이미 저항으로 바뀌어 있었다. 그녀는 퉁명스럽게 말하며 다시 걸음을 옮기기 시작했다.

"아니, 그렇지 않았어요."

"그녀는 뭔가를 의심하고 있었어요, 그렇지 않습니까?"

컨트롤이 부국장을 따라 걸으며 물었다. 본부에서는 이전 탐사대의 독특한 세뇌 상태가 X구역의 상황에 변화가 생겼다는 신호는 아닐지 몰라도 최소한 국장에게 변화가 생겼다는 신호라고 생각했다.

그레이스는 그를 상대하기 질렸다는 듯 한숨을 내쉬었다.

"국장님은 부검 이후로…… 시신에 변화가 있었을지도 모른다고 의심했어요. 굳이 물어보는 걸 보면, 당신도 이미 알고 있었겠죠."

"실제로 그랬습니까? 변화가 있었나요?"

사라졌다거나. 부활했다거나. 하늘로 날아갔다거나.

"아뇨. 예상보다 조금 더 부패가 빠르긴 했지만 변화는 없었어요."

컨트롤은 그 일로 인해 국장이 존경과 호의를 얼마나 잃었을지 궁금했다. 어쩌면 그녀가 12차 탐사대에 합류하겠다는 이야기를 했을 때, 직원들 중 일부는 걱정하기보다 남몰래 안도했을지도 모른다는 생각이 들었다.

아직 질문이 남아 있었지만, 그레이스는 할 말을 다 했는지 몸을 돌려 미로 속의 다른 복도로 사라져 버렸다.

나머지 시간 동안 컨트롤은 그레이스가 아마 그의 업무를 방해하려는 의도에서 던져 준 기초적인 내용이 담긴 보고서 더미를 검토하는 한편, 사무실 배치를 정돈하려는 헛된 노력을 기울였다. 그는 서던 리치 안에 규정을 위반하지 않는 범위 내에서 탐사대의 장비를 만들어 내는 제작 부서가 따로 있다는 사실을 알게 됐다. 다시 말해 구식 기술로 물건을 만드는 부서였다. 또 귀환한 대원이 머무는 시설의 보안을 강화하는 작업이 진행되고 있다는 사실도 들었다. 그동안 사용해 왔던 낡은 감시 카메라가 한꺼번에 망가져 버렸기 때문이다. 컨트롤은 어떤 '생명주기 생물학자'로부터 받은 DVD를 던져 버리기도 했다. 그 DVD에는 컴퓨터를 이용해 잊힌 해안의 생태계를 묘사한 단면도가 담겨 있었는데, 무지개색으로 화려하게 그려진 선들이 예쁘기는 했지만 컨트롤이 보기에는 쓸데없이 자세할 뿐이었다.

하루를 마치고 나가는 길에 구내식당에서 휘트비와 마주쳤다. 그는 과학 부서가 있는 지하에 갇혀 있기 싫은지 뚜렷한 목적 없이 서성이고 있었다. 어쩌면 다른 과학자들이 휘트비를 멀리 보내려고 끊임없이 잔심부름을 시키는지도 몰랐다. 그는 건물 안에 갇혀 버린 작고 검은 새가 어느 쪽으로 날아가는지 쳐다보는 중이었다.

컨트롤은 그레이스가 미로 속으로 숨어 버리기 전에 그녀에게 하고 싶었던 질문을 휘트비에게 했다.

"휘트비, 탐사대의 일지가 왜 그렇게 적은 겁니까?"

귀환한 대원들의 수보다 훨씬, 훨씬 더 적었다.

휘트비는 여전히 날아다니는 새에 정신이 팔려서 마치 움직이는 물체는 뭐든 쳐다보는 고양이처럼 고개를 바쁘게 움직였다. 컨트롤은 휘트비의 강렬한 시선이 어쩐지 불안하게 느껴졌다.

"정보가 부족합니다." 휘트비가 말했다. "확실히 말하기에는 정보가 부족해요. 하지만 대부분의 대원들은 우리에게 그냥 가져와야 한다는 생각이 들지 않았다고 말했습니다. 보고서가 중요하다고 여기지 않았거나, 가져올 필요가 없다고 느꼈다는 거죠. 감정이 중요한 부분입니다. 그들은 마치 근육을 잃어버린 우주 비행사처럼 의사소통을 해야 할 필요성이나 동기를 잃어버린 겁니다. 한동안은 이 점이 우선순위에 없었지만, 우리가 나중에 파견한 탐사대에게 보고서를 회수하라고 지시했을 때 그들은 그러기 위한 시도조차 하지 않았습니다. 동기를 잃어버렸거나 어떤 방해가 있었지만 그 점을 알아차리지도 못했죠. 너무 늦을 때까지 말입니다."

그 말을 듣자 컨트롤의 머릿속에 X구역 안의 누군가 혹은 뭔가가 등대 안으로 들어가 보고서 더미 위에 앉아서 서던 리치 대신 그 서류들을 읽고 있는 불편한 장면이 그려졌다. 혹은 놈이 보고서를 쓰고 있을 수도 있었다.

"과학 부서 근처에 있는 방에 이 문제와 관련해서 흥미로워하실 만한 것이 있습니다. 원하신다면 제가 보여 드리죠." 여전히 새가 지나간 궤적을 눈으로 좇으며, 휘트비가 꿈꾸는 듯한 어조로 말했다. "보시겠습니까?"

초점이 돌아온 휘트비의 눈동자가 컨트롤에게 향했다. 컨트롤은 갑자기 자신의 눈앞에 두 명의 휘트비가 있고, 그중 하나가 다른 하나 안에 숨어 있는 듯한 인상을 받았다. 어쩌면 세 명의 휘트비가 서로의 안에 똬리를 틀고 있는지도 몰랐다.

"그냥 말로 설명해 주는 건 어떻습니까?"

"아뇨. 직접 보셔야 합니다. 좀 특이하거든요. 눈으로 봐야 이해할 수 있습니다."

이제 휘트비는 컨트롤이 문제의 방을 보든 말든 상관없다는 듯 보이면서도, 다른 한편으로는 꼭 보기를 바라는 것 같기도 했다.

컨트롤은 웃음을 터뜨렸다. 그가 국내 테러를 담당하던 시절에도 다양한 사람들이 별의별 희한한 것들을 보여 주고 싶어 했다. 오늘도 사람들은 그에게 별의별 희한한 소리를 해 댔다.

"내일." 컨트롤이 말했다. "내일 보도록 하죠."

보지 않을 수도 있었다. 놀랄 일은 필요치 않았다. 기이한 비밀을 간직한 자들을 만족시켜 줄 필요도 없었다. 때가 되기 전에 기이한 것들을 접하고 싶지도 않았다. 오늘 하루만 해도 충분히 많은 일이 있었고, 새로운 사실들을 마주하기 위해서는 밤사이 재충전이 필요했다. 남들에게 뭔가를 보여 주려는 사람들은 때로 그저 지식을 공유하고 싶어 할 뿐 아니라, 약간의 가학적인 관음증을 충족하려 들기도 했다. 상대방이 불편함을 느낄 때 보이는 표정이나 반응을 즐기는 것이다. 컨트롤은 자신과 대화를 나눈 후 그레이스가 휘트비에게 뭔가를 시켰는지 궁금했다. 어쩌면 지렁이로 가득한 상자에 모르고 손을 넣게 만들거나, 갑자기 고무 뱀을 던지는 식의 괴상한 장난일 수도 있었다.

이제 새는 기이한 곡선을 그리며 급강하하고 있었는데, 늦은 오후의 햇살 때문에 제대로 보기가 어려웠다.

"지금 보셔야 하는데." 휘트비가 서운한 듯한 목소리로 말했다. "하지만 안 보시는 것보다는 늦게라도 보시는 편이 낫겠죠."

하지만 컨트롤은 이미 휘트비에게 등을 보인 채 문을 나서서 주차장으로 향했다.

늦게라도? 휘트비는 그가 얼마나 늦었다고 생각하는 걸까?

004: 재진입

자동차 안에서는 그나마 긴장을 풀고 숨을 돌릴 수 있었다. 헤들리 시는 서던 리치에서 차로 40분 거리였다. 불과 30여 킬로미터 거리의, 바다로 이어진 강의 제방을 등지고 있었다. 헤들리는 쓸데없이 관광객들로 붐비지 않으면서도 어느 정도 고유한 특색과 문화를 지닐 만한 규모였다. 머지않아 '가족을 꾸리기 좋은 동네'로 불릴 법한 곳이라 사람들이 모여들었다. 가로수와 상점이 늘어선 도로는 강변의 짧은 산책길로 이어졌고, 도시 끝자락의 번화가를 통해 이 지역의 생활 수준을 엿볼 수 있었다. 헤들리에는 공연 예술 센터가 딸린 작은 사립 대학이 있었다. 강변에서 조깅을 하거나 자전거 전용 도로에서 하이킹을 하는 사람들도 많았다. 하지만 헤들리에는 어떤 나른함이 감돌기도 해서, 특히 여름이면 하룻밤 사이에 매력적인 도시에서 시시한 동네로 변해 버리기도 했다. 강에서 불어오는 바람이 잦아들 무렵이면 분위기가 변했다. 강변의 술집 몇 군데는 갑작스레 벌어지는 무의미한 폭력으로 악명이 높아서 백인처럼 보이지 않으면 혹은 백인처럼 보이더라도 갈 엄두를 내지 못하는 장소가 되어 버렸다. 시간 속에 갇혀 버린 듯한 마을 풍경은 컨트롤이 10대였을 때와 크게 달라지지 않았다.

헤들리의 위치는 컨트롤에게 안성맞춤이었다. 그는 바다에서 가까운 곳을 원했지만 그렇다고 해변에서 지내고 싶지는 않았다. X구역이 지닌 불확실성에 대한 뭔가가 컨트롤로 하여금 그런 고집을 부리게 만들었다. 한편으로는 밤마다 꾸는 꿈 때문이기도 했다. 꿈은 그에게 바다에서 멀리 떨어지라고 경고했다. 새로운 임무를 맡아서 비행기를 타고 오는 동안, 컨트롤은 X구역 인근에 위치한 해변 마을 주민들의 몸속에서 변이가 일어나고 있을지도 모른다는 생각에 사로잡혔다. 겉으로 봤을 때는 드러나지 않아도, 실상은 모든 사람들이 이전과는 다른 존재로 변했을 수도 있다는 생각이었다. 어려운 일이지만, 컨트롤은 이런 상상에 빠져들지는 말되 잊지도 않아야 한다고 생각했다. 그간의 경험에 비추어 볼 때 이런 직감은 무시할 수 없는 잠재의식과 본능을 반영하기 때문이다. 실제로 서던 리치는 거의 30년이 지난 지금까지 X구역에 대해 밝혀낸 사실이 거의 없으니, 이런 경계심이 비상식적일지는 몰라도 반드시 이성적이지 못하다고 할 수는 없었다.

그리고 헤들리는 그에게 익숙한 곳이기도 했다. 친구들 중에 운전면허를 가진 녀석이 있을 때면 종종 여기로 와서 주말을 보내곤 했다. 물론 별 볼 일 없는 동네였지만, 적어도 그들이 살던 곳보다는 크고 번화한 도시였다. 컨트롤은 육지로 둘러싸인 황량한 마을에서 10대 시절을 보냈다. 마지막으로 만났을 때 그의 어머니도 그 사실을 언급했다. 어머니는 그를 만나러 북쪽으로 날아왔었다. 당시 컨트롤은 처음에 맡았던 분석과 운영 업무에서 밀려나 점점 더 수동적이고 관료적인 역할을 수행하고 있었다. 부담감 때문이라고 컨트롤은 생각했다. 항상 시작할 때는 괜찮지만 너무 오래 머물면…… 때로 그 자신도 확실히 알 수 없는 어떤 일이 벌어지곤 했다. 그는 지나치게 몰두하는 편이었다. 너무 감정 이입을 하거나, 충분히 그러지 못하기도 했다. 모든 일이 엉망이 되고 나서 그 스스로도 혼란스러웠는데, 대체 어디서부터 어긋나기 시작했는지 기억할 수 없었다. 하지만 다시 바로잡을 수 있다고 확신했다.

그러나 그의 어머니가 본부에서 찾아왔다. 그들은 아마 도청 상치가 숨겨져 있을 회의실에서 만났다. 보이스도 어머니와 함께 와서 옆방에 가져다 놓은 소금물 탱크에 들어가 있었을까?

추운 날씨여서 정장 위에 코트를 걸친 어머니는 스카프를 두르고 하이힐을 신고 있었다. 어머니는 코트를 벗어서 무릎 위에 놓았지만 스카프는 그대로 둘렀다. 컨트롤이 손가락을 한 번 튕기기도 전에 언제든 의자를 박차고 일어나 밖으로 나갈 수 있을 듯한 모습이었다. 그가 어머니를 만나는 건 5년 만의 일이었다. 아버지의 장례식 때문에 메시지를 전하려고 했지만 예상대로 연락이 닿지 않았다. 오랜만에 보는 어머니는 전보다 그리 나이 들어 보이지 않았다. 갈색 머리칼은 언제나와 마찬가지로 패션 잡지의 모델처럼 거대하게 부풀렸고, 가려진 이마와 눈 주위에 살짝 주름이 늘었을 뿐이었다.

"고향으로 돌아가는 기분일 거야, 존, 그렇지 않니?" 어머니는 컨트롤이 그렇게 생각하기를 바랐다. 마치 갈매기가 따개비더러 바위를 붙들고 있는 손을 놓으라고 설득하는 모양새였다. "그곳에 가면 환경이나 사람들이나 더 편할 거야."

컨트롤은 동요 섞인 분노를 억누르기 위해 애썼다. 자기가 거기서 편하게 느낄지 그녀가 어떻게 안단 말인가? 친모로서 면접 교섭권을 가지고도 거의 찾아오지 않던 사람이었다. 컨트롤은 이미 무너지기 시작한 아버지와 단둘이 지내야 했다. 아버지는 이혼이 확정되자 물건을 집어 던졌고 많이 먹었으며 술은 더 많이 마셨다. 대학에 가기 위해 집을 떠날 때, 컨트롤은 더 이상 그런 분위기 속에서 살지 않아도 된다는 안도감과 아버지를 버린다는 죄책감을 동시에 느꼈다.

"게다가 편리하게도 내가 아주 잘 아는 방면에 속한 자리란다, 그러니 내가 어떻게 해야 하겠니?"

어머니가 컨트롤을 보며 웃었다. 자연스러운 미소였다. 그녀를 향한 자신의 애정에 호소하는 거짓 미소에 하도 여러 번 시달렸던 터라 컨트롤은 그 차이를 알아볼 수 있었다. 어머니가 진심을 담아 웃을 때면, 누구든 그 아름다움에 깜짝 놀라며 여태까지 가면 뒤에 숨겨졌던 그녀의 진정한 모습을 봤다는 생각을 하곤 했다. 언제나 진실한 사람들은 오히려 그런 정도의 신뢰를 얻기 힘들었다.

"더 잘할 수 있는 기회란다. 과거를 지울 수 있는 기회야."

과거라. 과거의 어느 부분 말일까? 그는 지난 15년 동안 열 차례나 근무지를 옮기며 임무를 수행했다. 서던 리치는 그의 열한 번째 근무지가 될 터였다. 여러 가지 이유들이 있었다. 언제나 이유들이 있었다. 어쩌면 자신의 경우에 이유는 한 가지뿐이었다.

"제가 뭘 하면 되는데요?"

이렇게 물어봐야 말해 주는 일이라면, 아마 자신이 원하는 종류가 아닐지도 몰랐다. 하지만 컨트롤은 이미 현재 수행하는 반복적인 업무에 지쳐 있었다. 문제를 해결하기 위해 일하기보다 그저 보기 좋게 색을 입히는 쪽에 가까웠기 때문이다. 그리고 조직 내부의 정치에도 질려 있었다. 어쩌면 자신의 진짜 문제는 언제나 거기에 있는지도 몰랐다.

"서던 리치에 대해서는 들어 봤지?"

들어 본 적은 있지만 과거에 거기서 일한 경험이 있는 동료 한두 명이 말해 준 내용이 전부였다. 환경 재앙이라는 공식 발표를 부인하지 않는 선에서 던지는 애매한 암시들. 최대한 좋게 표현해서 괴상한 일련의 지시들. 거의 허황될 정도로 살이 붙은 다양한 소문들. 어쨌든 이야기는 끊이지 않았다. 그래서 어머니가 그 단어를 입에 올렸을 때, 컨트롤은 자신이 흥분하고 있는지 아닌지 알기 어려웠다.

"왜 저죠?"

어머니가 대답 대신 지어 보인 미소에는 슬픔, 후회, 혹은 다른 감정의 편린들이 뒤섞여 드러났다. 컨트롤은 시선을 피했다. 영영 떠나 버리기 전에, 그녀는 장문의 손 편지를 써서 그에게 남기곤 했다. 컨트롤은 그 편지들을 읽지 않았다. 하지만 지금은 어머니가 서던리치에 대해 직접 말로 설명하기보다 차라리 편지로 써서 줬으면 하는 생각이 들었다.

"넌 모르겠지만 지금 상부에서는 네가 있는 부서를 축소하려는 계획을 가지고 있어. 아마 네 자리가 위태로울 거란다. 그리고 또 이쪽이 너한테 더 맞는 일이기도 하고."

컨트롤은 명치가 욱신거리는 기분을 느꼈다. 또 다른 변화. 또 다른 도시. 제대로 적응할 기회가 없었다. 사실 컨트롤은 이 일을 시작하고 나서 자신을 섬광이라고 느낀 적이 드물었다. 그는 종종 울적해졌고, 어머니 또한 그랬을 거라는 사실을 깨달았다. 정보와 무게, 상황이 주는 부담감을 숨긴 채 그에게는 가볍고 무심한 태도를 가장했을 거라고. 남들은 모르는 비밀을 알 수 있는 경계의 이쪽 편에 있다는 데서 오는 짜릿한 느낌이 간신히 균형을 맞추지만, 다른 모든 것들은 그를 지치게 했다.

"선택의 여지는 없겠죠?"

있다면 어머니가 이미 말했을 터였다. 그저 안부나 전하러 이 먼

길을 왔을 리는 없었다. 컨트롤은 자신이 가문의 수치라는 사실을 알고 있었다. 승진을 못 하니 어머니의 평판에도 누가 됐을 터였다. 컨트롤은 어머니가 겪는 비밀 조직 내부의 권력 암투에 대해 전혀 알지 못했다. 그가 가진 비밀 취급 인가 등급으로는 구름 위에서 천사들이 벌이는 일과 다름없을 정도로 동떨어진 얘기였다.

"불공평하다고 느껴질 수도 있다는 걸 알아, 존. 하지만 이게 네 마지막 기회일 수도 있단다." 어머니는 더 이상 미소 짓고 있지 않았다. 웃음기라고는 없었다. "적어도, 내가 너를 위해 줄 수 있는 마지막 기회란다."

영구적인 보직을 맡아 방랑 생활을 끝낼 기회란 뜻일까? 아니면 좀 더 일반적인 뜻일까? 조직에 남을 수 있는 기회란 걸까?

컨트롤은 감히 물어보지 못했다. 어머니가 그에게 심어 놓은 차가운 공포는 너무나 깊은 곳에 위치했다. 그는 자신에게 마지막 기회가 필요한지도 알지 못했다. 공포가 머릿속의 다른 질문들을 대부분 날려 버렸다. 어쩌면 어머니가 단지 아들에게 호의를 베풀기 위해 온 것이 아닐 수도 있다는, 그녀에게 자신이 필요할지도 모른다는 생각을 떠올릴 여유는 없었다.

두려움을 상쇄할 미끼가 완벽한 순간에 명랑한 형태로 던져졌다.

"내가 아는 것보다 더 많이 알고 싶지 않니? 이 자리를 수락하면 그렇게 될 거란다."

컨트롤은 자신의 반응을 감출 수가 없었다. 사실이었다. 그는 알고 싶었다.

마침내 서던 리치로 가겠다고 승낙하자, 어머니가 그를 껴안았다. 컨트롤은 깜짝 놀랐다.

"더 가까이 있으면, 더 안전할 거야."

어머니가 속삭였다. 가깝다고? 어디에?

어머니에게서는 비싼 향수 냄새가 은은히 풍겼다. 예전 북쪽에서 함께 살던 집 뒷마당에 있는 자두나무 향기와 조금 닮아 있었다. 지금 이 순간까지 까맣게 잊고 있던 작은 과수원. 그네와 미끄럼틀. 인도에 나가면 늘 자신의 뒤를 따라오던 이웃집 말라뮤트.

질문할 거리들이 떠오르기 시작했을 때에는 이미 너무 늦었다. 어머니는 코트를 걸치고 마치 온 적도 없는 사람처럼 사라져 버렸다.

당연히 그녀가 왔거나 떠났다는 기록은 어디에도 남지 않았다.

집 앞에 차를 세울 때쯤에는 이미 헤들리에 땅거미가 드리우고 있었다. 컨트롤이 빌린 집은 강둑 바로 아래까지 이어진 언덕의 완만한 경사에 위치하고 있었다. 면적이 120제곱미터 정도로 아담하고, 밝은 파란색 페인트를 칠한 삼나무로 지어진 목조 주택이었다. 욕실 두 개, 침실과 거실, 11자 형태의 주방 겸 식당 그리고 바깥에서는 보이지 않는 뒷마당과 테라스가 딸린 집이었다. 전체적인 실내 장식은 감상적이지만 안락했고, '고풍스러운 멋'이 느껴졌다. 집 앞쪽에는 피튜니아 꽃과 각종 허브를 심어 둔 화단이 자리 잡고 있었다.

컨트롤이 현관 계단을 올라갈 때 엘 초리소가 수풀 사이에서 뛰쳐나와 발밑으로 다가왔다. 돼지고기 소시지라는 뜻의 이름을 가진 엘 초리소는 거대한 얼룩무늬 고양이었다. 녀석에게 이름을 붙인 장본인인 아버지는 엘 가토, 즉 고양이라고 부르는 돼지를 기르기도 했다. 그런 말장난이 아버지의 방식이었다. 3년 전에 아버지의 암이 악화되면서 고양이를 돌보기가 어려워지자 컨트롤이 데려왔다. 엘 초리소는 원래부터 집 안팎을 자유롭게 들락거리며 지냈기 때문에, 컨트롤은 녀석이 새로운 환경에서도 그렇게 지내도록 내버려 뒀다. 그리고 그건 옳은 선택이었다. '초리'라고도 불리는 엘 초리소는 긴 털이 엉키고 더러웠지만 자신감이 넘치고 민첩해 보였다.

컨트롤과 엘 초리소는 함께 집으로 들어갔다. 컨트롤은 주방으로 들어가 음식을 차리고, 몇 분 동안 고양이를 쓰다듬어 주다가 '민간인'들이 사용하는 통신 수단인 유선 전화에 녹음된 메시지를 확인했다. 딱 한 건이 있었는데 약 반년 전에 헤어진 여자친구 메리 필립스가 이사는 잘 했는지 묻는 내용이었다. 어디에 사는지 정확한 위치를 알려 주지도 않았고 이제야 혼자 잠드는 일에 익숙해진 참인데, 그녀는 그를 만나러 오겠다는 위협을 하고 있었다. "나쁜 감정은 없어." 컨트롤은 자신이 그녀에게 헤어지자고 했는지, 아니면 그 반대였는지 기억도 나지 않았다. 나쁜 감정은 없었다. 그리고 그에게는 그 사실이 이상하고 옳지 않게 느껴졌다. 나쁜 감정이 있어야 했나? 근무지를 옮겨 다닐 때마다 여자친구가 바뀌었다. 대부분 컨트롤의 잦은 전근이나 조심성을 견디지 못했다. 혹은 일정하지 않은 근무 시간이 문제였을 수도 있고, 그저 아직 제 짝을 만나지 못했을 뿐일지도 몰랐다. 컨트롤 자신도 확신하지 못한 채, 어떻게 끝이 날지 알면서 처음 몇 달간의 친밀함과 열렬함을 반복해 왔다. "당신은 특이한 바람둥이야." 메리를 만나기 전 하룻밤을 같이 보냈던 상대가 자신의 몸을 더듬는 컨트롤에게 그렇게 말했다. 하지만 그가 정말 바람둥이는 아니었다. 사실 자신이 무엇인지조차 알 수 없었다.

그녀에게 전화를 거는 대신, 컨트롤은 거실로 나와 소파에 앉았다. 초리가 옆으로 다가와 몸을 웅크리자 그는 아무 생각 없이 녀석의 머리를 쓰다듬었다. 굴뚝새 아니면 그 비슷한 종류의 새가 창밖을 지키고 서 있었다. 흉내지빠귀의 울음소리, 그리고 더 이상 전처럼 흔히 보기 어려워진 박쥐가 내는 소리도 들렸다.

그가 10대 시절부터 알았던 모든 것들과 너무 가까웠기에, 컨트롤은 이 집을 포함해 헤들리에 사는 일을 편안하게 받아들이기로 결정했다. 하지만 어머니는 훈련 첫날부터 "늘 탈출 전략부터 세워야 한다."는 말을 지겹도록 반복했다. 그래서 컨트롤은 자신의 여행 가방에 비밀 공간을 만들었다. 그 안에는 총 한 자루와 여권 그리고 돈이 들어 있었다.

자신의 물건을 짐 속에 넣어 두는 일이 괴로워서 컨트롤은 진작부터 짐을 풀었다. 벽돌로 만든 장식용 벽난로 위의 선반에는 아버지의 마지막 위안거리였던 밝은색의 나무 체스판을 올려 뒀다. 더는 예술가로서 일을 계속할 수 없게 되자 아버지는 체스판을 만들어 동네의 선물 가게에 가져다 팔았고 주민회관에서 일하기도 했다. 때때로 예술품 수집가가 뒷마당의 방수포 밑에서 잠들어 있던 거대한 조형물을 구입해 가기도 했다. 하지만 아버지의 작품에 대한 관심이라기보다 시간 여행자나 유령에 대한 흥미에 가까운 행위였다. 컨트롤은 시간이 멈춘 듯한 체스판을 보며 아버지와 마지막으로 했던 게임을 떠올렸다.

컨트롤은 소파에서 몸을 일으켜 침실로 갔다. 그리고 티셔츠와 반바지, 러닝화 차림이 되었다. 초리가 따라오고 싶다는 듯 그를 올려다봤다.

"알아, 알아. 집에 온 지 얼마 안 됐지. 하지만 금방 돌아올 거야."

컨트롤은 초리를 집에 두기로 결정하고 현관문을 나섰다. 좋아하는 클래식 음악을 틀고 헤드폰을 낀 뒤, 희미한 길가의 조명을 따라 달리기 시작했다. 이제는 땅거미가 완전히 내려앉아서 가정집이나 상점에 불이 들어왔다. 강 위에 자욱한 검푸른 안개 위로 반사된 도시의 불빛이 막 떠오른 별빛을 저 멀리 밀어내고 있었다. 더위는 한풀 꺾였지만 귀뚜라미와 다른 벌레들이 시끄럽게 울어 대며 그 망령을 다시 불러들였다.

왼쪽 허벅지 근육이 당겼지만 곧 저절로 풀어질 터였다. 컨트롤은 동네를 구경하며 천천히 다리를 놀렸다. 대부분 자신이 머무는 집처럼 소규모 주택으로, 울타리 대신 키 큰 관목이 줄지어 섰고 언덕길이 이어졌다. 컨트롤은 구불구불한 길에 신경 쓰지 않았다. 그저 5~6킬로미터만 뛰고 싶을 따름이었다. 어떤 집을 지날 때 금은화의 짙은 향이 파도처럼 몰려왔다. 그네를 타거나 개를 산책시키는 몇몇 주민들과 스케이트보드를 타던 소년 둘을 제외하면, 이 시간까지 돌아다니는 사람은 거의 없었다. 그와 마주치자 대부분 목을 끄덕이며 인사를 건넸다.

속도를 높이고 리듬을 찾으면서 강가를 향해 내려가던 컨트롤은 마침내 하루를 돌아볼 만한 장소에 도착했다. 그리고 낮에 있었던 일들, 특히 생물학자와 했던 면담을 되새겼다. 자신에게 쏟아져 들어온 모든 정보, 쏟아져 들어오도록 내버려 뒀던 정보들을 계속 되돌아봤다. 내일 그리고 모레, 어떤 결론에 도달하기 전까지 계속해서 새로운 정보들이 나타날 터였다.

너무 깊이 연관되는 일을 피할 수도 있었다. 추상적인 수준의 관리 및 운영 업무만 하는 쪽으로 탈출할 수도 있었다. 하지만 보이스가 그에게 원하는 일은 그런 종류가 아니라는 생각이 들었다. 아마 부국장도 **그렇게 두지** 않을 터였다. 그곳 직원들이 무엇과 맞서고 있는지 정말로 이해도 하지 못하면서 어떻게 서던 리치의 국장이 될 수 있을까? 컨트롤은 이번 주만 해도 경계에서 X구역으로 진입하는 지점을 시찰하고, 생물학자와 세 번 이상의 면담을 계획하고 있었다. 그는 어머니가 현장 상황에 따라 우선순위를 결정하기를 바란다는 사실을 알았다.

조깅하는 내내 특히 경계가 머릿속에서 떠나지 않았다. 지금 그가 음악을 들으며 달리고 있는 평화로운 마을과 X구역이 공존하고 있다는 모습. 현악기와 관악기의 크레센도.

경계는 눈에 보이지 않았다.

그리고 경계가 바깥세상에 보이는 반응은 한 가지 뿐이었다. 일단 건드리면 그 안으로(혹은 그 너머로?) 끌려들어 가는 것.

독립적인 경계가 여럿 존재했고, 그중 하나는 1.5킬로미터 바깥의 바다 위에 있었다. 군대는 부표를 설치하고 그 주위를 끊임없이 순찰했다.

칡덩굴이 웃자란 낮은 담을 뛰어넘어 무너져 가는 돌다리 위의 지름길로 달리면서 컨트롤은 의문을 떠올렸다. 그렇게 순찰하는 동안 파도 속에서 그들이 뭔가를 보지는 않았을까, 아니면 그들의 삶이 매일 똑같은 잿빛으로 반복되는 고문 같은 시간의 연속일까 문득 궁금해졌다.

경계는 등대에서 시작해 내륙으로 약 110킬로미터나 이어져 있었다. 해변을 따라 동쪽과 서쪽으로는 각각 65킬로미터 거리였다. 위로는 성층권까지, 지하로는 지표면 아래 약권의 바로 위까지 존재했다.

그리고 X구역으로 들어갈 수 있는 문 혹은 통로가 있었다.

그 문은 X구역을 창조한 존재가 만든 게 아닐지도 몰랐다.

컨트롤은 모퉁이의 식료품점, 약국, 술집을 지나쳤다. 길을 건너다 자전거를 탄 어떤 여자와 아슬아슬하게 부딪힐 뻔하기도 했다. 어쩔 수 없을 때는 인도에서 내려와 차도의 한쪽으로 달리기도 하면서 어서 강에 도착하기를 바랐다. 하지만 언덕을 다시 올라가는 일은 그리 기대되지 않았다.

바다에서 경계 아래쪽을 통과할 수는 없었다. 육지에서도 그 아래로 지하를 뚫을 수는 없었다. 음파나 레이더, 다른 최신 장비도 경계 너머를 탐지하지 못했다. 머리 위에서 감시하는 위성도 특이한 점을 포착하지 못했고, 그저 현실의 황무지만 보일 뿐이었다. 하지만 이는 시각적인 속임수였다.

그날 밤, 보이지 않는 경계는 그것을 향해 다가오거나 우연히 그 자리에 있었던 배와 비행기, 트럭을 포함한 모든 것을 삼켜 버렸다. 사람들은 한참 지나서야 무슨 일이 벌어졌는지 이해했고, 경계로부터 거리를 둬야 한다는 사실을 깨달았다. 그리고 군대가 출동했다. 엔진 소리는 그들이 뭔가의 안쪽으로, 어디론가…… 사라지는 동안에도 계속해서 들려왔다. 잘못된 정보를 가지고 조사에 나선 구축함 한 대가 목격자의 표현에 따르면 '허공에 난 틈 속으로 미끄러져 들어가는' 사건도 벌어졌다. 배에 타고 있던 사람들은 충격에 사로잡혀 마지막 순간의 영상과 소리를 송신했고, 대다수가 마치 거대한 짐승처럼 으르렁거리며 휘몰아치는 파도 속으로 황급히 선수를 돌려 달아나는 모습이 헬리콥터에서 촬영한 흔들리는 영상 속에 담겼다. 그들은 속수무책으로 사라져 갔고, 안개가 상황을 더욱 복잡하게 만들었다. 몇몇은 자신들의 배가 사라지는 동안 우두커니 서서 앞만 바라봤고, 결국에는 경계를 넘어갔거나 죽었거나 혹은 다른 어딘가로…… 컨트롤이 헤아릴 수 없는 운명을 맞이했다.

언덕이 평탄해지자 컨트롤은 다시 인도로 올라와서 상점가를 따라서 달렸다. 길을 건너기 위해 신호등을 기다리거나 주차장에서 차에 올라타는 사람들을 지나자…… 강과 맞닿아 있는 번화가가 나타났다. 흔들리는 조명 아래 행인들이 더 많아졌고 술에 취한 사람들도 종종 눈에 띄었다. 컨트롤은 번화가를 가로질러 이동식 주택과 작은 집이 모여 있는 조용한 거리로 들어섰다. 날씨는 여전히 쌀쌀했지만 그는 땀에 젖어 있었다. 정원에서 바비큐를 하던 사람들이 달려가는 컨트롤을 쳐다봤다.

컨트롤의 생각은 다시 생물학자에게 돌아갔다. X구역에서 그녀가 무엇을 보고 겪었는지 알 필요가 있었다. 그리고 부국장이 그녀를 본부로 보내겠다고 협박하는 이상의 행동에 나설 수 있다는 점을 잊지 말아야 했다. 부국장이 그런 불확실성을 이용해 그로 하여금 잘못된 결정을 내리게 만들고자 한다는 점도.

잡초가 무성하고 포장 상태가 고르지 못한 일방통행 도로를 따라 내려가자 강이 나왔다. 컨트롤은 나뭇가지 사이로 비치는 불빛에 의지해서 강물 위의 부교로 올라간 뒤, 중심을 잡기 위해 무릎을 구부렸다. 그리고 모터보트가 묶여 있는 끝 부분까지 걸어가서 멈췄다. 강물 위에는 드문드문 지나는 배들의 불빛이 보일 뿐이었다. 반면

관광객들을 끌어들이기 위해 강변 산책로를 따라 만들어 놓은 우스꽝스러운 빅토리아풍 가로등에 달린 반숙 달걀처럼 생긴 전구들이 발하는 빛은 눈이 부실 정도였다.

이 강 건너 왼쪽 어딘가, 멀지만 그래도 그림자처럼 어렴풋이 보이는 거리에 X구역이 존재했다. 컨트롤이 고등학교를 다니던 시절부터 탐사대는 돌아오거나 그러지 못하곤 했다. 그 시절 언젠가 심리학자는 국장으로 승진했을 터였다. 컨트롤이 친구와 헤들리로 놀러 와 맥주를 마시고 파티를 찾아 헤매는 동안에도 그 모든 비밀스러운 역사가 진행되고 있었다.

서던 리치로 향하는 비행기에 오르기 전날, 컨트롤은 어머니와 통화를 했다. 두 사람은 컨트롤이 헤들리에 살았던 시절의 이야기를 조금 나누었다. 어머니가 말했다.

"내가 그 지역에 대해 아는 이유는 네가 그 근처에 살았기 때문이란다. 하지만 넌 기억이 나지 않겠지." 정말로 그는 기억하지 못했다. 어머니가 서던 리치에서 잠시 일했다는 사실은 그에게 놀랍기도, 놀랍지 않기도 했다. "내가 거기서 일한 건 너와 가까이 있고 싶어서였어."

믿어야 할지 확신하지 못하면서도 컨트롤의 마음속에서 뭔가가 느슨해졌다.

진실을 알기란 어려웠다. 당시 어머니는 그에게 초창기 임무에 대해 적당히 각색한 이야기를 들려주곤 했다. 컨트롤은 기억을 더듬어 그중에서 서던 리치와 관련된 내용이 있었는지 생각해 내려 했지만 실패했다. 어쩌면 단지 기억을 못 할 뿐일 수도 있었다.

"거기서 무슨 일을 하셨죠?"

그가 물었지만 어머니는 여전히 철벽이었다.

"기밀이란다."

컨트롤은 음악을 끄고, 개구리 울음소리 그리고 선선한 강바람에 일어난 물결이 정박해 놓은 뱃전에 부딪히는 소리에 귀를 기울였다. 어두운 만큼 별빛이 더 가깝게 보였다. 예전에는 강물이 더 빠르게 흘렀지만, 대규모 농축 산업 단지의 부산물 때문에 유속이 느려져 주변에 서식하는 생물들에게까지 영향을 미치고 있었다. 반대편 강변의 어둠 속에는 제지 공장의 폐허가 남아서 여전히 지하수를 오염시켰다. 오염된 물들은 저주 같은 소리를 내며 늘 산성을 띠고 있는 바다로 흘러갔다.

건너편 멀리서 고함이 들리더니 더 먼 곳에서 누군가 대답했다. 컨트롤의 오른쪽에 있는 갈대 사이로 뭔가 작은 생물이 헐떡거리며 지나갔다. 상쾌한 공기를 들이마시자 희미하지만 날카로운 습지 특유의 냄새가 느껴졌다. 10대 시절 아버지와 카누를 타러 갔던 곳도 이와 비슷했다. 안전하게 느껴질 만큼 문명과 가까워서 진정한 자연 상태라고 할 수는 없었지만, 그래도 문명과 다소 거리를 느낄 정도로는 떨어져 있었다. 대부분의 사람들이 원하는 바는 그 정도였다. 가까이 가면서도 정말로 그 안에 속하지는 않을 정도. 두렵고 알 수 없는 '원시 상태의 황야' 따위는 아무도 원하지 않았다. 그렇다고 영혼 없는 인공적인 삶도 원하지 않았다.

지금 그는 다시 '컨트롤'이 아닌 존 로드리게즈가 되어 있었다. 더 나은 삶을 찾아 이 땅에 건너온 가족의 핏줄이자 조각가인 아버지의 아들, 존 로드리게즈였다. 또한 복잡하고 비밀스러운 세계에 사는 어머니의 아들이기도 했다.

다시 언덕을 올라가기 시작하면서 그는 지금이야말로 탈출 전략을 실행에 옮겨야 할 때가 아닌가 하고 생각했다. 차에 짐을 싣고 떠나 버리면 부국장이든 뭐든 다시는 마주하지 않아도 될 테니까.

언제나 시작은 괜찮았다.

끝은 그리 좋지 않을지도 몰랐다.

하지만 아침이 오면 자신이 컨트롤로서 일어나 서던 리치로 돌아가리라는 사실을 알고 있었다.

의식

005: 첫 번째 단절

"이게 뭐죠? 나한테 뭐가 붙은 거예요? 어디에 붙었지? 나한테 붙은 거 맞아요? 어디에 있죠? 어디 붙었는지 보여요? 보이냐고요? 어디에 붙어 있는 거야?"

절벽 위에 서서 아래를 응시하는 꿈으로 가득했던 밤이 지나고 아침이 왔다. 컨트롤은 식당 주차장에서 아침식사를 대신할 비스킷과 커피 한 잔을 든 채로 자동차 두 대 건너편에서 보라색 정장을 입고 있는 30대 백인 여자를 구경하는 중이었다. 그녀는 몸 위를 기어다니는 개미를 찾으려고 몸을 뒤틀고 있었는데, 짧은 금발에 정성껏 화장한 모습이 영락없는 부동산 중개인이었다. 하지만 정장은 몸에 잘 맞지 않았고, 다듬지 않은 손톱의 매니큐어는 반쯤 벗겨져 있어서 컨트롤은 그녀의 고통이 단지 개미 한 마리 때문이 아니라고 짐작했다.

개미는 여자의 뒷목에 잠시 꼼짝도 않고 붙어 있었다. 만약 있다고 말해 주면 그녀는 개미를 손바닥으로 쳐서 죽여 버릴 터였다. 가끔은 본능적으로 행동하지 못하게 하기 위해서라도 사람들에게 사실을 알려 주지 않아야 할 때가 있었다.

"가만히 있어 봐요." 컨트롤은 차 트렁크 위에 비스킷과 커피를 내려놓았다. "물지 않는 벌레예요. 내가 떼어 드리죠."

다른 사람들은 도와줄 생각이 없어 보였다. 차를 타거나 차에서 내리는 사람들은 대부분 그녀를 무시했고, 몇몇은 재미있다는 듯 웃기도 했다. 하지만 컨트롤은 웃을 수 없었다. 재미있다는 생각도 들지 않았다. 그 또한 X구역이 자신의 어디에 자리 잡고 있는지 알 수 없었다. 그리고 눈앞의 여자와 마찬가지로 무의미한 혼란과 의문에 사로잡혀 있었다.

"알았어요, 알았어요."

여자는 컨트롤이 조심스럽게 개미를 자신의 손으로 옮기는 동안에도 계속 화난 목소리로 대답했다. 개미는 여자의 목에서 금발의 숲으로 들어가기 위해 애쓰는 중이었다. 부드러우면서도 딱딱한 개미가 컨트롤의 손바닥 위에서 길을 잃고 헤매기 시작했다.

여자가 머리를 흔들더니, 자신의 등 뒤를 보려는 듯 고개를 틀다가 어색한 미소를 지으며 말했다.

"고마워요."

그러고는 약속에 늦기라도 했는지, 혹은 자신의 목을 건드린 이 상한 남자가 두려웠는지 황급히 자신의 차로 달려갔다.

컨트롤은 주차장 가장자리의 풀숲으로 개미를 들고 가서 녀석이 자신의 엄지를 타고 내려가도록 했다. 개미는 재빨리 숲 쪽으로 방향을 잡고 걸어가기 시작했다. 개미가 자신이 어디에 있는지, 또 어디로 가야 하는지를 파악하는 방법을 컨트롤은 알 수 없었다.

"네가 뭔가를 모른다고 말하지 않는 한, 사람들은 아마 네가 그걸 안다고 생각할 거다."

놀랍게도 그의 어머니가 아니라 아버지가 한 말이었다. 어머니는 실제로 너무 많이 알고 있어서 굳이 아는 척할 필요가 없었는지도 몰랐다.

자신은 개미가 어디에 있는지 모르는 여자였을까, 아니면 자신이 그 여자 위에 있다는 사실조차 모르는 개미였을까?

컨트롤은 그날 아침의 15분가량을 잠겨 있는 책상 서랍의 열쇠를 찾느라 보냈다. 더 큰 수수께끼를 간직한 생물학자와 면담하기 전에 눈앞의 수수께끼부터 풀고 싶었다. 그러는 사이 비스킷은 눅눅해졌고 커피는 식어 버렸다. 어차피 배도 고프지 않았다. 변질된 세제 냄새가 사무실 안으로 새어 들어왔다.

열쇠를 찾고 나서 그는 잠시 가만히 앉아 그것을 바라봤다. 그리고 잠긴 서랍의 오른쪽 아래 모퉁이에 있는 흙이 묻은 듯한 얼룩을 쳐다봤다. 자물쇠에 열쇠를 꽂고 돌리면서 서랍을 열 때 휘트비나 다른 누구라도 함께 있어야 한다는 바보 같은 생각을 꾹 참았다.

서랍 안에는 뭔가가 죽어 있었고, 뭔가가 살아 있었다.

내내 어둠 속에서 자란 듯한 식물은 진홍색 뿌리에 흙덩어리가 잔뜩 붙어 있는 채였다. 국장이 무슨 이유에서인지 뿌리째 뽑아 서랍 속에 넣어 놓은 모양이었다. 형광에 가까운 선명한 녹색의 길쭉한 잎사귀 여덟 개는 위에서 내려다볼 때 거의 원형을 이루며 불규칙한 간격으로 줄기에 붙어 있었다. 옆에서 보면 마치 어떤 생물이 서랍에서 탈출하기 위해 두 팔에 해당하는 줄기로 모서리에 매달려, 몸을 굽히고 있는 형태를 떠올리게 했다.

서랍 바닥에는 말라비틀어진 작은 갈색 쥐의 시체가 흙덩어리에 반쯤 파묻혀 있었다. 컨트롤은 식물이 어떤 식으로든 그 쥐로부터 양분을 얻고 있었는지 확신하기 어려웠다. 그 옆에는 닳아빠진 가죽 케이스에 담긴 구식 휴대폰이 보였고, 물에 젖어 엉망이 된 서류철 여러 개도 있었다. 괴상한 일이지만 누군가 가끔 서랍을 열고 식물에 물을 준 것 같았다. 국장이 없는 동안에 누가 그런 짓을 했을까? 왜 식물과 쥐를 치우지 않고 물을 줬던 걸까?

잠시 쥐의 시체를 응시하던 컨트롤은 내키지 않는 마음으로 손을 뻗어 휴대폰을 집었다. 가죽 케이스는 살짝 녹아 버린 듯한 형태였다. 볼펜 끝으로 서류철을 슬쩍 들춰 보자, 공식적인 문서가 아니라 손으로 쓴 메모와 신문에서 오린 조각 등 부차적인 자료들뿐이었다. 컨트롤은 신경이 쓰이는 단어들을 언뜻 본 것 같았지만, 일단 서류를 원래대로 덮어 뒀다.

국장이 직접 퇴비를 만들어서 식물을 키울 작정은 아니었을 텐데 묘하기 이를 데 없는 광경이었다. 「정보 전달과 생태계 유지 목적의 쥐를 동력으로 한 관개 시스템」 같은 제목의 말도 안 되는 과학 실험 과제물 같았다. 고등학교 시절 과학 전시회에서 더 괴상한 것들도 많이 보기는 했다. 물론 과학에 대한 열정이 부족했던 컨트롤은 추가 점수가 걸려 있을 때에나 화산 모형 또는 감자 키우기 같은 고전적인 과제물을 제출하는 정도였다.

조금 더 서랍 안을 뒤져 보면서 어쩌면 부국장이 옳았을지도 모른다고 생각했다. 어쩌면 다른 사무실을 쓰는 편이 좋았을지도 몰랐다. 식물을 어디다 두면 좋을지 생각하며 책상에서 물러나자, 쌓여 있는 책들 뒤쪽에 화분이 하나 보였다. 어쩌면 국장도 그 화분을 찾고 있었을지 몰랐다.

컨트롤은 책상 여기저기 흩어져 있던 서류를 몇 장 가져다가 조심스럽게 흙덩어리에서 쥐를 뜯어 낸 다음 쓰레기통에 던졌다. 그 서류에 X구역에 대한 비밀이 담겨 있다 해도 어쩔 수 없는 일이었다. 그리고 식물을 화분에 넣고는 책상 위에서 최대한 먼 구석에 놓았다.

이제 뭘 하지? 컨트롤은 사무실에서 도청 장치를 찾아내고 죽은 쥐를 치웠다. 일종의 대청소를 마치고 나니 이제 어디로도 통하지 않는 닫힌 문만 남았다.

쓰디쓴 커피 한 모금으로 마음을 다잡고 나서 문 쪽으로 다가갔다. 문 앞에 쌓인 책들과 잡동사니를 치우느라 몇 분이 걸렸다.

좋아. 마지막 수수께끼가 곧 밝혀지겠군. 컨트롤은 이 모든 사소한 사건들을 보이스에게 보고해야 한다는 성가신 생각에 잠시 망설였다.

그리고 문을 열었다.

그는 잠시 눈앞을 응시했다.

잠시 후, 문을 도로 닫았다.

006: 지형적 변이

똑같은 취조실. 똑같은 낡은 의자. 똑같은 희미한 불빛. 똑같은 유령새. 정말 그럴까? 그녀의 눈빛이나 표정에서 확실하지 않지만 뭔가 낯선 느낌이 들었다. 첫 만남에서는 보지 못한 뭔가가 있었다. 전보다 한결 부드러우면서도 더 냉철한 인상이었다. "만약 상대방이 지난번과 달라 보인다면, 너 자신이 변한 건 아닌지 의심해 보거라." 마치 스파이를 위한 격언들 중에서 무작위로 하나를 고른 듯한 말투로 언젠가 어머니가 했던 조언이 기억났다.

컨트롤은 짐짓 아무렇지도 않은 태도로 책상 왼쪽에 화분을 올려놨다. 그리고 당근 역할을 할 생물학자 관련 서류철을 두 사람 사이에 놓았다. 화분을 보고 생물학자가 눈썹을 조금이라도 움찔했을까? 확신할 수 없었다. 보통 사람이라면 궁금한 생각이 들 만도 한데 생물학자는 아무 말이 없었다. 취조실에 올 때 컨트롤은 충동적으로 쓰레기통에서 쥐를 꺼내 화분 속에 넣은 채로 가져왔다. 그렇지 않아도 우울한 분위기의 방 안에서 화분은 영락없는 쓰레기처럼 보였다.

컨트롤이 의자에 앉았다. 그는 생물학자에게 미소를 지어 보였지만 여전히 아무 반응도 없었다. 가라앉는다는 지난번의 마지막 대답으로부터 이야기를 이어 가지 않기로 이미 결심했으나 자꾸만 그에 대해 묻고 싶은 충동이 들었다. 사무실 문 뒤의 벽에서 발견한 낙서의 문장이 불쾌한 방식으로 자꾸만 컨트롤의 머릿속에 맴돌았다. *죄인의 손에서 비롯한 목 조르는 과실이 놓인 곳에서 나는 죽은 자의 씨앗을 낳아……* 식물. 죽은 쥐. 미친 사람의 비명일까? 혹은 어떤 장난이나 농담일까? 그도 아니면 절벽에서 뛰어내려 괴물이 득실대는 바다 속으로 가라앉는 꿈에 대한 또 다른 증거일까? 어쩌면 12차 탐사대에 직접 참가하기 전에 국장은 어떤 고약한 형태의 스크래블 게임을 연습하고 있었는지도 몰랐다.

권력을 나눠 가지고 있던 부국장도 완전히 결백하다고 보기는 어려웠다. 그레이스가 거울 너머에서 지켜보고 있지 않다는 사실이 기분 좋은 또 한 가지 이유였다. 컨트롤은 지난번 근무지에서 한 동료가 그에게 썼던 방법을 흉내 내서 그녀에게 면담 시간을 오후로 통보했다. 그리고 직접 탐사 대원들이 대기하는 구역을 찾아가 그곳 직원에게 생물학자를 데려오라고 지시했다.

이번에는 마치 엿듣는 귀 모양 또는 물속에 잠긴 거대한 눈동자처럼 보이는 천장의 얼룩들을 무시한 채 바로 본론으로 들어갔다.

"X구역에는 베이스캠프에서 아주 가까운 곳에 지형적 변이가 있습니다. 당신이나 다른 대원들은 이 변이를 발견했습니까? 발견했다면 그 안으로 들어갔나요?"

그것과 마주친 대부분의 사람들은 탑이나 동굴 혹은 구덩이라고 불렀지만, 컨트롤은 생물학자가 그녀만의 독특한 이름을 붙일지도 모른다는 기대에서 그저 '지형적 변이'라고만 말했다.

"기억이 나지 않습니다."

그녀의 똑같은 대답이 거슬리기 시작했다. 어쩌면 정말로 거슬리는 건 벽에 적혀 있던 글귀고, 생물학자의 변하지 않는 태도는 단지 그런 기분을 악화시킬 뿐인지도 몰랐다.

"정말 기억이 나지 않습니까?"

당연히 정말이겠지.

"그걸 잊어버렸다는 건 기억나는 듯하네요."

생물학자의 살짝 올라간 입꼬리와 반짝이는 눈빛이 지난번과는 다른 사람 같은 인상을 주었다. 컨트롤은 그 이유를 짐작할 수 없었고, 그래서 답답했다. 같은 사람이 아니다. 그렇지 않은가?

"이건 장난이 아닙니다."

어떻게 반응하는지 보려고 일부러 불쾌한 티를 내며 컨트롤이 말했다. 실제로 불쾌하기도 했다.

"기억이 나지 않습니다. 내가 달리 무슨 말을 할 수 있을까요?"

생물학자는 마치 컨트롤이 멍청해서 자기가 한 말을 이해하지 못했다는 듯이 단어 하나하나를 힘주어 말했다.

컨트롤은 새 집의 소파에 앉아 있는 자신의 모습을 떠올렸다. 음악을 틀고, 초리를 무릎 위에 올려놓고, 손에는 책을 들고. 여기보다 훨씬 나은 장소였다.

"기억이 난다고 말할 수 있겠죠. 뭔가를 숨기고 있다고 말입니다."

컨트롤이 밀어붙였다. 어떤 사람들은 질문자를 만족시키고 싶어 한다. 어떤 사람들은 상대방의 기분에 신경도 쓰지 않거나, 오히려 일부러 거스르고 싶어 한다. 컨트롤은 첫 면담과 그 이전 기록들을 통해 생물학자가 극단적인 두 가지 감정 사이를 오가고 있을지도 모른다고 생각했다. 그녀 스스로도 확신하지 못하거나 갈등하는 중일 수도 있었다. 어떻게 해야 그녀를 설득할 수 있을까? 화분에 든 쥐는 그녀의 마음을 움직이지 못했다. 주제를 바꿔 봐도 마찬가지였다.

생물학자는 아무 말도 하지 않았다.

"그럴 리 없어요." 그녀가 다시 한 번 부인이라도 했다는 듯이 컨트롤이 말했다. "다른 많은 탐사대가 이 지형적 변이를 목격했습니다."

망할 지형적 변이 같으니.

"그랬는지는 몰라도. 난 탑이 기억나지 않아요."

탑이라. 터널도 동굴도 땅속의 구멍도 아니었다.

"왜 그걸 탑이라고 부르는 거죠?"

컨트롤이 놓치지 않고 물었다. 너무 노골적이었나 하는 생각이 잠시 후 들었다.

유령새의 얼굴에 희미한 애정이 담긴 미소가 떠올랐다. 누구에 대한? 그가 한 말이 뭔가를 떠올리게 했기 때문일까?

"아시나요? 포러스 달팽이는 다른 달팽이의 빈 껍질을 자기 껍데기에 붙이죠. 그래서 바다 포러스 달팽이는 아주 둔해요. 빈 껍데기가 위장에는 도움이 되지만 그 대가로 자주 비틀거리거나 넘어지곤 하죠."

그 대답 뒤에 숨어 있는 비웃음이 컨트롤을 날카롭게 찔렀다.

어쩌면 그는 지형적 변이라는 용어에서 느껴지는 거부감을 생물학자와 함께 나누고 싶었는지도 몰랐다. 그 용어는 그레이스와 다른 직원들의 첫 보고에서 나왔다. 자칭 '지형적 변이'의 전문가들이 자기들도 모르는 대상의 윤곽을 그리면서 알 수 없는 소리를 지껄이는 동안 컨트롤은 몸에 열이 오르는 듯했다. 그리고 한 편의 독백이 떠올랐다. 그의 할아버지 잭은 원할 때면 언제든 엄청난 분노를 표출하는 성미였는데, 특히 세상 사람들의 멍청함을 경험하고 난 직후에는 정도가 더 심했다. 할아버지였다면 자리를 박차고 일어나 말했을 터였다. '지형적 변이? 지형적 변이? 차라리 **마법**이라고 하지그래? 문명의 종말이라고 하지 그러냐고? 그것들과 마찬가지로 우리가 모르는, 전혀 쥐뿔도 모르는 괴상한 뭔가라고 부르지 그랬어?' 본부가 뭐라고 주장하든 증거라고는 흐릿한 사진에 찍힌 그림자와 심리적으로 불안정할 뿐 아니라 최면 상태에 있기까지 해서 신뢰하기 어려운 몇몇 목격자가 낙서처럼 적어 놓은 뒤틀린 악몽들이 전부였다. 술 취한 듯 비틀거리며 돌아다니는 불법 증축 달팽이보다 더 이해할 수 없는, 심지어 무슨 재료로 만든 건지도 알 수 없는 나선형의 탑이라. 정체를 밝혀낼 수 있다는 희망도 없고, 지성을 가진 유인원들이 흔히 하는 짓처럼 폭탄으로 날려 버릴 수도 없었다. 그래서 마치 **맨홀 뚜껑**이나 **수도꼭지**처럼 땅속에 파묻혀 있는 대수롭지 않은 물건이라는 듯 감흥 없이 언급해 버리면 그만이었다. *지형적 변이라고.*

하지만 컨트롤은 이런 말들을 이미 화요일에, 전 국장이 남긴 메모들을 달팽이처럼 느긋한 속도로 정리하면서 책장에 대고 그녀의 유령에게 쏟아 낸 뒤였다. 그레이스와 나머지 직원들에게는 차분한 목소리로 이렇게 말했을 뿐이었다.

"그것에 대해서 내게 더 말해 줄 수 있는 점이 있습니까?"

아무도 대답하지 못했다.

분명히 생물학자보다 더 많이 아는 사람은 누구도 없었다.

컨트롤은 가만히 생물학자를 응시했다. 이런 소름 끼치는 눈빛은 심문하는 자의 특권에 가까웠고, 그래서 주로 겁을 주려고 할 때 사용했다. 하지만 유령새는 컨트롤이 먼저 시선을 돌릴 때까지 피하지 않고 날카로운 녹색 눈으로 그를 마주 봤다. 그녀가 오늘 달라 보인다는 사실이 자꾸만 신경에 거슬렸다. 지난 24시간 동안 무슨 변화가 있었던 걸까? 일정은 늘 똑같았고, 감시 카메라에도 그녀의 정신 상태가 달라질 만한 사건은 찍힌 바가 없었다. 주의 깊은 감시하에 부모님과 통화해도 괜찮다고 제안했지만, 할 말이 없다는 대답이 돌아왔다. DVD 플레이어와 검열을 마친 영화, 소설 말고는 즐길 거리가 전무한 지루한 일상 때문에 생각이 바뀌지는 않았을 터였다. 모든 식사는 구내식당의 음식이었다. 그 점에 대해서는 컨트롤도 안타깝게 생각했지만 그게 변화의 이유가 될 수는 없었다.

"어쩌면 이게 기억을 되살려 줄지도 모르겠군요."

아니면 당신이 더 이상 거짓말을 못하게 만들거나. 컨트롤은 지난 탐사대가 남긴 기록의 요약본을 읽기 시작했다.

"땅속으로 끊임없이 이어지는 구덩이. 결코 바닥까지 가 볼 수는 없었다. 우리는 추락을 멈출 수 없었다."

"땅속에 박혀 버린 탑은 너무도 부자연스러웠다. 우리 중 아무도 그 안에 들어가고 싶어 하지 않았지만, 결국 우리는 들어갔다. 우리 중 일부만 돌아왔다."

"입구가 없었다. 맥박 치는 돌로 이루어진 원이 있을 뿐이었다. 그 안에서는 엄청난 깊이가 느껴졌다."

그 탐사대는 단 두 명만 귀환했지만, 그들이 다른 동료들의 일지를 수거해 왔다. 일지 안에는 탑과 동굴, 구덩이, 회오리, 계단을 그린 낙서가 가득했다. 나머지 페이지에는 좀 더 평범한 그림들이 그려져 있기도 했다. 일지의 내용은 서로가 모두 달랐다.

컨트롤은 어느 정도 읽다가 그만뒀다. 낭독을 시작할 때부터 만약 생물학자가 정말로 기억을 잃은 채 고통받고 있다면 이런 행동이 그녀의 증상에 나쁜 영향을 미칠 수도 있다는 생각이 들었다. 하지만 읽기를 멈춘 가장 큰 이유는 컨트롤 자신의 불편한 감정 때문이었다. 상상 속에서 탑-구덩이가 점점 더 생생해지는 듯한 감정. 실제로 처음에 비해 더 실존하는 대상으로 여겨졌다.

하지만 유령새는 컨트롤의 짧은 고뇌를 눈치채지 못했는지 그에게 물었다.

"왜 그만두는 거죠?"

컨트롤은 그녀의 질문을 무시하고, 또 다른 탑에 대한 이야기로 넘어갔다.

"등대는 어떻습니까?"

"등대가 어떻다니요?"

첫 번째 생각: 내 말을 따라하고 있군. 괴롭힘을 당하던 중학교 시절의 굴욕적인 기억이 떠올랐다. 고등학교에 들어가 미식 축구 선수가 되는 변신을 하기 전, 자신이 깡패들 사이에 잠입한 스파이라는 상상으로 애써 자위하던 시기였다. 벽에 적혀 있던 글이 자신을 흔들고 있었다. 심하지는 않아도 충분히.

"등대는 기억나나요?"

"기억해요."

놀랍게도 생물학자가 그렇게 말했다.

계속해서 대답을 이끌어 내야 했다.

"뭐가 기억나죠?"

"갈대 사이로 난 길을 따라 거기 갔던 일이 기억나요. 입구 안쪽을 들여다본 일도요."

"거기서 뭘 봤죠?"

"안쪽을 봤어요."

한동안 계속 그런 식이어서 컨트롤은 좀처럼 실마리를 찾아낼 수 없었다. 다음 주제로 넘어가자 생물학자는 또다시 기억이 나지 않는다는 대답을 되풀이하며 대화를 아마 그녀가 편안하게 느끼는 일종의 리듬 속으로 끌어들였다. 컨트롤은 자신이 그녀의 신경질적인 반응을 이해하기 위한, 혹은 그녀의 본심이나 진의를 털어놓게 만들기 위한 방법을 찾는 중이라고 스스로를 타일렀다. 생물학자를 쳐다보는 일이 실제로 위험한 건 아니었다. 전혀 위험하지 않았다. 그는 컨트롤이었고, 그 이름처럼 스스로를 통제할 수 있었다.

죄인의 손에서 비롯한 목 조르는 과실이 놓인 곳에서 나는 죽은 자의 씨앗을 낳아 어둠 속에 모여든 벌레들과 나누리라 그리고 그 생명의 힘으로 세상을 둘러싸는 벌레들과 함께하는 동안 다른 세상들의 어두운 방에서는 존재했던 적도 존재할 수도 없는 형상들이 본 적도 보인 적도 없는 몇몇의 조급함으로 몸부림치리라. 한밤중에 빛나는 태양 아래 검은 물속에서 과실이 여물고 그 황금빛 어둠이 벌어져 열리면 치명적인 연약함의 계시가 이 땅에 드러나리라. 심연의 그림자는 해골 속에서 피어난 무시무시한 꽃의 꽃잎처럼 어떤 인간도 견딜 수 없을 만큼 그 정신을 확장시키리라…… 글은 그런 식으로 계속 이어졌다. 공간이 부족하지 않았다면, 그리고 국장이 X구역의 지도를 덧붙이지 않았다면 나머지 부분을 마저 썼을 거라는 생각이 들었다.

처음에는 문 뒤의 공간에 기괴한 도형들이 그려져 있다고 생각했지만 아니었다. 누군가 유난히 두꺼운 검은 펜으로 그 이상한 문장들을 지우려 했던 것이다. 어떤 단어들에는 붉은색으로 밑줄이 그어져 있었고 어떤 단어들에는 초록색으로 네모 표시가 되어 있었다. 알 수 없는 압박감이 그를 뒷걸음질 치게 해서 컨트롤은 한동안 인상을 찌푸린 채 그 자리에 서 있었다.

책상 서랍에 넣어 둔 식물에 바치는 국장의 정신 나간 헌사라는 최초의 가설은 곧 폐기되었다. 그러다 예전에 업무상 감시했던 종교적 성향이 강한 반정부 무력 단체에서 사용하는 말들과 어감이 약간 비슷하다는 느낌을 받았다. 또 어머니 집 지하실에 얹혀 살면서 벽에는 오려낸 신문 기사와 인쇄한 인터넷 자료를 덕지덕지 붙여 놓는, 게으르면서도 신경질적인 정신병자의 희미한 중얼거림 같다는 생각도 들었다. 풀칠을 한 번 할 때마다, 압정을 한 번 꽂을 때마다 자기만의 일회성 우주를 창조해 내는 작자들. 하지만 그런 문구나

철학이 여기 적힌 글처럼 감상적이거나, 저속하면서도 초현실적인 경우는 드물었다.

벽을 응시하는 동안 컨트롤이 가장 분명하게 느낀 감정은 혼란이나 두려움이 아니라 결국 생물학자와의 면담까지 가지고 들어온 짜증이었다. 그런 감정은 무고한 빈 유리잔에 찬물이 쏟아져 들어오듯 갑작스레 찾아왔다.

사소한 원인이 실패를 초래할 수 있고, 작은 구멍이 또 다른 구멍을 만들어 내기도 했다. 그러면 구멍들의 점점 커져서 결국 추락하게 된다. 무슨 일이든 그 시작이 될 수 있었다. 어느 날 오후 현장 보고서를 제출을 잊는다거나, 감시 대상과 지나치게 친밀해진다거나, 신중하게 검토해야 할 서류를 대충 건너뛰는 등.

컨트롤은 국장의 벽에 적혀 있는 글에 대한 보고를 받지 못했고, 꼼꼼하게 읽고 또 읽었던 서류 어디에서도 그에 대한 내용을 본 적이 없었다. 그의 일 처리에 결함이 있다는 첫 번째 징후였다.

생물학자가 완전히 마음을 놓았고 심지어 스스로 매우 영리하다고 여기면서 만족하고 있다는 생각이 들자 컨트롤이 말했다.

"X구역에 대한 마지막 기억이 호수에 가라앉는 거라고 했었죠. 구체적으로 뭐가 기억납니까?"

그는 충격으로 창백해진 생물학자가 가라앉은 눈빛으로 마치 뭔가에 실망한 듯 컨트롤 자신까지도 슬퍼지게 하는 쓸쓸한 미소를 지어 보일 거라고 기대했다. 여태까지 잘해 왔으면서 왜 모든 걸 망치냐고 그를 탓하는 것처럼. 그러고는 이렇게 말하겠지. '그건 호수가 아니었어요. 그건 바다였죠.' 그리고 모든 이야기를 쏟아 낼 거라고.

하지만 그런 일은 일어나지 않았다. 어떤 종류의 미소도 없었다. 대신에 생물학자는 마음의 문을 완전히 닫아 버렸다. 그녀의 시선조차 달라져서 어딘가 멀리 높은 곳에서(아마 등대일 것이다.) 안전한 거리를 두고 그를 내려다보는 것만 같았다.

"어제는 제가 기억을 혼동했어요. 그건 X구역에서 있었던 일이 아니었어요. 다섯 살 때 공원 분수에서 익사할 뻔했던 기억이었죠. 그때 머리를 부딪혔거든요. 아직도 꿰맨 자국이 있어요. 이유는 모르겠지만 당신이 질문했을 때 그 기억이 떠오르더군요."

컨트롤은 거의 박수를 치고 싶었다. 벌떡 일어나서 박수를 친 다음 그녀에 대한 서류를 건네주고 싶었다.

어젯밤 자극이라고는 하나도 없는 지루한 방에 앉아서 이 질문을 예상했을 터였다. 단지 예상했을 뿐 아니라 유령새는 그것을 컨트롤이 낳은 알로 바꿔 버릴 작정을 했다. 덜 개인적인 세부 사항을 내어 주고 보다 중요한 무언가를 보호하기로 한 것이다. 상처를 꿰매러 병원에 가야 했던지라 분수대에서 벌어진 사고는 그녀의 서류에 상세하게 기록되어 있었다. 그녀가 어린 시절에 대해서 기억하고 있다는 증거는 될 수 있겠지만 그 이상의 소득은 없었.

컨트롤은 자신이 그녀의 기억에 접근할 허가를 얻지 못한 모양이라고 생각했다. 어쩌면 아직 누구도 그런 허가를 얻지 못했을 터였다. 하지만 그는 우주 비행사가 구명정에서 탈출하듯 그런 상념으로부터 자기 자신을 밀어냈다. 자기가 어디까지 갈 수 있을지는 아무도 모르는 일이었다.

"믿을 수 없군요." 컨트롤이 단호하게 말했다.

"안 믿어도 상관없어요." 생물학자가 의자에 기대며 말했다. "전 언제 여기서 나가죠?"

"아, 알잖습니까. 조직을 위해서 어느 정도는 감수해야죠." 컨트롤은 무지하거나 멍청한 소리처럼 들리게 하려고 애쓰면서 상투적인 문구로 그녀의 질문을 받아넘겼다. 제대로 된 전략이라기보다는 게임을 제대로 이끌어 나가지 못하는 자기 자신에 대한 형벌에 가까웠다. "보고 절차가 어느 정도 길어질 수 있다는 동의서에 서명했으니까요."

암에 걸려서 돌아오거나, 아예 돌아오지 못할 수도 있다는 사실 또한 알고 있었지 않습니까.

"컴퓨터가 없어요. 요청한 책들도 받지 못했고요. 벽 높은 곳에 작은 창문 하나밖에 없는 작은 감방에 갇혀 있어요. 그 창으로는 하늘밖에 안 보이죠. 운이 좋다면 몇 시간마다 한 번씩 매가 날아가는 모습이라도 볼 테지만요."

"감방이 아니라 숙소겠죠."

둘 다였다.

"마음대로 나갈 수 없으니 감방이죠. 최소한 책이라도 주세요."

하지만 생물학자가 원하는 기억 상실에 대한 책들을 줄 수는 없었다. 적어도 그녀가 정말로 기억을 잃었는지 확인하기 전까지는 그랬다. 생물학자는 또 흉내와 위장에 대한 온갖 종류의 저술도 요청했다. 언젠가는 그 부분에 대해서도 질문해야 했다.

"이게 당신에게 어떤 의미가 있나요?"

컨트롤은 생물학자의 관심을 돌리기 위해 화분 안에 든 식물과 쥐를 그녀 쪽으로 밀었다

생물학자가 똑바로 앉자 키와 덩치가 더 크게 보였고, 앞으로 몸을 숙이자 어떤 위압감이 느껴졌다.

"식물과 죽은 쥐 말인가요? 당신이 나한테 빌어먹을 책과 컴퓨터를 줘야 한다는 계시처럼 보이네요."

어쩌면 오늘 그녀를 다르게 만든 감정은 즐거움이 아닐지도 몰랐다. 어쩌면 그건 분노일지도 몰랐다.

"그럴 수는 없습니다."

"그럼 가서 이 식물과 쥐나 가지고 노시죠."

"알겠습니다."

생물학자의 경멸 섞인 웃음이 복도까지 그를 따라 나왔다. 자신을 향한 무기로 사용할 때조차 듣기 좋은 웃음소리였다.

007: 미신

20분 후 컨트롤은 휘트비, 그레이스, 그리고 언어학자인 제시카 슈를 호출해 국장 특유의 필체로 휘갈겨 쓰인 벽의 글자 앞에 모아 놓았다. 너저분하게 흩어져 있는 책이나 다른 물건들을 한쪽으로 치울 생각조차 하지 않았다. 그는 사람들이 공중전화 부스 안에 여럿이 들어갈 때처럼 서로 무릎을 부딪히며 불편하게 있기를 바랐다. 작게 옷이 스치는 소리, 입에서 나오는 숨소리, 신발이 찌걱대는 소리, 예상치 못한 냄새, 모두 신경이 쓰일 터였다. 컨트롤은 유대감을 강화하는 계기가 될 거라고 생각했다. 어쩌면.

부국장만 보통 크기의 의자에 앉을 수 있었다. 그런 식으로 그녀는 자기가 책임자라는 환상을 간직할 수 있을 터였다. 혹은 적어도 자신이 일부러 그녀에게 심술을 부린다는 불평은 방지할 수 있었다.

그레이스는 이미 컨트롤에게 뾰족한 한마디를 던졌다.

"이번에는 원래 예정대로 진행돼서 다행이군요."

생물학자와의 면담 시간을 앞으로 당긴 사실을 이미 눈치챘다는 의미였다. 부국장은 복도에서 다른 사람과 농담을 주고 받느라 그를 기다리게 했고, 컨트롤은 이를 그녀의 소심한 복수로 받아들였다.

그들은 세상에서 가장 작은 회의용 책상 주위에 둘러앉았다. 컨트롤은 그 위에 식물과 쥐가 들어 있는 화분을 올려놓았다. 모든 준비를 마쳤지만 국장의 휴대폰에 대한 이야기는 이 자리의 주제에 포함시킬 수 없었다. 그레이스가 이미 빼돌렸기 때문이다.

"내 사무실에." 컨트롤이 벽의 글자를 가리키며 말했다. "왜 이런 게 있는 겁니까?"

컨트롤은 그레이스가 무언으로 계속해서 표현하고 있는, 여기가 아직 전 국장의 사무실이라는 주장을 무시했다.

'이런 게'라는 말은 벽의 글자들뿐 아니라 그 아래 낙서처럼 그려 놓은 녹색과 붉은색 그리고 검은색으로 지형적인 이정표들을 표시한 X구역의 지도까지 포함했다. 등대와 지형적 변이, 베이스캠프⋯⋯ 멀리 떨어진 북쪽 해변의 섬까지. 그 옆에는 볼펜으로 휘갈겨 쓴 의미를 알 수 없는 낙서들도 있었다. 그리고 컨트롤의 머리 부근에는 다소 커다란 빗금 두 개도 보였는데, 3년 정도 시차를 두고 그어진 듯했다. 하나는 붉은색이고 다른 하나는 초록색이었다. 바로 옆에 전 국장의 이름도 적혀 있었다. 그녀가 **키라도 쟀던** 걸까? 벽에 있는 온갖 이상한 것들 중에서도 그 빗금들이 가장 이상했다.

"보고서에 나와 있을 텐데요." 그레이스가 대답했다.

어떤 서류에도 이 문과 그 뒤에 숨겨진 글에 대한 언급은 없었지만, 컨트롤은 굳이 그 점을 지적하지 않았다. 어차피 자기가 이들이 모르는 뭔가를 발견했다는 생각은 하고 있지 않았다.

"그래도 말해 봐요."

"국장님이 쓴 글입니다." 그레이스가 말했다. "동굴 벽에 쓰여져 있는 글이죠."

컨트롤은 잠시 그 새로운 정보에 대해 생각했다.

"하지만 왜 이대로 둔 겁니까?"

한순간 벽의 글자와 썩는 꿀 냄새가 합쳐져 실제로 그를 병들게 하는 듯한 느낌이 들었다.

"추모라고 할까요." 휘트비가 부국장을 대신해 변명하듯 재빨리 말했다. "없애버리자니 너무 무례해 보였습니다."

컨트롤은 휘트비가 계속해서 이상한 눈빛으로 쥐를 흘낏거리고 있다는 점을 알아차렸다.

"추모가 아니에요. 국장님은 죽지 않았으니 추모가 아니죠. 난 국장님이 죽었다고 믿지 않아요."

그레이스가 조용하지만 확신에 찬 목소리로 말하자, 휘트비와 슈는 입을 다물었다. 그레이스가 부끄러운 본심을 털어놓기라도 한 것 같은 반응이었다. 두 사람은 컨트롤이 온도 조절 장치를 세심하게 만져 뒀는데도 불구하고 진땀을 흘리며 몸을 뒤척이고 있었다.

"이 글은 무슨 뜻이죠?"

컨트롤은 그저 그 순간을 넘기기 위해 물었다. 그는 그레이스 안에 자신이 결코 알고 싶지 않은 고통이 자라나고 있다는 점을 알 수 있었다.

"그래서 언어학자를 데려온 겁니다."

휘트비가 그렇게 말했다. 슈의 동석이 부국장에게 의외라는 점은 분명해 보였다. 하지만 서던 리치가 축소되면서 슈는 어느 때보다 큰 영향력을 지니고 있었다. 결국에는 부서마다 한 사람밖에 남지 않아서 모든 직원이 자기 자신을 평가해 급여 인상과 보너스를 결정하고, 생일이면 서던 리치 모양으로 만든 특별 주문 케이크를 놓고 혼자 파티를 즐길 때가 머지않아 보였다.

검은 머리를 길게 기른 키 작고 날씬한 여성인 슈가 입을 열었다.

"우선 우리는 이 글을 등대지기였던 솔 에반스가 썼다고 99퍼센트 확신하고 있습니다."

살짝 상기된 그녀의 목소리는 극히 단조롭거나 가장 심각한 말에도 낙관적인 기운이 감돌게 만들었다.

"솔 에반스라……."

"바로 저 사람이죠." 휘트비가 벽에 걸려 있는 사진 액자를 가리키며 말했다. "흑백 사진 속의 가운데 사람입니다."

등대 앞에 서 있던 사람. 그가 솔 에반스로군. 컨트롤은 어쩐지 자기가 그 사실을 이미 알고 있었던 듯한 기분이 들었다.

"그렇게 확신하는 이유가 뭐죠? 그가 같은 글을 다른 곳에도 남긴 겁니까?"

컨트롤이 슈에게 물었다. 시간이 없어서 에반스에 대한 서류는 그저 훑어보기만 했을 뿐이었다. 서던 리치의 직원들과 친분을 쌓고 X구역의 대략적인 상황을 살피느라 너무 바빴다.

"우리가 녹음테이프로 가지고 있는 에반스의 몇몇 설교들과 문장 구조나 단어 선택이 일치하기 때문입니다."

"등대지기가 설교를 했다고요?"

"사실 에반스는 은퇴한 목사입니다. 어느 날 갑자기 목회를 중단하고 남부로 내려와 등대지기가 됐죠. 이유가 뭔지는 기록상에 남아 있지 않습니다. 경계가 생긴 시점에는 이미 거기서 5년 동안 등대를 지키고 있었습니다."

"그자가 X구역이 생겨난 원인을 제공했다고 생각합니까?"

컨트롤이 과감하게 질문을 던졌지만 아무도 호응하지 않았다.

"그럴 가능성도 고려하고 있습니다."

휘트비가 말했다. 컨트롤에게 말하는 그의 목소리에서 약간이지만 처음으로 겸손함이 느껴졌다.

"그리고 이 글이 지형적 변이의 내부에서 발견됐다는 말이죠?"

"그렇습니다." 슈가 말했다. "몇몇 탐사대의 보고를 재구성했지만, 글자를 이루는 재료의 유용한 표본을 얻지는 못했습니다."

"살아 있는 재료라." 컨트롤이 말했다. 이제 조금 기억이 났다. 글 자체는 보고서에 포함되지 않았지만, 탑 안에서 생체 조직으로 만들어진 글자들을 발견했다는 내용이 있었다. "이 글은 왜 보고서에 없었던 겁니까?"

이번에는 내키지 않는 듯한 투로 언어학자가 다시 입을 열었다.

"솔직히 말씀드리면 우리는 그 글을 보고서에 옮겨 적고 싶지 않았습니다. 그래서 등대지기 관련 서류에 포함된 요약본과 마찬가지로 그저 언급만 되어 있을 겁니다."

그레이스는 그다지 하고 싶은 말이 없어 보였다. 대신에 휘트비가 끼어들었다.

"그 글을 옮겨 적고 싶지 않았던 이유는, 우리가 아직 정확히 무엇이 X구역의 생성을 촉발했는지…… 혹은 그 이유가 무엇인지 알지 못하기 때문입니다."

하지만 그러면서도 문 뒤의 글자는 그대로 내버려 뒀다. 컨트롤은 그 이유를 짐작해 보려고 애썼다.

"그건 미신입니다." 슈가 투덜거렸다. "완전히 미신이죠. 말도 안 되는 얘깁니다."

컨트롤은 슈의 부모님이 매우 전통적인 가치관을 지닌 분들이며, 영혼을 중시하고 문자가 큰 의미를 가지는 문화권 출신이라는 점을 알고 있었다. 슈는 이런 믿음을 공유하지 않았고 오히려 격렬하게 반발했지만, 정작 그녀 자신도 느슨한 기독교적 신앙을 가지고 있었다. 교회 또한 계시라든지 여러 설명할 수 없는 요소를 포함하고 있는데도 말이다. 어쨌든 그런 반감이 그녀의 분석에 영향을 미칠 수 있다는 점을 고려하면서도 컨트롤 또한 슈의 의견에 동의했다.

슈가 미신에 대해서 열띤 비난을 계속하려는 찰나에 그레이스가 그녀의 말을 가로챘다.

"미신이 아니에요."

모두 의자에서 몸을 돌려 부국장을 바라봤다.

"미신일 가능성도 있겠지만." 그레이스가 인정했다. "진짜일지도 몰라요."

어떻게 미신이 진짜일 수 있다는 걸까? 컨트롤은 휘트비가 찾아다 준 '이론들'이라는 제목만 적힌 서류철을 잠깐 쳐다보다가 경계를 시찰하러 가야 한다는 생각을 떠올리며 그렇게 생각했다. 어쩌면 '미신'이란 사기가 떨어지고 자원도 부족한 조직의 깨지고 갈라진 틈 사이로 스며든 무엇인지도 몰랐다. 어쩌면 국장이 임무 수행 중 실종되고 부국장은 여전히 옛 상관을 애도하고 있을 때 생겨나는 무엇일 수도 있었다. 그런 상황에서는 원시적인 미신이 고개를 쳐들고 '이제부터는 내가 알아서 하지, 네게도 기회는 있었어.'라고 이성에게 말할지도 몰랐다. 그렇다 하더라도 주술이나 의식에 기대는 일은 비합리적이었다. 얼마나 많은 보이지 않는 관념적인 주문들이 서던 리치 너머의 세계를 지배하고 있을까?

하지만 모두가 같은 믿음을 가진 건 아니었다. 언어학자는 여전히 이성이라는 미신을 믿었는데, 어쩌면 서던 리치에서 지낸 지가 아직 2년밖에 되지 않았기 때문일지도 몰랐다. 통계 자료가 맞는다면 그녀도 앞으로 18개월 안에 백기를 들 터였다. 어째서인지 언어학자들은 거의 성직자들만큼이나 X구역을 힘겨워했다. 아직까지 서던 리치에 남아 있는 성직자는 없었다.

그러니 어쩌면 슈가 부국장 혹은 휘트비를 따라 개종할 때가 몇 달 남지 않았을지도 몰랐다. 컨트롤은 과학적 사고에 대한 믿음에는 한계가 있다는 사실을 익히 알고 있었다. 반면에 테러리스트가 폭탄을 만들기 위해 비료를 구매하고 뇌관을 만들면서 흔히 세우는 비논리의 신전은 특유의 불안정한 힘과 탄력을 제공했다. 그 신전은 세상과 충돌한 뒤에도, 이유는 서로 다르지만 가해자는 물론 다른 사람들의 머릿속에 계속해서 존재했다.

하지만 슈는 단호한 사람이었다. 그녀가 그러는 이유를 알고 컨트롤은 X구역에 대해 더욱 불안감을 느꼈다.

그녀는 언어가 의사소통 수단의 일부에 불과하다는 상상을 해 보라고 컨트롤에게 말했다. 심지어 중요한 부분조차 아닌 배관이나 도로처럼 전달자에 불과하다는 상상을 해 보라고. 나중에 컨트롤이 보이스에게 보고할 때에는 **인프라**라는 단어를 사용했다.

그 메시지의 진짜 핵심은 글자를 구성하는 살아 있는 재료들의 조합에 있을지도 몰랐다. 비유하자면 '잉크' 자체가 메시지인 셈이다.

"그리고 메시지가 반쯤 물리적인 거라면, 벽에 쓰여 있는 문장 자체에는 큰 의미가 없을지도 모릅니다. 제 생각이지만요. 국장님이 했으리라 짐작되는 방식으로 그 글자들을 해독하려 들면 몇 년이 지나도 뭔가를 이해하지는 못할 겁니다. 전달자의 종류는 메시지가 전달되는 속도에 영향을 주겠지만, 그게 다예요. 게다가……" 이 부분에서 컨트롤은 슈가 참고 자료까지 동원해서 과거에 수도 없이 반복했던 강의를 되풀이하고 있다는 사실을 눈치챘다. "누군가 혹은 뭔가가, 우리가 이해하는 글자를 사용해서 우리가 이해하지 못하는 의미를 우리 머릿속에 욱여넣으려고 하는 거라면 어떨까요? 그건 단지 수신 가능한 대역을 통하지 않는 정도보다 더 좋지 않은 상황입니다. 예를 들어 나이프라는 메시지를 통해 고기를 자른다는 의미를 우리 머릿속에 전달하기 위해 나이프 끝으로 우리 귀를 쑤시고 또 쑤시는 것처럼……"

그녀가 더 말하지 않아도, 컨트롤은 이름과 현대적인 통신 장비를 금지하기 이전의 탐사대들이 완전히 실패했던 사실을 떠올릴 수 있었다. 특히 첫 번째 탐사대의 최후가 단지 그들이 제대로 듣거나 인식하지 못하게 만드는 장애물을 가져갔기 때문이라면?

컨트롤은 다시 등대지기를 떠올렸다.

"그렇다면 솔 에반스가 오래전에 이 모든 걸 적었다는 겁니까? 하지만 이제는 더 이상 아무것도 쓰지 못하겠죠. 벌써 한참 예전에 있던 사람이니까 말입니다."

"우리는 모릅니다. 우리는 아는 게 없어요."

휘트비가 그렇게 말하자, 나머지 사람들은 마치 깜깜한 밤중에 길 한가운데로 빠르게 달려오는 자동차를 마주친 짐승처럼 그를 쳐다봤다.

008: 공포

 한 시간쯤 지나자 경계를 방문할 시간이 됐다. 그레이스는 체니가 컨트롤과 동행할 거라고 알려 왔다.
 "이유는 모르겠지만, 그러고 싶다는군요."
 그리고 그레이스는 함께 가고 싶지 않은 것이 분명해 보였다. 휘트비는 마치 컨트롤이 처음 가는 길을 안내하듯 그를 예의 미닫이문으로 안내했다. 딱정벌레의 등 껍데기처럼 몸의 일부로 보이기까지 하는 갈색 가죽 재킷 차림을 한 체니가 거기서 기다리고 있었다. 휘트비는 금방이라도 호수에 뛰어들 사람처럼 짧고 의심스럽게 숨을 들이켜더니 문 사이로 조용히 사라졌다.
 "끔찍한 장갑들을 안 보셔도 되도록 제가 마중을 나왔습니다."
 체니가 컨트롤의 손을 잡고 흔들며 말했다. 컨트롤은 혹시 그의 친절함에 어떤 속셈이 숨어 있는지, 아니면 계속 그레이스를 상대하다 보니 자신이 피해망상에라도 걸렸는지 궁금했다.

"왜 거기에 장갑을 두는 겁니까?"

보안 시설을 지나 주차장으로 이어지는 구불구불한 '지름길'로 체니를 따라가면서 컨트롤이 물었다.

"예산 때문이죠. 여기서는 언제나 대답이 그겁니다. 없애는 데도 돈이 많이 드니까요. 그러다가 농담거리가 된 거죠. 어쩌면 우리가 그걸 농담으로 만들어 버렸는지도 몰라요."

"농담이라고요?"

오늘 농담은 이미 들을 만큼 들었다.

입구로 나오니 놀랍게도 휘트비가 군용 지프의 덮개를 열어 놓고 운전석에 앉아 두 사람을 기다리고 있었다. 가뜩이나 연신 엉덩방아를 찧는 무성 영화 배우처럼 보이는 휘트비가 손을 흔들며 차에 타라는 신호를 보이자 그런 인상이 더욱 강해졌다. 컨트롤이 눈인사를 하자 휘트비는 윙크로 답했다. 대학에서 연극 동아리 활동이라도 했던 걸까? 과거에 배우 지망생이기라도 했던 걸까?

"네, 농담이죠." 체니가 뒷좌석에 오르면서 기분 좋게 말했다. 휘트비 혹은 다른 누군가가 일부러 그랬는지 몰라도 조수석에 커다란 서류 상자가 있어서 아무도 그 자리에 앉지 못했다. "뭐든 이상하거나 분석할 필요가 있는 것들이 X구역이 아니라 이 건물 안에서 생겨난다는 말처럼요. 그런 사람들을 **만나** 보지 않았습니까? 우리는 정신병자 무리죠." 체니는 황소개구리를 떠올리게 하는 미소를 지으며 또 다른 농담을 던졌다. "휘트비, 경치가 좋은 길로 가자고."

하지만 컨트롤은 거의 듣고 있지 않았다. 그는 썩은 꿀 냄새가 지프 안까지 따라왔다는 사실에 불쾌해하며 코를 찌푸렸다.

한동안 휘트비는 말이 없었고, 체니 혼자서 관광 가이드처럼 컨트롤이 이미 알고 있는 이야기를 늘어놓았다. 심지어 바로 어제 들었던 토끼 실험에 대한 설명을 되풀이하기도 했다. 컨트롤은 주위 풍경에 신경을 집중했다. '경치가 좋은 길'은 지도에서 본 바와 같았다. 구불구불한 도로와 장애물, 고대 전투의 잔해처럼 보이는 웅덩이들. 숲과 늪지대가 자연적인 방어벽 역할을 하고 있었다. 하지만 군데군데 나무가 깨끗하게 베인 공터나 바닥이 드러난 호수가 나타났다. 그런 곳에는 검문 초소나 병영이 자리 잡고 있었지만 종종 노랗게 말라 버린 풀밭만 남아 있기도 했다. 컨트롤은 뒷목이 따끔거리는 듯한 느낌에 저격수나 원거리 감시인이 숨어 있을지도 모른다고 생각했다. 지나치면서 본 군인들은 모두 위장한 상태라 그 숫자를 파악하기 어려웠다. 컨트롤이 알기로 마지막 검문소 바깥쪽의 모든 사람들은 이 너머에 환경오염으로 인한 위험 지역이 있다고 믿었다.

서던 리치와 '공조'하면서, 군대는 X구역으로 통하는 새로운 입구를 찾는 임무를 맡았고 끈질기게, 혹은 커져 가는 지루함과 싸우며 경계를 감시해 왔다. 군대는 또 이따금씩 발사체를 가지고 경계를 시험하기도 했다. 컨트롤은 가장 가까운 군 기지에 X구역을 겨누고 있는 핵폭탄이 대기 중이며 상공에서는 군사 위성이 늘 이 지역을 감시 중이라는 점을 상기했다.

하지만 군대의 주된 목적은 환경 재난 지역이라는 대외적인 거짓말을 유지하고 외부인의 출입을 막는 것이었다. X구역을 둘러싼 지역을 합병하고 해변까지 군사 기지를 자연스럽게 확장한 이유나, 여기저기 흩어져 있는 '실탄 사격장'도 그런 맥락이었다. 서던 리치의 규모가 축소되면서 군대의 역할은 논란에도 불구하고 점점 더 커져 왔다. 예를 들어 모든 의료 요원과 기술자는 군대의 지휘 아래 주둔하고 있었다. 서던 리치의 화장실이 고장이라도 나면 고치기 위해 군사 기지의 배관공을 불러야 했다.

휘트비가 지프를 험한 도로의 가장자리에서 가장자리로 모는 바람에 체니의 몸이 의식될 정도로 가까이 붙었다. 자세히 보니 체니에게서는 보디빌딩을 했던 흔적이 엿보였다. 한때 몸이 좋았던 사람들이 으레 그렇듯, 근육이 줄어들고 허리가 두꺼워진 뒤에도 여전히 탄탄한 가슴팍이 다소 나온 배를 멋지게 가려 주고 있었다. 체니의 서류에는 '맥주에 대한 과학자 특유의 애정'을 가졌다고 나와 있었는데, 그런 성향은 의외로 흔한 편이었다. 절망의 가능성을 외면하거나 늦추기 위해서는 정신을 무디게 할 필요가 있었다. 맥주와 과학자의 대결은 지루한 연설과 독창적 사고 사이의 갈등과 유사했다.

실제로 매우 영리한 두뇌를 소유한 체니가 왜 컨트롤 앞에서 어릿광대처럼 구는 걸까? 어쩌면 자신의 전문 분야 밖에서는 원래부터 어릿광대 같은 사람일지도 몰랐다. 하지만 평소에 그런 사람들이 컨트롤에게 쉽게 다가오는 편은 아니었다.

일행은 주요 검문소를 모두 통과하고 25킬로미터에 이르는 자갈길로 들어섰다. 휘트비는 운전에 정신을 집중하느라 그런지 계속 말이 없었다. 컨트롤이 물었다.

"탐사대도 이 길로 경계까지 갑니까?"

여정이 길어질수록 컨트롤의 머리에는 탐사대의 대원들이 자기만의 생각에 잠겨 침묵한 채로 이 길을 지나가는 모습이 떠올랐다. 하지만 이런 상상은 셀 수도 없는 검문소가 나올 때마다 차가 급정거를 하는 바람에 방해를 받았다. 이래서야 차분하게 생각할 틈이 없을 터였다.

"물론이죠." 체니가 말했다. "하지만 검문소마다 서지 않아도 되는 특별한 버스를 이용합니다."

검문 없는 특별한 버스라. 하지만 그렇다고 이 길이 편안하지는 않을 것이다. 마지막으로 원하는 음식이라도 제공했을까? 전날 밤에는 술에 취해 뻗었을까 아니면 맨정신으로 명상에 잠겼을까? 친구나 가족과의 만남은 언제까지 허락됐을까? 종교적인 상담을 받았을까? 서류에는 전혀 언급이 없었다. 수많은 다리가 달린 기생충처럼 본부가 서던 리치에 숨어들어 그런 부분을 삭제하는 듯했다.

"짐과 장비는 모두 소지한 채로 옵니까?"

컨트롤이 물었다. 버스 안에서 생물학자가 가방을 뒤적거리거나 옆자리에 두고 조용히 앉아 있는 모습이 그려졌다. 긴장했을까 아니면 차분했을까? 어느 쪽이든 그녀가 다른 동료들과 대화를 하지는 않았을 거라는 생각이 들었다.

"아닙니다. 경계 시설에 도착해서 짐을 받죠. 하지만 그 안에 뭐가 들었는지 미리 알고 있습니다. 훈련용 배낭과 내용물이 똑같으니까요. 돌덩이가 덜 든 걸 빼면 말입니다."

체니는 웃어 주기를 바라는 표정이었지만 반응이 없자 무안한지 자기 스스로 웃음을 터뜨렸다.

유령새는 경계에 다가가면서 신이 났을까? 무덤덤했을까? 컨트롤은 자신이 그녀가 어떤 사람인지보다 어떤 사람이 아닌지를 더 잘 안다는 생각에 답답해졌다.

"우리는 그런 농담을 하곤 했죠." 휘트비가 도로의 움푹 팬 부분을 잘 피하지 못하는 바람에 체니의 말이 중간중간 끊겼다. "경계 안으로 들어갈 때 부싯돌하고 주판만 줘야 한다고 말입니다. 어쩌면 고무줄 한두 개도 더해서요."

체니는 컨트롤이 자신의 경박한 농담을 못마땅해하는 기색을 눈치챘는지 이렇게 덧붙였다.

"아시겠지만 심각한 상황일수록 웃어 넘기려고 애쓰는 거죠. 응급실에서 그러는 것처럼 말입니다."

하지만 심각한 상황에 처한 사람은 그가 아니었다. 체니는 그저 여기 남아서 대원들이 가져온 표본을 분석할 뿐이었다. 대원들이 살아서 돌아온다면 말이다. 생존자들 중 돌아와서 행복하고 정상적인 생활을 이어 가는 경우는 극히 드물었기 때문에 창고에 가득한 쓸모없는 표본들은 그들의 피와 삶을 바친 대가라고 해도 과언이 아니었다. 유령새는 체니를 기억할까? 기억한다면 그에 대해 어떻게 생각할까?

딱딱한 갈색의 나무 둥치가 물결처럼 끊임없이 이어졌다. 솔잎 향기와 지프의 배기가스 그리고 뭔가가 썩는 듯한 톡 쏘는 냄새가 뒤섞였다. 간간히 흩어져 있는 천막들 위로 청회색 하늘이 펼쳐져 있었다. 운전석에 앉은 휘트비의 뒤통수가 좌우로 흔들렸다. 휘트비. 보이지 않는 듯하면서 동시에 눈에 띄는. 초점 안에 들어왔다가 어느새 나가 버리는, 가까운 듯하면서 멀리 있는 알 수 없는 사람이었다.

"테러." 아침에 있었던 미팅에서 휘트비는 식물과 쥐를 바라보며 그렇게 말했다. "*테러.*"

이상하게 웅얼거리는 목소리였고, 어떤 감정을 표현하기보다 정보를 전달하려는 듯한 말투였다.

테러라니 무슨 뜻이지? 왜 그렇게 열심히 말하는 걸까?

하지만 언어학자가 끼어드는 바람에 컨트롤은 휘트비에게 그에 대해 물어볼 기회를 놓치고 말았다.

"이름은 다양한 의미를 담고 있어요." 슈가 파워포인트 화면을 띄우고 좀 더 근원적인 내용에 대해 설명하기 시작했다. 지금과는 다른 시절, 즉 서던 리치의 예산이 여유롭던 시절의 결과물로 보였다. 컨트롤은 과거에 자연사 박물관에서 꽁꽁 언 채 발견된 거대 동물에 관한 강의를 들은 적이 있는데, 슈의 자료는 초기에 그런 대상을 겨냥하여 만들어진 듯했다. "일련의 개념이나 사실 등등. 그리고 이런 연관성은 그 이름을 가진 사람의 머릿속에서 자신의 정체성을 규정할 뿐 아니라 다른 대원들의 머릿속에도 남게 되죠. 따라서 X구역에서 이들과 접촉하는 존재에게도 노출됩니다. 반면에 '생물학자'라는 말은 어떤 기능이자, 정체성의 일부에 불과하죠." 유령새처럼 자기 일에 전념하는 경우에는 그렇지 않겠지. 그녀는 완전히 생물학자 그 자체였다. "그래서 만약 이름 대신 기능으로 부른다면, 그런 연관성은 좁아지거나 없어진다는 이론입니다. 개인의 정체성을 단절할 수 있다는 거죠. 아마도요."

컨트롤은 슈가 말한 것이 탐사대에게 이름을 사용하지 못하게 하는 유일한 이유가 아니라는 점을 알고 있었다. 개성을 말살해서 소속감을 강화하고 세뇌와 최면의 효과를 더 높이고자 하는 목적이기도 했다. 그러면 X구역이 주는 영향도 경감시키거나 피할 수 있다고, 적어도 컨트롤이 살펴본 몇몇 서류들은 주장하고 있었다. 가령

1차 탐험대의 유일한 생존자로서 망가진 상태에서 회복할 때까지 몇 년이나 서던 리치에 머물러야 했던 제임스 로우리에 대한 기록이라든지.

슈는 갑자기 남들에게는 말 못 할 어떤 생각이 떠오른 듯, 얼마 전 그레이스가 복도에서 그랬던 것처럼 이야기의 주제를 바꿨다.

"우리는 계속해서 '그것', 그러니까 뭐가 됐든 이 모든 과정을 시작했고 어쩌면 솔 에반스가 쓴 글을 이용하고 있는 존재가 이것과 비슷하다 저것과 비슷하다는 식으로 말을 하죠. 하지만 그렇지 않습니다. 그것은 그저 그것일 뿐이에요. 그게 뭐든 간에요. 우리 두뇌는 거의 유추나 범주화를 통해서만 정보를 처리해서 유추의 영역 바깥에 존재하거나 어떤 범주에도 속하지 않는 뭔가가 나타나면 종종 혼란에 빠지곤 하는 겁니다."

컨트롤은 기나긴 파워포인트 자료가 마침내 끝나고, 대리석 무늬의 장식이 들어간 하얀 바탕에 '질문 있습니까?'라는 말이 쓰인 페이지로 넘어가는 장면을 상상했다.

하지만 어쨌든 슈가 말하고자 하는 요점은 이해했다. 면담 도중 생물학자가 했던 이야기와는 다른 방식의 울림이 있었다. 대학 시절, 천문학 개론을 들으면서 컨트롤이 충격을 받았던 점은 최초의 천문학자들이 하늘에 가득한 별빛을 각각 하나의 천체라고 생각하기 위해서는 수백 수천 년 동안 모두가 당연하게 여겼던 지구 주위를 도는 하늘의 장식이라는 상상, 즉 유추와 비유를 머릿속에서 몰아내야 했을 거라는 사실이었다.

서던 리치의 누가 그런 식으로 새로운 것을 볼 수 있는 정신을 가졌을까? 아마 체니는 아닐 터였다. 그의 잘못이라고 하기는 어려웠지만, 체니의 유연한 지성도 꽤 오랫동안 새로운 뭔가를 밝혀내지 못했다. 문득 컨트롤은 여기서 연구한 결과로 논문조차 쓸 수 없는 상황에서, 체니로 하여금 기꺼이 벽에 머리를 찧어 가며 일하게 만든 국장의 능력만큼은 인정할 수밖에 없다는 생각이 들었다.

회색 이끼가 나무를 뒤덮고 있었다. 탁 트인 초원 위로 점점 어두워져 가는 하늘에는 매 한 마리가 원을 그리며 날았다. 세차게 불어오는 바람에도 불구하고 주변 공기는 뜨겁고 눅눅했다.

서던 리치는 지난번 탐사대를 12차라고 불렀지만, 실제로는 여섯 번의 '11차' 탐사대를 포함해서 서른여덟 번째로 경계를 넘어간 일행이었다. 5차 탐사 이후, 서던 리치는 고장 난 CD플레이어처럼 똑같은 반복을 거듭했다. 5차 탐사는 5.A차로 이어졌고 5.B와 5.C, 결국 5.G까지 이르렀다. 그 이후로 특정 기준에 따라 탐사대의 차수가 결정되고 뒤이어 동일한 조건의 변수라는 의미로 알파벳을 붙이는 방식이 자리 잡았다. 예를 들어 11차 탐사대가 여섯 차례 모두 남성 대원들로만 이루어진 반면 12차 탐사대는 전원이 여성이었다. 만약

12.B차 탐사대가 구성된다면 역시 여성 대원들만 선발할 예정이었을 터였다. 컨트롤은 다른 특수 작전도 이런 식으로 이루어진 사례가 있는지, 혹은 그로서는 이해할 수 없는 이런 방식을 합리화할 만한 성별에 대한 비밀 연구 결과라도 있는지 어머니에게 물어보고 싶었다. 단순히 남성이나 여성으로 구별할 수 없는 사람들의 경우에는 어떻게 하는 걸까?

그날 아침 기록을 검토했지만, 이런 반복이 (그럴 가능성은 낮지만) 사무적인 착오로 시작됐다가 점차 관행으로 굳어졌는지 아니면 국장이 남들과 논의하지 않고 비밀리에 내린 의도적인 결정에서 비롯했는지 여부를 알 수 없었다. 그저 어느 순간부터 당연하다는 듯 그렇게 진행되어 왔을 뿐이었다. 어쩌면 곧 확실한 성과나 답을 얻어 낼 것처럼 보일 필요 때문에 그랬는지도 몰랐다. 혹은 얼마나 빨리 무너지고 말았는지 말고도 각 탐사대에 대해서 뭔가 얘기할 거리가 필요했기 때문일 수도 있었다.

5차 탐사부터 서던 리치는 대원들에게 거짓말을 하기 시작했다. 아무도 그들이 7.F나 8.G, 9.B차 탐사대의 일원이라는 이야기를 듣지 못했다. 이 모든 걸 제대로 이해하는 사람이 있기나 했을까? 또 왜 진실이 사기를 저해하고 서던 리치에 일종의 냉소적인 체념을 가져올 거라고 판단했을까? '다섯 번째' 탐사대를 반복적으로 준비시키고 또 준비시키는 일은 얼마나 기이했을까?

월요일에 처음으로 출근한 컨트롤이 탐사대가 11.K차에서 12.A차로 넘어간 이유를 묻자 그레이스는 그저 어깨를 으쓱해 보일 뿐이었다. 수요일인 오늘에 와서는 그날이 거의 한 달은 지난 듯 느껴졌다.

"생물학자가 11차 탐사대에 대해 알고 있었어요. 그녀의 남편이 부주의했기 때문이죠. 그래서 우리는 12차로 넘어갔습니다."

그게 유일한 이유였을까?

"생물학자를 포함시키기 위해 여러 가지 일을 했군요."

컨트롤은 부국장을 관찰했다.

"국장님 지시였죠." 그레이스가 말했다. "그리고 난 국장님을 지지했어요."

대화는 거기서 끝났다. 그레이스는 더 이상 자신과 국장 사이의 어떤 거리감도 인정하려 들지 않았다.

종종 있는 일이지만 큰 거짓말은 일련의 작은 거짓말을 낳았다. '측정 기준의 변경'은 명목상의 이유에 불과했다. 대원들이 귀환하는 비율이 줄어들수록 국장이 탐사대의 구성에 변화를 주거나 그들에게 들려줄 정보를 조작하는 일이 더 잦아졌다. 그중 무엇이라도 효과가 있었는지 누가 알겠는가? 절망의 어떤 시점에 이르면 뭐든 손에 잡히는 것에 매달리고 싶어지게 마련이다. 그게 유용한 무기나 도구일 수도 있지만, 아무짝에 쓸모없는 지푸라기일 수도 있었다.

일반적으로 사람들은 과학자에 대해서 많은 선입견을 가지고 있었다. 어떤 과학자들은 자신들에게 주어진 이런 역할을 받아들이고 때로는 즐기며 걸어 다니는 교과서나 이론서로 변신하곤 했다. 물론 체니도 '양자 얽힘' 같은 알 수 없는 전문 용어를 사용하긴 했지만 그런 경우와는 조금 달랐다.

경계로 향하는 길의 어느 시점에서, 컨트롤은 체니라는 사람을 파악하기 시작했다. 원하지 않아도 그럴 수밖에 없었는데, 원래부터 침묵을 싫어하는 체니는 일단 시동이 걸리자 그 침묵 속으로 풍부한 학식과 엉성한 문법의 괴상한 조합을 마구 던져 댔기 때문이다. 컨트롤이 할 수 있는 일이라고는 휘트비와 무언의 합의하에 체니가 지껄이는 농담을 무시하고 대꾸하지 않는 것뿐이었다. 그러면 체니는 자기가 알아서 대답하며 낄낄거리곤 했다. 맙소사, 길이 멀기도 하지.

"그래요, 서로에게 엿을 먹이는 방법에는 여러 가지가 있죠. 우리가 아는 거라고는 그것밖에 없으니까요."

"우린 이 지구상의 모든 유기체가 어떻게 작용하는지도 아직 다 모릅니다. 심지어 뭐가 있는지 다 알아내지도 못했어요. 우리한테 그걸 설명할 언어가 없으면 어쩝니까?"

"우리가 이제 쓸모없는 존재냐고요? 아니요, 난 그렇게 생각하지 않습니다. 하지만 군대더러 이 문제를 어떻게 생각하냐고 물어보지는 마세요. 동그라미는 네모를 보면서 잘못 그린 원이라고 생각하는 법이니까요."

"물리학자로서, 제가 무슨 짓을 하든 관심도 없고 제 행동에 영향을 받지도 않는 대상과 마주치면 어떻게 해야 할까요? 암흑 에너지에 대해 생각하기 시작하면 일단 약간 맛이 가는 거죠."

"그래요, 우리가 생각하는 것도 그거예요. 기구로 과정을 측정할 수 없는데 뭔가 비정상이라는 사실을 어떻게 알겠습니까? 레이저, 중력파 탐지기, X레이 기계 같은 것들이 전혀 없는데 말입니다. 거기서는 유용한 물건이 전혀 없어요. 여기 이런 삽이나 양동이, 고무줄이랑 청테이프가 고작이죠."

"본부에도 과학자는 거의 없어요. 안 그렇습니까?"

"제 생각에 좀 이상하긴 합니다. 바로 이 옆에 산다는 자체가요. 그렇지 않습니까? 하지만 뭐 어디든 정붙이면 집이죠."

"물리학에 대해서 좀 아십니까? 아니, 당연히 모르시겠죠. 어떻게 아시겠습니까?"

"블랙홀과 파장은 구조가 비슷하단 걸 아십니까? 아주, 아주 유사한 걸로 드러났죠. 누가 예상이나 했을까요?"

"아마 X구역이 조금은 협조적일 거라고 기대했을 거예요, 안 그렇습니까? 저도 최소한 어떤 해석을 할 수 있을 정도로는 협조적일 거라는 생각에 제 평판을 걸었던 겁니다. 비정상적인 열 특성이나 뭐 그런 거 말입니다."

나중에 그는 정리하는 차원에서 다음과 같이 말했다.

"우리 사이에는 어떤 합의가 있습니다. 비록 조직이 축소될지도 모르지만, 어떤 것들을 분석해야 하며 대상은 그런 분석을 허락하고 동의해야 하죠. 단순한 대답이나 반응에 그칠지라도."

흔들리는 차 안에서 체니는 컨트롤과 팔꿈치를 부딪혀 가며, 마지막 두 가지는 약간 하소연하는 듯한 투로 내뱉었다. 왜냐하면 그는 X구역에 자신의 평판을 걸었기 때문이다. 다시 말해 서던 리치가 그의 경력이 된 것이다. 처음에는 영광으로 받아들였겠지만 이내 X구역은 거대한 뱀처럼 그를 조여 왔다. 실제로 서던 리치는 체니의 경력을 망쳤고, 어쩌면 이혼의 원인까지 제공했을지도 모른다.

"탐사대에게 잘못된 정보를 제공하는 문제에 대해서는 어떻게 생각합니까?"

컨트롤이 어느 정도는 체니의 수다를 막을 생각으로 그렇게 물었다. 그는 잘못된 정보를 가공하는 과정에 체니의 영향력도 어느 정도 들어갔다는 사실을 알고 있었다.

체니는 마치 컨트롤이 대형 사고가 났던 차량의 도색을 흠잡고 있다는 듯 얼굴을 찌푸렸다. 컨트롤은 자신이 단지 이 과학자의 쾌활한 기분을 망치는 즐거움을 느끼고 싶어서 시비를 걸고 있지는 않은지 자문했다. 하지만 컨트롤은 원래부터 쾌활한 사람들을 좋아하지 않았다. 고등학교 시절 미식 축구 팀의 로커룸에서부터 '쾌활함'이란 대체로 크고 작은 범죄 행위들을 덮어 두기 위한 말로 쓰이는 경우가 많았기 때문이다.

"그건, 꼭 잘못된 정보라고만 할 수는 없습니다." 체니는 잠시 어두운 표정으로 할 말을 찾는 듯했다. 어쩌면 일종의 시험으로 받아들이고 있는지도 몰랐다. 충성심, 태도, 도덕성 따위에 대한 시험. 하지만 금세 할 말을 찾아낸 모양이었다. "그보다는 좁은 길에서 길잡이가 되어 줄 이야기를 만들었다고 해야겠죠. 정신적 지주 말입니다."

안전을 제공하는 원래 기능을 수행하고 있는 듯 보이지만 실제로는 지형적 변이로부터 관심을 돌리기 위해 이용된 등대처럼. 어쩌면 체니는 스스로에게도 그런 이야기를 들려주고 있는지도 몰랐다. 하지만 컨트롤은 국장 혹은 기억의 일부만을 가진 생물학자가 그런 생각에 찬성할지 의심스러웠다.

"맙소사, 정말 한참 걸리는군요."

체니가 침묵을 깨며 말했다.

009: 증거

사무실 문 뒤에 숨겨져 있던 글자에 대한 미팅 자리는 결국 쥐와 식물에 대한 이야기로 이어졌다.

"여기 이 쥐, 그리고 식물은 뭡니까?" 컨트롤이 사람들의 반응을 보기 위해 물었다. "이것도 추모를 위한 겁니까?"

슈가 미팅 시간 내내 날카로운 시선으로 노려봤지만 화분 속의 쥐가 사람들의 목을 노리고 뛰어오르는 일은 벌어지지 않았다. 하지만 휘트비는 화분을 쳐다보지도 않으려 했고, 언제든 달아날 준비가 된 고양이처럼 굴었다.

"아뇨, 그렇지는 않아요." 그레이스가 잠시 뜸을 들이더니 말했다. "국장님은 그걸 죽이려고 노력했죠."

"뭐라고요?"

"그게 죽지 않거든요."

자연의 법칙을 위배하는 일은 기적이 아니라 신성 모독이라고 여기는 듯한 경멸 어린 목소리였다.

휘트비는 그레이스가 시키는 대로 여태까지 식물을 죽이기 위해 했던 갖가지 소름 끼치는 실험들에 대해 보고했다. 칼로 찌르기, 주의 깊게 태우기, 흙과 물을 없애기, 기생충을 옮기거나 돌보지 않고 방치하기, 증오하는 감정의 발산, 언어적이고 물리적인 학대 등등. 휘트비는 이런 실험들 중 몇몇 가지를 특히 열정적으로 소개했다.

본부에는 여러 차례 표본을 보냈다. 아마 지금도 과학자들이 식물의 비밀을 밝혀내기 위해 애쓰고 있을 터였다. 하지만 여태까지 본부에서 알려 온 정보는 없었고 국장이 무슨 짓을 해도 식물은 죽지 않았다. 서랍에 넣고 잠가 버려도 마찬가지였다. 다만 누군가 식물을 불쌍하게 여겼는지 물을 준 흔적이 있었다. 심지어 양분을 공급하기 위해 죽은 쥐까지 넣어 뒀다. 컨트롤은 휘트비와 그레이스를 의심스러운 눈초리로 쳐다봤다. 그들 중 누군가가 그런 자비심을 가지고 있다니 신기할 따름이었다.

슈가 입을 열었다.

"국장님은 그걸 표본 보관실에서 가져온 게 분명합니다. 원래는 X구역에서 온 식물이죠. 제가 식물학자는 아니지만, 아주 흔한 식물인 걸로 압니다."

그러고는 굳이 표본 보관실까지 가는 길을 안내했다.

다만 언어학자인 슈는 표본 보관실에 출입할 수 있는 보안 허가가 없었다.

경계가 나타나기 몇 킬로미터 전부터 주위 풍경이 달라지기 시작했다. 길이 좁고 울퉁불퉁해지자 휘트비는 속도를 시속 16킬로미터 정도까지 줄였다. 어두운 소나무와 늪으로 이루어진 풍경이 아열대 우림으로 변했다. 지프차가 수많은 시내 위로 놓인 몇몇 나무다리를 건널 때마다, 물음표처럼 생긴 고사리들과 놀랄 만큼 많은 수가 한데 뭉쳐 날아다니는 하루살이 떼를 볼 수 있었다. 축축하고 뭔가 썩는 냄새를 풍기던 공기도 나무가 더 많아져서 그런지 한결 신선해진 느낌이었다. 컨트롤은 그제야 자신들이 탄 차가 거대한 싱크홀의 가장자리를 따라 달리고 있다는 사실을 알아차렸다. 일종의 '지형적 변이'라고 할 수 있는 싱크홀은 완전히 다른 서식 환경을 만들어 냈다. 이 지역의 싱크홀 공원들은 어째서인지 헤들리의 10대들이 즐겨 찾는 장소였다. 녀석들은 종종 의문의 방법으로 손에 넣은 맥주를 가지고 싱크홀을 찾곤 했다. 컨트롤이 기억하는 싱크홀은 찌그러진 맥주 캔과 콘돔 포장지가 널려 있는 쓰레기장이었다. 싸움이 일어나지 않는 주말이 거의 없다 보니 지역 경찰이 늘 감시하는 장소이기도 했다.

놀랍게도 아직까지 흰 토끼들이 눈에 띄었다. 갈색 나뭇잎이 쌓여서 부패해 가고 갓이 붉은 버섯들이 자라는 습지의 물웅덩이 가장자리를 토끼들이 뛰어다니고 있었다.

컨트롤은 혼자서 열심히 떠들던 체니의 말을 끊고 물었다.

"저 토끼들이 내가 생각하는 그 토끼들이 맞습니까?"

체니는 컨트롤이 무슨 말이든 꺼냈다는 생각에 안심하는 티가 역력했다.

"그렇습니다. 그 실험의 진정한 후예라고 할 수 있죠. 거기서 도망친 토끼들 말입니다. 녀석들이 새끼를 낳고…… 그러니까, 여느 토끼들처럼요. 소탕하려는 시도도 있었지만 너무 많은 자원이 들었죠. 그래서 이제는 그냥 내버려 두고 있습니다."

컨트롤은 다른 토끼들보다 덩치가 크고 사나워 보이는 녀석 하나를 유심히 지켜봤다. 그 토끼는 끊임없이 뛰어오르면서 좀 더 높은 장소를 찾았고, 걸음걸이에서 뭔가 반항적인 분위기가 느껴졌다. 혹은 컨트롤이 다른 대부분의 토끼들에게 특유의 조용함과 경계심을 투영해서 보듯, 녀석에게는 반항적인 느낌을 투영하고 있는지도 몰랐다.

휘트비가 갑작스럽게 끼어들었다.

"토끼는 눈꺼풀이 세 겹이고 토하지를 못하죠."

별로 중요한 의미가 담긴 말은 아니었지만, 휘트비가 입을 열었다는 사실에 놀란 컨트롤은 잠깐 동안 그 내용을 생각했다.

"아시겠지만 우리에게 겸손함을 가르치는 녀석들이죠." 체니가 마치 도로를 포장할 때 쓰이는 롤러처럼 휘트비를 무시하며 말했다. "겸손해질 수밖에 없다고나 할까요."

"X구역에서 다시 돌아온 토끼들이 섞여 있다면요?"

"섞여 있단 말입니까?"

컨트롤은 체니가 자신의 말을 못 들어서 되묻는 게 아니라 질문을 반복한다고 느꼈다.

"경계를 넘어서 다시 돌아왔다? 글쎄요, 그러면 곤란한데요. 문제가 될 수도 있습니다. 우리가 알기로 녀석들은 꽤 멀리까지 흩어졌거든요. 일부는 봉쇄 구역 바깥에서 업자들이 잡아다가 애완동물 가게에 팔기도 했습니다."

"15년 전 당신들이 했던 실험에서 살아남은 토끼들의 후손이 일반 가정집에 살고 있을 가능성도 있다는 겁니까? 애완동물로?"

컨트롤이 놀라서 물었다.

"꼭 그렇게 말하지는 않았습니다만, 아니라고 할 수는 없겠죠."

체니가 인정했다.

"놀랍군요."

경악한 나머지 그 말밖에 나오지 않았다.

"놀랄 일은 아닙니다." 체니가 부드럽지만 단호한 어조로 대답했다. "어떻게 보면 당연한 일이죠. 외래종이 그런 식으로 퍼지는 일은 흔합니다. 애완동물로 처음 들어왔던 버마왕뱀처럼요."

잠시 후 여태까지 좀처럼 입을 열지 않던 휘트비가 모처럼 길게 말했다.

"몇몇 흰색과 갈색이 섞인 토끼들은 흰 토끼들이 원래 여기 살던 토끼들과 짝짓기를 해서 태어난 후손들이죠. 우리는 녀석들을 '경계 특수종'이라고 부르는데, 군인들이 총으로 쏴서 잡아먹곤 하죠. 하지만 순수한 흰 토끼들은 잡아먹지 않는데, 저로서는 이해가 안 갑니다. 대체 왜 색이 섞인 토끼들을 총으로 쏘는 걸까요?"

왜 **전부** 쏴 버리지 않는 걸까? 대체 왜 녀석들을 **먹는** 걸까?

주차장에서 볼 때 왼쪽 건물의 2층에 위치한 길다란 방에 5만여 개의 표본이 보관되고 있었다. 슈를 제외한 일행은 점심시간이 되기 전에 표본 보관실을 방문했다. 모두가 흰색 방호복을 입고 검정 장갑을 껴야 했다. 컨트롤은 지하에서 자신의 기분을 불편하게 했던 검정 장갑을 실제로 끼게 됐다는 사실이 새삼스러웠다. 비록 고무가 피부에 닿는 느낌을 좋아하지는 않았지만, 손을 밀어 넣고 마음대로 움직이는 일은 장갑에 대한 나름의 복수라고 할 수 있을지도 몰랐다.

표본 보관실은 마치 대성당 내부를 연상하게 했다. 과학 부서를 방문한 일이 예행연습이라도 됐던 것처럼 에어 로크를 통과하는 순서도 똑같았다. 천상의 장엄한 음악이라도 틀어야 할 듯한 분위기 속에서 아치형 구조의 높은 천장이 신비로운 느낌을 더했다.

"제가 서던 리치 안에서 가장 좋아하는 장소가 여깁니다." 그렇게 말하는 휘트비의 얼굴이 투명 헬멧 안에서 환하게 빛났다. "여기 있으면 차분하고 안전한 느낌이 들거든요."

그렇다면 건물의 다른 곳에서는 안전하지 않다고 느끼는 걸까? 컨트롤은 이 질문을 거의 할 뻔했지만, 분위기를 해치지 않기 위해 참았다. 클래식 음악이 나오는 헤드폰을 꼈다면 완벽한 경험이 됐을 테지만, 그렇지 않아도 컨트롤의 머릿속에서는 묘하게 애타는 듯한 노래가 들려왔다.

컨트롤과 휘트비, 그레이스는 달 위를 탐험하는 우주인들처럼 복도 안으로 걸어 들어갔다. 방호복은 부피가 컸지만 경량 섬유가 살에 닿지 않았고, 둥둥 떠다니는 느낌이라 이 안에서는 중력이 다르게 작용하기라도 하는 것 같았다. 방호복 안에서는 희미한 땀냄새와 박하 향기가 풍겼지만 컨트롤은 무시했다.

안으로 들어가자 표본들이 줄지어 쌓여 있었는데, 각 구역을 분리하는 벽 뒤에 달린 거울 때문에 공간이 훨씬 더 넓게 보였다. 온갖 종류의 식물, 나무껍질 조각, 잠자리, 죽은 여우와 사향쥐의 얼린 시체, 코요테의 배설물, 오래된 큰 통의 일부, 이끼, 지의류, 곰팡이, 자전거의 바퀴살. 청개구리의 유리알 같은 눈이 컨트롤을 무표정하게 올려다봤다. 컨트롤은 사실 머리가 두 개 달린 송아지 사체가 포름

알데히드 병에 담겨 있는 프랑켄슈타인의 실험실 같은 광경을 상상했다. 어쩌면 흉측하게 생긴 곱사등이 하인이 옆에서 절뚝거리며 온갖 신비로운 이야기를 늘어놓는 장면을 기대했는지도 모른다. 하지만 컨트롤의 옆에는 휘트비와 그레이스뿐이었고, 아무도 뭔가를 설명하려 들지는 않았다.

가장 최근의 표본, 그러니까 11.D차 탐사대가 6년 전에 가져온 것들을 서던 리치의 과학 부서가 분석한 결과에 따르면 X구역에는 인간이 만든 어떤 독소의 흔적도 남아 있지 않았다. 단 한 방울도. 어떤 중금속이나 공업 혹은 농업 폐기물, 플라스틱도 없었다. 그건 불가능한 일이었다.

컨트롤은 부국장이 막 열어 준 문 안쪽을 흘끔 들여다봤다.

"여기예요."

컨트롤은 바보 같다고 생각하면서도 그녀의 말을 따랐다. 문을 통해 들어가자 천장이 더 높고 기둥들이 줄지어 늘어선 주 보관실이 나왔다. 컨트롤은 열을 지어 끝없이 펼쳐진 선반들을 바라보며 서 있었다.

"이 안의 공기는 순수합니다." 휘트비가 말했다. "산소량만 가지고도 취할 수 있을 정도죠."

어떤 표본에도 비정상적인 구석은 없었다. 세포 구조, 박테리아, 방사능 수치까지 측정할 수 있는 모든 수치가 정상 범위 내였다. 하지만 컨트롤은 보안 허가를 받아 여기 있는 표본들을 조사했던 소수의 객원 과학자들이 제출한 보고서에서 몇몇 이상한 기록들을 발견했다. 요점만 말하자면 과학자들이 현미경에서 눈을 뗄 때마다 샘플들이 변한다고 했다. 즉 현미경으로 들여다볼 때에만 정상적으로 보이도록 표본들이 스스로를 재구성한다는 이야기였다.

"여기로군."

딱정벌레 껍질과 말린 불가사리, 그리고 크기에 따라 늘어놓은 수많은 유리병과 상자 속에 담긴 표본들을 보고 있자니 컨트롤은 마치 자신이 호기심의 방에 들어온 기분이었다.

"누구라도 이 표본들을 먹으려고 시도한 사람이 있습니까?"

컨트롤이 그레이스에게 물었다. 만약 죽지 않는 식물을 먹어 버렸다면 다시 살아나는 일은 없었을 거라는 생각이 들었다.

"쉿."

그레이스는 마치 교회에서 시끄럽게 떠들거나 전화 통화를 하는 사람을 나무라듯 말했다. 하지만 컨트롤은 휘트비가 알 수 없는 표정으로 자신을 바라보며 헬멧 안에서 고개를 한쪽으로 기울이는 것을 알아차렸다. **휘트비**는 표본을 먹어 본 걸까? 그의 공포심에도 불구하고?

그 생각과 더불어 슈를 비롯해 생물학자가 아닌 대다수 직원들에게는 이 표본들의 대성당을 볼 기회가 없었다는 사실이 떠올랐다. 컨트롤은 그들이라면 여기 있는 죽은 쥐의 가죽이나 새매의 유리알 같은 눈, 구부러진 부리를 어떻게 읽어 낼지 궁금했다. 이끼 덩어리나 측백나무 껍질의 단면에서 언어로 표현할 수 있는 어떤 예상치 못한 이야기를 찾아낼까? 나뭇가지와 나뭇잎에서 어떤 패턴을 찾아 낼까?

뭐라 이름을 붙이기 어려울 정도로 괴상한 발상이지만, 컨트롤처럼 새로 온 사람이라면 할 법도 한 생각이었다. 어쩌면 그가 운이 좋거나 혹은 나빠서 여기 오래 근무하게 된다고 해도 마찬가지일지 몰랐다.

어쨌든 바로 여기였다.

부국장이 문을 닫고 다 함께 대성당의 다음 구역으로 이동할 때, 컨트롤은 달아나고 싶은 충동을 억누르기 위해 엄지손가락을 깨물어야 했다. 컨트롤의 머릿속에 사람들의 시선이 사라지자마자 닫힌 문 뒤에서 표본들이 춤을 추는 광경이 떠올랐다. 12차 탐사대가 출발하기 전에 생물학자가 국장과 면담하던 중 드물게 방심한 상태에서 말했던 것처럼 '우리의 안이하면서도 치명적인 상상'이었다.

나중에 복도에서 컨트롤은 표본 보관실을 방문하느라 조금 지쳐 있는 휘트비에게 물었다.

"내게 보여 주고 싶다던 곳이 표본 보관실인가요?"

"아닙니다."

휘트비가 말했지만, 더 이상 설명은 없었다.

그가 한 차례 거절했기 때문에 모욕감을 느낀 걸까? 그렇지 않다고 해도, 휘트비가 자신의 제안을 철회한 것이 분명해 보였다.

짚과 다른 넝쿨들 아래로 이끼에 뒤덮여 허물어져 가는 마을과, 해적을 테마로 만든 미니 골프장이 흘끗 보였다. 골프장 잔디는 낙엽과 진흙으로 뒤덮여 있었다. 해적선의 갑판은 침몰하는 각도로 기울어진 채 녹색의 바다에 반쯤 파묻혔고, 돛대는 직각으로 부러진 채였다. 옆쪽으로 쓰러져 가는 주유소도 보였는데, 지붕은 푹 꺼졌고 바닥은 나무뿌리 때문에 온통 갈라져 있었다. 나무들 사이로 드러난 각양각색의 주택들이 대피 명령이 내려지기 이전까지 이곳에도 사람들이 살았다는 사실을 보여 줬다. 경계에 이렇게 가까운 마을은 버려질 수밖에 없었고, 지금은 수십 년에 걸친 비와 부식으로 인해 폐허가 되어 버렸다.

경계에 도착하기 직전 휘트비는 컨트롤이 해수면 아래까지 내려왔다고 확신할 정도까지 아래쪽으로 차를 몰다가, 다시 조금 위로 올라가서 작은 산마루에 도착했다. 그곳에는 칙칙한 녹색 막사와 군사 지휘 및 통제 업무를 위한 좀 더 관공서처럼 생긴 벽돌 건물, 그리고 서던 리치의 지부 등이 모여 있었다.

여러 마리의 커다란 뱀들이 뭉쳐서 교미하는 모습을 떠올리게 하는 복잡한 조직도에 따르면, 서던 리치는 여기서 군 부대의 지휘 아래 있었다. 그래서 탐사대가 없을 때에는 폐쇄되는 서던 리치의 시설이 레몬 머랭처럼 생긴 커다란 천막들의 연속처럼 생겼는지도 몰랐다. 그 모습은 컨트롤이 어렸을 때 여자친구를 사귀기 위해 다녔던 교회와 닮아 있었다. 주로 부흥 운동이나 개척 교회에서 출발한 경우에 이런 형태의 건물을 사용하곤 했다. 말하자면 임시로 만든 뭔가가 영구적으로 변해 버린 사례였다. 일렬로 늘어선 새하얀 천막들은 얼어붙은 파도처럼 보이기도 했다. 그 광경은 어딘가 위화감이 느껴지는 동시에 놀라웠다. 어린 시절의 별미였던 초코파이의 거대 버전들이 화석처럼 하얗게 변해 겹겹이 쌓여 있는 것 같기도 했다.

군 지휘부는 마지막 검문소 너머의 막사들 가운데 위치한 돔형 구조물 안에 있었는데, 주차장으로 사용하는 진창에 서 있는 몇몇 사병들을 제외하면 주변에 아무도 보이지 않았다. 군인들은 머리 위로 떨어지는 가랑비는 아랑곳 않고 체리향 필터의 담배를 피우며 긴장과 지루함이 동시에 묻어나는 말투로 대화를 나누는 중이었다. "그럼 마음대로 하든가." "꺼져." 자신들이 뭘 지키고 있는지도 모르거나, 알지만 애써 잊으려 하는 사람들처럼 보였다.

경계 지역 사령관인 서맨사 히긴스는 벽장만큼 작고 그만큼 암울해 보이는 방을 쓰고 있었는데, 일행이 만나기를 요청했지만 비공식적으로 외출 중이라는 답변이 돌아왔다. 히긴스의 부관은(컨트롤의 아버지라면 '따까리'라고 부르겠지만) 사령관이 '잠깐 자리를 비워야' 해서 '개인적으로 맞이하지' 못한 데 대해서 계속 사과를 늘어놓았다. 마치 컨트롤이 직접 서명해야 수령할 수 있는 등기 우편물이라도 되는 것처럼.

어쩌면 다행일 수도 있었다. 11차 탐사대 이후 두 차례나 대원들이 경계 안쪽에서 불쑥 나타난 뒤로, 두 조직 사이가 다소 불편해졌기 때문이었다. 절차가 변경되고, 보안 테이프는 철저한 조사를 거치고 또 거쳤다. 군대는 열 탐지 장치를 동원하고 공기의 흐름까지 측정하는 등 경계에 다른 출구가 있는지 다시 조사했지만 아무것도 찾아내지 못했다.

그래서 컨트롤은 '경계 사령관'이 쓸모없거나 잘못 붙인 이름이라고 생각했으며, 히긴스가 있건 없건 별 신경을 쓰지 않았다. 다만 체니는 꽤 기분이 상한 듯했다.

"그 여자한테 중요한 일이라고 말했습니다. 그녀도 이 일이 중요하다는 걸 알고 있었다고요."

그러는 동안 휘트비는 양치식물을 어루만지며, 지금까지 보여 주지 않던 촉감에 대한 관심을 드러내고 있었다.

컨트롤은 휘트비가 말한 '테러'가 무슨 의미였는지 물어보는 일이 어리석다고 생각했지만, 그렇다고 내버려 둘 수도 없었다. 특히 그날 아침 휘트비가 건네준 이론들에 대한 서류를 읽고 나서는 거기에 대해서도 이야기하고 싶었다. 컨트롤은 '느린 죽음의 원인'이라는 이론에 대해 생각했다. 내용을 보면 느린 죽음의 원인은 외계인, 평행 세계, 미지의 시간 여행자, 또 다른 지구의 침략, 전혀 다른 기술력이나 그림자 생태계 혹은 어떤 공생체, 기호나 어원의 연구일 수도 있었다. 이것도 저것도 모두 다 가능했다. 그가 가장 좋아하는 이론은 '과거에는 알려지지 않았던 지표면에 서식하는 유기체'였다. 그 오랜 시간 동안 어디에 숨어 있었다는 걸까? 호수 속에? 카지노의 동전 투입구에?

하지만 컨트롤은 이런 우울한 웃음이 히스테리의 시작이며, 자신이 그런 이론들에 대해 생각하지 않기 위한 방어 기제로서 냉소적인 태도를 취하고 있다는 사실을 알고 있었다.

죽음의 원인은 치켜 뜬 눈썹일 수도 있었다. '당신의 이론은 근거도 없고 쓸모도 없다'고 슬쩍 암시하거나, 대놓고 말하거나. 케케묵은 분야 간의 경쟁의식이라는 망령이 되살아나서 문장들 사이에 기묘한 방식으로 드러난다. 컨트롤은 지난 세월 동안 과학자들이 서로 얼마나 친해졌는지 궁금했다. 논리적으로 보이는 환경과학자의 견해에 대해 고고학자가 제기한 이의는 정당할까 아니면 20년 전에 벌어진 어떤 사건의 최종 결과를 내기 위한 후반전의 개시를 의미하는 걸까?

그래서 컨트롤은 경계를 향해 출발하기 전, 점심시간을 포기하고 휘트비를 사무실로 불렀다. '테러'의 의미를 묻고 이론들에 대해 이야기하기 위해서였다. 하지만 결국 이론들에 대해서는 거의 말도 꺼내지 못했다.

휘트비는 커다란 책상의 맞은편에 주의 깊은 태도로 앉았다. 그는 마치 진동하는 소리굽쇠처럼 떨고 있었다. 그 모습을 보니 다소 주저하는 마음이 들었지만, 결국 컨트롤은 이야기를 시작했다.

"지난번에는 왜 '테러'라고 얘기한 겁니까? 그 말을 되풀이하기까지 했죠."

휘트비는 잠시 멍한 표정을 지었다가 이내 안색이 밝아졌다. 그러고는 벌새가 수분(受粉)을 할 때처럼 열띤 말투로 입을 열었다.

"테러가 아닙니다. 전혀 달라요. 테루아(Terroir)라고 한 겁니다."

"테루아……가 뭡니까?"

"와인 용어예요."

휘트비가 너무 신나서 말하는 바람에 컨트롤은 그가 헤들리 강변의 어느 식당에서 와인 담당 웨이터로 아르바이트라도 하고 있는 게 아닌지 의심스러울 지경이었다.

어쨌든 휘트비의 갑작스러운 활기는 컨트롤의 기분도 나아지게 했다. 그간 서던 리치에서 애매한 태도와 기계적인 설명에 지쳐 있었던 터라, 이유가 뭐든 휘트비의 신난 모습을 보기만 해도 기운이 났다.

"그게 뭘 뜻하죠?"

컨트롤은 휘트비를 부추기는 것이 좋은 생각인지 확신이 들지 않으면서도 그렇게 물었다.

"뭘 뜻하냐고요? 지리적 위치나 토양, 기후 같은 어떤 장소의 특징을 의미합니다. 이런 요소들이 포도의 유전적인 형질과 조화를 이뤄서 놀랍고 깊은 맛을 지닌, 고유한 빈티지 와인을 만들어 내죠."

컨트롤은 혼란스러운 동시에 흥미로운 기분을 느꼈다.

"그게 우리 일과는 무슨 관계가 있습니까?"

"모든 면에서 관계가 있죠." 휘트비가 더욱 신이 나서 말했다. "테루아라는 단어를 직역하면 '장소의 성질'이라고 할 수 있습니다. 즉 어떤 지역의 독특한 환경이 특정한 산물의 품질에 영향을 미치는 원인을 총체적으로 파악한 개념이죠. 네, 여기서 산물이란 와인을 말합니다. 하지만 이걸 X구역에 대입해 보면 어떨까요?"

휘트비의 흥분이 다소 진정되자 컨트롤이 말했다.

"그러니까 그 해안 지역의, 인간과 자연의 역사를 전부 연구하겠다는 겁니까? 다른 모든 요소들까지 말입니다. 그러면, 정말 그러면 답을 찾을 수 있을 거라는 뜻인가요?"

테루아라는 개념에 비교하니, 컨트롤이 그 전에 접한 이론들은 애매모호한 말장난처럼 보였다.

"바로 그겁니다. 테루아의 요점은 어떤 두 지역도 동일하지 않다는 거죠. 요소들의 조합이 결코 같을 수 없기 때문에 모든 와인의 맛이 다 다른 겁니다. 어떤 품종은 어떤 장소에서는 재배할 수 없어요. 하지만 그런 결론에 도달하기 위해서는 그 지역에 대해 깊은 이해가 있어야만 합니다."

"이걸 이미 연구에 적용하고 있습니까?"

휘트비가 어깨를 으쓱해 보였다.

"어느 정도는요. 어느 정도만요. 제 의견으로는 아직 모든 요소를 함께 고려하지는 못하고 있습니다. 등대나 탑, 베이스캠프처럼 눈에 보이는 개별적인 요소가 너무 부각되고, 풍경 자체가 가지는 의미는 주목을 받지 못했습니다. X구역이 다른 곳에서는 발생할 수 없다는 의견도 그리 관심을 끌지 못했죠. 물론 상당 부분 추측에 불과한 개인적 관찰의 결과이기 때문이지만 말입니다."

컨트롤 역시도 확고한 회의주의를 떨쳐 버리지 못한 채 고개를 끄덕였다. 테루아 가설이 실제로 다른 접근법보다 더 효과가 있을까? 만약 인류의 경험을 넘어선 뭔가가 인간의 인지나 이해를 허락할 의도가 없는 목적을 가지고 한 일이라면, 테루아는 인체를 제한적으로만 파악할 수 있는 부검과 같은 행위에 불과할 터였다. 과정(혹은 침략이나 상륙)의 전체를 그려 낼 수는 있겠지만 여전히 누가 왜 그랬는지는 모르는 것이다. 컨트롤은 휘트비에게 'X구역은 포도 재배지만큼 단순하지가 않습니다.'라고 말하려다 참았다.

"제가 개인적으로 발견한 몇 가지를 보여 드릴 수 있습니다." 휘트비가 말했다. "모든 것의 시작을 보여 드릴 수 있어요."

"멋지군요."

컨트롤은 과장된 태도로 고개를 끄덕여 보인 뒤, 휘트비가 그 말을 대화를 마치자는 신호로 받아들이자 안도했다. 동시에 휘트비가 그 말을 확실한 승낙으로 받아들인 듯해서 불안하기도 했다.

대통일 이론*은 역효과를 불러올 수도 있었다. 예를 들어, 서로 무관한 민간 우익 단체들을 무리하게 연결하려는 본부의 지나친 열성처럼. 컨트롤은 아버지가 정원에 모아 놓은 안 팔리는 조각들이 어떻게 서로 연결되며, 다 함께 하나의 커다란 서사를 이루는지 설명하던 기억이 떠올랐다. 모두 같은 사람이 만든 조각이고 같은 장소에 있었지만, 처음부터 하나의 작품으로 만들어진 것은 아니었다. 정원에서 녹이 슬고 부서지기 위해 만든 것이 아니듯이. 하지만 그런 식의 이야기로 적어도 아버지는 조각들을 천막으로 덮어 놓긴 했어도 뜨거운 햇빛과 쏟아지는 비 아래 방치하는 일을 합리화할 수 있었다.

경계는 서던 리치 바깥의 그 누구도 기억하거나 기념하지 않을 어느 평범한 날 아침에 나타났다. 불가사의한 단 한 번의 사건으로 인해 대략 1500명이 사망했다. 유령이라는 요소를 테루아에 어떻게 반영할까? 그것이 풍미를 더 깊게 해 주거나, 단맛 혹은 떫은 맛을 만들어 낼까? 컨트롤의 입에 느껴지는 맛은 씁쓸했다.

---

* 우주의 물리 법칙을 하나의 이론으로 기술할 수 있다는 개념이나 실험적으로 검증된 바는 없다.

테루아라는 말이 융합을 의미한다면, 경계를 통해 X구역으로 들어가는 입구야말로 궁극적인 융합에 가까웠다. 또한 궁극적인 비밀이기도 했는데, 누구도 그 진입 지점에 대한 시각적인 기록을 확보할 수 없었기 때문이다. 실제로 통로를 넘어가지 않는 이상 경험할 방법이 없었다. 장대비가 쏟아지는 가운데 세 사람이 우산 하나에 의지해, 신발을 진흙 범벅으로 만들며 근처까지 다가간 컨트롤 일행도 단지 바깥에서 엿보기만 할 뿐이었다.

세 사람은 거대한 싱크홀 위쪽의 언덕부터 좀 더 평탄한 지대에 걸쳐 자리 잡고 있는 막사로부터 이어지는 구불구불한 길을 거의 끝까지 걸었다. 그러자 저 너머에 위치한 입구의 위치와 크기를 적어 놓은 크고 단단한 표지판이 보였다. 길과 나란히 페인트로 칠한 선이 보였는데, 경계에서 4.5미터 거리를 나타내는 표시였다. 만약 경계에서 3미터 거리까지 접근하면 보이지 않는 곳에 설치된 기계가 레이저 광선을 발사해 통구이로 만들어 버릴 터였다. 군대는 최대한 사람들의 접근을 막기 위해 애쓰고 있었다. 무엇이 어떤 영향을 미칠지 아무도 모르기 때문이다. 이 근처의 오염 정도는 거의 X구역 안과 견줄 정도였다. 즉, 전혀 오염되지 않은 상태로 깨끗했다.

하늘을 가로질러 번쩍이는 번개, 심기가 불편한 거인이 주위 나무들을 쪼개는 듯한 천둥 소리가 컨트롤을 불안하게 했다. 체니가 흰색과 파란색의 줄무늬 우산을 높이 들었다. 컨트롤과 휘트비는 양옆에 붙어서 넘어지지 않도록 조심조심 좁은 길을 따라 걸었다. 하지만 옆으로 들이치는 비는 막을 방도가 없었다.

"옆에서 보면 입구가 보이지 않습니다." 체니가 큰 소리로 말했다. 이마가 흙과 낙엽으로 더러워져 있었다. "하지만 곧 보일 겁니다. 이 길을 따라서 돌아가면 정면이 나오거든요."

"빛을 발한다고 하지 않았습니까?"

컨트롤은 바지 위로 기어 올라오는 다리가 여섯 개 달린 붉은 뭔가를 손으로 쳐서 털어냈다.

"맞습니다. 하지만 옆에서는 그 빛이 보이지 않거든요. 옆에서는 전혀 뭐가 있을 것처럼 보이지 않습니다."

"높이가 6미터에 3.5미터 너비입니다." 휘트비가 덧붙였다.

"혹은 이런 식으로 말할 수도 있죠. 토끼 60마리 정도 높이에 36마리 정도 너비라고요." 체니가 말했다.

컨트롤은 갑작스레 너그러운 마음이 들어 그 농담에 웃음을 터뜨렸다. 비바람 때문에 서로를 알아보기도 힘들었지만, 체니가 흡족해하는 것을 느낄 수 있었다.

그들이 있는 장소는 폭우 속에서도 마치 성지처럼 보이는 측면이 있었다. 특히 쏟아지는 비가 경계 앞에서 갑작스럽게 끊기다 보니 더욱 그랬다. 컨트롤은 잡지를 펼쳤을 때 좌우 페이지가 서로 맞지 않아 어긋난 듯한 장면을 기대했지만, 주위 풍광은 자연스럽게 이어졌다. 마치 투명한 유리로 만든 거대한 온실 바깥에 비가 내리고, 그들은 안쪽을 들여다보는 느낌이었다.

세 사람은 수풀이 우거진 길을 따라 끝까지 걸어갔다. 경계심이 들 만큼 곤충과 새가 많았고, 비의 장막 너머 조금 떨어진 곳에는 사슴도 보였다. 지난번 미팅에서 슈가 어떤 말을 했을 때, 컨트롤은 긴장감이 감도는 침묵 속에서 이렇게 되물었다.

"그러니까 뭔가를 '경계'라고 부르는 것처럼 말입니까?"

탐사대의 대원들이 원래 이름을 사용하지 못하게 하는 의미에 대한 이야기였다. 단순한 역할을 중심으로 개성과 다른 세부 사항들을 덧붙이면, 뭔가 다른 그림이 나온다는 걸까?

진창 속을 몇 분 더 나아가서, 그들은 어떤 나무 구조물 앞에 멈춰 섰다.

컨트롤은 이번 방문에서 뭔가 아름다운 것을 보리라 기대하지 않았다. 하지만 지금 그의 눈앞에 펼쳐진 광경은 정말 아름다웠다.

컨트롤은 꼭대기가 아치 모양으로 된 직사각형 모양의 공간을 보고 있었다. 그 안에서는 신비로운 흰 빛을 내는 불꽃이 휘몰아치고 있었다. 흔들리고 깜빡이며 금방이라도 꺼질 듯하지만 절대 꺼지지 않는…… 마치 소용돌이치는 듯한 모습으로 계속해서 회전하고 있었다. 눈을 빨리 깜빡이면 여덟 개에서 열 개의 빛으로 만들어진 바퀴살이 빠른 속도로 돌고 있는 듯한 환영이 보였다.

컨트롤이 살면서 한 번도 본 적 없는 종류의 빛이었다. 눈이 부시지도 그렇다고 은은하지도 않았다. 3류 영화에 나오는 요정 나라처럼 화사하지도 않았다. 그림자놀이를 할 때 비추는 불빛처럼 어둡지도 않았다. 창고의 전등처럼 환하지도 않았지만 그렇다고 희미하거나 어둡지도 않았다. 컨트롤은 그 빛을 뭐라 형용할 표현이 떠오르지 않았다. 아버지에게 자신이 본 장면을 설명하는 상상도 해 봤지만 소용없었다. 오히려 아버지라면 눈앞에 보이는 빛에 대해 자신에게 설명할 방도를 찾을 수 있었을 터였다.

"통로가 아주 높고 넓기는 하지만, 서로 바짝 붙어서 최대한 가운데로 이동해야 합니다. 될 수 있는 만큼 가장자리에서 떨어진 채로요." 체니는 컨트롤이 이미 보고서에서 읽었던 내용을 되풀이했다. "폐소공포증이나 광장 공포증이 없더라도, 저 안에 들어가면 이상한 기분이 들 겁니다. 넓은 벌판을 가로지르는 느낌과 가드레일도 없는 좁은 절벽 길을 걷는 느낌이 동시에 들 테니까요. 좁은 공간에 갇혀 있으면서 동시에 무한히 넓은 공간 한가운데 있는 느낌입니다. 대원들에게 최면을 거는 이유 중 하나라고 할 수 있죠."

체니는 굳이 언급하지 않았지만, 말할 필요도 없이 각 탐사대의 인솔자는 최면의 힘을 빌릴 수 없었다. 그래서 그들은 안으로 들어가는 동안 기이한 광경을 경험해야 했다. "수족관에 갔을 때 머리 위에 물이 있는 것과 비슷했습니다. 다만 물이 더 흐려서 그 안에 뭐가 헤엄치고 다니는지 볼 수 없을 뿐이죠. 어쩌면 흐린 건 물이 아니라 그 안의 생물인지도 모릅니다." "제 고향 풍경과 비슷한 넓은 초원이 있었는데, 계속 커지고 또 커졌습니다. 보고 있자니 내 안에 뭔가가 계속 차올라 금방이라도 터질 것 같은 기분이 들어서 시선을 발밑으로 내렸습니다." 물론 이 모든 현상은 대원들의 머릿속에서만 일어난 일일 수도 있었다.

통로의 길이는 보이지 않는 경계의 폭과 일치하지 않았다. 돌아온 대원들의 보고를 보면 누구는 통로가 구불구불했다고 말하는 반면 누구는 직선으로 기억했다. 각자의 증언이 서로 달랐고, 따라서 X구역으로 이동하기 위해 필요한 정확한 시간을 측정할 수도 없었지만 대략 세 시간에서 열 시간 정도였다. 초기에 본부는 입구가 완전히 사라질 수도 있다는 점을 두려워했다. 컨트롤은 경계 관련 서류들을 살피다가 제임스 로우리가 남긴 말을 발견했다. '······문은 항상 그 자리에 있었던 것처럼 보였다. 그리고 앞으로도, 설령 X구역이 없어진다 해도 항상 그 자리에 있을 것처럼 보였다.'

전 국장은 분명히 경계가 전진하는 중이라고 생각했지만, 그런 관점을 뒷받침할 증거는 어디에도 없었다. 명령 체계의 저 위쪽에 있는 자들이 보고서에 남긴 메모에는 국장이 '죽어 가는 조직'에 사람들의 관심을 끌고 자금을 지원받기 위해 그런 말을 꾸며 낸다고 적혀 있었다. 하지만 직접 입구를 보게 되자, 컨트롤은 그 '전진'이라는 말을 누가 제대로 이해할 수 있을지 궁금해졌다.

"너무 오래 똑바로 쳐다보지는 마세요." 휘트비가 말했다. "그러면 끌려들어 가게 됩니다."

"조심하도록 하죠."

컨트롤이 대답했다. 하지만 이미 너무 늦었다는 생각이 들었다. 유일한 위안이라면 컨트롤이 앞으로 걸어 나간다고 해도 휘트비나 체니가 막아 주리라는 사실이었다. 아니면 레이저가 막아 줄 테고.

휘몰아치는 빛이 생물학자를 떠올리려는 컨트롤의 시도를 좌절시켰다. 컨트롤은 상상 속에서 그녀를 옆에 세우고, 다른 세 명의 12차 탐사대원들을 따라 빛으로 들어가 보려 했지만 실패했다. 생물학자가 이 장소에 도착했을 때에는 이미 최면에 걸린 상태였을 것이다. 언어학자는 그 전에 탐사대를 이탈했다. 나머지 넷만 이 자리에 모여 각자의 짐을 들고 알 수 없는 빛을 향해 걸어 들어갔다. 그중에서 국장 한 사람만 자신의 눈으로 모든 과정을 목격했다. 만약 휘갈겨 쓴 그녀의 메모들을 컨트롤이 모두 읽고, 겹겹이 쌓인 층을 걷어 내 그녀의 진심을 파악한다면…… 여기로 돌아오는 순간 그녀의 생각과 감정을 재구성할 수 있을까?

"지난 11차와 12차 탐사대의 대원들은 어떻게 들키지 않고 X구역에서 빠져나올 수 있었죠?"

컨트롤이 체니에게 물었다.

"우리가 아직 찾지 못한 또 다른 출입구가 있는 모양입니다."

목표물 발견, 아직 협조적이지는 않음. 돌연 열네 살 때 부엌에서 아버지가 집에 들어온 파리를 잡기 위해 유리잔 안에 상한 딸기를 넣고 고깔 모양으로 만 종이를 그 위에 얹던 모습이 떠올랐다.

"우리는 왜 통로를 볼 수 있는 겁니까?" 컨트롤이 물었다.

"무슨 뜻인지 모르겠군요." 체니가 말했다.

"우리가 볼 수 있다는 건, 그래야 할 이유가 있기 때문이겠죠."

어쩌면. 사실 누가 알겠는가? 컨트롤이 던지는 말마다 미리 만들어진 메아리 같은 대답이 돌아왔다. 마치 여태까지 이 장소를 방문한 손님들 혹은 신입들이 남긴 말들이 여전히 공기 중에 떠돌며 그 당시 들었던 대답과 짝을 이루고 있는 듯했다.

체니는 잠시 볼을 홀쭉하게 만들더니 마지못해 인정했다.

"그럴 수도 있겠죠. 분명 그럴 수도 있습니다. 아니라고 말하기는 어렵군요."

충격적인 생각이 떠올랐다. 6미터 높이에 3.5미터 너비의 통로가 있어야만 이 세상으로 나올 수 있는 존재는 대체 무엇일까?

그들은 비도 아랑곳 않고 시간을 잊은 채 그 자리에 서 있었다. 휘트비는 조금 떨어진 곳에서 비에 흠뻑 젖은 채 쓸모없는 우산을 탓했다. 뒤쪽에서 천둥이 치고, 빗물이 시내를 거쳐 싱크홀 안으로 쏟아져 들어갔다. 하지만 정면에는 구름 한 점 없는 맑은 하늘이 보였다.

그러는 내내 컨트롤은 반짝이며 춤추는 빛을 응시하려 애썼다.

010: 네 번째 단절

그날 오후, 경계에서 돌아와 아침에 있었던 생물학자와의 면담 기록을 받아 든 컨트롤은 다시 한 번 '테루아'라는 말을 떠올렸다. 컨트롤은 주저하면서도 쥐를 다시 쓰레기통에 버렸고, 식물은 표본 보관실로 돌려보냈다. 그러기 위해서는 의지력이 필요했다. 괴상한 설교가 적혀 있는 벽 앞의 문을 닫는 일도 마찬가지였다. 미신은 질색이었지만 여전히 의심이 남아 있었다. 어쩌면 지금 자신이 실수를 저지르고 있을지도 모른다는, 국장이 쥐와 식물을 둘 다 서랍에 넣어 둔 이유가 있을지도 모른다는 의심이었다. 어쩌면 일종의 기이한 방어 장치일지도 몰랐다……. 하지만 무엇을 막으려고 했던 걸까?

컨트롤은 유령새가 언급한 포러스 달팽이를 인터넷으로 검색했지만, 무명의 아마추어 '목사 박물학자'가 쓴 오래된 책에 나온 이야기를 거의 그대로 인용했다는 사실밖에 알아내지 못했다. 아마 그녀가 대학 시절에 접했을 법한 책이라 어떤 계기로 기억이 떠올랐을 터였다. 별로 중요한 일은 아니었다. 생물학자가 자신을 그 멍청한 달팽이에 비유했다는 점을 제외하면.

컨트롤은 서류를 훑어보며 위안을 느꼈다. 면담의 어느 시점에 그는 탑과 등대에 대한 미끼를 거두고 생물학자가 발견된 장소에 대한 이야기로 돌아갔다.

Q : 그 공터에 뭘 남겨 뒀던 겁니까?

컨트롤은 서랍 속에 들어 있는 축축한 서류들을 계속 무시하며 책상 앞에 앉은 채로 생각에 잠겼다. 그 공터가 X구역이라는 테루아와 관련 있는 테루아라면? 생물학자와 공터의 만남이 단순히 귀환 이상의 의미를 가진다면? 그 공터에 대한 고고학적 발굴이라도 지시해야 할까? 나머지 두 사람, 인류학자와 측량사는? 컨트롤은 서던리치의 비밀을 파헤치느라 앞으로도 며칠 동안은 그들에 대해 신경쓸 여력이 없을 터였다. 그 둘을 멀리 보내 버려 자신의 일거리를 덜어 준 그레이스에게 감사라도 해야 할 판이었다.

다시 서류로 관심을 돌리자 생물학자의 대답이 눈에 들어왔다.

A : 남겨 뒀다고요? 예를 들어 뭘 말이죠? 십자가 목걸이? 고백?

Q : 그런 건 아니겠죠.

A : 하, 내가 거기 뭘 남겨 뒀다고 생각하는지 먼저 말해 보지그래요?

Q : 예의범절일까요?

그 말에 생물학자는 어이없다는 표정으로 웃더니 길고 지친 기색의 한숨을 내쉬었다.

A : 거기서는 아무 일도 벌어지지 않았다고 이미 말했어요. 난 마치 기나긴 꿈에서 깨어난 기분이었죠. 그리고 사람들이 나타나서 날 여기로 데려왔어요.

Q : 꿈을 꿉니까? 그러니까, 아직도 말입니다.

A : 그게 뭐가 중요하죠?

Q : 무슨 뜻입니까?

A : 난 여기서 나가는 꿈을 꿀 뿐이에요.

Q : 내 꿈에 대해 들어 보겠어요?

컨트롤은 자신이 그런 말을 왜 했는지 알 수 없었다. 그러고 나서 무슨 말을 해야 할지도 알 수 없었다. 바다를 향해, 괴물의 입속으로 끝없이 추락하는 꿈에 대해 이야기해야 할까?

놀랍게도 생물학자가 말했다.

A: 당신은 무슨 꿈을 꾸죠, 존? 말해 봐요.

생물학자가 그를 이름으로 부른 적은 처음이었다. 컨트롤은 일종의 전류가 통하는 듯한 느낌을 애써 부정했다. *존이라.* 생물학자는 개구쟁이 소녀처럼 의자 위에 두 다리를 올리고 무릎을 끌어안았다.

때로는 전략을 수정해야 하거나, 뭔가를 얻기 위해 다른 뭔가를 포기해야 했다. 그래서 컨트롤은 그레이스가 공식 기록에서 이 내용을 보고 자신에 대항해서 이용하는 일이 없기를 바라며 생물학자에게 꿈 이야기를 했다. 컨트롤은 만약 거짓말을 하거나 이야기를 꾸며 내면 유령새가 바로 알아차릴 거라고 믿었다. 그가 그녀를 이해하려고 애쓰는 동안에 그녀도 **그**를 연구했을 테니까. 컨트롤은 매 질문마다 정보를 유출했던 셈이다. 컨트롤은 픽셀화된 핏빛 안개처럼, 자신의 머리 주위로 정보들이 둥둥 떠다니는 광경을 상상했다. 이들이 내 가족이야. 이게 내 전 여자친구. 내 아버지는 조각가였지. 내 어머니는 스파이고.

생물학자는 컨트롤이 이야기하는 동안 얌전히 귀를 기울였다.

A: 공터에서 깨어났을 때 난 내가 죽은 줄 알았어요. 사후 세계를 믿지 않는데도 어쩌면 여기가 연옥인가 보다 하고 생각했죠. 하지만 너무 조용하고 공허해서…… 가만히 있었죠. 움직이기가 두려웠고, 내가 하필 그 장소에 도착한 무슨 이유가 있을까

봐 불안했어요. 그 외에 다른 생각은 없었던 것 같아요. 그리고 경찰이 와서 나를 서던 리치로 데려왔죠. 하지만 여전히 내가 정말로 살아 있었다는 생각은 들지 않아요.

그날 아침 생물학자가 자신이 죽지 않았다고, 살아 있다고 생각했다면 어떻게 됐을까? 어쩌면 그 때문에 변화가 생겼는지도 몰랐다.
서류를 다 읽었지만, 컨트롤은 유령새가 여전히 자신을 응시하고 있는 듯한 기분이 들었다. 그녀는 눈도 깜빡거리지 않고 그에게 시선을 고정했다. 어쩌면 그가 그렇게 만들었는지도 몰랐다. 무슨 이유에서건.

돌아오는 길에, 컨트롤과 휘트비 그리고 체니는 모두 침묵했다. 어쩌면 태양과 열 그리고 비와 추위라는 극단적인 대비 때문에 정신을 차리지 못했는지도 모른다. 하지만 컨트롤에게는 그것이 마치 생각지도 못하게 상류 사회의 비밀 모임에 초대를 받은 듯한, 벅찬 경험을 공유했기 때문에 생긴 동지 의식에서 비롯한 침묵처럼 느껴졌다. 그리고 그는 그런 감정을 경계했다. 예기치 못한 어두운 그림자가 숨어들 수 있는 틈이 될 수 있기 때문이었다. 그러면 사람들은 같은 목적이나 의도를 공유한다는 착각으로 인해 실제로 동의하지 않는 일에도 찬성하게 되곤 했다. 예전에 비슷한 분위기에서 동료 요원이 그를 '친구'라고 부르더니 즉흥적으로 "넌 다른 너희 인종과는 다르군."이라는 발언을 한 적이 있었다.

그들이 서던 리치에서 1.5킬로미터 정도 거리까지 왔을 때, 체니가 아무렇지 않은 투로 말했다.

"전 국장과 경계에 대해 떠돌던 소문이 있습니다."

"그런가요?"

올 것이 왔군. 드디어 왔어. 친근감 때문에 도를 넘거나 숨겨야 하는 일을 반쯤 드러내는 순간이었다.

"경계를 혼자 넘어간 적이 있다는 겁니다." 체니가 먼 곳을 바라보며 말했다. 휘트비는 마치 그 이야기와 거리를 두려는 듯, 운전석에서 몸을 앞으로 기울였다. "그냥 소문입니다. 사실인지는 알 수 없죠."

컨트롤은 체니가 덧붙인 말을 무시했다. 체니는 분명 진실 여부를 중요하게 생각하지 않거나, 혹은 소문이 진짜라는 점을 알면서 컨트롤도 눈치채기를 바라는 듯했다.

"소문에 언제 있었던 일인지도 포함되어 있습니까?"

"마지막 11차 탐사 이전이라고 하더군요."

컨트롤의 일부는 부국장에게 그 소문을 가져가서 그녀가 무엇을 알거나 알지 못하는지 확인하고 싶어 했다. 다른 일부는 아직 그러기에는 너무 이르다고 생각했다. 그래서 그는 새롭게 입수한 정보를 곱씹으며 체니가 하필이면 휘트비 앞에서 이런 이야기를 꺼낸 이유가 뭔지 의아해했다. 설사 그레이스가 추궁해도 입을 열지 않을 만한 줏대가 휘트비에게 있다는 뜻일까?

"경계를 넘어가 본 적이 있습니까, 체니?"

코웃음이 터졌다.

"그럴 리가요. 없습니다."

퇴근 무렵 주차장에서 컨트롤은 운전석에 앉아 시동을 켠 채 잠시 긴장을 풀었다. 비가 그치고 생긴 물웅덩이에 기름기가 떠올라 있었고, 잔디와 나무는 한결 싱싱해진 듯한 모습이었다. 주차장은 텅 빈 상태였고 대각선 방향에 그 자리에서 세차한 것처럼 보이는 휘트비의 보라색 전기 자동차만 남아 있었다.

보이스에게 전화를 걸어 보고할 시간이었다. 저녁 시간까지 미루기보다 지금 해치우는 편이 나았다.

전화벨이 계속 울렸다.

보이스는 한참 지나서야 전화를 받았다.

"여보세요. 뭔가?"

아무래도 심기가 불편한 듯했다.

컨트롤은 국장이 몰래 경계를 방문했던 일에 대해 물어보려 했지만, 보이스의 목소리를 듣고 그만뒀다. 대신에 식물과 쥐에 대한 이야기를 시작했다.

"국장의 책상에서 이상한 걸 발견했습니다……."

컨트롤은 눈을 한 번, 두 번, 세 번 깜빡였다. 보이스와 이야기하는 동안 그는 뭔가를 눈치챘다. 사소한 일이지만 신경에 거슬렸다. 차창 안쪽에 모기 한 마리가 짓눌린 채로 죽어 있었는데, 녀석이 어째서 거기 붙었는지 알 수가 없었다. 아침만 해도 없던 모기였고, 그가 죽인 기억은 더더욱 없었다. 어떤 부주의한 자가 차 안을 뒤졌거나…… 일부러 감시하고 있다는 사실을 알리려는 행동이 아닌가 하는 피해망상적인 생각이 들었다.

주의가 분산되자 보이스와 나누는 대화에 집중하기 힘들었다. 마치 잔뜩 긴장한 채 비행기에 안전 벨트를 매고 앉아 있는 동안 기체가 에어 포켓을 만나 위아래로 흔들릴 때와 비슷한 기분이었다. 혹은 텔레비전을 보는데 방송 상태가 불안정해서 화면이 몇 분마다 한 차례씩 5초 뒤로 넘어가는 듯한 느낌이기도 했다. 하지만 간신히 대화를 이어 갈 수 있었다.

보이스는 평소보다 더 무뚝뚝한 어조로 말했다.

"정보를 더 주도록 하지. 그리고 걱정 말게. 빌어먹을 부국장 건은 곧 처리하도록 할 테니까. 내일 다시 전화하게."

그가 경계에 가 있는 동안 부국장이 주차장으로 걸어와서 차 문을 열고 뒤지다가 잔인하게 모기를 짓눌러 죽이는 우스꽝스러운 장면이 머릿속에 떠올랐다.

"지금 시점에서 그게 좋은 생각인지 모르겠습니다, 그레이스 말이에요. 그보다는 차라리……"

하지만 보이스는 이미 전화를 끊어 버린 뒤였고, 컨트롤은 어느

새 주위가 어두컴컴해졌다는 사실에 놀랐다.

컨트롤은 기하학적으로 짓눌린 모기의 시체와 핏자국을 감상했다. 모기로부터 시선을 뗄 수가 없었다. 보이스에게 하려고 했던 말이 더 있었지만, 모기 때문에 잊어버렸고 이제 내일까지 기다려야 했다.

자기도 모르게 모기를 잡아 놓고 잊어버렸을 수도 있을까? 그럴 가능성은 적었다. 컨트롤은 모기 시체와 피 얼룩을 놔두기로 했다. 그러면 모기를 죽인 자에게 어떤 메시지를 전할 수 있을지도 몰랐다. 언젠가는.

011: 여섯 번째 단절

집으로 돌아가자 초리가 현관 계단에서 기다리고 있었다. 컨트롤은 녀석을 안으로 들여보낸 다음 사료를 꺼내 주고 자기 몫으로 산 치킨 샌드위치를 꺼냈다. 컨트롤은 고양이 사료 때문에 비린내가 진동하는 부엌에서 치킨 샌드위치를 먹었다. 눈은 초리가 사료를 먹는 모습을 보고 있었지만, 머릿속으로는 오늘 뭘 잘못했는지 생각하는 중이었다. 자기가 던진 공이 자꾸 리시버 머리 위로 넘어가고, 코치는 계속 소리를 질러 댈 때와 같은 기분이었다. 문 뒤에 숨겨진 벽과 그 벽에 대한 미팅 때문에 시간을 너무 낭비했다. 경계를 방문한 일도 큰 도움이 되지는 않았고, 그저 새로운 의문들만 늘어날 뿐이었다. 마지막 11차 탐사대가 출발하기 전에 국장이 경계를 방문했다는 점도 우려스러웠다. 경계에서 체니는 이렇게 말했다.

"국장은 우리 말에 그리 귀를 기울이지 않았습니다. 따로 의논할 상대가 있었거나, 그레이스와 함께 별도로 만든 조직이 있을지도 모르죠. 제 생각엔 그럴 것 같습니다."

경계에서 쓴 메모를 다시 보기 위해 사첼 가방을 연 컨트롤은 휴대폰이 두 개가 아니라 세 개인 것을 보고 깜짝 놀랐다. 보이스에게 보고할 때 쓰는 얇은 휴대폰과 평소 사용하는 개인 휴대폰 말고도 커다란 휴대폰이 하나 더 있었다. 컨트롤은 얼굴을 찌푸리며 휴대폰을 꺼냈다. 국장의 책상 서랍에서 꺼낸 낡고 작동하지 않는 휴대폰이었다. 컨트롤은 한동안 그 휴대폰을 응시했다. 이게 어떻게 가방 안에 들어갔을까? 그레이스가 넣은 걸까? 바퀴벌레처럼 생긴 낡은 휴대폰의 가죽 케이스에는 불탄 자국과 구멍이 나 있었다. 그레이스가 가방에 넣었을 리는 없었다. 어쩌면 그레이스가 사무실에 두고 간 것을 자신이 무심코 가져왔을 수도 있었다. 하지만 그렇다면 주차장에서 보이스와 통화를 끝내고 나서는 왜 눈치채지 못했을까?

컨트롤은 그 휴대폰을 부엌 조리대 위에 올려놓고 의심스러운 눈길을 한두 번 던진 다음 거실로 나갔다. 무엇을 놓치고 있는 걸까?

팔굽혀펴기를 몇 세트 하고 나서 텔레비전을 켰다. 리얼리티 쇼, 어떤 학교에서 발생한 집단 학살 사건과 바다 속에서 쓰레기 더미가 발견됐다는 뉴스, 격투기 대회 예선전에서 소리를 지르는 아나운서의 모습 등이 쏟아져 나왔다. 컨트롤이 아무 생각 없이 볼 만한 미스터리물과 요리 방송 사이에서 잠시 고민하고 있으려니 고양이가 무릎 위로 올라와 그르렁댔다.

 마침내 미스터리물로 마음을 정하고 시청하던 중에 문득 대학 시절 들었던 환경과학 강의가 떠올랐다. 교수는 정부 부서를 포함한 모든 조직은 사상과 의견 말고도 태도와 정서까지 굳어지기 마련이라는 이야기를 했다. '영어를 배우지 않는 이민자는 이 나라 사람이라고 할 수 없다', '정신 질환을 가진 사람도 존중받을 가치가 있다' 같은 증오나 공감이 그 예시였다. 그래서 어떤 조직 안에서 일할 때 충분히 주의를 기울이면, 그 조직이 지닌 추상적인 사상뿐 아니라 구체적인 감정까지도 알 수 있다는 말이었다. 서던 리치는 X구역을 조사하고 억제하기 위해 설립되었다. 하지만 그 임무에 대한 모든 계시와 상징 그리고 서류, 보고, 자료, 분석에도 불구하고 내부에는 뭔가 다른 감정과 태도가 존재했다. 그게 정확히 뭔지를 파악할 수 없다는 사실이 컨트롤을 힘들게 했다. 그에게 부족한 다른 종류의 감각이나 예민함이 필요할지도 몰랐다. 하지만 그레이스가 지적한 대로, 일단 서던 리치에 너무 익숙해지면 그런 점을 인지하기 못하게 되어 버릴 수도 있었다.

 그날 밤, 컨트롤은 꿈을 꾸지 않았다. 동틀 무렵 뭔가 작은 것이 지붕을 기어가는 듯한 소리에 잠에서 깼던 기억이 났다. 고양이를 깨울 만큼 큰 소리는 아니었다.

012: 분류의 분류

아침에 출근하니 형광등 수명이 다했는지 사무실 안이 어두웠다. 특히 책상과 의자는 우울해 보이기까지 했다. 컨트롤은 책장에서 등을 하나 내려서 책상 왼쪽을 비추도록 선반에 설치했다. 그 정도면 자신의 협박에 못 이긴 휘트비가 가져다 놓은 '테루아와 X구역: 종합적 접근'이라는 제목의 두껍고 다소 손때가 묻어 있는 보고서를 읽기에 무리가 없을 듯했다. 커다란 종이 클립의 녹슨 부분이 표지를 파고들었고, 종이는 누렇게 변한 상태였다. 갖가지 색의 펜으로 직접 쓴 주석들과 손으로 찢어 테이프로 붙여 놓은 그림들 때문에 섣불리 서류를 펼치기 어려웠다. 일에는 순서가 있는 법이니, 이 서류는 다음 주 아니면 다음 달까지 미뤄 둘 수도 있었다. 생물학자도 다시 면담해야 했고, 그레이스와 미팅도 잡혀 있었다. 금요일에는 첫 번째 탐사대가 촬영한 비디오를 보기로 했다. 그 밖에도 여러 가지 급한 일들이…… 예를 들어 실내 장식을 바꾼다거나. 컨트롤은 어디로도 통하지 않는 문을 열고 벽에 적힌 글을 사진으로 여러 장 찍었다. 그런 다음 붓을 들어 관리실에서 가져온 흰색 페인트로 그 위를 꼼꼼히 칠했다. 마지막 한 자까지, 그리고 지도의 마지막 부분까지 전부 가렸다. 문 뒤에서 느껴지는 압박감을 견딜 수 없었기 때문이다. 그레이스와 나머지 사람들도 추모 의식 없이 받아들여야 할 터였다. 키를 쟀던 자국처럼 보이는 표시도 없앴다. 페인트를 두 겹, 세 겹으로 계속해서 칠했지만 여러 색으로 된 흔적이 계속 비쳤다. 정말로 키를 쟀던 거라면, 국장은 매번 약 1센티미터씩 자랐던 셈이다. 굽이 높은 구두로 바꿔 신지 않았다면.

 페인트칠을 마친 뒤, 컨트롤은 식물과 쥐라는 사라진 부적을 대신할 셈으로 집에 있는 체스판에서 가져온 아버지의 조각품 두 개를 놓았다. 작고 붉은 수탉과 은은한 푸른색 염소 모양으로,「나의 가족」이라는 연작에 속한 물건들이었다. 아버지는 수탉에 삼촌의 이름을 붙였고 염소에는 숙모의 이름을 붙였다. 아버지는 나무 울타리가 쳐진 뒷마당에서 닭과 염소 무리에 둘러싸인 채 친구들과 뛰어 노는 어릴 적 사진을 간직하고 있었다. 아버지는 집에 있는 닭들을 전통 닭 혹은 상속 닭이라고 부르며 한 마리 한 마리 이름을 붙였고, 절대 도축하지 않았다. '닭이 아니라 상전'이라고 컨트롤은 아버지를 놀리곤 했다.

체스는 아버지가 화학 요법으로 치료를 받는 동안 컨트롤과 함께 즐길 수 있을 뿐 아니라, 혼자서도 몰두할 수 있는 취미였다. 아버지가 암에 걸리기 전에는 컨트롤과 함께 당구를 치곤 했다. 둘 다 잘하지는 못했지만 그래서 함께 즐길 수 있었다. 하지만 아버지의 상태가 점점 나빠지면서 당구는 포기해야 했다. 아버지는 지루한 텔레비전 방송을 보는 대신 책을 읽으려고도 해 봤지만, 책갈피를 이용해도 내용을 기억하기 어려웠다. 하지만 체스는 다음이 누구 차례인지 기억하는 행위만으로도, 죽음을 앞두고 정신이 혼미했던 아버지에게 과거에 대한 증거를 제공해 줄 수 있었다.

컨트롤은 아버지의 조각품 대신 평범한 체스 말을 사용하자고 우겨 보기도 했다. 조각들은 사람에서 동물로, 다시 동물에서 체스 말로 재해석되느라 맡은 바 역할과 상관없이 제각각의 생김새였다. 하지만 시간이 지나고 컨트롤의 실력이 나아지면서 그것들에 대한 관심도 커졌다. 추상적인 대상들이 점차 구체적으로 다가왔고, 그 결과가 익살스럽긴 했지만 흥미로웠기 때문이다. "아부엘라(할머니)로 비숍을 잡겠어요." 수를 두면서 아버지와 아들은 함께 키득거렸다. "움베르토 사촌 형으로 라 소브리나(조카) 메르세데스를 잡아 버리겠어."

이제 이 조각품들이 그를 도와줄 터였다. 컨트롤은 책상 왼쪽 구석에 수탉을 올려놓고 오른쪽에는 염소를 두었다. 수탉은 바깥쪽을 그리고 염소는 자신을 바라보게 놓았다. 조각품에는 눈으로 분간하기 힘들 정도로 작은 나노 카메라가 붙어 있어서 무선으로 휴대폰과 노트북에 화면을 전송할 수 있었다. 이렇게 사무실 보안을 철저히 해 놓으면 적어도 마음은 편할 터였다. 여기에 뭐가 찍힐지 누가 알겠는가?

그렇게 하고 나서야 컨트롤은 국장의 메모에 대해 생각할 여유가 생겼다.

국장의 메모를 읽기 위한 준비 과정은 거의 봄 대청소에 가까웠다. 컨트롤은 자신의 것을 제외하고 사무실에 있던 모든 의자를 복도에 내놓았다. 그런 다음 사무실 한가운데 자료 더미를 쌓기 시작했다. 그는 양탄자 위의 알 수 없는 얼룩을 애써 무시하려 했다. 커피를 흘린 걸까? 피? 소스? 고양이가 토한 자국? 청소부에게 이 방의 출입이 허락되지 않았던 것이 분명해 보였다. 언젠가 방송에 나온 부모가 죽은 아이의 방을 생전 그대로의 모습으로 간직하며 신성하게 여기던 장면이 떠올랐다. 그레이스가 사무실을 원래 상태 그대로 두라고 지시를 내리는 모습이 눈에 선했다. 컨트롤이 오기 전까지는 그레이스가 이 방을 잠가 둔 채 관리했고, 여분의 열쇠도 가지고 있었다. 하지만 컨트롤은 감시 카메라에 그녀가 찍힐 거라고는 생각하지 않았다.

컨트롤은 노트북으로 자신이 가장 좋아하는 네오 클래식 작곡가의 음악을 틀어 놓고 자리에 앉았다. 선율이 사무실 안을 채우며 혼돈 속에서 일종의 질서를 만들어 냈다. 단계를 건너뛰지 말라고 하셨죠, 할아버지. 컨트롤은 그날 아침에 이미 그레이스로부터 서류들을 인계받았다. 그레이스는 그와 마주치기 싫었는지 비서를 시켜 서류들을 보내왔다. 여러 개의 서류철 안에는 국장의 모든 공식 기록과 보고서가 들어 있었다. 이제 아주 작은 조각 하나까지 샅샅이 뒤져 볼 때였다. 컨트롤은 이걸 '재고 목록'처럼 생각하기로 했다. 휘트비를 시켜서 분류하도록 해 볼까도 생각했지만, 모든 기록들의 보안 등급이 기밀에서 일급 기밀, 말하자면 '이건-또-무슨-기밀이람' 등급에 걸쳐 있어서 불가능했다.

그레이스가 목록에 붙인 이름은 지나치게 실용적이었다. 「국장 파일—각종 메모와 보고서, DMP」. DMP는 데이터 관리 프로그램(Data Management Program)의 약자로, 서던 리치가 1990년대에 구매해서 사용하고 있는 자료 검색 시스템을 의미했다. 만약 컨트롤이 이름을 붙인다면 더 간결하게 「국장 서류」라고 하든가, 좀 더 멋을 부려서 「잊힌 기관의 이야기」 혹은 「X구역에 대하여」라고 했을지도 몰랐다.

대충이라도 그레이스의 DMP를 따라가려면 서류 더미를 주제에 따라 정리해야 했다. 경계, 등대, 탑, 섬, 베이스캠프, 자연사, 일반적인 사건, 비정상적인 사건, 제반 사건, 기타 등등. 컨트롤은 '관련 없는' 무더기도 만들기로 했다. 사실 누군가는 아무 관련도 없다고 생각하는 자료가 다른 사람에게는 중요한 단서가 될 수도 있었다. 중요하건 그렇지 않건 쓰레기 더미 속에도 단서는 존재할지 몰랐다.

지난 임무들을 수행하면서 좌천과 수치를 거듭 경험했던 그에게는 이런 작업이 익숙하고 편안하기까지 했다. 저녁을 먹고 나서 설거지를 하거나 아침에 침대보를 정리할 때처럼 아무 생각 없이 몰두할 수 있고, 끝내고 나면 한결 마음이 개운해지기 때문이었다.

하지만 눈앞의 더미 중 일부는 마치 그가 바깥에서 신발에 진흙을 묻혀 가며 끌고 들어온 것처럼 보인다는 결정적인 차이가 있었다. 전 국장 때문에 컨트롤은 도시의 농부라도 된 양, 바깥세상에서 온갖 사연을 가지고 모여든 비밀 자료들로 두엄 무더기를 쌓아야 했다. 국장은 냅킨이나 영수증, 두루마리 휴지 그리고 심지어 참나무와 목련나무 잎사귀에도 메모를 남겼던 것이다.

컨트롤이 아침을 먹었던 식당에서도 몇 가지 살펴볼 만한 영수증이 나왔고, 전 국장이 애용하던 길모퉁이의 식료품 가게도 있었다. 영수증에 적힌 내역들은 평범한 식료품이라기보다 그때그때 급하게 산 물건들에 더 가까웠다. 한번은 종이 타월과 육포였고, 또 다른 때에는 주스와 아침식사용 시리얼이었다. 핫도그, 저지방 우유, 손톱 가위와 연하장도 있었다. 국장의 고향 마을인 블리커스빌에 있는 바비큐 식당의 냅킨과 영수증, 광고지가 유독 많아서 컨트롤은 문득 갈비가 먹고 싶어졌다. 블리커스빌은 서던 리치에서 차로 약 15분

거리에 위치했고, 고속도로를 타고 헤들리로 가는 길목이었다. 그레이스의 말에 따르면, 국장이 살던 집에서 서던 리치와 관련된 물건은 모두 깨끗이 치워 버렸다고 했다. 그리고 그 결과는 DMP 파일에 특별히 **국장의 집**이라는 항목으로 정리되어 있었다.

한 시간쯤 지나서 문득 끔찍한 생각이 들었다. 언뜻 보기에는 국장이 아무 곳에나 메모를 남긴 것 같지만, 사실은 소재 자체에 어떤 의미가 있다면? 글의 내용이 등대지기의 괴상한 설교와 마찬가지로 전달하고자 하는 메시지의 전부가 아니라면? 대성당 같은 표본 보관실이 문득 떠올랐고, 그럴 리 없다는 생각을 하면서도 이 나뭇잎들 중 일부가 X구역에서 오지는 않았을까 하는 궁금증이 들었다. 하지만 곧 근거도 부족하고 생산적이지도 못한 의문이라고 여기며 떨쳐 버렸다.

국장이 온갖 종류의 소재에 메모를 남긴 이유는 '단지' 그녀가 일에 그만큼 몰두했다는 점을 보여 줄 뿐이었다. 순간적으로 떠오른 생각을 즉시 기록해서, 혹시라도 잊어버리거나 시간이 지나 왜곡되지 않게 하려는 의도였을 것이다. 어쩌면 DMP나 다른 저장 매체를 이용할 경우, 그녀가 머릿속에 가진 생각을 해커가 훔쳐볼까 우려했을지도 모른다.

어쨌든 그 결과 컨트롤은 주로 '서류'이긴 하지만 그 밖에도 서던 리치 건물 바깥세상에서 이루어진 국장의 삶에 대한 기록들까지 포함한 무더기와 씨름해야 했다. 긍정적인 측면도 있었는데, 국장의 공식적인 서류에서는 얻을 내용이 거의 없었기 때문이다. 그레이스가 수작을 부렸거나 국장 스스로가 검열했을지도 모른다. 국장은 외동딸로, 어린 시절 중서부에서 아버지와 함께 살았다. 주립 대학에서 심리학을 전공하여 5년 정도 상담사로 일했다. 그러다 본부를 통해 서던 리치에 지원했으며, 혹독한 업무 일정을 모두 소화하며 계속해서 자신의 능력을 입증했다. 그리고 그 대가로 결국 국장 자리에 오를 수 있었다. 그때 당시에는 서던 리치가 지금보다 더 좋은 직장으로 보였을 터였다. 얼마 되지도 않는 정보들이 엄청난 양의 메모로 변해 사무실에 굴러다니고 있었다. 본부는 더 많은 정보를 달라는 컨트롤의 요청을 집어삼킨 이후로 계속해서 입을 꽉 다문 채였다. 언젠가는 그를 향해 서류철을 하나쯤 뱉어 낼지도 몰랐다.

그래서 컨트롤은 혼자 힘으로 국장의 진정한 테루아를 재구성해 보려고 애썼다. DMP 분류와 무관한 체계를 세우고, 그가 찾아낸 모든 자료를 바탕으로 완전히 새로운 관점에서 국장의 동기와 지식을 재구성했다. 잡지에서 뜯어 낸 구독 갱신 신청서를 통해 그녀가 케이블 방송 가이드와 문화 예술 잡지들을 정기 구독한 사실을 알 수 있었다. 보험으로 처리되지 않는 스케일링 비용 72달러에 대한 청구서도 있었다. 마을 바깥에 있는 볼링장을 자주 찾았던 듯했다. 숙모로부터 생일 축하 카드를 받았지만 내용이 형식적이어서 관계가 친밀해 보이지는 않았다. 국장은 또 돼지갈비와 옥수수를 곁들인 새우 요리를 좋아했다. 보통은 혼자 식사를 했지만 2인분의 주문이 적혀 있는 영수증도 있었다. 동행이 있었을까? 어쩌면 그녀도 컨트롤처럼 가끔 다음 날 점심식사까지 포장해 갔는지도 모른다.

국장의 메모들 중 경계에 대해 언급한 경우는 많지 않았지만 하얀 소용돌이, 거대한 공간 같은 단어들이 눈에 들어왔다. 컨트롤은 소용돌이라는 말에서 자신이 어머니를 생각할 때마다 떠올리는, 하늘을 가로지르는 섬광을 연상하며 묘한 동질감을 느꼈다. 문자 그대로의 의미와 그 안에 담긴 비유가 오직 생각으로만 오갈 수 있을 만큼 멀리 떨어진 시간과 맥락을 가로질러 만났다.

식물과 쥐 아래쪽에 엉켜 있던 서류들을 분리하는 일이 가장 어려웠다. 어떤 페이지는 너무 얇아서 잘 찢어졌고, 종잇조각과 너덜너덜한 잎사귀가 한데 뭉쳐져 있었다. 단단히 달라붙은 반투명한 뿌리들을 제거하는 것도 일이었다. 조심스럽게 한 장 한 장을 떼어 낼 때마다 퀴퀴한 냄새가 피어올라서 톡 쏘는 느낌으로 강해졌다. 컨트롤은 더러운 양말을 떠올리지 않으려고 애썼다.

자료 대부분은 국장이 자연과 간단한 아침식사를 좋아했다는 점을 뒷받침할 뿐이었다. 시리얼 상자를 오려 낸 조각에서 참나무 잎을 떼어 내자 잉크가 번져 알아보기 어려운 글씨가 드러났다. 컨트롤은 이 잎사귀가 한 번도 떨어진 적이 없다는 사실을 알아차렸다. 'X.10.C의 기록 검토 필요. 등대에서 생물학자.' 상자 조각에는 이렇게 적혀 있었다. '조정 목적을 위해 블랙박스 사용 중지를 권장.' 잎사귀에 적힌 말이었다. 컨트롤은 참나무 잎을 '가치를 판단할 수 없음'으로 분류하고 해당 자료들과 함께 놓았다.

이후로 흥미를 끄는 조각들이 속속 드러났다. 쌓여 있던 책들 사이에서 발견되거나 페이지 틈에서 튀어나오기도 했는데, 책갈피로 썼다기보다는 국장 자신이 쓴 내용이 신경에 거슬려서 처박아 둔 것처럼 보였다. 대학교에서 배울 법한 기초 생물학 교재에 끼워져 있던 메모는 12차 탐사대에 대한 내용으로 고작 18개월 전에 썼지만, 책 자체는 낡은 정도나 인쇄 상태로 봤을 때 국장이 학창 시절부터 간직했던 물건처럼 보였다.

그레이스의 DMP 파일에 포함되지 않은 메모들 중에는 국장이 측량사에 대해 '현실 감각이 뛰어나고, 선량하며 타인을 포용할 줄 안다.'고 써 놓은 것도 있었다. 준비 구역에서 낙오한 언어학자에 대해서는 '유용하지만 필수적인 대원은 아님. 어쩌면 위험할 수도 있음. 호의적이지만 주의를 분산시킬 수도 있는 얄팍한 성격.'이라고 적었다. 누구에게 호의적이란 말일까? 주의를 분산시킨다면 무엇으로부터? 어쩌면 주의를 분산시키기 위해 선발된 대원일 수도 있을까……? 국장은 인류학자를 이름으로 적었는데, 그래서 잠시 누구를 말하는지 혼란스러웠다. '힐디도 참여할 테고, 이해할 것이다.' 컨트롤은 그 메모를 잠시 동안 응시했다. 무엇에 참여한단 말일까? 무엇을 이해한다는 것일까?

맥락을 고려하지 않고 메모들만 보면 국장이 배우라도 뽑는 듯한 느낌이 들었다. 연기자를 위한 메모. 팀이라면 단합이 필요하지만, 국장은 대원들의 사기나 상호 작용보다⋯⋯ 다른 어떤 성향에 더 관심을 가졌던 것으로 보였다.

생물학자에 대한 메모는 가장 자세했고, 컨트롤에게 추가적인 질문을 던졌다.

전통적인 의미에서 아주 실력 있는 생물학자는 아님. 사람보다 환경에 더 강하게 공감함. 누가 급여를 지불하는지, 왜 탐사에 참가하는지 그 이유를 망각함. 그러나 평범하지 않을 정도로 몰두함. X구역에 첫발을 딛는 순간부터 그곳을 나보다 더 잘 알 것. 유사한 상황에 대한 경험이 있음. 독립적임. 부담감이 없음. 남편이라는 연결고리가 있음. X구역에서 그녀는 무엇이 될까? 신호? 불꽃? 혹은 투명인간? 활용할 필요.

세 권짜리 얇은 우주생물학 팸플릿의 두 번째 권에서 발견된 다른 메모가 떠올랐다. '생물: 지변 오염에 노출?'이라고 적혀 있는 메모였다. '생물학자가 지변 오염에 노출'했다는 것이 컨트롤이 추리해 낼 수 있는 최상의 결과이자 가장 쉬운 답이었다. 하지만 날짜가 적혀 있지 않아 어느 탐사대에 대한 이야기인지 알 수 없었다. 다른 메모에는 'L이 모르게 할 것.', 'L이 거절했다. 당연한 일.'이라고 적혀 있었는데, L이 로우리(Lowry)를 말하는지 아니면 등대지기

(lighthouse keeper)를 의미하는지는 미지수였다.

컨트롤은 인내심이 필요하다고 생각하며 이 전부를 머릿속에 담아 뒀다. 메모도 많았고, 그레이스의 DMP 파일에 담긴 서류도 많았다. 그중에 아직 국장이 경계를 넘어갔던 탐사에 대한 내용은 없었다. 하지만 컨트롤은 이미 어떤 흐름을 파악하여 휘트비가 말하는 소위 테루아 이론에서 X구역보다는 서던 리치에 더 어울리는 뭔가를 찾아가는 중이었다. 진공 상태, 그러니까 어떤 개인이 다른 사람들과 상호 작용을 하지 않고 익명의 유령처럼 알려지지 않은 상태로 머물 때 비정상적인 사고가 탄생할 수 있다는 개념이었다. 인터넷이 점점 더 발달하면서 사람들의 정신은 오염되기가 쉬워졌다. 사람들은 출처를 알 수 없는 사상으로 스스로를 세뇌했고, 사고를 터뜨리기 전까지 아무도 모르게 잠복하곤 했다. 이제는 무슨 일이든 일어날 수 있는 시대였고 실제로도 일어났다. 정부는 폭탄의 재료가 될 수 있는 비료를 구매하는 농부를 일일이 감시할 수 없는 것과 마찬가지로 이런 정신적인 일탈을 관리하거나 감독할 능력이 없었다.

자료들을 정리하던 중 문득 어떤 생각이 떠올랐다. 반란을 획책하는 무리를 이해하고 대항하기 위한 조직을 이끌다가 어떤 관점에서 전선이 이쪽으로 밀리는 중이라고 믿게 되면, 공식적인 절차를 무시하고 싶어질 수도 있었다. 만약 상관이나 동료가 그런 방침에 동의하지 않는다면, 계획을 실행하기 위해 최소한 적대적이 아닌 누군가를 영입하려 들 수도 있었다. 그렇게 영입한 대상이 꼭 작전의 세부 사항까지 알 필요는 없었다. 어쩌면 즐겨 찾는 식당의 영수증 뒷면이나 텔레비전 앞에 놓인 잡지의 여백에 메모를 해 가면서 그런 계획이나 작전을 짜기 시작할 수도 있었다.

그레이스와 약속한 시간이 되어 방을 나설 때, 컨트롤은 어느새 서류와 자료에 둘러싸여 버렸다는 사실을 깨달았다. 사무실을 나오자 이번에는 복도에 내놓은 의자와 책상 들이 길을 막고 있었다. 컨트롤은 문득 자신이 뭔가가 들어오지 못하도록 막으려고 했던 것은 아닌지 아리송했다.

013: 권고

컨트롤은 그레이스의 영토 안에서도 당당하고 편안한 모습을 보여 주고 싶었다. 그러나 컨트롤이 도착했을 때 부국장은 그의 비서와 이상할 정도로 화기애애하게 이야기를 나누는 중이었다.

대화가 끝나기를 기다리는 동안, 컨트롤은 그동안 어떤 이유에서든 자기에게 주어졌던 부국장의 기본 정보들을 다시 검토했다. 그레이스 스티븐슨. 호모 사피엔스. 여성. 서인도 제도 출신 이민자 가정의 3세로, 세 자매 중 장녀. 그녀의 부모님은 딸 셋을 모두 대학에 보내기 위해 부지런히 일했다. 그레이스는 정치학과 역사학을 복수 전공했고, 대학을 수석 졸업한 뒤 본부에서 훈련을 받았다. 이후 임무 수행 도중 다리 부상을 입었지만 자세한 경위는 알 수 없었다. 그리고 서던 리치의 해변으로 밀려왔다. 아니, 그럴 리는 없었다. 국장이

제비를 뽑듯 무작위로 부국장을 임명했을 리는 없었다. 경계를 방문했을 때 체니가 뭔가 그 부분에 대한 암시를 던지기도 했다.

하지만 분명 더 큰 야심을 지녔을 텐데, 무엇 때문에 여기 남았던 걸까? 단지 국장 때문에? 그레이스 스티븐슨은 서던 리치에서 근무를 시작한 순간부터 일종의 정체기 혹은 침체기에 접어들었다. 사적으로는 8년 동안이나 지저분하게 계속되다가 그녀의 쌍둥이 아들이 대학을 졸업할 무렵에야 겨우 정리가 된 이혼 문제 때문이기도 했다. 1년 뒤 그레이스는 본부에 파나마 국적의 한 여성과 사귄다는 사실을 보고하면서, 다시 보안상 우려 없이 임무에 전념할 수 있는 상태가 되었다고 주장했지만 받아들여지지 않았다. 물론 예상은 했겠지만, 그래도 타격이 없을 수는 없었다. 이제 의사가 된 아들들의 사진이 책상 위에 놓인 액자 속에 들어 있었다. 또 다른 사진은 그레이스가 국장과 팔짱을 끼고 있는 모습이었다. 국장은 근육질인지 아니면 단지 살이 쪘는지 분간하기 어려운 덩치 큰 여자였다. 사진 속 장면은 아마 서던 리치의 야유회 같았는데, 두 사람 뒤로 바비큐 화로와 해변에 어울리는 셔츠 차림의 직원들이 보였다. 서던 리치의 단합 대회라니, 컨트롤은 어쩐지 어이없다는 생각이 들었다. 하지만 사실은 두 사진 모두 처음 보는 것은 아니었다.

이혼 후 부국장의 운명은 국장과 더 밀접하게 얽혔다. 컨트롤이 짐작하는 바가 맞는다면 아마도 여러 차례 그녀의 뒤치다꺼리를 해야 했을 것이다. 이야기는 국장의 실종으로 끝났고, 그레이스는 계속해서 부국장으로 남는 불명예를 안았다.

그리고 이 모든 일의 결과로, 그리고 그 밖의 이유까지 더해서 그레이스 스티븐슨은 컨트롤에게 엄청난 적개심을 가지고 있었다. 컨트롤 역시 여러 차례 실패를 맛본 경험이 있기에 일부지만 그녀에게 공감할 수 있었다. "공감 같은 건 다 헛소리야." 살면서 마주친 인종차별에 지친 아버지는 종종 그렇게 말하곤 했다. 상대를 이해하기 위해 일부러 뭔가를 생각해야 한다면, 이미 틀린 일이었다.

드디어 비서가 나가자, 컨트롤은 그레이스의 맞은편에 앉았다. 그녀는 컨트롤이 인쇄해서 건네준 제안서의 초안을 멀찍이 떨어져서 보고 있었는데, 무슨 냄새가 나거나 다른 모욕적인 의도 때문이 아니라 돋보기안경을 쓰기 싫어서였다.

그레이스가 자신의 제안서를 도전으로 여길까? 다소 성급하긴 했지만, 컨트롤은 그러기를 바랐다. 소형 녹음기가 돌아가는 소리가 들리는 것으로 볼 때 자신의 영토를 침범한 컨트롤에 대한 그레이스의 반응은 결코 호의적이지 않았다. 하지만 컨트롤은 굳이 말을 하지 않고도 자신의 뜻을 전달하기 위해 그날 아침 거울을 보며 연습까지 해 둔 터였다.

사실 그가 건넨 제안들은 책임자도 없이(조금 더 관대하게 말하자면 반쯤 책임자가 없이) 몇 년이나 지낸 조직이라면 어디에든 적용할 수 있을 법한 일반적인 내용이었다. 물론 숨은 의도가 담겨 있긴 했지만, 과연 적중할지 여부는 장담할 수 없었다. 컨트롤은 여러 방향으로 이어진 정보의 흐름을 원했다. 예를 들어, 슈에게 다른 부서의 기밀문서를 열람할 수 있는 권한을 주고 싶었다. 또 어차피 전기가 24시간 돌아가는 이상 지금까지 오랫동안 금지되어 있던 직원들의 야근이나 밤샘을 허락하고자 했다. 그는 직원들 대다수가 일찍 퇴근한다는 사실을 눈치채고 있었다.

몇몇 가지는 불필요한 내용들이었다. 그러나 운이 좋다면 그레이스가 그런 항목들을 거부하느라 시간과 에너지를 낭비하게 할 수 있을 터였다.

"빠르군요."

마침내 그레이스가 종이 클립으로 묶인 제안서를 컨트롤 쪽으로 다시 밀어 놓으며 그렇게 말했다. 제안서는 잠을 새도 없이 컨트롤의 무릎 위로 떨어졌다.

"숙제를 좀 했습니다."

컨트롤이 별 의미 없이 답했다.

"성실한 학생이군요. 우등생이에요."

"성실하기만 하죠."

컨트롤은 그레이스의 말에 기분이 상해야 할지 확신하지 못하면서 반만 동의했다.

그레이스는 웃는 시늉을 하느라 시간을 낭비하지 않았다.

"본론부터 말하죠. 이번 주에 내가 본부와 접촉하는 일을 누군가가 방해했어요. 여기저기 질문을 던지고 다닌다고 하더군요. 누가 당신을 돕고 있는지 모르겠지만 노련한 사람은 아닌 모양이에요. 어느 파벌인지 몰라도 그리 대단한 연줄은 아닌 듯하고요."

"무슨 말인지 모르겠군요."

컨트롤은 최대한 노력했지만 의표를 찔려서 놀란 기색이 몸짓에 드러나고 말았다.

파벌이라. 보이스가 비밀 조직의 일원일 거라는 몽상은 했다. 그러나 어머니가 파벌을 이끈다는 생각은 해 본 적이 없었다. 그렇다면 이번 일이 반대 세력이 존재하는 진짜 비밀 작전이라는 뜻이었다. 본부가 그 정도로 분열되어 있을 줄은 몰랐다. 컨트롤의 요청을 이행하기 위해 보이스가 얼마나 노력을 해야 했을까? 그리고 그레이스는 컨트롤을 방해하는 외에 연줄을 이용해서 무슨 일을 했던 걸까?

그레이스는 역겹다는 표정으로 컨트롤의 대답을 받아들였다.

"그렇다면, 존 로드리게스 씨. 난 당신의 제안서에 대해 더는 할 말이 없어요. 이 내용들을 최대한 천천히 실행에 옮길 거라는 점을 빼고는요. 그래도 이 중에 몇 가지는 비교적 빠르게 처리될 거예요. 예를 들어 여기 나와 있는 '새로운 바닥 청소 약품 구입' 같은 항목이요. 다음 분기쯤에는 이루어지겠죠. 아마도. 어쩌면요."

그레이스가 생물학자를 빼앗아 가는 모습을, 그리고 자신과 그녀가 구름 위까지 올라가 피로 물든 거대한 계단 위에서 끝없는 전투를 벌이며 서로를 파괴하려 드는 장면이 떠올랐다.

컨트롤은 어쩔 수 없이 패배를 인정하며 뻣뻣하게 고개를 끄덕였다. 아침에 거울을 보고 연습하며 써먹으려고 했던 자세는 결코 아니었다.

하지만 부국장은 아직 할 말이 남아 있었다. 그녀는 눈을 반짝이며 책상 서랍에서 자개로 만든 보석함을 꺼낸 다음 열어서 보여 줬다.

"이게 뭔지 아나요?"

"보석함 아닙니까?"

컨트롤은 혼란스러워하며 방어적으로 대답했다.

"이건 죄상으로 가득한 상자예요."

그레이스가 마치 제물이라도 바치듯 상자를 든 채로 말했다. 이 보석함을 통해, 내 그대를 경멸하노라.

"죄상으로 가득한 상자라니요?"

사실은 알고 싶지도 않았다.

딸각거리는 소리와 함께 벨벳을 씌운 상자 안쪽에서 컨트롤이 익히 알고 있는 도청 장치들이 책상 위로 쏟아졌다. 대부분 책상 가장자리에 도착하기 전에 멈췄지만 한두 개는 컨트롤의 무릎 위로 떨어졌다. 벌꿀 썩는 냄새가 다시 코를 찔렀다.

"이게 바로 죄상으로 가득한 상자죠."

컨트롤은 소용없다는 걸 알면서도 맞받아치려고 했다.

"한 가지 죄상밖에 없어 보입니다만. 여러 개이긴 해도."

"아직 다 꺼낸 게 아니에요."

"그럼 다 꺼내 보지그래요?"

그레이스가 고개를 저었다.

"아직은 아니죠. 하지만 나와 본부 사이에 자꾸 끼어든다면 그럴지도 몰라요. 그리고 이 도청기들은 도로 가져가요."

거짓말을 해야 할까? 하지만 그랬다가는 메시지의 의도가 훼손될 수도 있었다.

"내가 왜 당신을 도청하겠습니까?"

결백을 주장하기에는 부족한 표정이었지만, 컨트롤의 내면에서는 **정말로** 억울한 분노마저 일어났다. 어떤 측면에서는 스스로 결백하다고 느꼈기 때문이다. 그는 선제공격에 대응했을 뿐이었다. 그레이스가 먼저 대원들을 본부에 보내 버렸기에 도청기를 설치했다. 게다가 그중에 몇 개는 원래 그레이스가 컨트롤의 사무실에 설치한 도청 장치일지도 몰랐다.

하지만 그레이스는 완고했다.

"하지만 했죠. 내 서랍도 다 열어 보고, 안에 있는 서류도 뒤졌고 말이지요."

"아니, 그러지 않았습니다."

이번에는 정말로 억울했다. 그는 그레이스의 사무실을 뒤진 적이 없었다. 도청 장치 몇 개를 놔뒀을 뿐이고, 그조차도 스스로 생각했던 것보다 더 골치 아픈 결과를 낳았다. 그답지 않은 일이었던 데다 딱히 목적도 없으면서 역효과만 불러왔다.

그레이스는 참을성 있게 계속했다.

"다시 또 이런다면, 정식으로 항의하겠어요. 사무실 입구의 비밀 번호는 이미 변경했어요. 알고 싶은 게 있다면 그냥 물어보세요."

컨트롤에게는 그 말이 곧이곧대로 들리지 않았고, 그래서 시험을 해 보기로 했다.

"당신이 국장의 휴대폰을 내 사첼 가방에 넣었습니까?"

차마 '내 차 안에서 모기를 죽인 게 당신입니까?'처럼 터무니없는 질문은 할 수 없었다. 국장과 경계에 대해서 묻기도 꺼려졌다.

"무슨, 내가 왜 그런 짓을 하겠어요?" 컨트롤이 조금 전에 했던 말을 흉내 내는 것 같았지만, 영문을 모르겠다는 듯한 그레이스의 표정은 진지했다. "대체 무슨 말을 하는 거죠?"

"도청기들은 기념품으로 가져요."

서던 리치 골동품 가게에 진열해 놓고 관광객들에게 팔든지.

"아니, 정말로…… 무슨 말을 하는 거죠?"

컨트롤은 거기에 대답하지 않고 일어나서 복도로 나왔다. 컨트롤은 자신의 귓가에 울리는 것이 웃음소리인지, 아니면 머리 위의 환풍구를 통해 들리는 기이한 울림인지 확신할 수 없었다.

014: 혁명의 위대한 영웅들

　사무실로 돌아온 뒤 그레이스에 대해 잊어버리기 위해 메모들에 최대한 집중하고 있던 컨트롤은, 문득 자기가 아니라면 대체 누가 그레이스의 사무실을 뒤졌을까 하는 궁금증이 들었다. 그때 내선 전화가 울리더니 탐사대 구역에서 일하는 남자 직원 하나가 왠지 신이 난 듯한 목소리로 생물학자가 몸이 너무 좋지 않아서 오늘은 면담을 할 수 없을 것 같다는 말을 전했다. 컨트롤이 무슨 문제냐고 묻자 그가 대답했다.

　"열과 오한이 난다고 계속 불평하더군요. 의사 말로는 감기랍니다."

　감기? 감기 따위는 아무것도 아니었다.

　"지금 바로 그리로 가지."

국장의 메모들, 그리고 생물학자와의 면담만큼은 아직도 확고한 자신의 영토였다. 컨트롤은 면담을 연기하고 싶지 않아서 생물학자를 찾아가기로 했다. 운이 좋다면 그레이스와 마주치지 않을 수도 있었다. 휘트비의 도움을 받을 수도 있겠지만, 뭐가 그리 바쁜지 호출하려고 해도 자리에 없었다.

곧 가겠다고 말은 했지만, 컨트롤은 이 상황이 일종의 덫일지도 모른다는 점을 깨달았다. 단지 비협조적으로 나오는 뻔한 수작이 아니라, 직접 찾아오게 해서 그에 대한 자신의 영향력을 확인하려는 작전일 수도 있었다. 하지만 컨트롤의 머릿속은 이미 온갖 메모들과 국장이 경계를 은밀하게 넘어갔을 가능성 그리고 그레이스의 보석함에 들어 있던 '죄상'들로 가득했다. 이런 생각들을 완전히 떨쳐 버릴 수 없다면 적어도 다른 일에 몰두하고 싶었다.

컨트롤은 사무실을 나와 복도를 따라 걸었다. 좀 더 정석대로 행동하는 편이 좋을까? 어쩌면 그럴지도 몰랐다. 생물학자가 자신의 머릿속 어딘가에 자리 잡고 있다는 사실을 부인할 수는 없었다. 희미한 압박감 때문에 탐사동으로 향하는 통로가 더 좁고 답답하게 느껴졌다. 끝도 없이 계속되는 초록색 양탄자가 괴물의 거친 혀처럼 꿈틀거리며 그를 집어삼킬 듯했다. 이제 그와 생물학자는 심문과 대화 사이의 뭐라 이름 붙이기 애매한 상황을 맞이할 터였다.

"안녕하세요, 국장님." 슈가 인사를 건넸다. 식수대에서 고개를 숙이고 있다가 갑자기 일어나는 바람에 마치 커다란 꼭두각시 인형이 갑자기 생명을 가지고 움직이는 것처럼 보였다. "별일 없으시죠?"

바로 조금 전까지만 해도 모든 게 다 괜찮았지. 지금이라고 뭐가 달라졌을까?

"너무 심각해 보이셔서요."

어쩌면 오늘 **당신** 기분이 심각하지 않아서 더 그렇게 보이는 건 아닐까? 하지만 컨트롤은 아무 말도 하지 않고 그저 웃어 보인 다음 언어학자들의 작은 왕국을 지나 계속 복도를 걸어갔다.

생물학자가 말할 때마다 컨트롤의 세계에서 뭔가가 변했다. 그런 느낌이 의심스럽기도 했고 흔들릴 때마다 화가 나기도 했다. 하지만 연애 감정은 아니었고 심지어 평범한 수준의 정서적인 유대조차 아니었다. 컨트롤은 생물학자와 계속 이야기를 나누며 같은 공간에 머문다고 해도 그녀에게 빠져들거나 집착하는 일은 **없을** 거라고 확신했다. 그는 그런 성향의 사람이 아니었으며 자신의 계획에 충실할 예정이었다.

탐사동에는 네 가지 보안 단계가 존재했는데, 여태까지 면담을 진행했던 방은 첫 번째 구역에 속했다. 거기까지 가려면 박테리아는 물론 열 살 때 녹슨 못에 발을 찔렸던 흔적까지 잡아내는 오염 제거 장치를 통과해야 했다. 생물학자가 이 건물에 도착하기 전까지만 해도 잡초와 녹슨 금속, 개의 배설물이 널려 있는 공터에 몇 시간이나 서 있었다는 점을 생각하면 부질없는 짓처럼 보였다. 하지만 직원들은 웃음기 하나 없이 차분한 태도로 이 과정을 진행했다. 오염 제거 장치를 지나자 주위 모든 것이 눈이 부실 정도로 하얗게 칠해져 있어서 바깥쪽 복도의 우중충한 분위기와 사뭇 대조적이었다. 세 개의 보안 관문을 더 지나자 '숙소'라고 부르는 격리 구역이 나왔다. 한때는 미래 지향적으로 보였겠지만 이제는 촌스러운 검정과 흰색의 모더니즘 가구들이 배치되어 있었다. 여기 이건 아마 의자겠지. 이건 책상이겠군. 전체적으로 1970년대 저예산 SF 영화의 세트장 같은 분위기였다. 컨트롤의 아버지가 추상적인 형태의 조각품을 통해 표현하고자 했던 주제 의식 따위는 전혀 보이지 않았다.

숙소와 연결된 단순한 형태의 로비와 휴게실에는 현실과 아무 상관도 없는 사진들이 걸려 있었다. 한결같이 임무 완수를 축하하는 미소와 환호가 담긴 장면들이지만, 실제로는 재앙으로 끝나 버린 탐사 직전에 촬영한 사진이거나 배우들을 고용한 결과물이었다. 숙소로 이어지는 복도 벽에 나란히 걸린 초상화들은 더 가관이었다. 1차 탐사대의 '귀환자' 스물다섯 명의 얼굴은 '원시 상태의 황야'를 경험한 의기양양한 개척자들처럼 보였다. 하지만 실제로는 로우리를 제외한 모두가 죽음을 맞이했다. 이 초상화들은 탐사대와 접촉한 직원이라면 누구나 지지할 수밖에 없는 대체 현실이었다. 현재의 탐사대에게 용기와 인내의 가치를 전달하기 위한 미화되고 날조된 이야기이기도 했다. 공산주의 독재 체제의 가짜 영웅들처럼.

이게 무슨 의미가 있을까? 아무것도 없었다. 생물학자는 그런 이야기를 믿었을까? 어쩌면 그랬을 수도 있다. 서던 리치는 이 나라 특유의 '할 수 있다' 정신이 반영된 고리타분한 이야기를 대원들이 믿기를 바랐고, 믿으라고 애원했다. 소매를 걷어붙이고 최선을 다하자. 열심히 하면 살아서 돌아올 수 있다. 멍한 눈빛의 망가진 좀비가 되지도 않고, 인격이 사라진 대신 암을 얻지도 않고, 단기 기억 상실에 걸리지도 않고.

유령새는 자기 방의 간이침대 위에 누워 있었다. 컨트롤이 아닌 다른 사람이 보고했다면 그저 침대라고 말했을지도 모른다. 방 안은 새하얗게 칠한 군대 막사, 여름 캠프, 망해 가는 호텔의 분위기가 혼재되어 있었다. 벽에는 마치 감방처럼 낙서 위에 덧칠한 자국이 보였다. 높은 천장에는 채광창이 달렸고, 벽에도 좁은 창문이 나 있었지만 너무 높아서 생물학자가 밖을 내다볼 수는 없었다. 침대는 한쪽에 고정된 형태였고 그 반대편에 텔레비전과 DVD 플레이어가 놓였다. 물론 사전에 허락된 채널과 DVD만 볼 수 있었다. 너무 현실적이거나 불면증을 유발할 만한 내용은 금지되었고, 볼 수 있는 건 대부분 오래된 SF 영화나 판타지, 멜로드라마였다. 다큐멘터리나 뉴스 프로그램은 시청 불가였다. 동물이 등장하는 영상은 경우에 따라 달랐다.

"몸이 좋지 않다고 들어서 직접 찾아왔습니다."

컨트롤이 의료용 마스크를 쓴 채 말했다. 그녀가 자신의 방문을 허락했다는 이야기는 이미 들어서 알고 있었다.

"환자 놀이를 즐기려고 했더니 방해하는군요. 내가 기운이 없을 때를 이용하려는 속셈이겠죠."

생물학자의 눈은 충혈되어 있었고 얼굴은 창백했다. 여전히 군복 같기도 하고 수위 복장 같기도 한 이상한 차림에, 오늘은 빨간 양말을 신고 있었다. 아플 때조차 강인해 보이는 여자였다. 평소에 미친 듯이 팔굽혀펴기와 턱걸이를 하는 모양이라고 컨트롤은 생각했다.

"그런 건 아닙니다." 컨트롤은 그렇게 말하며 타원형 플라스틱 의자에 몸을 기대려고 했지만, 받침대가 돌아가면서 다리만 어색하게 벌어질 뿐이었다. 공항에서는 플라스틱 나이프만 사용하는 그런 이유에서 진짜 의자를 가져다 놓지 않은 걸까? "아니에요, 걱정이 돼서 온 겁니다. 그래서 면담실로 부르지도 않았고요."

컨트롤은 생물학자가 약 기운 때문에 어지럽지는 않은지, 혹시 자기가 나중에 다시 와야 할지 궁금했다. 어쩌면 나중에도 여기에 와서는 안 될지도 몰랐다. 숙소 안에 단둘이 있자니 불균형한 권력 관계가 불편하게 느껴졌다.

"그렇겠죠. 포러스 달팽이는 예의 바르기로 유명하니까요."

"생물학 교재를 좀 더 읽어 봤다면 정말로 그렇다는 걸 알았을 겁니다."

그 말에 생물학자가 반쯤 웃었지만, 이내 여분의 노란색 베개를 끌어안고 벽 쪽으로 돌아누워 버렸다. 셔츠 천이 그녀의 등에 달라붙자 보기 좋은 곡선이 드러났고 부드러운 머리카락 사이로 매끈한 피부가 눈에 들어왔다.

"밖으로 나가서 얘기하는 편이 좋을까요?"

"아뇨. 당신은 내가 지내는 이 부자연스러운 환경을 좀 봐야 해요."

"내 눈에는 충분히 좋아 보이는데요."

컨트롤은 그렇게 말하고는 후회했다.

"유령새는 하루에 15에서 30킬로미터 반경을 날아다니곤 하죠. 이렇게 비좁은 12미터짜리 공간이 아니라요."

컨트롤은 얼굴을 찌푸린 채 고개를 끄덕이고는 화제를 돌렸다.

"오늘은 당신 남편과 국장에 대한 이야기를 하려고 했습니다."

"남편 이야기는 하지 않겠어요. 그리고 국장은 당신 아닌가요?"

"미안하군요. 내가 잘못 말했어요. 심리학자 말입니다."

컨트롤은 속으로 스스로를 욕하는 동시에 용서했다.

생물학자가 몸을 반쯤 돌려, 오른쪽 눈은 여전히 베개에 가려진 채로 그에게 눈썹을 치켜 올려 보였다. 그러더니 다시 벽 쪽으로 돌아누웠다.

"잘못 말했다고요?"

"심리학자를 말하려고 했습니다."

"아니, 국장이라고 말하려고 했던 것 같은데요."

"심리학자입니다."

컨트롤이 고집스럽게 말했다. 어쩌면 성가신 티를 너무 냈는지도 모른다. 생물학자의 지나치게 편안한 태도가 마음에 들지 않았다. 어쩌면 그녀의 개인적인 공간에 들어오지 말았어야 했는지도 모른다.

"그럼 그런가 보죠." 생물학자는 컨트롤의 불편한 기분을 즐기기라도 하듯이 옆으로 누운 채 몸을 돌려 그를 마주 봤다. 그녀는 컨트롤을 응시하며 나른하고 건방진 목소리로 물었다. "우리 서로 정보를 교환하면 어때요?"

"무슨 뜻입니까?"

컨트롤은 그녀가 무슨 뜻으로 하는 말인지 정확히 알고 있었다.

"서로 질문을 한 번씩 하는 거죠."

컨트롤은 그 제안의 위험성과 보상을 잠시 저울질했다. 그녀에게 거짓말을 할 수도 있었다. 그가 하루 종일 거짓말을 한다 해도 생물학자가 알아차릴 방법은 없었다.

"좋습니다."

"좋아요, 나부터 시작하죠. 당신은 유부남이거나 이혼남인가요?"

"둘 다 아닙니다."

"알아낸 게 없네요. 혹시 게이인가요?"

"그건 다른 질문이군요. 그리고 게이는 아닙니다."

"좋아요. 그럼 질문해 봐요."

"등대에서 무슨 일이 있었습니까?"

"너무 포괄적인 질문이에요. 좀 더 구체적으로 물어봐요."

"등대에 들어갔을 때, 꼭대기까지 올라갔습니까? 거기서 뭘 봤죠?"

생물학자가 몸을 일으켜서 벽에 등을 기댔다.

"질문이 두 개네요. 왜 그런 식으로 날 쳐다보죠?"

"특별히 어떤 식으로 쳐다본 적은 없습니다."

앞선 면담 때에는 눈에 들어오지 않던 생물학자의 가슴 부위에 갑자기 신경이 쓰였다. 컨트롤은 더 이상 그 생각을 하지 않으려고 애쓰는 중이었다.

"어쨌든 질문이 두 개예요."

다행히 잘 넘어간 모양이었다.

"맞습니다, 두 가지죠."

"어떤 질문부터 대답할까요?"

"뭘 봤습니까?"

"내가 그걸 기억한다고 누가 그래요?"

"당신이 방금 그랬죠. 그러니까 말해 봐요."

"일지들을 봤어요. 엄청나게 많았죠. 계단에 말라붙은 핏자국도 봤고요. 등대지기의 사진도 봤어요."

"사진?"

"그래요."

"설명해 줄 수 있습니까?"

"두 중년 남자가 등대 앞에서 찍은 사진이에요. 한쪽 옆에 여자아이도 있었죠. 등대지기가 가운데 섰고요. 그 사람 이름을 아나요?"

"솔 에반스." 컨트롤이 반사적으로 대답했다. 국장의 사무실에 걸려 있는 사진이 등대에도 있다는 사실이 중요하다는 생각이 들었다. 이름을 알려 준다고 해서 문제가 될 것 같지는 않았다. "질문 하나를 한 겁니다."

생물학자가 실망하는 기색이 느껴졌다. 그녀는 인상을 찌푸리더니 어깨를 축 늘어뜨렸다. 그녀에게 '솔 에반스'라는 이름은 별 의미가 없는 것이 분명했다.

"그 사진에 대해 더 말해 줄 건 없습니까?"

"액자에 들어 있었고, 층계참 벽에 걸려 있었어요. 등대지기의 얼굴 주위에 동그라미가 쳐져 있었고요."

"동그라미요?"

누가 동그라미를 쳤을까, 대체 왜?

"그건 질문 하나예요."

"좋습니다."

"취미가 뭔지 말해 봐요."

"취미? 왜죠?"

서던 리치가 아니라 바깥세상에서나 할 법한 질문이었다.

"여기서 나가면 뭘 하죠?"

컨트롤은 잠시 생각에 잠겼다.

"고양이에게 밥을 줍니다."

생물학자가 웃음을 터뜨리더니 마지막엔 거의 기침까지 했다.

"그건 취미가 아니에요."

"그렇다고 할 수도 있죠." 컨트롤이 인정했다. "취미라…… 조깅을 합니다. 클래식 음악도 좋아하죠. 가끔 체스를 두고요. TV를 보기도 해요. 책도 읽죠. 소설책 말이에요."

"특별한 건 없네요."

"내가 특별한 사람이라고 한 적은 없습니다. 탐사에서 달리 기억나는 건 없습니까?"

생물학자는 기억을 되살리려는 듯 눈썹을 찡그리면서 말했다.

"너무 막연한 질문이에요, 국장님. 범위가 너무 넓어요."

"그냥 생각나는 걸 말하면 됩니다."

"아, 고마워요."

"내 말은……"

"무슨 말인지 알아요. 당신이 무슨 말을 하는지 거의 항상 알고 있어요."

"그럼 질문에 대답해요."

"이건 자발적인 게임이에요." 생물학자가 설명했다. "언제든 그만둘 수 있죠. 내가 지금 그만둘 수도 있다고요." 다시 화가 난 걸까, 아니면 뭔가 다른 걸까? 그녀는 한숨을 내쉬더니 팔짱을 꼈다. "꼭대기에서 뭔가 나쁜 일이 벌어졌어요. 내가 뭔가 나쁜 걸 봤죠. 하지만 그게 뭔지 확실히 모르겠어요. 녹색 불꽃. 신발 한 짝. 혼란스러워요. 마치 만화경 속을 들여다볼 때처럼. 기억이 나는 듯하다 사라져요. 다른 사람의 기억이 쏟아져 들어오는 느낌이에요. 우물 바닥에 있는 나를 향해서요. 꿈속에서요."

"다른 사람의 기억이라고요?"

"내 차례예요. 어머니가 뭐 하는 분이죠?"

"그건 기밀입니다."

"그렇겠죠."

그를 평가하는 듯한 눈으로 쳐다보며 생물학자가 말했다.

그리고 곧 면담이 끝났다. 생물학자를 홀로 남겨 두고 돌아서서 나오려니 마음이 불편했다. 지친 상태로 자기 방 안에 있는 그녀는 여전히 날카로웠지만 어떤 면에서는 지나치게 느슨해 보였다.

생물학자는 컨트롤을 혼란스럽게 했다. 그녀에게 있는 줄도 몰랐던, 기록이나 서류로는 알 수 없는 새로운 면을 계속해서 보여 줬다. 오늘은 좀 더 젊은 누군가와 이야기한 기분이었다. 굳이 따지자면 그가 알던 생물학자보다 더 연약하고 수다스러운 사람이랄까? 어쩌면 그녀가 쇠약해졌거나, 자기 영역 안이라서 그랬을지도 몰랐다. 아니면 이유가 뭐든 다른 성격을 연기하고 있을지도 몰랐다. 컨트롤의 일부는 좀 더 도전적인 유령새를 그리워했다.

가짜 초상화와 사진들을 지나 여러 단계의 보안 절차를 거치면서 컨트롤은 생물학자가 적어도 기억의 일부는 남아 있다고 시인했다는 사실을 깨달았다. 그건 일종의 진전이라고 할 수 있었다. 비록 아직도 그 과정이나 주위 모든 일이 너무 느리게 진행된다고 느꼈지만, 그건 컨트롤의 능력을 벗어난 일이었다.

　언젠가는 생물학자의 초상화도 벽에 걸리게 될지 몰랐다. 저 초상화들은 모델이 살아 있는 동안 만들어진 걸까 아니면 나중에 사진을 보고 그린 걸까? 실제로 무슨 일이 있었는지 완전한 기억이 영영 돌아오지 않는다면, 생물학자는 자기가 X구역에서 경험한 일을 꾸며 내서 이야기할까?

015: 일곱 번째 단절

국장의 책상에 겹겹이 쌓인 퇴적물 중에는 사진들도 있었다. 다양한 각도에서 촬영한 등대의 모습들이 많았는데, 몇 장은 탐사대가 촬영한 사진이었지만 등대가 처음 건설된 직후 촬영한 은판 사진의 복제나 심지어 동판화, 지도도 섞여 있었다. 수는 적지만 지형적 변이의 사진도 보였다. 국장의 책상 맞은편 벽에 걸린, 생물학자가 봤다는 바로 그 사진의 사본도 있었다. 등대지기 솔 에반스가 나온 흑백 사진이었다. 에반스의 왼쪽에는 그의 조수, 그리고 오른쪽 배경에는 바위를 오르는 소녀가 보였다. 소녀의 얼굴은 재킷에 달린 모자에 가려 반만 보였다. 머리카락이 검정색인가? 아니면 갈색 머리? 금발? 드러난 몇 가닥만 가지고는 알기 어려웠다. 소녀는 활동적인 플란넬 셔츠와 청바지 차림이었다. 사진에서는 겨울 분위기가 느껴졌다. 드문드문 나 있는 잔디는 색이 바랬고, 모래사장과 바위 너머에서 넘실대는 파도는 차가워 보였다. 그저 동네 여자아이일까? 다른 많은 사람들처럼 그녀에 대해서도 아는 사람이 전혀 없을 가능성이 높았다. 인구 조사 자료에 이름을 올리고 싶은 사람들이라면 애당초 잊힌 해안에 살지도 않았을 테니 말이다.

등대지기는 40대 후반에서 50대 초반으로 보였다. 등대에서는 50세까지만 근무할 수 있었으니 분명 40대였을 것이다. 등대지기라고 하면 흔히 상상할 법한, 수염이 덥수룩하고 풍파에 시달린 얼굴. 선원이었던 적도 없는 사람이 선장 모자를 쓰고 있었다. 솔 에반스의 사진을 들여다봐도 별로 떠오르는 점은 없었다. 진부하게 생겼다는 표현이 어울리는 인물이었고 실제 삶도 그러했다. 솔 에반스는 몇 년 동안이나 지옥불에 대한 설교를 늘어놓는 괴짜 목사 흉내를 내다가 어느 날부터 전형적인 등대지기처럼 굴기 시작했다. 컨트롤은 현장 근무 경험을 통해 그런 식으로 사람들의 눈을 피할 수도 있다는 사실을 알았다. 전형적인 인물에게는 아무도 신경을 쓰지 않는 법이었다. 편집증적인 생각이지만 등대지기란 직업은 위장일지도 몰랐다. 하지만 그렇다면 뭘 위해 위장을 했던 걸까?

이 사진은 X구역이 생겨나기 1주일이나 2주일 전쯤 강령술과 과학 협회의 구성원이 촬영했다. 그 촬영자는 경계가 나타났을 때 실종되고 말았다. 솔 에반스가 해안으로 오기도 전인 20년 전의 사진 몇 장을 제외하면 이것이 서던 리치가 보유하고 있는 유일한 그의 사진이었다.

어느새 늦은 오후가 됐지만, 컨트롤은 작업에 별 진전이 없다고 느꼈다. 차라리 서던 리치의 관리 업무에 시간을 쓰는 편이 나았을지도 몰랐다. 그리고 그나마도 바깥에 쌓아 놓은 의자에 (또) 누가 부딪히는 바람에 방해를 받았다. 알고 보니 체니였는데, 그는 몸을 숙인 채 의자 사이로 안쪽을 들여다보고 있었다.

"……안녕하십니까, 체니."

"안녕하십니까…… 컨트롤."

의자들이 쓰러질까 봐 불안해서인지 체니는 자기가 찾아와 놓고도 당황스러운 듯한 기색이었다. 사무실이 비어 있을 거라고 예상했기 때문일까? 혹은 바깥에 내어놓은 의자들을 보고 조직 개편에 대한 암시라도 받아서 그러는 걸까?

"무슨 일이죠?"

체니가 안으로 들어오지 않기를 바라며 컨트롤이 물었다.

체니는 어느새 짙어진 얼굴의 X자 주름을 펴 보려는 헛된 노력을 했다.

"아, 네, 그게, 국장의 **여행** 있잖습니까, 거기에 대해서 뭐라도 확인된 바가 있는지 궁금해서요."

그는 복도 쪽을 살피더니 목소리를 낮추며 말했다. 체니도 파벌이 있을까? 그렇다면 피곤한 일이겠지만 분명 그럴 터였다. 본부의 거대하고 보이지 않는 손이 인원 감축을 위해 한 명씩 사무실 자리에서 들어 올려 해고라는 불구덩이 속으로 떨어뜨릴 날만 기다리며 지하실에 모여 있는 과학자들에게는 체니가 유일한 희망일 터였다.

"체니, 기왕 본 김에 하고 싶은 질문이 있습니다. 11차 중에 끝에서 두 번째 탐사대에 무슨 특이한 사항은 없었나요?" 컨트롤이 탐사대의 숫자를 반복하는 일을 싫어하는 이유 중 하나는 특정한 대상을 정확하게 기억하거나 지칭하기 어렵다는 점이었다. "그러니까 X.11.H.였나요?"

의자들을 움직여 대충 무게 중심을 잡아 놓은 체니가 오토바이 재킷 차림의 모습을 전부 드러냈다.

"X.11.J.입니다. 별다른 점은 없었던 것 같군요. 서류는 가지고 계실 텐데요."

하지만 서류는 서류일 뿐이었다. 전체적으로 놀랄 만큼 엉성했고, 국장이 귀환한 대원들을 대상으로 진행한 면담의 내용은······ '아뇨-아뇨-아무 일도 일어나지 않았습니다' 하는 내용이 거의 전부였다.

"글쎄요, 국장이 경계로 **특별한 여행**을 떠나기 바로 직전의 탐사대였으니까 말입니다. 그녀가 무슨 특이한 점을 발견했던 건 아닌가 싶었습니다."

체니가 고개를 흔들었다. 이제는 찾아온 일을 아주 후회하는 듯한 눈치였다.

"아뇨, 별다른 점은 없었습니다. 특별히 생각나는 게 없군요."

국장 사무실이 불편한 걸까? 체니의 시선이 불안하게 흔들리며 벽과 천장을 오가다가, 컨트롤이 주위에 쌓아 놓은 자료 더미를 스치고 지나갔다. 체니는 그것들을 컨트롤이 훔치려고 하는 금덩이로 여길까 아니면 그가 억지로 먹어 치워야 하는 쓰레기 같은 음식으로 여길까?

"그럼 로우리에 대해서 물어보죠." 컨트롤은 모호하게 'L.'이라고만 적혀 있던 메모와 그가 너무 일찍 봤던 비디오를 생각하며 물었다. "로우리와 국장의 사이는 어땠습니까?"

체니는 이 질문도 불편하게 느끼는 듯했지만 그래도 대답할 생각이 있어 보였다.

"사람들 사이가 어떻다고 딱 잘라 말할 수 있을까요? 로우리는 저를 개인적으로 좋아하지 않았지만, 업무적으로는 잘 맞았습니다. 로우리는 우리가 하는 역할을 존중했죠. 좋은 장비의 중요성도 잘 알았고요."

아마 체니가 제출한 구매 요청을 로우리가 모두 승인했다는 의미일 터였다.

"로우리와 국장의 사이는요?" 컨트롤이 다시 물었다.

"솔직하게요? 로우리는 자기 방식대로 국장을 존중했습니다. 그래서 그녀의 후견인 노릇을 하려고 했지만, 국장이 원하지 않았죠. 그녀는 아주 독립적인 사람이었으니까요. 게다가 국장은 로우리가 단지 살아남았다는 이유로 과대평가를 받는다고 생각했던 것 같습니다."

"로우리는 영웅이 아니었습니까?"

카메라 렌즈가 만들어 낸 사진과 조작된 기록에 의해 탄생했고 지금은 당당하게 벽면을 장식하고 있는 영웅. 로우리는 끔찍한 경험을 딛고 재활에 성공했을 뿐 아니라 조직에 많은 기여를 했다. 그리고 얼마 뒤 본부로 승진했다.

"그럼요, 물론이죠. 영웅이고 말고요. 하지만 뭐랄까, 과대평가된 측면이 있기는 합니다. 로우리는 술을 좋아했죠. 사람들에게 참견하고 다니기도 좋아했고요. 그래서 국장이 한번은 그에게 안 좋은 말을 하기도 했죠. 단지 고초를 겪었다고 해서 아는 게 많다고 착각하는 전쟁 포로에 비유하면서 말입니다. 하지만 그래도 두 사람은 함께 일했어요. 마찰은 있어도 서로 존중하며 협력했죠."

체니의 얼굴에 마치 '우리 모두 동지니까요.'라고 말하는 듯한 미소가 스쳐 지나갔다.

"흥미롭군요."

사실 그리 흥미롭지는 않았다. 다만 서던 리치에 내부 갈등이 있었다는 증거로서 전략적인 가치가 있을지도 몰랐다. 사람들은 로봇이 아니고, 로봇처럼 굴도록 만들 수도 없기 때문에 조직 내 화합이 무너지곤 한다. 아니, 그렇게 만드는 방법이 있었던가?

"그렇다고 할 수 있죠." 체니가 말꼬리를 흐리며 말했다.

"또 다른 건 없습니까?"

차가운 미소로 체니를 응시하며 컨트롤이 물었다. 감히 자신이 국장의 여행에 대해 조사한 내용을 다시 물어보고 싶다면 물어보라는 투였다.

"아뇨, 아뇨, 없습니다. 생각나는 게 없군요."

눈에 띄게 안도한 기색을 내비치며 체니가 말했다. 그러고는 특유의 작별 인사를 남기고 의자 사이를 빠져 나가서 복도 저편으로 사라졌다.

체니가 떠나고 난 뒤 컨트롤은 기초적인 분류 작업에 집중했다. 모든 종잇조각을 검토하고 나서는 나중에 더 자세히 살펴보기 위해 상자 여러 개에 나눠 담았다. 컨트롤은 강령술과 과학 협회에 대한 내용을 여러 차례 발견했지만, 솔 에반스가 나온 사진에 대해서는 세 개의 짧은 언급밖에 없었다. 국장의 관심은 다른 방향으로 쏠려 있는 듯했다.

컨트롤은 또 국장이 손으로 쓴 종이 한 장을 따로 빼 두었다. 그레이스가 건넨 DMP 파일을 참고한 결과, 12차 탐사대에게 최면 암시를 걸기 위해 사용한 명령어 목록이라는 사실을 알 수 있었다. 이제 좀 흥미로워지는군. 컨트롤은 체니를 불러 그에 대해 물어보려다가, 내선 번호를 누르기 직전에 다시 수화기를 내려놨다.

6시 15분경, 컨트롤은 몸을 풀기 위해 복도를 돌아다니고 싶은 충동을 느꼈다. 문을 나서자 사방이 조용했다. 멀리 어디선가 들려오는 라디오 소리는 흥얼거리는 자장가 같았다. 좀 더 걸어서 텅 빈 구내식당 끝까지 나아가니, 과학 부서로 이어지는 복도와 붙어 있는 창고에서 무슨 소리가 들렸다. 대다수 직원은 퇴근한 뒤였다. 컨트롤도 그대로 돌아갈까 싶었지만 소리가 신경이 쓰였다. 안에 누가 있는 걸까? 컨트롤은 건물 청소부이기를 바랐다. 끔찍한 냄새를 풍기는 세제를 사용하지 못하도록 해야 했다. 분명히 건강에 해로울 거라는 확신이 들었다.

문손잡이를 잡고 돌리자 약한 전기 충격과도 같은 느낌이 전해졌다. 컨트롤은 있는 힘껏 손잡이를 돌리며 문을 당겼다.

문이 활짝 열렸고 그 서슬에 컨트롤이 뒤로 물러섰다.

물품을 쌓아 놓은 선반들 사이에 웅크리고 있는 창백한 생물의 모습이 낮게 매달린 전구의 흔들리는 불빛 아래 드러났다.

견딜 수 없는 동시에 황홀한 고통으로 인해 뒤틀린 형상이었다.

휘트비였다.

거칠게 숨을 몰아쉬며 휘트비가 컨트롤을 올려다봤다. 그 얼굴에는 고통스러운 기색이 사라지고 교활함과 조심성이 뒤섞인 표정만 남아 있었다.

휘트비는 조금 전까지 어떤 트라우마로 인해 고통받고 있던 것이 분명했다. 마치 가족이나 친한 친구가 죽었다는 소식을 들었을 때처럼. 다만 충격을 받은 쪽은 오히려 컨트롤이었다.

컨트롤이 바보처럼 말했다.

"나중에 다시 오죠."

마치 원래부터 두 사람이 창고에서 만나기로 약속이라도 했던 것처럼.

휘트비가 먹이를 포착한 거미처럼 펄쩍 뛰어올랐다. 컨트롤은 순간 휘트비가 공격해 온다는 생각에 뒤로 한 걸음 물러났다. 하지만 휘트비는 컨트롤을 창고 안으로 끌어당긴 뒤 문을 닫았다. 마른 체격과 달리 손아귀 힘이 엄청났다.

"아뇨, 아뇨, 들어오세요."

휘트비는 컨트롤을 안으로 들인 뒤에야 그렇게 말했다. 그래서 우스꽝스러운 시간차가 느껴졌다.

"나중에 다시 와도 괜찮습니다."

컨트롤이 여전히 당황한 채로 말했다. 조금 전에 휘트비가 극도로 고통스러워하던 모습이 신기루처럼 느껴졌다. ……그리고 자신이 창고가 아닌 휘트비의 사무실에라도 와 있는 듯했다.

휘트비가 낮게 매달린 전구의 희미한 불빛 아래서 컨트롤을 응시했다. 창고는 면적이 좁은데 비해 천장이 높았지만 전등갓 때문에 전구 위쪽은 온통 어두웠다. 선반 위에는 레몬 향을 풍기는 청소용 세제가 줄지어 놓였고 비누와 대걸레, 쓰레기봉투, 두껍게 먼지가 쌓인 디지털시계도 보였다. 기다란 은색 사다리가 천장의 어둠 속으로 이어졌다.

컨트롤은 휘트비가 **아직도** 표정을 제대로 추스르지 못한 채 공포심을 떨치려 애쓰며 억지로 미소를 짓고 있다는 사실을 알아차렸다.

"조용히 생각할 장소가 필요했습니다." 휘트비가 말했다. "그런 곳을 찾기가 힘들더군요."

"솔직히 말하면 쓰러진 줄 알았습니다." 컨트롤이 계속해서 모르는 척해야 할지 고민하며 말했다. "괜찮습니까?"

휘트비가 정신 분열 증세를 보이지 않는다는 점이 명백해지자 이렇게 묻기가 조금 더 편해졌다. 하지만 휘트비가 자신을 이렇게 쉽게 창고 안에 가둬 버리다니 창피한 일이었다.

"그런 건 아닙니다." 휘트비가 겨우 제대로 된 미소를 지으며 말했다. 컨트롤은 휘트비의 말이 자신의 두 가지 질문 중 첫 번째에 대한 대답이기를 바랐다. "제가 뭐 도울 일이라도?"

컨트롤은 문의 안쪽 자물쇠가 어떤 도구에 의해 망가진 걸 보고 휘트비의 말을 믿기로 했다. 혼자 조용히 있고 싶어서 창고에 들어왔다가 안에 갇혀 버리는 바람에 공포에 질렸다는 이야기였다. 서던리치에는 직원들의 정신 건강을 위해 상담사가 배치되어 있었다. 컨트롤은 휘트비의 서류에서 어떤 상담 이력도 발견하지 못했다.

자연스럽다고 하기에는 조금 긴 시간이 흘렀지만, 그래도 컨트롤은 적당한 구실을 찾아낼 수 있었다. 대화를 풀어 가는 동시에 그가 오래지 않아 자리를 뜰 수 있도록 해 줄 만한, 그러면서 휘트비의 품

위도 지켜 줄 수 있는 구실이었다. 아마도.

"대단한 용건은 아닙니다. X구역에 대한 가설 때문에요."

휘트비가 고개를 끄덕였다.

"네, 가령 평행 우주에 대한 문제가 있죠."

휘트비는 마치 두 사람이 이전에 나누던 대화를 이어 가듯 말했다. 물론 컨트롤은 기억하지 못하는 대화였다.

"X구역 뒤에 있는 존재가 평행 우주에서 왔을지도 모른다는 말이군요."

컨트롤은 휘트비가 주제를 좁힌 이유를 굳이 묻지 않으면서 스스로도 전혀 믿지 않는 이야기를 꺼냈다.

"네, 맞습니다. 하지만 전 우리가 내리는 모든 결정들이 어떻게 세계를 나누는지 생각했고, 결국 무한대의 평행 우주가 존재한다는 결론을 내렸습니다."

"재미있군요."

컨트롤은 휘트비의 이야기가 오래지 않아 끝나기를 바라며 맞장구를 쳤다.

"그리고 그중 어떤 우주에서는 말입니다." 휘트비가 설명했다. "우리가 그 수수께끼를 풀었을 테고, 어떤 우주에서는 수수께끼도 X구역도 존재하지 않겠죠." 휘트비의 목소리에 힘이 들어갔다. "그래서 마음이 편해지죠. 어쩌면 **만족**스럽다고 할 수 있을 겁니다." 그가 고개를 숙이며 말을 이었다. "너무 깊이 생각하지만 않는다면 말이죠. 이런 우주들 중에 우리가 수수께끼를 풀어낸 우주가 우리 세계와 아주 가까울 수도 있습니다. 즉 가장 차이가 적은 우주라는 거죠. 그게 제가 항상 가지고 있는 생각입니다. 아주 평범하고 사소한 정보, 혹은 우리가 하는 어떤 일이 우리를 정답으로부터 멀어지게 하고 있는지도 모릅니다."

컨트롤은 고백하는 듯한 휘트비의 말투가 마음에 들지 않았다. 가라앉는 기분에 대한 생물학자의 설명처럼 휘트비 역시 뭔가를 감추기 위해 다른 이야기를 털어놓는 것 같은 느낌이 들어서였다. 컨트롤은 평행 우주에 대한 휘트비의 이야기가 마치 **단절**에 대한 내용처럼 들렸다. 컨트롤의 머릿속에 매일같이 경험하고 있는 단절. 그렇게 생각하니 분노가 일었다. 비합리적인 생각이지만 마치 그가 자신의 과거를 비난하는 것처럼 느껴졌기 때문이다.

"어쩌면 당신 존재 때문일 수도 있겠죠, 휘트비." 잔인한 농담이었고, 이만 대화를 마치고 휘트비를 떼어 놓기 위한 말이었다. "당신이 없었다면 우리가 이미 수수께끼를 풀었을지도 모릅니다."

컨트롤이 농담으로 한 말인 줄 알면서도 휘트비의 안색이 어두워졌다. 그는 휘트비도 이미 그런 생각을 여러 차례 해 봤다는 사실을 깨달았다. 그렇다고 해서 그냥 해 본 말이라고 넘기기도 어려웠다. 그저 최대한 빨리 이 자리를 벗어나 복도로 나가고 싶었다. 그런 식의 회피가 옳다고 생각하지는 않았지만 다른 생각이 떠오르지 않았다. 휘트비를 내버려 두고 녹색 양탄자 위를 달려 도망가거나 /사과하거나/웃어넘기거나/화제를 바꾸거나/어디서 전화가 온 척하거나…… 혹은 지금처럼 아무 말 없이 어색한 침묵이 흐르게 하거나.

당시에는 이해하지 못했지만, 컨트롤이 제시한 가능성에 대한 대답으로 휘트비가 말했다.

"비디오를 보셨죠? 첫 번째 탐사대의?"

"아직 못 봤습니다."

자신이 동정이라고 고백하는 듯한 기분이었다. 그 비디오는 내일 보기로 되어 있었다.

질문을 하던 도중에 휘트비가 조용히 몸을 떨었다. 마치 뭔가를…… 털어내거나 거부하려는 몸짓 같았다. 하지만 컨트롤은 그 이유를 묻는 일을 미래의 다른 자신에게 미뤘다.

평행 우주 중 어딘가 다른 세계의 휘트비가 수수께끼를 풀고 나서 지금 여기 있는 자신에게 그 사실을 말해 준 걸까? 혹은 어떤 세계에서는 컨트롤 자신이 휘트비의 목을 조르고 있을까? 핵폭발로 대학살이 일어난 뒤 컨트롤과 휘트비가 어느 동굴 안에서 마주치거나, 어느 가게에서 임신한 아내를 위해 아이스크림을 사러 온 휘트비와 스쳐 지나가는 세계도 있을까? 두 사람이 훨씬 더 일찍 아는 사이가 된 세계도 있을지 모른다. 컨트롤의 고등학교 1학년 시절 영어 수업의 대체 교사로 휘트비가 부임한 세계라든지. 컨트롤은 휘트비가 왜 더 이상 승진을 못하는지, 그리고 왜 다른 사람들의 뒤치다꺼리를 도맡아 하느라 자신의 연구를 위한 시간을 내지 못하는지 그 이유를 어느 정도 눈치챌 수 있었다. 휘트비를 보고 있자면 그의 행동을 이해하기 위해서라도 계속 상처를 주고 싶어졌다. 과연 자신이 겹겹이 쌓인 껍질을 모두 벗겨내고 휘트비의 본질에 다가갔는지, 아니면 애초부터 본질 따위는 없으며 이 남자의 정체는 그저 껍데기뿐인 인간이 아닌지 궁금해졌다.

"이 방이 나한테 보여 주고 싶다던 곳입니까?"

컨트롤이 화제를 바꾸기 위해 물었다.

"아닙니다. 왜 그렇게 생각하시죠?"

뻥 뚫린 동굴 같은 두 눈과 꾸며 낸 듯한 놀란 표정 때문에 휘트비는 수척한 올빼미처럼 보였다.

컨트롤은 몇 분이 더 지나서야 휘트비로부터 빠져 나올 수 있었다.

하지만 고통에 몸부림치던 휘트비의 얼굴 표정이 좀처럼 머리에서 떠나지를 않았다. 아직도 그가 왜 창고에 숨어 있었는지 그 이유를 짐작하기 어려웠다.

몇 분 후, 한창 퇴근 준비를 하던 컨트롤은 보이스의 전화를 받았다. 휘트비 건에도 불구하고 컨트롤은 마음의 준비가 되어 있었다. 아니, 어쩌면 휘트비 덕분에 준비가 되었는지도 몰랐다. 컨트롤은 사무실 문이 잠겨 있는지 확인했다. 그리고 종이 한 장을 꺼내 몇 가지 메모를 급히 적었다. 컨트롤은 조심스럽게 볼륨을 중간 정도로 놓고 통화를 스피커폰으로 돌렸다. 그렇게 했을 때 소리가 울리거나 이상하게 들리지는 않는지 미리 확인해 둔 터였다.

컨트롤이 전화를 받았다.

그리고 대화가 이어졌다.

두 사람은 한동안 이야기를 나눴다.

"좋아." 컨트롤이 가끔씩 종이를 들여다보는 동안 보이스가 말을 꺼냈다. "이제 안정적으로 임무에 집중하게. 마비에 대한 준비는 되어 있나? 오늘 밤에는 푹 잘 수 있을걸세."

안정. 마비. 전화를 끊으면서 컨트롤은 실제로 기분이 안정되는 것을 깨닫고 경계심을 느꼈다. 그리고 자신의 전체적인 임무를 고려할 때, 휘트비와 있었던 일조차 별로 중요하지 않게 여겨진다는 사실에도 신경이 쓰였다.

016: 테루아

다음 날 아침 식당 계산대에 선 컨트롤에게 통통한 몸집을 한 회색 머리의 여자 종업원이 말을 걸어왔다.

"군사 기지에 있는 그 무슨 정부 기관에서 일하는 분 맞죠?"

아직 잠과 약간의 숙취에서 덜 깬 상태의 컨트롤이 경계하며 되물었다.

"그건 왜 묻습니까?"

"그냥요." 종업원이 상냥한 말투로 말했다. "거기서 일하는 사람들은 다 똑같아 보이거든요."

아마 종업원은 그가 '어떻게 보이길래요?'라고 물어보기를 기대했을 테지만, 컨트롤은 조용히 미소만 지으며 주문을 마쳤다. 그녀의 눈에 자신이 어떻게 보이는지, 자신도 모르는 새 어떤 외형적인 특징을 가지게 됐는지 굳이 알고 싶지 않았다. 이 종업원은 무슨 표라도 만들어 놓고 사람들의 공통적인 특징을 체크하는 걸까?

차로 돌아오니 유리창에 붙어 있는 죽은 모기와 핏방울 위로 벌써 곰팡이가 피어 있었다. 컨트롤은 잠시 망설이다 식당에서 받은 냅킨으로 깨끗이 닦아 버렸다. 놔둔다고 해서 이 증거를 누구한테 제출한단 말인가?

오늘 컨트롤이 첫 번째로 할 일은 첫 번째 탐사대가 촬영한 비디오테이프를 확인하는 것이었다. 그 영상 기록들은 탐사 대원들의 숙소에 인접한 구역의 특별 상영실에 보관되어 있었다. 어지러운 방 안의 한쪽 벽에는 거대한 콘솔이 자리 잡고 있었다. 콘솔은 아래보다 위쪽이 더 튀어나와 있어서 마치 서던 리치 건물의 형상을 모방해 만든 것처럼 보였다. 콘솔은 비디오테이프를 재생할 수 있는 텔레비전 화면을 내장하고 있었다. 텔레비전은 1차 탐사대를 파견했던 시기만큼 오래전 물건으로 보였는데, 다행히 뚱뚱한 뒷부분은 콘솔 안쪽으로 파고들어 가려져 있었다. 컨트롤은 대학 시절 기숙사에서 무거운 텔레비전을 끙끙대며 옮겼던 기억을 떠올렸다.

텔레비전 앞에는 검정색 대리석 탁자가 놓여 있었고, 그 위에 비디오를 조작하기 위한 구식 조이스틱이 보였다. 마치 동네 카니발에서 흔히 볼 수 있는, 동전을 넣으면 운세를 알려 주는 기계나 박물관 전시품처럼 낡아 보이는 기계였다. 회의실에 어울리는 검정색 가죽 의자 네 개도 보였다. 천장 높이는 6미터나 됐지만, 의자들 때문에 방이 비좁고 답답하게 느껴졌다. 높은 천장 때문에 폐소공포증을 느낄 정도는 아니었지만, 위쪽이 기울어진 콘솔을 보고 있자니 어지럼증이 나는 듯했다. 천장 한구석의 환기구에는 먼지가 잔뜩 쌓여 있었다. 자동차 계기판에서 날 법한 독한 플라스틱 향기와 녹슬고 퀴퀴한 냄새가 서로 겨루는 형국이었다.

좌우 벽에는 첫 번째 탐사대에 참가했던 대원 스물네 명의 이름이 새겨진 명패 스물네 개가 나란히 붙어 있었다.

그레이스는 등대지기의 글이 적혀 있는 벽을 그대로 남겨 둔 게 전 국장을 추모하기 위해서는 아니라고 주장했다. 하지만 적어도 그녀가 관리하는 이 방이 첫 번째 탐사대를 추모하는 공간이라는 사실은 부인할 수 없을 듯했다. 지금부터 보려는 영상 기록은 보안 등급이 너무 높아서 서던 리치 근무 직원 중 전 국장과 그레이스 그리고 체니 세 사람만 접근 권한을 가지고 있었다. 나머지 사람들은 사진이나 기록만 열람할 수 있었고 그나마도 제한적인 조건에서 가능했다.

때문에 그레이스가 직접 컨트롤을 안내할 수밖에 없었다. 컨트롤은 말없이 의자에 앉아 비디오 재생을 준비하는 그레이스를 보며 뭔가 평소와 다르다는 인상을 받았다. 컨트롤은 그레이스가 적대적으로 굴 거라고 예상했지만, 그녀는 오히려 교회 묘지에서나 볼 법한 애정 어린 헌신과 절제된 동작으로 기계를 조작했다. 마치 이 방은 중립 지역이고, 컨트롤 스스로도 알지 못하는 정전 협정이 두 사람 사이에 존재하는 듯했다.

영상은 그에게 서던 리치의 어두운 전설이 되어 버린 사망자들의 모습을 보여 줄 터였다. 컨트롤은 그레이스가 본인의 역할을 진지하게 받아들이고 있다는 사실을 눈치챘다. 어쩌면 전 국장 역시 마찬가지였기 때문일 것이다. 비록 이들을 사지로 내몬 당사자는 전 국장의 전임자였지만, 그녀 역시 대원들과 아는 사이였다. 아마 1년간의 준비 기간 동안 친해졌을 터였다. 서던 리치에서 만들거나 사들인 최신 장비들을 총동원해도 대원들의 죽음을 막을 수는 없었다.

컨트롤은 자신의 심장 박동이 빨라지는 것을 느꼈다. 입술이 타들어 가는 듯했고 손바닥에는 땀이 흥건했다. 결과에 책임을 져야 하는 중요한 시험을 앞둔 기분이었다.

"따로 설명은 필요 없을 거예요." 마침내 그레이스가 입을 열었다. "비디오는 처음 시작 부분에 맞춰져 있어요. 영상은 중간중간 공백을 두고 시간순으로 나올 거예요. 하나의 영상에서 다른 영상으로 이동할 수 있으니 보고 싶은 부분만 볼 수 있어요. 한 시간 내로 다 보지 못하면, 내가 돌아올 테고 그럼 시청이 끝나는 거예요."

복원된 영상의 파편들은 150가지 이상이었고, 대부분 10초에서 2분 사이의 길이였다. 그중 몇 가지는 로우리가 회수했고 나머지는 네 번째 탐사대가 가지고 돌아왔다. 한 번에 한 시간 이상은 관람하지 말라는 권장 사항이 존재했다. 사실 그렇게 오래 영상을 보고 싶어 하는 사람도 드물었다.

"난 밖에서 기다리죠. 예정보다 일찍 끝나면 문을 두드려요."

컨트롤이 고개를 끄덕였다. 그 말은 그가 이 안에 갇히게 된다는 뜻일까? 아마도 그럴 터였다.

그레이스가 일어나 의자를 양보했다. 컨트롤이 그 자리에 앉자 놀랍게도 그녀가 그의 어깨에 손을 올렸다. 필요 이상으로 힘이 들어간 동작이었다. 그레이스가 유령들의 이름이 줄지어 적힌 납골당 안에 컨트롤을 혼자 두고 나간 뒤 밖에서 문을 잠그는 소리가 들렸다.

비록 컨트롤 자신이 요청한 일이지만, 지금은 영상을 볼 마음이 사라지고 없었다.

가장 앞부분에는 평범한 장면들이 나왔다. 캠프를 건설하는 대원들의 모습, 그리고 멀리 떨어진 등대를 불쑥 비추기도 했다. 배경에는 나무와 텐트가 흐릿하게 보였다. 누군가 카메라 전원을 끄는 걸 잊고 바닥에 내려놨는지 한동안 텅 빈 하늘만 보이기도 했다. 웃음소리와 농담을 주고받는 소리가 들렸다. 하지만 마치 예언자나 시간여행자처럼, 컨트롤은 이미 의심스러운 기분이 들었다.

저 장면들은 단지 등장인물들의 평범한 동료애를 보여 주기 위한 걸까 아니면 뭔가 비밀스럽고 강력한 사건이 벌어지기 전의 징조인 걸까? 컨트롤은 다른 사람의 분석이나 의견에 영향을 받거나 편견을 가지고 싶지 않았기 때문에 서류의 내용을 전부 읽지는 않았다. 하지만 문득 자신이 너무 고지식하게 군다는 생각이 들기도 했다.

그런 조심스러운 태도 때문에 오히려 화면에 나오는 장면마다 나쁜 징조로 오해하거나 확대 해석하는 오류를 범할 수도 있었다. 컨트롤은 다른 어떤 탐사대도 그가 지금부터 보게 될 장면과 같은 경험을 한 적이 없다는 다른 분석가의 언급을 떠올렸다. 최소한 살아 돌아온 대원들 중에는 그런 이야기를 하는 사람이 없었다.

탐사대의 리더가 남긴 저녁 무렵의 몇몇 비디오 기록들이 연달아 나왔지만 컨트롤이 모르는 내용은 없었다. 그다음에는 각각 4~5초 길이의 영상 일곱 개가 이어졌는데, 화면에는 얼룩덜룩한 그림자밖에 보이지 않았다. 조명 없이 촬영한 야간 장면이었다. 눈을 가늘게 뜨고 어떤 형상이나 그림이 숨겨져 있는지 살폈지만 헛수고였다.

하루가 지나자 대원들은 베이스캠프를 중심으로 물결처럼 흩어졌다. 컨트롤은 화면 속에 등장하는 인물들에게 개인적인 감정을 투사하지 않기 위해 노력했다. 그들이 서로에게 던지는 매력적인 농담이나, 서던 리치가 찾아낼 수 있었던 최고의 지성을 비롯한 대원들의 진지한 태도와 뛰어난 능력에도 마음을 빼앗기지 않으려고 애썼다. 먼 하늘까지 이어진 구름 아래에서 탐사대는 경계가 생기기 전 그 안으로 들어갔던 군사용 트럭과 탱크의 잔해가 늘어선 장소를 발견했다. 기계들은 이미 흙과 나무뿌리에 뒤덮여 있었다. 컨트롤이 아는 바로 4차 탐사대가 도착했을 무렵에는 이미 모든 흔적이 사라지고 없었다. X구역은 마치 승자가 전리품을 챙기듯, 아무도 알 수 없는 목적을 위해 차량들을 징발해 간 셈이다. 그 안에서 타고 있던 사람들의 시신은 나오지 않았지만, 컨트롤은 대원 몇몇이 얼굴을 찌푸리는 모습을 볼 수 있었다. 주의 깊게 귀를 기울이자 대원들에게 지급된 무전기에서 잡음과 함께 "들리는가." 혹은 "응답하라." 같은 말들이 자주 들려왔다.

다시 저녁이 됐다가 다음 날 아침이 오자, 컨트롤은 자신이 빠르게 돌아가는 영상 속에 있는 것처럼 느껴졌다. 마음만 먹는다면 그 평화로운 장면들 중 하나에 들어가 나머지 부분은 전혀 모르는 채로 지낼 수도 있을 듯했다. 하지만 시간이 지날수록 동요가 확산됐고, 무전기를 통해 주고받는 소리에서도 혼란이 느껴졌다. 무전기에 대고 이야기하는 사람이나 듣는 사람 모두가 어떤 외부의 힘에 지배를 당하면서도 아직 그 사실을 깨닫지 못하고 있었다. 적어도 비디오에는 그런 우려를 표하는 말이 녹음되지 않았다. 컨트롤은 이런 장면들을 되감아 보지 않기로 했다. 이미 목 뒤쪽이 서늘했고, 속이 울렁거리면서 어지럼증과 폐소공포증이 느껴지고 있었다.

결국 컨트롤이 더 이상 자기 자신을 속일 수 없는 때가 왔다. 그 유명한 20초짜리 영상이 시작됐기 때문이다. 서류에는 인류학자이자 군사 전문가로서 탐사에 참여한 로우리가 이 장면을 촬영했다고 표시되어 있었다. 둘째 날 저녁, 석양이 깔릴 무렵이었다. 멀리 등대의 모습이 어렴풋이 보였다. 아직 아무것도 모르는 대원들은 인원을 나눠 활동하는 일이 문제가 되리라고 생각하지 않았다. 로우리가 속한 일행은 등대로 가는 길의 중간쯤, 폐허가 된 마을에서 야영을 하기로 결정했다. 지도에 이름이 나온 바도 없고 딱히 마을이라고 부르기도 애매한 규모였지만, 최소한 그 일대에서는 가장 번성했던 주거지였다.

컨트롤은 희미하게 들리는 부스럭거리는 소리가 바다귀리나 해변의 바람 때문이라고 짐작했다. 무너진 담벼락의 그림자는 푸른 하늘과 대조를 이루며 더욱 짙어 보였고, 자갈이 깔린 길은 폭이 넓은 선 같았다. 로우리가 카메라를 든 채로 약간 몸을 떠는 것 같았다. 화면 안에서는 탐사대의 리더인 여자가 소리를 지르고 있었다. "그녀를 멈춰!" 카메라에 달린 조명 때문에 그녀의 얼굴은 하얀 가면처럼 보였고, 눈과 입이 아주 진한 그림자를 드리웠다. 불에 탄 듯 보이는 낡은 간이 식탁에 한 여자가 앉아 있었고, 그 맞은편 자리에서 리더가 소리를 지르고 있었다. "그녀를 멈춰! 제발 멈춰! 멈추라고!" 카메라가 거칠게 흔들리며 화면이 뭔가에 가려졌다가 이내 안정을 되찾았다. 아마 로우리가 계속 카메라를 들고 있는 모양이었다. 로우리는 거칠게 숨을 쉬기 시작했다. 컨트롤은 조금 전에 자신이 들었던 소리가 숨소리였다는 사실을 깨달았다. 해변의 바람 따위가 아니었다. 카메라 바깥에서 급박하고 날카로운 고함이 들렸지만 뭐라고 말하는지 내용을 알 수는 없었다. 화면 왼쪽에서 한 여자가 나타나더니 고함을 멈추고 카메라를 응시했다. 오른쪽에 있는 여자 역시 고함을 멈추고 카메라를 응시했다. 그토록 멀리서, 그토록 오래전 두 여자가 느끼는 공포와 혼란이 애원하는 듯한 눈빛을 통해 전해져 왔다.

컨트롤은 어두운 화면 속에서 두 얼굴을 제대로 구별할 수 없었다.

컨트롤은 다음에 나올 장면을 미리 알고 있으면서도 자세를 고쳐 앉았다. 그리고 배경에 색이 사라진 이유가 날이 저물어서가 아니라는 사실을 깨달았다. 마치 풍경 속에 말도 안 되게 거대한 뭔가가 끼어들어서 그 형상이 화면 안에 다 들어가지 않는 듯했다. 비디오테이프의 마지막 순간까지 두 여자는 얼어붙은 채 카메라를 응시했고, 배경이 흔들리기 시작하더니 계속해서 흔들렸다……. 다음으로 이어진 장면은 컨트롤을 더 소름 끼치게 했다. 이번에는 해변에서 빈둥거리는 로우리가 화면에 나왔다. 누군지 몰라도 촬영하는 사람은 웃고 있었다. 탐사대의 리더에 대한 언급은 없었다. 그 뒤로 이어지는 어떤 영상에도 그녀의 모습은 나오지 않는다는 사실을 컨트롤은 이미 알고 있었다. 그리고 로우리는 그 점에 대해 어떤 설명도 하지 않았다. 대원들 모두 그녀에 대한 기억을 잃어버렸거나, 그날 밤 카메라가 꺼져 있는 동안 상상할 수 없는 어떤 엄청난 트라우마를 겪었던 것 같았다.

행복하고 평온해 보이는 장면이지만 파국은 계속 진행되고 있었다. 로우리가 아무 의미도 없는 말을 지껄였다. 카메라를 든 사람은 이해한 양 뭐라고 대꾸했지만 내용을 알아들을 수는 없었다.

컨트롤이 마침내 그레이스를 따라 복도의 불빛 아래로 나왔을 때, 영상 속의 학살극도 그를 따라왔다. 아마 한동안은 그 장면이 계속 따라다닐 듯했다. 컨트롤은 자신이 본 것을 말로 제대로 표현하기 어려웠다. 그레이스가 그의 팔을 잡고 부축하며 괜찮은지 물어봤을 때에도 웅얼거리며 고개를 끄덕일 뿐이었다. 하지만 그는 부국장의 동정심에는 대가가 따른다는, 그리고 언제라도 그 대가를 치러야 한다는 사실을 알았다. 그래서 그녀의 손을 뿌리치고 혼자서 돌아갈 수 있다고 우겼다.

아직도 하루가 고스란히 남아 있었다. 회복할 필요가 있었다. 다음 일정은 생물학자와의 면담과 현안에 대한 회의 그리고…… 컨트롤은 그다음이 무엇인지 잊어버렸다. 뭔가에 걸려 넘어져서 한쪽 무릎을 꿇었다. 정신을 차려보니 어느새 구내식당에 도착한 뒤였다. 이제는 익숙해진 녹색 양탄자의 화살표는 정원 쪽을 향하고 있었다. 바깥 날씨는 화창했지만 멀리서 다가오는 먹구름을 보니 오후에는 한바탕 소나기가 쏟아질 듯했다.

한밤중에 빛나는 태양 아래 검은 물속에서 과실이 여물고 그 황금빛 어둠이 벌어져 열리면 치명적인 연약함의 계시가 이 땅에 드러나리라.

등대. 탑. 섬. 등대지기. 일렁이는 거대한 문이 달린 경계. 그리고 그 문을 통해 무단으로 경계를 넘어갔던 국장. 자동차 앞 유리창의 짓이겨진 모기. 고통에 찬 휘트비의 얼굴. 경계의 휘몰아치는 불빛. 사첼 가방에 들어 있던 국장의 전화기. 죽은 자들의 제단에 보관되어 있는 악마적인 비디오. 온갖 세부 사항들이 그를 압도하며 삼키려 들었다. 하지만 뭐가 중요하고 뭐가 사소한지조차 알아낼 방법이 없었다. 어머니가 원했던 대로 '의욕적인 출발'을 했지만 막상 나아간 거리는 얼마 되지 않았다. 쏟아지는 정보들은 그가 미리 준비한 내용이나 이미 알고 있는 지식을 한참 벗어났다. 암기해 둔 수많은 서류들이 그를 지치게 했고, 어떤 전략도 쓸모가 없었다. 이제 곧 국장이 남긴 메모들을 파고들 예정이지만, 결국 더 많은 의문만 생기게 될 거라고 이미 확신하는 터였다.

비명은 마지막까지 끊이지 않고 이어졌다. 카메라를 들고 있는 자는 사람처럼 여겨지지 않았다. 정신 차려, 영상을 보면서 컨트롤은 1차 탐사대의 대원들에게 애원했다. 정신 차리고 너희들에게 무슨 일이 벌어지고 있는지 알아차리란 말이야. 하지만 그들은 결코 그러지 않았다. 그럴 수가 없었다. 대원들은 아주 먼 곳에 있었고, 경고를 보낸다고 해도 30년이나 늦어 버렸다.

컨트롤은 양탄자 위에 손을 짚었다. 녹색 화살표를 이루는 실들은 거의 이끼처럼 표면에 얽혀 있었다. 여러 해를 거치는 동안 올이 다 풀려 거친 촉감이 느껴졌다. 이 양탄자는 30년 전 그대로일까? 만약 그렇다면 영상과 서류에 등장했던 모든 중요 인물들이 이 위를 수백 수천 번씩 오갔을 터였다. 심지어 로우리조차, 탐사를 떠나기 전 캠코더를 들고 이곳을 돌아다니며 동료들과 농담을 주고받았겠지. 양탄자는 마치 서던 리치, X구역이라 이름 붙은 놀이 기구의 장단에 맞춰 움직이는 기관 그 자체처럼 낡아 있었다.

구내식당을 오가는 사람들이 컨트롤을 빤히 쳐다봤다. 이만 일어나야 했다.

다른 곳들의 어두운 방에서는 결코 있을 수 없는 형상들이 몸부림 치리라.

겨우 일어선 컨트롤은 사무실에 잠깐 들렀다가 생물학자가 기다리는 취조실로 향했다. 그는 어떤 형태로든 휴식이, 일종의 정화가 필요했다. 컨트롤은 생물학자가 탐사에 참여하기 전 가장 오래 연구를 수행했던 록 베이에 대한 정보를 떠올렸다. 생물학자가 작성한 스케치나 메모를 보면 그녀가 얼마나 그곳을 좋아했는지 알 수 있었다. 록 베이는 풍부한 녹색의 생태계를 자랑하는 북부 우림 지역이었다. 생물학자는 거기에서 오두막집을 빌려 지냈고, 그녀의 서류철에는 조수 웅덩이의 연구 자료 외에 그 오두막의 사진도 들어 있었다. 본부는 그런 부분까지 철저하게 조사했다. 간이침대와 아늑한 부엌, 난로로도 사용할 수 있는 검은색 스토브, 굴뚝으로 연결된 배기관. 황량한 자연은 컨트롤을 차분하게 만들었고, 오두막의 소박한 분위기도 마찬가지 작용을 했다.

취조실에 들어선 컨트롤은 자신과 생물학자 사이에 물병과 서류들을 놓았다. 슬슬 지겨워진 전략이긴 했지만 그럼에도…… 컨트롤의 어머니는 똑같은 의식을 반복하다 보면 그때까지 거의 보이지 않던 대상이 더 극적으로 드러날 수도 있다고 언제나 말하곤 했다. 머지않아 컨트롤이 서류들을 가리키며 제안을 하는 날이 올지도 몰랐다.

형광등이 깜박거리며 흔들렸고, 그 안에서 뭔가가 죽어 가고 있었다. 컨트롤은 유리 뒤에서 그레이스가 지켜보고 있든 말든 신경 쓰지 않았다. 유령새는 오늘따라 상태가 좋지 않아 보였다. 아파서라기보다 조금 전까지 울고 있던 것처럼 보였다. 눈 주위가 어두웠고, 자세도 축 늘어진 채였다. 무모함이나 흥미는 모두 불타 사라졌거나 어딘가에 숨겨 둔 듯했다.

컨트롤은 무슨 말부터 시작해야 할지 알 수 없었다. 사실 시작하고 싶지도 않았다. 그가 정말로 꺼내고 싶은 이야기는 영상 기록에 대한 것이었지만 불가능한 일이었다. 단어들이 머릿속에서 맴돌며 형태를 갖추었지만 결코 소리가 되어 나오지는 못한 채 말하고자 하는 욕구와 침묵하려는 의지 사이에 갇혀 버렸다. 다른 사람에게 할 수 있는 이야기가 아니었다. 절대로. 만약 누군가에게 털어놓는 바람에 상대방의 마음을 어지럽히게 된다면 결코 자신을 용서할 수 없을 것 같았다. 한번은 컨트롤의 일에 대해 어느 정도 눈치채고 있던 여자친구가 이렇게 물어본 적이 있었다. "왜 그 일을 하는 거야?" 남들에게 밝히거나 공유할 수 없는 비밀스러운 일을 계속하는 이유가 뭐냐는 질문이었다. 컨트롤은 늘 그랬던 것처럼 농담으로 넘어가기 위해, 한껏 꾸며 낸 심각한 말투로 대꾸했다. "알기 위해서. 장막 너머를 보기 위해서." 경계 너머로 가기 위해서. 컨트롤은 자기가 말하면서도 그 대답 속에 그녀를 남겨 둔 채 떠나도 상관없다는 의미가 담겨 있다는 사실을 알고 있었다.

"무슨 이야기를 하고 싶습니까?"

컨트롤이 유령새에게 물었다. 더 이상 물어볼 질문이 없어서가 아니라 그녀가 대화를 주도하기를 바라기 때문이었다.

"하고 싶은 이야기가 없어요."

무기력한 대꾸가 돌아왔다. 웅얼거리는 말투였다.

"뭐라도 있을 텐데요."

컨트롤은 빌다시피 했다. 무슨 말이든 해서 내 머릿속의 학살극을 잊게 해 달라고.

"난 생물학자가 아니에요."

정신이 번쩍 든 컨트롤은 그녀의 말에 담긴 의미를 헤아리려 애썼다.

"생물학자가 아니다." 컨트롤이 되뇌었다.

"당신은 생물학자를 원하죠. 난 생물학자가 아니에요. 내가 아니라 그녀와 이야기하세요."

정체성이 흔들리기라도 하는 걸까? 아니면 단순히 은유적인 표현일까?

어느 쪽이든, 이번 면담을 하지 말았어야 한다는 생각이 들었다.

"오후에 다시 시도해 보도록 하죠."

"뭘 시도해 본다는 거죠?" 생물학자가 쏘아붙였다. "이게 무슨 상담 **치료**라도 되는 줄 아나요? 누구를 위해서?"

컨트롤이 뭐라고 대답하려는 순간, 생물학자가 벌떡 일어서더니 책상 위의 물병과 서류들을 쓸어버리고 그의 왼손을 움켜쥐었다. 그녀의 눈빛에는 공포와 반항심이 뒤섞여 떠올랐다.

"대체 내게 뭘 원하죠? **정말로** 원하는 게 뭐예요?"

컨트롤은 붙잡히지 않은 쪽 손으로 취조실에 뛰어든 간수들에게 괜찮다는 손짓을 했다. 보이지 않는 괴물에게 끌려가듯 다시 복도로 사라지는 간수들의 모습이 얼핏 보였다.

"아무것도."

컨트롤이 대답하며 생물학자의 반응을 살폈다. 그녀의 손은 뜨겁고 축축했다. 피부 아래에서 무슨 일이 벌어지고 있는 것이 분명했다. 열이 더 심해진 걸까?

"날 병리학적으로 분석하는 일을 돕지는 않을 거예요." 생물학자가 씩씩대며 거칠게 숨을 들이쉬더니 외쳤다. "난 생물학자가 아니라고요!"

컨트롤은 한 걸음 물러나서, 생물학자가 다시 의자에 주저앉는 모습을 지켜봤다. 그녀는 컨트롤에게 눈길도 주지 않고 책상을 내려다볼 뿐이었다. 컨트롤은 그녀의 흐트러진 모습을 보고 싶지 않았다. 자신이 그 원인이라는 생각은 더더욱 싫었다.

"당신이 누구든 그 이야기는 나중에 다시 하죠."

"그러시든가요."

생물학자가 팔짱을 낀 채 중얼거렸다.

하지만 컨트롤이 물병과 흩어진 서류들을 집어 들고 문까지 걸어 갔을 때, 그녀 안에서 또다시 변화가 일어났다.

생물학자의 떨리는 목소리에서 어떤 새로운 감정이 느껴졌다.

"내가 떠날 때, 이 바깥 저수지에서 황새 두 마리가 짝짓기를 하고 있었어요. 걔들이 아직 거기에 있을까요?"

컨트롤은 잠시 생각해 보고 나서야 그녀가 탐사를 떠났던 때를 말하고 있다는 사실을 깨달았다. 그리고 또 잠시 뒤에야 그 말이 일종의 사과에 가깝다는 점을 알 수 있었다.

"모르겠군요. 한번 알아보죠."

그곳에서 생물학자에게 무슨 일이 있었던 걸까? 그리고 여기에서 자신에게 무슨 일이 일어나고 있는 걸까?

영상의 마지막 장면은 별도로 구분되어 있었다. '미분류'라는 제목으로. 이미 모든 대원들이 사망하고, 부상을 당한 로우리 혼자서 경계까지 반쯤 돌아온 상황이었다.

거의 20초 동안 카메라는 습지의 반짝이는 갈대밭과 짙은 푸른색 호수들, 바다에서 부서지는 하얀 파도와 그 너머의 등대를 비췄다.

카메라는 아래로 내려갔다가 위로 올라갔고, 다시 떨어졌다가 위로 치솟았다.

그 영상에서는 소름 끼치는 열정이 느껴졌다.

모든 것을 삼켜 버릴 듯한 환희가.

017: 관점

 단계가 사라지기 시작했다. 원래 차례가 아닌 단계가 생겨나기도 했다. 현안에 대한 회의를 마치고 점심시간이 되자, 컨트롤은 아무리 애를 써도 별로 기억나는 내용이 없었다. 그는 어떻게든 수수께끼를 해부하기 위해 여기에 왔지만, 오히려 수수께끼 쪽에서 그를 해부하기 시작한 느낌이었다.
 회의 자리에서 한참 동안 등대에 대해, 그리고 등대와 지형적 변이의 관계에 대해 알고 싶다는 이야기를 했던 기억은 났다. 그러자 슈가 등대지기의 설교에 어떤 패턴이 존재한다는 말을 꺼냈다. 장비 부서의 유일한 직원인 다시라는 이름의 구부정한 노인은 슈가 설명하는 내내 거슬리는 목소리로 끼어들며 '현 시점을 위해서나 미래를 위해서나 역사적으로 정확한 기록을 남기는 일의 중요성'을 언급했다.

탐사대의 대원들은 모닥불 주위를 둘러싸고 있었다. 너무 거대해서 형태를 정확하게 파악할 수 없는 뭔가가 배경에서 바닥을 기거나 미끄러지며, 나무들과 모닥불 사이를 돌아다녔다. 도대체 무엇이 그토록 육중한 몸집으로 그토록 민첩하게 나무들 사이를 빠져나갈 수 있을까? 컨트롤은 길다란 끈 같은 몸체와 미끌거리는 피부를 상상하지 않으려고 애썼다.

어쩌면 컨트롤은 계속 고개를 끄덕이며 질문이나 몇 개 던지고 말았을 수도 있었다. 하지만 슈의 조수인 에이미 뭐라는 여자가 입술을 씹어 대는 모습이 점점 더 보기 거슬렸다. 천천히. 규칙적으로. 아무 생각 없이. 그러면서 종이에 뭔가를 적거나 슈의 귀에 대고 정보를 속삭였다. 윗입술이 말려들어 갈 때마다 선홍색 잇몸과 살짝 변색된 치아가 드러났다. 하도 씹어 댄 나머지 그녀의 아랫입술 한 쪽은 원래 바른 립스틱 색보다 점점 더 빨개졌다.

화면 배경쪽에서 뭔가가 **스치다가** 혹은 **개입했다가** 사라지는 동안, 중앙에는 수염을 기른 남자 하나가 몸을 웅크리고 있었다. 로우리가 아니라 오코넬이라는 이름의 남자였다. 처음에 컨트롤은 오코넬이 자기가 모르는 외국어로 뭐라고 중얼거린다고 생각했다. 컨트롤은 하마터면 자기가 발견한 사실을 알려 주려고 벨을 눌러 그레이스를 부를 뻔했다. 하지만 잠시 더 지켜보니 남자는 입술을 깨물고 있었다. 그는 피가 나도록 입술을 씹으면서 카메라를 응시했다. 컨트롤은 그 이유가 카메라밖에 안심하고 쳐다볼 대상이 없기 때문이라는 사실을 서서히 깨달았다. 오코넬은 입술을 씹으며 뭐라고 중얼거렸지만, 이미 벽에 적힌 글을 읽고 난 컨트롤에게 새로울 것은 없었다. 상상할 수 있는 가장 원시적이고 그래서 평범한 메시지였다.

회의 뒤에는 구내식당의 뻔한 점심식사가 이어졌다. 점심식사는 너무 많이 반복되어 의미가 없어져 버린 단어였다. 흰 토끼나 책상 맞은편의 우울한 생물학자도 마찬가지였다. 그리고 앞으로 다가올 일은 까맣게 모른 채 모닥불 주위에 모여 있던 탐사 대원들도.
 일행의 가장 앞에서는 컨트롤이 한편으로 지겨워하면서도 다른 한편으로는 신경을 쓰고 있는 휘트비가 걸었다. 구내식당의 테이블 사이를 이리저리 헤쳐 나가는 그의 뒤를 체니와 슈, 그레이스가 따랐다. 휘트비는 회의 참석자가 아니었지만, 아래층으로 내려가던 중에 마주쳐서 식사에 동참하게 되었다. 어찌 보면 휘트비의 서식지를 모두가 방문하는 셈이었다. 휘트비가 구내식당을 좋아하는 이유는 음식 때문이 아니었다. 단지 사방이 트여 있고, 시선을 가로막는 장애물이 없어서였다. 어쩌면 그저 어디로든 도망치기 쉬운 장소라서 그럴지도 몰랐다.
 휘트비는 일행을 낮은 플라스틱 의자가 딸린 원형 테이블로 안내했다. 정원에서 가장 먼 구석이자 3층으로 빠져나가는 층계 바로 옆이었다. 컨트롤은 휘트비가 벽에 붙어 앉기 위해 그 자리를 골랐다는 사실을 깨달았다. 어처구니없는 상상이지만, 살인 청부업자가 사방을 경계하는 모습이 떠올랐다.

컨트롤은 그레이스를 마주 보는 위치였다. 휘트비와 슈는 부국장의 왼쪽과 오른쪽에 각각 앉았다. 체니는 그레이스의 맞은편이자 컨트롤의 옆에 자리를 잡았다. 그레이스가 분위기를 지배하는 듯했다. 일행 중 몇 사람은 스스로 원해서 식사에 동참한 것이 아니라는 의심이 들었다. 체니가 X자 주름이 새겨진 얼굴을 들이밀며 쾌활하게 말했다.

"음식을 가져올 동안 제가 자리를 지키죠. 저는 그 뒤에 가면 됩니다."

"괜찮습니다. 내가 남을 테니 배나 사과 하나랑 물이나 좀 가져다주시죠."

컨트롤이 말했다. 왠지 모르게 기분이 불쾌했다.

체니는 고개를 끄덕이더니 두꺼운 손으로 테이블을 한 번 탁 치고는 나머지 사람들과 함께 음식을 가지러 갔다. 그동안 컨트롤은 벽에 걸린 액자 속의 사진들을 구경했다. 먼지가 쌓인 유리 너머로 과거 서던 리치의 핵심 인물들이 보였다. 그중 몇몇은 여러 보고서를 통해 접한 얼굴이었다. 본부에서 잠시 서던 리치를 방문하러 온 로우리의 모습도 있었다. 컨트롤은 사람들 한가운데 서서 웃고 있는 휘트비도 발견했다. 사진 속의 휘트비는 호기심 많고 날렵하며 낙천적인 인상의 청년이었다. 심지어 지나치게 적극적으로 보이기까지

했다. 왼쪽 끝에는 실종된 국장이 거대한 그림자를 드리우고 있었다. 그녀는 미소를 짓지도 그렇다고 찡그리고 있지도 않았다.

당시에는 국장도 원래 근무하던 심리학자의 보조로 입사한 신참이었다. 그레이스는 그로부터 5년이 더 지나서야 들어왔다. 이렇게 계속 승진하며 자리를 유지하는 일이 두 사람 모두 쉽지는 않았을 터였다. 그런 성공을 거두려면 강인함과 인내심이 필요했다. 그것도 아주 많이. 하지만 적어도 국장과 그레이스 모두 최면이 유일한 생존 수단이던 초창기의 혼란은 겪지 않았다. 사이비 과학자나 심지어 심령술사까지 불러들여 설명도 거의 없이 정보를 찾아내라고 요구했던 시기였다. 물론 점술로는 어떤 정보도 알아낼 수 없었다.

그러는 동안 사람들이 음식을 가지고 돌아왔다. 체니의 접시 위에는 컨트롤이 부탁한 배 하나와 물이 놓여 있었다. 혹시라도 불행한 일이 닥쳐 누군가 일행을 모두 부검하게 된다면 체니의 위는 새의 것처럼, 휘트비는 돼지처럼 보이겠다는 생각이 들었다. 슈는 주로 견과류를 담아 왔고 그레이스는 어지간히 소식하는 모양이었다. 그녀는 자리에 앉아 컨트롤을 노려보며, 마치 그에게 불리하게 작용할 증거물이라도 되는 양 크래커 두 봉지와 커피 한 잔을 테이블 위에 내려놓았다. 컨트롤은 마음을 가라앉히며 머리를 맑게 하기 위해 물 한 모금을 들이켰다.

"정기 회의는 매주 목요일마다 하는 겁니까 아니면 격주로 열립니까?"

컨트롤은 분위기를 부드럽게 할 겸해서 별 의도 없이 그렇게 물었다. 하지만 그레이스는 잡담을 나누고 싶은 생각이 없는 모양이었다.

"이야기를 하나 들어 보겠어요?"

그녀의 말은 질문이 아니었다. 뭔가를 단단히 마음 먹은 듯했다.

"좋아요." 컨트롤이 말했다. "안 될 것 없죠."

체니가 옆에서 불편한 듯 몸을 꼼지락거렸고, 휘트비와 슈는 동시에 그레이스로부터 시선을 돌려 딴청을 피웠다.

그레이스가 자신을 응시하자 컨트롤은 들고 있던 배를 씹을 마음이 사라졌다.

"정부의 대 테러 작전에 관련된 이야기예요."

올 것이 왔군.

"흥미롭군요. 나도 한동안 대 테러 부서에서 일한 적이 있죠."

그레이스는 컨트롤의 말을 무시하고 이야기를 계속했다.

"현장 임무에 실패한 어떤 요원에 대한 이야기이기도 하고요. 그 요원이 훈련을 마치고 세 번째로 맡은 임무였죠. 첫 번째나 두 번째가 아니라요. 그러니 미숙했다는 핑계를 댈 수도 없을 거예요. 임무가 뭐였냐고요? 북서부 해안 지병의 분리주의 민병대를 감시하고 보고하는 일이었어요. 그들은 산악 지대에 근거지를 두고 주변의 주요 항구 도시로 내려와 테러리스트를 모집하곤 했죠." 아마 시간이 지나면 놈들은 항구의 선적을 방해하거나 건물을 파괴하는 등 여러 가지 사건을 벌였을 터였다. 컨트롤은 그들에게 그럴 의지와 자원이 모두 있다고 믿었다. "특별한 정치적 의도나 방향성도 없는 집단이었어요. 그저 무지한 백인들이 대다수였고, 주로 대학생이나 그 나이 또래였죠. 여자들 중에도 과격한 인물이 몇몇 있었지만, 대부분 무식한 남자들이 무슨 일을 꾸미는지 제대로 알지도 못할 정도로 멍청했죠. 하지만 가장 멍청한 건 그 요원이었다고 해야 할 거예요."

컨트롤은 아무 말도 하지 않고 앉아 있었다. 얼굴에 금이 가고 갈라지는 듯한 느낌이 들기 시작했다. 몸 안쪽에서부터 열기가 치밀어 올랐다. 그레이스는 자신을 한 꺼풀씩 벗겨 낸 다음 무너뜨릴 생각일까? 그가 서던 리치에서 친해진 몇 안 되는 사람들 앞에서?

체니는 이야기가 어디로 흐를지 몰라서 불안한 듯 씩씩거리는 숨소리를 냈다. 휘트비는 마치 자신을 향해 걸어오는 낯선 사람이 뭔가 재미있는 이야기를 하는데, 아직 거리가 좀 있어서 정확히 알아듣지 못할 때와 비슷한 표정이었다. 물론 그건 그의 잘못이 아니었다.

"내가 아는 이야기 같군요."

컨트롤이 말했다. 실제로 아는 이야기였고, 뒤에 이어질 내용도 예상할 수 있었다.

"요원은 민병대 조직에 침투했죠. 혹은 그 주변에 접근했다고 할까요." 그레이스가 말했다. "핵심 집단의 친구들과 안면을 텄으니까 말이에요."

양탄자에 뭔가 흥미로운 점이라도 있다는 듯 인상을 찌푸린 채 바닥만 내려다보던 슈가 갑자기 자리에서 일어서더니 쾌활한 인사와 함께 테이블을 떠났다.

"이건 공정하지 않아요, 그레이스. 당신도 알잖아요." 체니가 몸을 앞으로 기울이며 속삭였다. 어째선지 그녀에게 대놓고 말할 엄두는 나지 않는 듯한 태도였다. "기습이나 다름없는 일이에요."

하지만 컨트롤의 생각에는 공정했다. 아무 문제도 없었다. 자신과 그레이스가 미리 어떤 규칙에 합의한 바 없다는 점을 감안하면 말이다.

"요원은 그 친구들을 미행하기 시작해서 결국 어느 술집까지 따라갔죠. 서열상 두 번째였던 조직원의 여자친구가 그 술집에서 노는 걸 좋아했거든요. 그 여자도 감시 대상이라, 요원은 사진을 통해 얼굴을 알고 있었죠. 하지만 이 잘난 요원은 단지 지켜보는 데 그치지 않고 그녀에게 말을 걸었어요. 그 술집에서 말이죠……."

"나머지 이야기는 내가 할까요?"

컨트롤이 끼어들었다. 이야기의 결말을 알고 있었기 때문이다. 그래서 그레이스 대신 계속할 수도 있었고 또 그러고 싶은 강렬한 충동을 느꼈다. 그는 그레이스에게 뒤틀린 고마움을 느꼈다. 왜냐하면 그 일은 다른 모든 나머지 사건들에 비하면 지극히 평범하고 인간적인 실수였기 때문이다.

"그레이스……." 체니가 애원했다.

하지만 그레이스는 두 사람을 모두 무시한 채 휘트비를 쳐다봤다. 휘트비는 별 도리 없이 그녀를 마주 봤다.

"그냥 말만 걸었던 게 아니에요, 휘트비." 휘트비는 그레이스가 친근하게 자신의 이름을 부르자 화들짝 놀랐다. "그 여자를 유혹했죠. 임무에 필요한 일이라고 자기 자신을 설득하면서요. 그 정도로 오만한 인간이었던 거죠. 고삐가 제대로 풀렸던 거예요."

컨트롤의 어머니도 그에 대해 늘 그런 식으로 말하곤 했고, 이 경우에는 맞는 말이기도 했다.

"예전에는 구내식당에도 포크와 스푼이 있었어요." 휘트비가 구슬프게 말했다. "지금은 이렇게 포크와 스푼을 합쳐 놓은 물건을 써야 하죠."

그는 왼쪽 오른쪽으로 번갈아 몸을 돌렸다. 다른 식기를 찾는 것일 수도, 혹은 달아나려고 틈을 보는 것일 수도 있었다.

"다음번에 이 이야기를 할 때에는 유혹 부분을 빼야 할 겁니다. 그런 일은 없었으니까." 컨트롤이 말했다. 머릿속에서 연기가 피어오르고 귓가에는 종소리가 들리는 듯했다. "그 요원의 상관이 명확한 지시를 내린 적도 없다는 사실 또한 덧붙여야겠죠."

"들었죠? 이제 그만합시다."

체니가 당나귀 트림 소리만큼이나 작고 희미하게 중얼거렸다.

그레이스는 이제 완전히 휘트비를 바라보며 말하는 중이었고, 휘트비는 체니를 향해 돌아앉아 어쩔 줄 모르는 시선을 보냈다. 하지만 체니라고 뾰족한 수가 있을 리 없었다.

"그래서 요원은 그녀를 침대로 끌어들였죠." 적어도 그레이스의 목소리에 승리감이 드러나진 않았다. "민병대 조직원들에게 들키면 위험하다는 걸 알면서도 말이에요. 그때까지도 상부에서는 그 요원이 무슨 짓을 하는지 몰랐어요. 그러다 어느 날……"

"어느 날." 컨트롤이 끼어들었다. 그레이스가 기어코 이 빌어먹을 이야기를 계속할 생각이라면 적어도 사실을 말해 주기 위해서였다. "어느 날, 그 요원은 술집을 찾았죠. 고작 세 번째 방문이었지만, 여자의 남자친구가 전날 밤에 설치한 카메라에 잡히고 말았습니다."

컨트롤은 술집에 두 번째로 갔을 때까지 여자에게 말조차 건 적이 없었다. 다만 세 번째이자 마지막으로 갔을 때에는 대화를 나눴다. 그러지 말았어야 했다. 그는 자기가 그녀에게 무슨 말을 했는지, 혹은 들었는지 기억도 나지 않았다.

"맞아요." 그레이스가 말했다. 한순간 그녀의 얼굴에 혼란스러운 표정이 스쳤다. "그래요."

썩은 고기를 찾아 헤매는 야생의 청소부에게는 신선한 먹이처럼 보일지 몰라도, 컨트롤의 입장에서는 오래전에 생긴 흉터에 불과했다. 그 이야기를 반복할 때마다 컨트롤은 자신이 아득한 옛날에 벌어졌던 사건을 재연하는 배우가 된 기분이었다. 그가 그 일을 언급할수록 독백은 점점 더 매끄러워지고 세부 사항도 잘 들어맞았다. 퍼즐 조각 같은 단어들을 집어삼킨 뒤 완벽한 문장으로 뱉어 내는 기분이었다. 이야기를 하는 행위 자체는 점점 더 싫어졌지만, 스스로 말하지 않는다면 17년하고도 다섯 개월이나 전에 있었던 일로 협박이나 당할 뿐이었다. 당시 컨트롤의 상관은 그에게 사건에 따른 징계 이상의 대가를 치르게 해 주겠다며 이를 갈았기 때문에, 새로운 근무지로 옮길 때마다 과거가 늘 따라다녔다.

여러 종류의 각색 중에서도 최악은 방금 그레이스가 말한 이야기처럼 그가 레이첼 매카시라는 이름의 여자와 잠자리를 해서 임무를 회복 불가능할 정도로 망쳐 버렸다는 내용이었다. 하지만 실제로 있었던 일도 그보다 특별히 나을 것은 없었다. 컨트롤은 자신의 어머니와 같은 대학을 우수한 성적으로 졸업했고, 본부의 훈련에서도 높은 점수를 기록했다. 스스로는 의식하지 못했지만 다소 오만한 생각을 가졌어도 이상한 일은 아니었다. 그는 중부 지방에서 평야 지대와 완만한 언덕을 누비며 구식 범죄자들을 쫓던 첫 번째와 두 번째 임무에서 대단한 성공을 거두었다. 놈들은 한적한 시골 마을의 광장에 픽업트럭을 세워 놓고 씹는담배를 즐기는 부류였다. 컨트롤은 야구 모자를 쓴 녀석들이 의심스러운 상자를 승합차에서 내리는 모습을 감시하며 간식으로 오크라 튀김을 씹곤 했다.

"난 끔찍한 실수를 저질렀어요. 아직도 매일 그때 일을 생각하죠. 지금도 그 사건이 내 길잡이가 되어 주니까요. 무슨 일이든 겸손하고 또 집중해야 한다고 말입니다."

정말로 매일 생각하는 건 아니었다. 그랬다면 이미 망가지고 말았을 터였다. 어떤 과거는 굳이 이름 붙일 필요 없이 내버려 둬야 했다. 가끔 우울한 감정이 찾아오지만 어디까지나 가끔일 뿐이었다. 시간이 지나서 기억이 흐려졌고, 기억은 마치 오래전 회전근개에 입은 부상처럼 변했다. 희미하지만 날카로운 통증이 어깨뼈를 지나 척추로 이어지는 마디마디에서 느껴졌다.

"어쨌든." 컨트롤이 말했다. 휘트비는 누가 목이라도 조르는 듯한 표정이었고, 체니는 어느새 슬쩍 자리를 빠져나가고 없었다. "어쨌든 그녀의 남자친구는 웬 낯선 남자가 자기 여자친구에게 말을 거는 모습을 영상으로 보게 됐습니다. 그리고 부하를 시켜 낯선 남자를 20분 거리에 있는 커피숍까지 미행하게 했죠. 요원은 꼬리가 붙었다는 사실을 꿈에도 몰랐어요. 자기 능력을 과신한 데다, 이번 임무도 성공이라는 생각에 흥분한 상태였기 때문이죠." 그때는 자신의 혈통을 믿었고, 세상에 모르는 일이 없다고 느꼈었다. "요원이 커피숍에서 누굴 만났겠습니까? 바로 자신의 상사였죠. 한데 그 상사가 몇 년 전 이 민병대와 충돌한 적이 있었던 겁니다. 상사가 아니라 요원이 임무를 맡게 된 이유도 그래서였고 말입니다. 민병대 입장에서는 부두목의 여자친구가 이미 정체가 알려진 정부 요원과 대화를 나눴다는 사실을 알아낸 셈이죠."

이 대목에서 컨트롤은 늘 반복하던, 대본에 없는 이야기를 했다. 그레이스에게 자신이 그날 아침 무엇을 감내해야 했는지 알려 주기 위해서였다.

"허공에서 다른 모든 사람들의 머리 위에 둥둥 떠다니며 그들을 내려다보는 기분이었죠. 내가 원하는 일은 무엇이든 할 수 있을 것 같았습니다."

그레이스는 컨트롤이 무슨 말을 하고 싶은지 알아차린 듯했지만, 죄책감을 느끼는 기색은 없었다.

"그래서 민병대는 아군 하나가 정부와 내통했다고 믿게 됐죠. 설상가상으로 그 여자의 남자친구는 소유욕과 질투심이 강한 타입이었어요. 그는 분노에 휩싸인 채 직접 감시에 나섰습니다. 다음 날 다시 나타난 요원은 여자에게 그저 고개만 끄덕여 보였지만, 그는 두 사람이 자기가 모르는 비밀스러운 방법으로 내통한다고 생각했죠. 요원이 다시 나타났다는 사실만으로도 충분했던 겁니다. 그는 자기 여자친구가 요원의 끄나풀 노릇을 하며 조직을 감시한다고 믿게 됐어요. 그러니 그자들이 어떻게 했을까요?"

눈치만 보던 휘트비가 테이블에서 일어서더니 짧은 인사조차 없이 과학 부서 쪽으로 줄행랑을 쳤다.

이제 컨트롤과 그레이스만 남았다.

"한번 맞혀 보겠습니까?"

구내식당의 모든 눈들이 자신을 향하고 있었지만, 컨트롤은 아랑곳 않고 모든 분노와 자기혐오의 감정을 부국장에게 쏟아 내며 그렇게 물었다.

죽어 버린 대본의 감정들을 되살리기 위해 컨트롤은 **지형적 변이**

나 **첫 번째 탐사대의 영상** 그리고 **최면 요법** 같은 것들을 떠올렸다. 관계를 가지면서 절정이 너무 빨리 찾아오지 않게 하려고 수학 숙제 따위를 생각하며 흥분을 가라앉힐 때와 비슷했다.

"빌어먹을, 맞혀 보겠습니까?"

컨트롤은 지금 듣고 있는 사람들이 아니라 생물학자에게 이런 고백을 하고 싶다는 생각을 하며 거대한 속삭임처럼 내뱉었다.

"놈들이 레이철 매카시를 쐈죠." 그레이스가 말했다.

"맞아요, 정답입니다!"

컨트롤이 뷔페에서 음식을 고르는 사람들에게까지 들릴 정도로 크게 소리쳤다. 식당 안에 남아 있는 열다섯 명 정도의 직원들은 마치 아무 일도 없다는 듯 이쪽을 외면하고 있었다.

"놈들이 레이철 매카시를 쐈죠. 하지만 민병대가 날 찾기 시작할 때쯤에, 난 이미 안전하게 집에 돌아와 있었습니다. 내가 무슨 짓을 했죠? 그녀와 두세 마디 이야기를 나눈 것? 내 입장에선 통상적인 감시 임무였을 뿐입니다. 그런 다음 보고를 위해 불려 갔고, 보다 능숙한 다른 요원들이 후속 조치에 투입됐죠. 그러는 사이 민병대는 매카시를 정신을 잃을 때까지 두들긴 다음 버려진 채석장으로 데려갔어요. 그리고 사실대로 말하라고 다그쳤죠. 술집의 그 남자가 누군지 불라고 말입니다. 하지만 그녀는 그럴 수가 없었죠. 아무것도 몰랐으니까. 내가 요원인 줄도 몰랐어요. 하지만 그건 그자들이 원하는 대답이 아니었죠. 사실 뭐라고 대답해도 마찬가지였을 겁니다."

판사가 영장을 승인하고, 자신이 사건 해결에 도움이 됐다며 좋아하고 있을 무렵에는 이미 그 남자친구가 매카시를 쏜 이후였다. 머리에 두 방이었다. 사흘 후 지역 경찰이 시신을 발견했다.

컨트롤은 너무 애송이라 몰랐지만, 다른 사람이었다면 그대로 경력이 끝났을 터였다. 몇 년이 지나고 나서야 그는 어머니가 자신을 구하기 위해 백방으로 애썼다는 사실을 알게 됐다. 여기저기 인맥을 이용해 때로는 압력을 넣고 때로는 부탁을 하면서. 나중에 어머니가 한 말에 따르면, 그녀가 아들을 믿었고 앞으로 더 잘해 낼 수 있다고 생각했기 때문에 말이다.

컨트롤은 1년간의 정직 처분을 받았다. 그리고 그 기간 동안 아무 짝에도 소용없는 심리 치료와, 어떻게 해도 피해 갈 수 없는 사소한 실수까지 잡아내기 위해 고안된 재훈련 과정을 견뎌야 했다. 그런 다음 책상 앞에서 하는 관리 업무를 맡았고, 출세를 거듭하여 지금처럼 '해결사' 노릇까지 하게 됐다. 하지만 두 번 다시 현장에 투입되는 일은 없을 터였다.

그렇게 그는 이 벽지의 기관을 맡아서 운영하게 됐다. 그렇게 그는 여태까지 어떤 여자친구에게도 고백한 적 없는 이야기를 이 구내식당에서, 아마도 자기를 증오하는 여인 앞에서 소리치게 됐다.

얼마 전에 컨트롤이 봤던 작은 새는 아직도 구내식당 안을 날아다니고 있었다. 이리저리 파닥거리는 모습이 마치 박쥐처럼 보였다.

비구름이 다시 몰려드는 중이었다.

그레이스는 벽에 걸린 사진 속의 과거 동료들로부터 비호라도 받는 듯한 태도로 여전히 컨트롤을 마주 본 채 앉아 있었다. 더는 들을 사람도 없었지만, 그녀는 맞은편에 앉아 있는 컨트롤의 더 사소한 잘못들을 되는 대로 하나씩 늘어놓았다. 컨트롤 관련 서류를 통해 알아낸 사실들이었다. 그레이스는 다른 것들에 대해서도 이야기했다. 그의 어머니에 대해서, 아버지에 대해서, 그리고 이상하게도 더는 거슬리지 않는 수많은 문제들에 대해서. 그러자 오히려 기이한 안도감이 컨트롤을 찾아왔다. 그레이스는 자신을 제대로 꿰뚫어 보고 있었다. 그의 능력과 약점, 짧은 연애 주기와 방랑벽, 아버지의 암투병과 어머니의 양면성까지 모두 알았다. 가정과 종교를 포기하고 직업을 선택한 어머니를 컨트롤이 포용한 일까지도. 다른 무엇보다 그녀의 목소리에는 결코 물러서지 않는 컨트롤에 대한 연민 어린 분노와 마지못한 존경심이 드러났다.

"당신은 한 번도 실수한 적이 없나요?"

컨트롤이 그렇게 물었지만, 그레이스는 대답하지 않았다.

대신에 그녀는 컨트롤에게 자신의 동기에 대한 단서를 던졌다.

"이번에는 당신의 연줄이 나를 본부와 단절시키려 들더군요. 영원히 말이에요."

어쨌든 보이스가 그를 도와주려 애쓰고 있는 셈이었다.

"내가 요청한 일이 아닙니다."

설사 그랬더라도 더 이상은 그러고 싶지 않았다.

"내 사무실에도 다시 들어왔더군요."

"그런 적 없어요."

하지만 확신할 수는 없었다.

"내가 모든 걸 그대로 유지하려는 이유는 국장님을 위해서예요. 내가 아니라요."

"국장은 죽었어요. 그녀가 다시 돌아올 일은 없습니다."

그레이스는 그로부터 시선을 돌려 창밖의 정원을, 그리고 그 너머의 호수를 바라봤다. 말을 걸 수 없을 정도로 무시무시한 표정이었다.

어쩌면 국장은 X구역의 상공을 자유롭게 날고 있을지도 모른다. 아니면 살아남기 위해 손톱이 부러지도록 땅을 파고 있을지도 모른다. 뭔가로부터…… 도망치려고. 하지만 어쨌든 여기에는 없었다.

"나 대신 다른 사람이 온다면 상황이 얼마나 더 나빠질지 생각해 봐요, 그레이스. 상부에서 당신을 국장으로 승진시키는 일은 절대 없을 겁니다."

이에는 이, 진실에는 진실.

"아시겠지만 난 방금 당신에게 호의를 베풀었어요."

컨트롤의 말을 애써 외면하며 그레이스가 말했다.

"호의라? 물론 그랬겠죠."

하지만 컨트롤도 알고 있었다. 방금 그녀의 폭로는 사실상 허공에 대고 발사한 총알이나 다름없었다. 그레이스는 죄상으로 가득한 상자에 간직하고 있던 비밀들을 남기지 않고 쏟아 내며 장래에 그걸 사용하지 않겠다고 선언한 셈이었다.

"당신은 우리와 아주 비슷해요. 많은 실수를 저질러 온 사람이죠. 더 잘하려고 애쓰는 사람이고요. 더 나아지려고."

그 말에는 지난 30년간 어쩌지 못한 문제를 그가 해결할 수는 없다는 의미가 숨어 있었다. 컨트롤이 전 국장보다 앞서 나가는 일을 용납하지 않겠다는 뜻 역시. 그레이스는 자신을 어떻게 오도하려는 걸까? 그녀는 컨트롤이 어디로 가기를, 혹은 가지 않기를 바라는 걸까?

컨트롤은 그저 고개를 끄덕였다. 그레이스에게 동의해서가 아니라 지쳐서였다. 그는 먼저 일어나겠다고 말한 다음, 화장실에 들어가 문을 걸어 잠근 뒤 아침식사로 먹었던 음식을 모두 게워 냈다. 그는 자신이 무슨 병에라도 걸린 건지, 아니면 서던 리치의 모든 것을 온몸으로 거부하고 있는지 의문이 들었다.

018: 회복

어느새 돌아온 체니가 화장실 밖에서 마치 절친한 사이라도 되는 듯 "이봐요, 괜찮습니까?"라고 속삭였다. 체니가 포기하고 돌아간 뒤, 잠시 변기에 앉아서 숨을 돌리자니 주머니에서 전화기가 울렸다. 보이스였다. 화장실은 그 전화를 받기에 완벽한 장소처럼 느껴졌다. 변기의 차가운 느낌이 어째선지 마음을 진정시켰다. 바닥에 깔린 작고 파란 타일들도 마찬가지였다. 얼핏 풍기는 소변 냄새까지도. 전부가. 뭐라도.

왜 남자 화장실에는 거울을 가져다 놓지 않은 걸까?

"다음부턴, 내가 전화하면 무조건 받게."

남자인지 여자인지 모를 목소리가 자신이 매우 바쁜 사람이라는 점을 암시하며 그렇게 경고했다. 컨트롤은 그제야 부재중 전화가 왔었다는 사실을 깨달았다.

"회의 중이었습니다."

비디오테이프를 시청했습니다. 생물학자와 면담을 했습니다. 그리고 당신 때문에 부국장이 내 엉덩이를 걷어차기도 했죠.

"새 집 정리는 마쳤나?" 보이스가 물었다. "정리가 됐나?"

경계를 향해 달리는 2000마리의 토끼들. 죽기를 거부하는 식물. 상식 밖의 비디오 영상. 바다에 사는 물고기의 수보다 더 많은 가설들. 집 정리를 마쳤냐고? 보이스의 말은 마치 알아들을 수 없는 암호처럼 이상했다. 하지만 그럼에도 불구하고 그 말을 듣자 왠지 마음이 놓였다.

"듣고 있나?" 보이스가 퉁명스럽게 물었다.

"네. 네, 집 정리는 마쳤습니다."

"그럼 보고할 내용은 뭔가?"

컨트롤이 보이스에게 간략하게 보고했다.

보이스는 잠시 뜸을 들이더니 물었다.

"그럼 이제 답을 찾았나?"

"무슨 답 말입니까?"

"X구역 뒤에 놓인 수수께끼에 대한 답 말일세."

보이스는 기묘하게 작은 금속성 웃음소리를 냈다. 허 허 허.

컨트롤의 참을성이 바닥났다.

"그레이스가 본부에 대해 가지고 있는 연줄을 끊으려는 시도는 이제 그만두시죠. 오히려 역효과만 나고 있습니다."

컨트롤은 그러면서 그녀가 1차 탐사대의 비디오 영상을 조심스럽게 준비하던 모습을 떠올렸다. 점심시간까지는 너무 지치고 피곤해서 그 일에 대해 제대로 생각할 여유가 없었다. 문득 보이스가 선택한 부적절하고 극단적인 선택과 맞물려, 근거는 없지만 그야말로 자신을 서던 리치 한복판에 꽂아 놓은 장본인일지도 모른다는 의심이 들었다. 만약 보이스가 그의 어머니라면 짐작이 틀림없을 터였다.

"이보게, 존." 보이스가 으르렁거렸다. "내가 자네에게 보고를 하는 게 아닐세. 자네가 나한테 보고를 하는 거지. 그 점을 잊지 말게."

단호하게 들리려고 하는 말 같았지만, 어째선지 그리 효과적이지 못했다.

"그만두십시오." 컨트롤이 되풀이해서 말했다. "제가 피해를 보고 있습니다. 그레이스는 당신이 그런 시도를 한다는 사실을 알고 있어요. 그만둬 주십시오."

"다시 말하지만, 내가 자네에게 보고하는 게 아니야. 날 가르치려 들지 말게. 난 자네가 해결해 달라고 부탁한 문제를 해결하려고 시도했을 뿐이니까."

격렬한 반응에 컨트롤은 전화기를 귀에서 멀리 떼야 했다.

"아시겠지만 오늘 아침 1차 탐사대의 비디오를 봤습니다. 당황스럽더군요."

반쯤은 사과에 가까운 말이었다. 컨트롤의 할아버지는 상대방이 불만을 토로하면 화제를 다른 데로 돌리라고 가르쳤다. 실제로 과거에 여러 차례 성공했던 방법이기도 했다.

하지만 어째서인지 그 말이 보이스를 더욱 화나게 만들었다.

"지금 그게 자네가 빌어먹을 할 일을 제대로 처리하지 못한 핑계가 된다고 하는 개소린가? 비디오를 봤다고? 꼴값은 그만두고 다음 번에는 제대로 된 보고를 하게. 그러면 나도 자네가 요청하는 대로 해 줄 생각이 들지도 모르지. 무슨 말인지 알겠나, 이 병신 자식아!"

욕설은 어색했고 자연스럽게 이어지지도 않았다. 마치 보이스가 **빌어먹을, 개소리, 꼴값, 병신**이라는 단어들로 문장을 완성하는 게임이라도 하는 듯했다. 어쨌든 컨트롤은 무슨 말인지 알아들었다. 보이스는 꼴통이었다. 그리고 그는 예전에도 꼴통 같은 상사 밑에서 일해 본 적이 있었다. 진짜 보이스가 휴가 중이고 누군가 임시로 대역을 맡고 있는 중이 아니라면 말이다. 메갈로돈은 미쳤다. 메갈로돈은 행복하지 않다. 메갈로돈은 화가 났다.

그래서 컨트롤은 자세를 낮추고 회유를 시도했다. 여태까지 자신이 했던 일들을 열심히 각색해서, 도무지 뭐가 뭔지 하나도 알 수 없다는 고백 대신 나름대로 앞뒤가 들어맞고 논리적인 '진행 상황'을 만들어 냈다.

"됐네!"

어느 순간 보이스가 컨트롤의 말을 끊었다.

"좀 낫군." 잠시 후 보이스가 말했다. 컨트롤은 강판 위에 강판을 가는 듯한 거친 목소리가 조금 전보다 밝아졌는지 확신할 수 없었다. "당분간 정보를 계속 수집하면서 생물학자를 심문하게. 좀 더 압박을 가하도록."

이미 압박을 가할 만큼 가했고, 그 결과는 좋지 않았다. 유용한 정보를 밝혀내기 위해서는 종종 긴 시간이 걸렸고, 언제 튀어나올지 모르는 단서를 기다리며 쓸데없어 보이는 이야기에 귀를 기울여야 했다.

다시 침묵이 흐르다가, 보이스가 입을 열었다.

"자네가 요청한 정보를 가지고 있네."

"무슨 정보 말씀입니까?"

식물, 쥐, 아니면……?

"국장이 실제로 경계를 넘어갔던 사실을 확인했네."

컨트롤은 변기 위에 앉은 채로 허리를 폈다. 누군가 조심스럽게 화장실 문을 두드렸다. 하지만 더 기다려야 할 터였다.

"언제였죠? 마지막 열한 번째 탐사대가 떠나기 직전이었습니까?"

"맞네. 어떤 허가도 받지 않았고 아무도 그 사실을 몰랐지."

"그런데도 용케 무사했군요."

"무슨 뜻인가?"

"해고되지 않았다는 말입니다."

침묵. 그리고 보이스가 말했다.

"분명 해고되어 마땅한 일이었지. 하지만 그러지 않았고, 정직 처분에 그쳤어. 부국장이 여섯 달 동안 그녀의 자리를 대신했네."

중요한 사항이 아니라는 듯 짜증스러운 말투였다.

이 정보를 가지고 뭘 할 수 있을까? 어쩌면 어머니에게 물어봐야 할지도 몰랐다. 국장이 경계를 넘나들었다는 사실을 상부의 누군가가 분명히 알고 있었다. 그리고 그 누군가는 국장을 보호하려 들었다.

"얼마나 오래 들어가 있었는지 아십니까? 거기서 뭘 발견했는지 보고는 했나요?"

"3주 동안이었네. 보고는 없었어."

3주라니!

"분명히 심문을 받았을 겁니다. 뭔가 기록이 있을 겁니다."

훨씬 더 긴 침묵. 보이스가 또 한 명의, 혹은 여러 명의 다른 보이스들과 의논이라도 하는 걸까?

마침내 보이스가 인정했다.

"진술서가 있네. 자네에게 한 부 보내도록 하지."

"국장이 경계가 전진하는 중이라고 생각했다는 사실을 알고 계셨습니까?"

"그 가설은 들어 봤지. 하지만 자네가 걱정할 필요는 없네."

걱정할 필요는 없다니? 어째서 조금 전에 그를 '병신 자식'으로 불러 놓고 이제 와서 "자네가 걱정할 필요는 없네." 같은 표현을 사용하는 걸까? 컨트롤은 보이스의 연기가 서툴거나 대본이 형편없거나 혹은 고의적으로 빈틈을 드러내고 있다는 결론을 내렸다.

대화가 끝나갈 무렵에 컨트롤은 이렇다 할 이유 없이 농담을 던졌다.

"갈색이고 끈적거리는(sticky) 게 뭔지 아십니까?"

"아는 농담일세. 나뭇가지(stick)잖나."

"똥입니다."

딸칵.

"존, 혹시 뒷좌석에 동전이 떨어져 있는지 한번 보거라." 녹초가 되어 사무실에 돌아온 컨트롤은 과거 기억의 단편들을 떠올렸다. 지난번 임무에서는 동료 하나가 발표를 마친 뒤 그에게 다가와서 원망하는 투로 이렇게 말했다. "자네는 날 배신했어." 아니, 난 자네 의견에 **동의하지 않았을** 뿐이야. 대학교 기초 수학 수업에서 만난, 아름다운 갈색 눈동자의 여학생에게 시를 지어 선물하자 그녀는 이렇게 말했다. "알았어, 그런데 너 춤은 출 줄 아니?" 아니, 난 시를 쓸 줄 알지. 그리고 나중에 첩보원이 될 거야. 정치학을 가르치던 교수는 학생들에게 '여자를 꼬시라면' 시를 쓰라고 권했다. 하지만 컨트롤은 대학에서 주로 공부를 하거나 사격장에 가거나 운동을 하며 시간을 보냈고, 파티에서 만난 여자들과 짧은 관계를 가졌다.

"존, 혹시 뒷좌석에 동전이 떨어져 있는지 한번 보거라."

잭 할아버지가 한 말이었다. 열두 살이었던 컨트롤이 북부에 있는 어머니를 만나러 갔을 때였다. 오두막에서 지내거나 낚시를 하지는 않았다. 아직 이혼 절차가 진행 중이었고, 모두가 균형을 되찾으려 애쓰는 중이었다.

얼어붙을 듯 추운 어느 주말 오후에, 잭 할아버지는 당신이 '머슬 카*'라고 부르던 자동차를 꺼냈다. 할아버지가 그 차를 동면에서 깨운 이유는 시내 백화점에서 열리는 여성 속옷 패션쇼에 컨트롤을 몰래 데리고 가려는 계획을 실행에 옮기기 위해서였다. 컨트롤은 그게 정확히 뭔지도 모르면서 어쩐지 부끄러운 기분이 들었다. 할아버지와 동행하기 꺼려졌던 가장 큰 이유는 옆집에 살던 동갑내기 여자아이 때문이었다. 컨트롤은 전해 여름에 만난 그 여자아이를 남몰래 짝사랑하고 있었다. 하지만 할아버지에게 가지 않겠다고 말할 수는 없었다. 할아버지가 어머니를 따돌리고 컨트롤을 어디에 데려가는 일이 처음이라 더욱 그랬다.

그래서 컨트롤은 할아버지가 파란색 머슬 카의 시동을 거는 동안 혹시 동전이 떨어져 있는지 자동차 바닥을 살폈다. 차는 할아버지와 어머니가 그 안에서 이야기를 나누는 동안 두 시간이나 바깥에 서 있었다. 어쩌면 할아버지가 그 차를 대체 어떻게 움직이는지 다시

---

* 1960~1970년대에 미국에서 생산되어 유행한 고성능 자동차 모델.

배우느라 시간이 걸렸는지도 모른다. 차에서는 열기가 뿜어져 나왔고 코트 차림의 컨트롤은 땀을 뻘뻘 흘렸다. 그는 할아버지가 일부러 동전을 놔뒀을지도 모른다는 생각에 열심히 좌석을 뒤졌다. 동전을 찾는다면 옆집 여자아이에게 아이스크림을 사 줄 수 있었다. 컨트롤은 여전히 여름 기분 속에 살고 있었다.

하지만 좌석 아래에 동전은 없었고, 보푸라기와 종이 클립 따위 밖에 보이지 않았다. 컨트롤은 차갑고 부드러우면서 끈적이는 작은 뇌 같은 촉감을 느끼고 얼른 손을 뺐다. 오래된 풍선껌이었다. 실망한 컨트롤은 자동차 앞 좌석 아래의 어두운 동굴까지 수색 범위를 넓혔다. 억지로 팔을 뻗자 좌석 밑에 테이프로 붙여 놓은 부드러운 뭔가가 만져졌다. 아니, 부드러운 물건은 아니었다. 천으로 둘둘 말아 놓았을 뿐이었다. 컨트롤이 호기심에 테이프를 떼어 내자 그 물건이 자동차 바닥에 떨어졌다. 희미하게 금속과 기름 냄새가 풍겼다. 컨트롤은 천을 풀고 차가운 물건을 두 손에 쥐었다. 고개를 들자 할아버지가 자신을 뚫어져라 쳐다보고 있었다.

"그게 뭐니?" 할아버지가 물었다. "뭘 찾은 거냐?"

그때는 바보 같은 질문이라고 생각했지만, 지금 돌이켜 보면 할아버지는 일부러 모르는 척을 하고 있었다. 할아버지는 한 손을 운전대에 놓은 채 몸을 돌려 컨트롤의 표정을 열심히 살피는 중이었다.

"총이에요."

할아버지도 보면 알 테지만, 컨트롤은 그렇게 대답했다. 시간이 지나고 나서 주로 기억나는 것은 총의 어두운 색과 형태, 그리고 어쩐지 적막한 느낌이었다.

"콜트 45구경인 것 같구나. 무게가 좀 나가지, 안 그러니?"

컨트롤이 이제 조금 겁을 먹은 채로 고개를 끄덕였다. 차 안의 열기 때문에 땀이 흘렀다. 이미 총을 찾았지만 할아버지의 표정은 누군가에게 선물 상자를 주고 나서 상대가 뜯어 보기를 기다리는 사람 같았다. 컨트롤은 뭔가 위험하다는 사실을 깨닫기에는 너무 어렸다. 하지만 그는 이미 잘못된 결정을 내린 뒤였다. 처음부터 차에 타지 말았어야 했다.

장전이 안 된 상태라고 해도, 어떤 미치광이가 어린아이에게 총을 줄까? 지금 드는 생각은 그랬다. 외딴 오두막의 은퇴 생활을 마치고 본부로 돌아와서 보이스라는 역할을 맡으며 자신의 손자를 부려 먹는 미치광이라면 가능할지도 몰랐다.

늦은 오후. 다시 시도할 시간이었다.

컨트롤과 생물학자는 저수지 앞의 단단한 나무 울타리에 기대어 선 채였다. 두 사람의 뒤쪽으로는 자갈길이 검은 강물처럼 서던 리치 건물을 향해 흐르고 있었다. 그곳에는 두 사람과…… 그들을 따라온 보안 요원 세 명뿐이었다. 요원들은 9미터 정도 거리를 두고 탈출 경로가 될 만한 지점에 흩어져 대기하는 중이었다.

"내가 도망이라도 갈 것 같나요?" 유령새가 그에게 물었다.

"아니요."

컨트롤이 말했다. 그녀가 도망친다 해도 요원들에게 책임을 돌릴 생각이었다.

저수지는 길고 직사각형에 가까웠다. 울타리 너머 물가에는 다 쓰러져 가는 헛간이 한 채 보였다. 녹슨 크리스마스 전구 줄에 목이 졸린 앙상한 소나무 한 그루가 헛간 옆에 서 있었다. 물 위에는 부평초와 수국, 수련이 가득했다. 군데군데 검정으로 얼룩진 회색 수면 위를 잠자리들이 끊임없이 감시하고 있었다. 개구리들이 시끄럽게 울어 댔고 연못 건너편의 덤불 속에서는 휘파람새와 굴뚝새의 부산스러운 울음소리가 들려왔다.

저수지 한가운데 왜가리 한 마리가 홀로 조용히 서 있었다. 먹구름이 잔뜩 몰려온 탓에 왜가리의 깃털은 칙칙하게 보였다.

"내가 고맙다고 해야 하나요?"

유령새가 물었다. 두 사람은 울타리의 윗부분에 기대어 선 자세였다. 유령새의 왼팔이 자신의 오른팔에 너무 가까이 다가와, 컨트롤은 조금 물러섰다.

"당연한 일을 가지고 고마워할 필요는 없습니다." 컨트롤의 말에 생물학자가 고개를 돌려 그를 쳐다봤다. 생각에 잠긴 눈 위로 치켜 올라간 눈썹과 과묵한 입이 보였다. 방금 컨트롤이 한 말은 친할아버지가 어린 시절 집집마다 옷핀을 팔러 다니면서 했던 대사였다.

"황새를 사라지게 한 건 내가 아니에요."

쓸데없는 소리를 했다는 생각에 컨트롤이 그렇게 덧붙였다.

"너구리는 황새들이 가장 두려워하는 포식 동물이죠." 생물학자가 말했다. "황새가 마지막 빙하기 이전에도 존재했다는 사실을 아나요? 훨씬 남쪽이지만 아주 번성했어요. 하지만 이 근방에서는 멸종 위기에 처했죠."

컨트롤은 이미 황새에 대해 찾아봤다. 황새가 이 근처에 나타날 거라면 벌써 나타났어야 했다. 녀석들은 때 맞춰 돌아오는 철새였기 때문이다.

"내가 줄 수 있는 시간은 30분에서 40분 정도가 답니다."

컨트롤이 말했다. 유령새를 여기까지 데리고 나오는 일은 엄청난 사치처럼 느껴졌다. 심지어 위험한 일이기도 했다. 누구에게 위험한지는 알 수 없었지만. 한 가지 분명한 사실은 아침에 면담을 끝내던 때의 상태로 그녀를 내버려 둘 수는 없었다는 점이었다.

"사람들이 풀을 베고 수초를 걷어 내는 게 싫어요."

컨트롤의 말을 무시하며 그녀가 말했다.

컨트롤은 뭐라고 대답할 말이 없었다. 어디서나 흔히 볼 수 있는 저수지일 뿐이고, 원래부터 생물이 서식하는 곳도 아니었다. 하지만 그러고 보면 생물학자를 발견한 장소도 그저 공터일 뿐이었다.

"봐요, 아직도 올챙이들이 있네요."

생물학자가 만족감에 가까운 표정으로 어딘가를 가리켰다. 컨트롤은 그녀를 실내에만 가둬 두는 것이 잔인한 일이었다는 사실을 깨닫기 시작했다. 어쩌면 앞으로는 두 사람 사이의 대화가 그저 심문에 그치지는 않을지도 몰랐다.

"밖에 나오니 좋군요."

컨트롤이 그렇게 말했다. 별 생각 없이 하는 말이지만 진심이기도 했다. 건물 바깥으로 나오니 예상보다 기분이 좋았다. 생물학자에게 던질 질문이 몇 가지 떠올랐지만, 먹구름이 빠르게 몰려오는 모습을 보며 그 생각을 억눌렀다.

'생물학자에게 국장에 대한 질문을 해 보게.' 보이스는 그렇게 말했다. '국장이 전에 경계를 넘어갔던 일에 대해 혹시 언급한 적이 있는지 말이야.'

하지만 컨트롤은 그 명령을 무시하기로 했다. 당신은 홀로그램이야. 실체가 없는 허상이지. 난 당신이 너무 열이 받아서 제대로 헤엄칠 수 없을 때까지 뱃전 너머로 밑밥을 던지겠어.

유령새는 신발 끝으로 커다란 바퀴벌레를 툭툭 건드렸다. 벌레는 울타리의 앞뒤에 번갈아 부딪히며 정신없이 파닥거렸다.

"이 녀석이 왜 이러는지 아나요?"

"아니, 모릅니다."

컨트롤은 지난 나흘 동안 자기가 모르는 일이 얼마나 많은지 깨닫는 중이었다.

"얼마 전에 살충제를 뿌렸나 봐요. 아직도 냄새가 나요. 껍질에 거품이 약간 묻어 있는 게 보일 거예요. 이 녀석은 살충제 때문에 방향 감각을 잃어버렸어요. 호흡도 곤란해졌죠. 그래서 말 그대로 공포에 휩싸인 상태예요. 자기 몸속에 있는 살충제로부터 도망치려고 버둥대는 거죠. 죽을 때가 가까워지면 얌전해지지만, 그건 더 이상 움직일 수 있는 산소가 없기 때문이죠."

생물학자는 벌레가 평평한 곳에 올라올 때까지 기다렸다가 발로 힘껏 밟았다. 뭔가가 부러지는 소리가 나서 컨트롤은 고개를 돌렸다. 예전에 아버지는 친구가 한 잘못을 용서하면서, 그녀가 단지 다른 종류의 음악을 들었을 뿐이라고 말한 적이 있다.

'생물학자에게 공터에 대해 물어보게.'

"당신이 왜 그 공터로 돌아왔다고 생각합니까?"

컨트롤은 듣고 있는 보안 요원들을 의식하며 물었다. 그들 중 누구라도 그레이스에게 보고할 터였다.

"내가 돌아온 곳은 여기죠, 서던 리치요."

그녀의 목소리에 경계심이 드러났다.

"그 장소가 당신에게 어떤…… 의미가 있죠?"

이 저수지와 마찬가지인가 아니면 그 이상인가?

"내가 원래 갔어야 할 장소가 거기는 아니라고 생각해요." 생물학자가 잠시 간격을 두고 말했다. "그냥 느낌이죠. 정신이 들고 나서 한동안 주위를 알아보지 못했어요. 하지만 어딘지 깨닫고 나서는 실망했죠."

"실망했다고요?"

유령새는 어깨를 으쓱해 보였다.

번개 몇 줄기가 하늘에 환상적인 그림을 그렸다. 천둥은 누군가 꾸짖는 목소리처럼 들렸다.

공터에 뭔가 남겨 두고 왔는지 물어보게. 보이스가 그렇게 시켰던가?

"거기에 두고 온 게 있습니까?"

"기억나는 건 없어요."

컨트롤은 미리 연습해 둔 대사를 꺼냈다.

"뭐가 기억나는지, 또 기억나지 않는지에 대해서 솔직해져야 할 때가 곧 올 겁니다. 내가 납득할 만한 결과를 내지 못하면 상부에서 당신을 이송하려 들 거예요. 그리고 당신이 어디로 가게 될지는 내 능력 밖의 일입니다. 어디가 됐든, 새로 가게 될 곳은 여기보다 훨씬 더 나쁠 겁니다."

"내가 생물학자가 아니라는 말을 하지 않았던가요?"

생물학자가 조용하지만 가시 돋친 말투로 물었다.

'그녀가 정말로 뭔지 물어보게.'

저수지로 데리고 나온 일에 고마워할 필요가 없다고 했던 말은 진심이었지만, 그럼에도 컨트롤은 표정을 찌푸리지 않을 수 없었다.

"솔직하려고 하는 거예요. 난 그녀가 아니에요……. 그리고 내

안에는 내가 이해할 수 없는 뭔가가 있죠. 그건 일종의…… 빛이에요……. 몸속에요."

체온이 상승한 점 말고는 의료 기록에 특이 사항은 없었다.

"그건 생명이라고 하는 겁니다."

생물학자는 그 말에 웃지 않고 대신 조용히 말했다.

"난 그렇게 생각하지 않아요."

그녀가 내면에 '빛'을 가지고 있다면, 컨트롤의 안에는 그에 상응하는 어둠이 존재했다. 곧 비가 올 듯했다. 강한 바람이 습기를 몰고 왔다. 저수지 위로 물결이 일고 헛간이 삐걱거리는 소리를 냈다. 크리스마스 전구를 걸친 소나무가 이리저리 흔들렸다.

"여기서 당신은 완전히 혼자죠, 그렇지 않은가요, 존?"

비가 쏟아지기 시작하는 바람에 대답할 필요는 없었다. 흠뻑 젖지 않으려면 서둘러 돌아가야 했지만 유령새는 협조적으로 나오지 않았다. 그녀는 천천히 조심스럽게 걸었다. 얼굴을 때린 빗물이 목을 타고 흘러내려 셔츠를 완전히 적셨다.

왜가리는 꿈쩍도 하지 않고 수면 아래의 먹잇감에 집중하고 있었다.

망령

000

 이제 검푸른 색으로 변한 꿈속의 하늘에 번개 한 줄기가 내리친다. 컨트롤은 물속에서 저 위쪽에 보이는 절벽 꼭대기를 바라본다. 누군가 아래를 내려다보고 있는 모습이 어렴풋이 보인다…… 그 사람은 어지간한 이라면 엄두도 내지 못할 만큼 절벽 끄트머리에 가까이 서서 한껏 더 상체를 내민다. 그 서슬에 자갈들이 물 위로 떨어진다. 반면 컨트롤은 절벽 아래 물속에 가만히 누워서 다른 괴물들과 함께 유유히 헤엄치고 있다. 어둠 속에서 물결도 파문도 일지 않는, 소리 없는 추락을 기다리고 있다.

020: 두 번째 회복

일요일이었다. 둔하지만 그칠 줄 모르는 두통이 머리 뒤쪽에서부터 점점 더 앞쪽으로 퍼져 갔다. 마치 뭐든 닥치는 대로 공격하는 위성 방어 장치가 머릿속에서 궤도를 넓혀 가는 느낌이었다.

커피 한 잔. 깨끗하게 닦인 창문 너머로 지저분한 거리가 보였고, 포마이카제 카운터 주위에는 음식 부스러기가 떨어져 있었다. 삐걱거리는 나무 의자에 앉아 있는 노인은 떨리는 손으로 잔을 단단히 잡으려고 애쓰는 중이었다. 바닥에서 희미하게 싸구려 소독제 냄새가 올라와 컨트롤의 코를 괴롭혔다. 뒤쪽에 줄을 선 여자가 계속해서 주문을 하려고 애썼다. 카운터 앞의 컨트롤은 그녀가 끼어들지 못하도록 일부러 자리를 넓게 차지했다. 왼쪽에 있는 옷걸이에는 누군가 잊어버리고 간 듯한 겨울 외투들이 보였다.

한참 전에 보이스가 했던 말이 약하지만 끊임없이 이어지는 북소리처럼 머릿속에서 울렸다. '집 정리는 마쳤나? 집 정리는 마쳤나? 말해 보게, 집 정리는 마쳤나?'

집 정리를 마쳤던가?

컨트롤은 이틀 내내 옷을 갈아입지도 몸을 씻지도 않았다. 사냥꾼의 덫에 걸린 짐승이 풍길 법한 냄새가 자신의 몸에서 느껴졌다. 이마에는 어느새 땀방울이 다시 맺혔다. 헤들리의 태양은 그 어느 여름보다 뜨거웠고, 가게 안의 선풍기는 제 역할을 못 하는 중이었다. 전날 오후부터 한밤중까지 비가 온 탓에 생겨난 웅덩이 속에는 작은 갈색 새우처럼 생긴 생물의 사체들이 둥둥 떠다녔다.

컨트롤은 엠파이어 가가 메인 가와 교차하는 지점에 있었다. 그가 10대였던 시절, 이 커피숍이 옛날식 음료수 가게였던 때가 그리웠다. 에어컨 바람이 나오는 창가 자리에 친구 두어 명과 함께 앉아 루트비어와 아이스크림을 즐기며 여자아이들이나 운동 경기에 대해 떠들어 대곤 했다. 그때만 해도 꽤 괜찮은 장소였다. 그러나 세월이 흐르면서 보수적이지만 자유롭던 분위기의 기차역 주변은 노숙자와 창녀, 사기꾼, 마약 중독자에게 점령당하고 말았다.

곧 걸려올 전화를 기다리며 컨트롤은 창 너머로 시선을 던졌다. 그리고 길 건너 주류 전문점 앞에서 벌어지는 일상적인 테루아를 분석해 봤다. 스케이트보드를 든 남자 둘은 며칠 굶은 그레이하운드 견을 연상시켰다. 그들은 티셔츠와 너덜너덜한 청바지 차림에, 양말도 없이 낡은 운동화를 신고 한쪽 모퉁이에 서 있었다. 그중 하나는 훨씬 더 큰 대형견용 목줄을 맨 갈색 잡종개를 데리고 있었다. 컨트롤은 지난 화요일 밤 조깅을 하던 중 두 사람을 봤던 기억이 났다. 어두운 밤이었기 때문에 확신하기는 어려웠다. 하지만 그들이 맞을 수도 있었다.

컨트롤이 지켜보는 가운데, 처음 보는 키 큰 여자 하나가 이들과 합류했다. 그녀는 짧게 자르고 염색한 빨간 머리에 파란색 군인 모자를 쓰고, 어깨와 소매에 금색 술이 달린 파란색 재킷 차림이었다. 재킷 안에는 탱크톱만 입어서 배를 거의 다 드러내고 있었다. 양옆에 금색 선이 들어간 파란 정장 바지는 종아리까지 내려왔다. 그 아래 지저분한 맨발과 붉은색으로 칠한 발톱이 보였다. 1980년대 후반의 록 가수 같은 모습이었다. 컨트롤은 무심코 그녀가 강령술과 과학 협회의 은퇴한 간부로, 실종되어 잊힌 데다 기억까지 잃어버린 상태로 과학과 미신 양쪽 모두와 무관한 전장에서 마지막 싸움을 수행할 운명일지도 모른다는 엉뚱한 상상을 떠올렸다.

여자는 붉게 상기된 얼굴로 길 아래쪽을 가리키며 스케이트보더들에게 흥분해서 뭐라고 떠들어 댔다. 그러더니 갑자기 지나가는 행인들에게 다가가 손짓을 섞어 가며 자신의 어려운 처지나 힘든 상황에 대해 복잡한 설명을 늘어놓고 도움을 구했다. 어쩌면 그 이상의 제안을 하는지도 몰랐다. 그녀는 처음 두 사람에게 무시를 당하고도 어깨를 으쓱거리며 넘어갔지만, 세 번째 행인이 뭔가 무례한 말을 했는지 그 뒤에다 소리를 질렀다. 소동이 일어나자 주류 전문점 앞의 쓰레기통 뒤에서 헤들리의 이 계절에 입기에는 너무 더워 보이는 회색 트렌치코트 차림의 뚱뚱한 흑인 사내가 무대 장치처럼 불쑥 나타났다. 그러고는 붉은 머리 여자를 피해 달아나는 남자를 향해 고래고래 떠들어 댔다. 유리창 너머로 저속한 말들이 컨트롤에게 들려왔다. 뚱뚱한 흑인 사내는 곧 자기 원래 자리로 돌아갔고, 나타났을 때만큼이나 느닷없이 사라졌다.

　여자의 붉은 머리는 가발일지도 몰랐다. 트렌치코트를 입고 있는 흑인은 이 작은 연극과 전혀 무관할 수도 있었다. 혹은 그가 감시 임무에 완전히 서툴 수도 있었다.

　모욕을 훌훌 털어 낸 붉은 머리 여자는 모퉁이를 돌더니 주류 판매점 벽의 그늘에 서서 엠파이어 가를 지나는 자동차들을 바라봤다. 스케이트보더 하나가 그녀에게 다가가 담배를 권했다. 두 사람은 벽에 등을 기댄 채 활기차게 이야기를 나눴다. 나머지 한 명이 주류 판매점에서 캔에 담긴 개 먹이를 뚜껑이 열린 채로 들고 나오더니(컨트롤은 그 상점에 대해 뭔가 중요한 점을 놓치고 있다는 생각이 들었다.) 가게 바로 앞 인도에 내용물을 쏟아 왼쪽으로 기울어진 원기둥 모양의 무더기를 만들었다. 그는 캔으로 그 무더기를 산산이 무너뜨렸다. 그러고는 무슨 이유 때문인지, 쓰레기통 뒤에 반쯤 가려져 보이지 않는 뚱뚱한 흑인을 향해 빈 캔을 던졌다. 흑인 사내는 아무런 반응도 보이지 않았고, 개 역시 먹이에 흥미가 없는 듯했다.

그들은 커피숍에서 나온 몇몇 손님들에게 말을 건네기도 하고, 심지어는 길을 건너 유리창 가까이 다가오기도 했다. 하지만 컨트롤의 존재를 의식하는 것처럼 보이지는 않았다. 그래서 컨트롤은 자신이 유령이라도 된 건지, 아니면 이들이 자신이라는 단 한 명의 관객을 위해 연기라도 하는 중인지 궁금하게 여겼다. 아마 틀렸을 뿐 아니라 위험한 생각이라는 사실을 컨트롤 스스로도 알았지만, 만약 정말로 그렇다면 저들은 훨씬 더 중요한 의미를 가졌다. 본부가 아마추어를 고용하는 경우는 드물었지만 아예 없는 것도 아니었다. 지금으로서는 뭐든 불가능해 보이지 않았다. "뭔가 자꾸 눈에 거슬리는 건 없었나?" 보이스가 했던 말을 컨트롤은 일종의 도발로 받아들였다.

눈앞에 펼쳐진 장면에 어떤 의도도 없다면, 자신이 유리창을 넘어가 그 안으로 섞여들 수도 있을까? 혹은 개 먹이를 사고 술 마실 돈을 구걸하는 행위에도 어떤 음모가 숨어 있는 걸까? 자신이 모르는 뭔가 복잡한 사정이 있을까?

토요일 아침, 컨트롤은 일어나자마자 보이스에게 전화를 걸었다. 책상 한쪽에 타이머가 달린 전자 확성기를 올려놓고 시간을 맞춰 뒀다. 그 오른쪽에는 기억의 실마리들이 적힌 주황색 종이와 펜을 함께 두었다. 그러고는 위스키 한 잔을 들이켰다. 주먹으로 탁자를 한

번, 두 번, 세 번 내리쳤다. 크게 숨을 들이마셨다. 그런 다음 스피커폰으로 전화를 걸었다.

보이스가 말하기 전에 뭔가 삐걱대며 움직이는 소리가 먼저 들렸다. 저택 아래층의 서재가 분명했다. 아니면 간이 주택의 지하실이거나. 농장의 헛간에서 닭들과 함께 위장 중일지도 몰랐다.

"집 정리는 마쳤나?"

보이스가 물었다. 얼음장처럼 차가운 물속에 잠들어 있다가 막 깨어난 메갈로돈처럼 느릿느릿한 말투였다. 보이스의 목소리는 모욕처럼 느껴졌다. 그래서 컨트롤은 더욱 냉정해졌고, 고집스러운 혐오감을 통해 공포심을 제압했다.

깊은 심호흡. 그런 다음 보이스가 뭐라고 말하기도 전에 컨트롤은 가장 저속한 종류의 음담패설을 목이 아프도록 소리를 지르며 쏟아 냈다. 당황스러운 침묵에 이어 보이스가 "그만!"이라고 외치더니 떨리는 목소리로 뭐라고 한참이나 중얼거렸다. 컨트롤은 의식이 흐려졌다. 확성기가 울렸다. 정신을 차린 컨트롤은 주황색 종이에 적힌 내용을 읽었다. 그리고 첫 번째 줄에 표시를 한 뒤 다시 음담패설을 외쳤다. "그만!" 보이스 또한 완강하게, 이번에는 좀 더 빠르게 중얼거림을 반복했다. 컨트롤의 의식이 흐려지고 기억이 사라졌다. 확성기가 울렸다. 컨트롤은 주황색 종이에 적힌 글을 봤다. 두 번째 줄에 표시를 했다. 음담패설. 중얼거림. 흐려짐. 확성기 소리. 표시. 반복. 정화. 반복. 다섯 번째. 여섯 번째. 일곱 번째에 이르러 국면이 바뀌었다. 컨트롤은 국장의 메모에서 훔쳐본 최면을 유도하는 단어들을 쏟아 내며 보이스에게 반격을 가했다. 수화기 너머로 헐떡이며 악을 쓰는 소리가 들렸다. 보이스가 다시 입을 열었지만 그 목소리는 허약했고 말의 내용에도 맥락이 없었다.

타격은 주었다. 컨트롤은 자신의 주문이 완전한 효과를 거두리라 기대하진 않았다. 하지만 지금 하는 일의 요지는 보이스에게 자신이 알고 있다는 점을 전달하면서 아주 불쾌한 경험을 하게 만드는 일이었다.

확성기가 울렸다. 컨트롤은 주황색 종이에 적어 둔 글을 봤다. 끝났다. 보이스도 끝났다. 본부는 이런 식으로 자신을 조종하려 들지 않는 새로운 담당자를 찾아야 할 터였다.

"농담 하나 할까요." 컨트롤이 말했다. "마술사와 첩보원의 차이가 뭘까요?"

그런 다음 전화를 끊었다.

금요일 밤, 컨트롤은 한바탕 조깅을 마치고 돌아와 수요일과 목요일에 보이스와 통화하는 장면을 촬영한 감시 카메라의 영상을 검토했다. 군데군데 기억이 흐릿한 부분들이나, 보이스가 자신의 생각을 훤히 들여다보고 있던 점이 의심스러웠기 때문이다. 무릎에 초리를 올려놓은 채 전화기를 텔레비전에 연결해 영상을 보던 컨트롤은, 보이스가 최면을 거는 명령어를 말할 때마다 자신이 의식을 잃고 고개를 떨군 채 눈꺼풀을 떠는 장면을 확인했다. 그러면 보이스가 예의 날카롭고 거슬리게 변조된 목소리로 그에게 지시를 내리거나 제안을 했다. 보이스는 '휘트비는 중요하지 않으니' 그에게 신경 쓰지 말라며 컨트롤이 의심을 거두게 했다. 하지만 그 말과 달리 휘트비를 이상한 방에서 찾았던 이야기에 관심을 보였다. 자신이 잠재의식에 주입된 어떤 정보를 따라 그 은신처로 갔던 걸까? 보이스는 그레이스의 사무실에 침투하라는 명령을 했다가, 잠금 장치가 바뀌었다는 말을 듣고는 '너무 위험하다'며 망설이기도 했다. 또 국장이 메모를 남겼다는 사실과 컨트롤이 그걸 정리하는 속도가 너무 느리다는 점에 대해 상당한 분노를 드러냈다. 하지만 그건 컨트롤이 이 모든 혼란의 원인으로 의심하고 있는, 국장의 무질서한 일 처리 때문이었다. 사람들에게 자신을 '컨트롤'이라고 부르게 한 것조차 보이스의 **지시**였을까? 컨트롤은 그런 미친 생각을 떨쳐 버리려 애썼다.

보이스는 컨트롤이 최면 상태일 때 더 날카롭게 집중하는 듯했다. 그리고 일종의 심술궂은 장난으로, 다음 통화는 '반전이 있는' 농담으로 마치도록 시켰다. 영상 속의 컨트롤은 마치 살아 있는 녹음기처럼 모든 내용을 보이스에게 말하고 있었다. 수요일 날, 보이스와 잠깐 통화한 것 같은데 집에 그렇게 늦게 도착한 일이 이제야 이해가 갔다.

그는 X구역에 보내진 탐사대와 마찬가지로 아무것도 모르는 채 서던 리치에 파견된 셈이다. 앞뒤가 맞지 않는 정보가 주어졌다고 느낀 것도 당연했다. 자기도 모르는 채 또 무슨 짓을 했을까?

그래서 컨트롤은 못 보고 지나칠 리 없는 형광 주황색 종이에 이렇게 썼다.

컨트롤, 넌 지금 보이스에게 최면을 당하고 있다.
 _여기에 표시를 하고 음담패설을 외친다. 다음 줄로 넘어간다.
 _여기에 표시를 하고 음담패설을 외친다. 다음 줄로 넘어간다.

정화, 반복, 확성기 소리에 정신을 차렸다가 다시 최면 속으로 끌려 들어간다. 그리고 마침내 마지막 줄에 이르렀다. '여기에 표시를 하고 이 문장들을 반복한다.' 거기에는 국장의 책상에서 찾아낸 구절들이 모두 적혀 있었다. 컨트롤이 있는 힘껏 소리를 질렀다.

너도 흥분이 되나? ……유의미한 변수의 가능성……마비에 대한 준비는 되어 있나……지배력 강화……대가를 위해 위험을 무릅쓸 필요는 없어……둥실둥실 떠다니는……인간이 아니라 자유롭게 떠다니는 뭔가……

과학자들이 흰 토끼로 했던 실험처럼 시스템을 과부하시켜야 했다. 보이스가 무너질 때까지 밀어붙여야 했다.

컨트롤은 배신을 당했고, 이제는 더 이상 등 뒤를 조심하고 싶지 않았다. 그는 생물학자와 함께 저수지를 찾아 함께 헛간을 바라봤다. 생물학자를 다시 데리고 들어가자 서던 리치가 그들을 삼켰다.

컨트롤의 어머니는 그를 할아버지가 기다리는 여름 오두막으로 이끌었다. 할아버지는 수수께끼 같은 미소를 짓고 있었다.

컨트롤이 최면에서 벗어나기 위해 선택한 방법은 일종의 자기 학대에 가까웠다. 그는 토요일 오후부터 일요일 아침까지 잠들지 않고 사람들로 붐비는 헤들리의 뒷골목을 누볐다. 서던 리치에 대한 생각들을 완전히 잊어버릴 때까지. 컨트롤은 잔뜩 취한 채로 당구장에 갔던 일을 떠올렸다. 당구공이 서로 부딪히며 내는 요란한 소리, 펠트 천을 덧댄 당구대의 포켓, 어두컴컴한 조명, 초크와 담배 냄새. 그는 장난 삼아 8번 공으로 흰 공을 맞혔고, 어떤 여자의 청바지 엉덩이 부분에 초크로 손자국을 남기기도 했다. 돌이켜 생각해 보면 손이 닿을 만한 거리도 아니어서 초크 자국은 그녀 본인이 남긴 것인지도 몰랐다. 생각만큼 흥미롭지 않아서 당구장에서 다른 곳으로 넘어갔다. 저렴한 모텔 창문으로 비치는 따분한 아침 햇살, 침대 시트에 남은 몸 자국, 쓰레기통에 버려진 다 쓴 콘돔. 그때는 이런 광경들이 그 자신이 본 게 아닌 것 같은 느낌이 들었다. 그런 일까지 다 했다는 게 믿기지 않았다. 그런 와중에도 그의 상념은 여전히 제자리를 맴돌았다. 여전히 로우리가 촬영한 비디오의 장면들이 눈앞에 펼쳐졌고, 그레이스가 느린 동작으로 죄상으로 가득한 상자의 내용물을 하나씩 꺼내는 모습이 떠올랐다. 그의 정신은 여전히 X구역에 사로잡혀 있었다.

당구장에 가기 전에 껌 자국과 콜라 얼룩에 찌든 양탄자가 깔려 있는 오래된 극장에서 심야 영화를 봤었다. 관객은 그 혼자뿐이었다. 10대 시절에 찾던 이 영화관이 아직까지 건재하다는 사실이 놀라웠다. 영화는 형편없었다. 외계인이 아무 이유도 없이 지구에 쳐들어오는 허술한 구성의 SF 영화였다. 하지만 극장 안이 조용하고 시원해서 날카롭게 곤두선 신경을 가라앉힐 수는 있었다. 영화가 끝나자 컨트롤은 강변의 북적거리는 술집들을 돌아다녔다. 문을 두드리며 괜찮으냐고 물었던 사람이 체니였던가?

컨트롤은 이름도 없는 허름한 술집에서 싸구려 위스키를 석 잔이나 들이켰다. 예전에 강 건너 바라보곤 했던 잔교에서 열리는 파티에 끼어서 동네 사람이 만든 밀주를 마시기도 했다. 그러는 내내 최면은 별일 아니라고, 아무 의미도 없다고 자신을 다독였다. 아무것도 아니었다. 너무 큰일이었다. 너무 작은 일이었다. 어머니에게 전화를 해 볼까 하는 생각이 들었지만 하지 못했다. 아버지에게 전화를 하고 싶었지만 불가능했다.

이미 취한 채로 다른 술집에 들렀다가 유령과 마주쳤다. 그날 밤 일찍부터 단서들과 마주치긴 했다. 기억을 되살아나게 만드는 입꼬리, 속눈썹의 깜빡임, 누군가의 손이 탁자 위에 놓인 모습. 구두. 드레스. 하지만 그럼에도 완전한, 진짜 유령과 마주치는 일은 충격적이었다……. 숨이 멎었다. 숨을 쉴 수가 없다는 의미가 아니다. 숨을 쉬려면 언제든 쉴 수 있지만, 그럴 생각조차 들지 않았다. 오직 미래에 대한 끔찍한 예견을 중얼거릴 때에만 숨을 쉴 뿐이다. 다시 현실로 돌아오자, 자기 자신이 누구인지 의심이 들었다. 완전한 유령은 컨트롤을 그의 과거 모습과 미래 모습 사이의 어딘가에서 사로잡았기 때문이다. 하지만 그럼에도 유령일 뿐이었다. 고등학교 시절 알았던 여학생일 뿐이었다. 강렬하게. 처음으로. 이유는 모르지만 생물학자에게 죄책감을 느낄 정도로 가깝게. 유령의 영향이 유령새에 대한 그의 인상을 방해했다. 물론 이상하기 짝이 없는 생각이었다. 그리고 그 모든 것들이 그를 서던 리치에서 점점 더 멀리 데려갔다.

유령의 잔재로부터 벗어나려고 술에 잔뜩 취한 채 이리저리 헤매다 보니, 컨트롤은 어느 선술집의 의자에 앉아 있었다. 부국장의 옆자리였다. 술집 안은 새벽 2시인데도 여전히 시끄럽고 소란스러웠다. 고양이들이 영역 표시라도 한 듯 지독한 소변 냄새가 풍겼다. 컨트롤은 과장된 몸짓으로 고개를 숙이며 바보처럼 웃었다. 부국장은 무표정한 얼굴로 그를 쳐다봤다.

"서류철이 텅 비었더군요. 그녀에 대한 내용은 아무것도 없었어요." 그녀가 누구지? 누구 이야기를 하는 걸까? "당신이 날 위해 특별히 준비한 지옥이 있다면, 그건 과거의 서던 리치에서 일하는 거겠죠. 평생 동안, 그렇지 않습니까?"

문득 컨트롤은 옆자리 여자가 정말로 그레이스일 리가 없고, 그랬다면 자신이 이런 말을 할 리도 없다는 사실을 깨달았다.
 눈 하나 깜짝하지 않고 그를 응시하는 여자의 눈빛이 거슬렸다.
 "그렇게 쳐다보지 않아도 되잖아요."
 컨트롤이 덧붙였다. 이번에는 제정신으로 한 말이었다.
 "어떻게요?" 고개를 살짝 돌리며 여자가 말했다. "정신이 나가서 내 술집에 들어온 남자를 보고 있는데? 그만 꺼지지그래요?"
 그 제안에 컨트롤은 몸을 뒤로 젖히며, 체스판에 흐트러진 말들을 정리할 때처럼 정신을 차리려고 애썼다. 정신이 오락가락하는 와중에도 가슴이 무거웠다. 그는 자신이 더 영리하다고 생각했다. 그리고 부국장이 낡은 사고방식에 사로잡혀 있다고 여겼다. 하지만 알고 보니 새로운 사고방식도 그리 도움이 되지 않았다. 어딘가 다른 곳에 가서 한 잔 더 마셔야 했다. 다 잊어버리자. 그리고 다시 시작하자.
 컨트롤은 의심스러운 눈빛을 던지는 여자에게 희미하게 웃어 보이며 자리에서 일어섰다. 그래도 진전이 있었다. 컨트롤이 술집 문을 열고 거리로 나서자 가로등 불빛들이 미심쩍은 시선을 보냈다.

 컨트롤은 얼굴을 마구 문질렀다. 깎지 않은 수염의 촉감이 거슬렸다. 그는 머릿속에 자욱한 안개를 걷어 내고, 입안에서 느껴지는 신맛과 관절 마디의 욱신거림을 몰아내려고 애썼다. 언젠가 보이스가 이런 말을 했다는 확신이 들었다. "자꾸 눈에 들어와서 신경 쓰이는 점이라도 있나? 내가 거슬리지 않도록 도와주지." 그야 애초에 그 거슬리는 점을 만든 사람이 당신이라면 쉬운 일이겠지.

제복 차림의 여자는 아마 약물 중독자였고, 노숙자나 떠돌이가 분명했다. 대상이 '내부자'일 때에는 아마추어를 고용해서 감시 임무를 맡기곤 했다. 주변 환경, 즉 자연적인 테루아를 가장 잘 활용할 수 있는 방법이기 때문이다. 그게 아니라면 예산이 없거나 무능하기 때문일 수도 있었다. 그녀가 자신을 못 본 체 하는 이유는 그러라고 돈을 받았기 때문일 터였다.

개를 데리고 있는 스케이트보더도 분명히 자신의 영역인 모퉁이를 지키며 뚱뚱한 주정뱅이 남자와 협력하고 있었다. 개밥을 거리에 쏟던 극적인 장면은 주의를 끌지 않아야 하는 잠복근무의 원칙에 어긋나기 때문에 오히려 더 자연스럽게 보였다. 또 다른 스케이트보더는 여러 차례 자리를 떠났다가 다시 돌아왔는데, 나머지 사람들에게 돈이나 마약이나 음식을 건네지는 않았다. 어쩌면 순찰을 돌거나 좀 더 넓은 범위를 감시하는 중일지도 몰랐다. 나머지 사람들과 같은 소속이 아니라 어머니가 따로 보낸 파수꾼일 수도 있었다. 혹은 전부 컨트롤의 망상에 지나지 않고, 저들은 보이는 그대로의 사람들일 뿐일지도 몰랐다.

한 장소에 오래 머무르며 관찰하다 보면, 누군가 자신을 지켜보고 있다는 느낌이 들기 시작한다. 그래서 컨트롤은 전화기가 울려도 놀라지 않았다. 예상하고 있던 전화였다.

"요즘 네 행실이 좋지 못하더구나."

"저도 반가워요, 어머니."

"힘든 일이라도 있니? 목소리가 어둡구나."

"괜찮아요. 제 일은 제가 알아서 잘하고 있어요."

"그럼 왜 정신 나간 사람처럼 구는 거니?"

어머니가 감정을 감추고 싶을 때면 사용하곤 하던 사무적인 목소리였다. 그녀가 운용하는 다른 모든 요원들과 마찬가지로 컨트롤에 대해서도 '상관'일 뿐이라는 투였다.

"전화기는 이미 내다 버렸어요, 어머니. 그러니까 보이스를 복귀시킬 생각은 마세요."

전화를 어제 받았다면 지금쯤 어머니에게 소리를 지르고 있을 터였다.

"전화기는 얼마든지 새로 가져다줄 수 있단다."

"하나만 물어볼게요, 엄마." 어머니는 **엄마**라는 말을 좋아하지 않았다. 실은 **어머니**라고 부르는 일도 겨우 참아 주고 있었다. 컨트롤이 외아들인데도 엄격히 거리를 두고 싶어 했다. "엄마가 누군가를 위험할 수도 있는 지역에 탐사대로 보낸다면…… 예를 들어 서던 리치 내부에 잠입시킨다든지 말이에요. 어떻게 안정성과 추진력을 확보할 수 있을까요? 어떤 수단을 동원할 수 있을까요?"

"늘 하던 대로 하겠지, 존. 그런데 네 말투가 거슬리는구나."

"늘 하던 대로요? 본부에서 미리 심어 둔 최면 암시를 활용하는 식으로 말인가요?"

컨트롤은 애써 목소리를 낮췄다. 커피숍의 이 자리가 마음에 들었기에 쫓겨나고 싶지는 않았다.

침묵.

"그것도 고려해 볼 수 있겠지. 하지만 엄격한 규칙과 안전장치 하에서만, 그리고 철저히 대상에게 최선일 때에만 사용할 거란다."

"그 대상도 선택의 여지를 가지고 싶어 할지 모르는데요. 무인 정찰기 노릇을 하고 싶지 않을지도 모르죠."

그 대상은 자신이 느끼는 희망과 욕구와 충동이 **자기 자신의** 희망, 욕구, 충동이라고 확신할 수 있는 편을 선호할지도 모른다.

"그 대상에게 그런 결정을 내리기 위해 필요한 정보나 지식이 없을 수도 있잖니. 예방 접종이나 안전장치가 필요할 수도 있고."

"뭐에 대비해서요?"

"수많은 것들에 대비해서 말이다. 하지만 뭐든 심각한 일이 발생한다면, 우린 널 대피시키고 팀을 파견할 거야."

"예를 들면 어떤 일 말인가요? 심각하다는 건 어떤 정도죠?"

"무슨 일이든 일어날 수 있는 법이지."

언제나처럼 애매한 대답에 짜증이 났다. 어머니는 항상 그를 대신해 결정을 내리려 했다. 컨트롤은 이제 아버지가 느꼈을 고통에 공감했다. 예전 집의 거실이나 저녁식사 자리에서 벌어졌던 수많은 다툼이 망령처럼 되살아났다. 그는 결국 커피숍을 나와 길모퉁이의 골목 입구에서 통화를 계속했다. 밖에 나다니는 사람들은 별로 없었다. 대다수가 아직 교회에 있거나 아니면 어디서 약에 취해 있을 시간이었다.

"잭 할아버지는 요원들에게 그들이 필요로 하는 모든 정보를 주지 않는 건 자기 다리를 스스로 잘라 내는 일이나 다름없다고 말씀하셨죠. 어머니의 작전은 망했어요."

"하지만 네 작전은 망하지 않았잖니, 존." 어머니가 다소 강경하게 말했다. "넌 아직 거기에 있어. 아직 우리와 접촉하고 있지. 나와 말이다. 우린 계속 널 도울 거다."

"좋은 지적이에요. 다만 전 그 '우리'가 곧 본부는 아니라는 생각이 드네요. 그다지 힘도 없는 본부 내의 한 파벌이라는 생각이 들어요. 어머니의 보이스는 부국장을 따돌린답시고 모든 일을 엉망으로 만들었죠. 한 주가 더 지나면 제가 그레이스의 비서가 돼 있을지도 몰라요."

혹은 단지 그레이스의 시간과 관심을 허비하게 만들려는 목적이었을까?

"파벌은 없단다, 본부가 있을 뿐이지. 보이스도 스트레스를 많이 받았을 거야, 존. 지금은 더하겠지. 우리 모두가 그래."

"파벌이 없다니 어련하시겠어요."

이제 컨트롤은 잭 할아버지라도 된 양 화제를 물고 늘어졌다. "파벌이 없다고요." "정말 없다고요." "그렇게 말씀하신다 이거죠."

"내 말을 믿지 않겠지, 존. 하지만 내가 널 서던 리치에 보낸 건 널 돕기 위해서야."

다들 돕는다는 말의 의미를 잘못 알고 있는 듯했다. 처음에는 휘트비, 다음에는 그레이스, 이제 어머니까지. 컨트롤은 자신이 무슨 말을 할지 몰라서 아예 대답하지 않았다.

"그 자리를 차지하기 위해 살인이라도 저지를 사람들이 많단다."

이번에도 대답할 말이 없었다. 컨트롤이 통화하는 동안 제복 차림의 여자는 사라졌고, 가게 앞은 텅 비어 있었다. 지금 주류 판매점이 있는 자리는 원래 잡화점이었다. 헤들리가 건설되기 전에는 강을 따라 원주민 정착촌이 있었다는 이야기를 아버지가 한 적이 있었다. 아마 그 잔해가 아직도 주류 판매점 건물 아래에 남아 있을 터였다.

건물 아래에는 또한 눈이 멀어 버린 알비노 민물가재와 발광성 민물고기들이 살아가는 좁은 동굴이, 지하의 대수층을 감싸는 석회암 미로가 존재했을 터였다. 건물의 기초에 눌리고 밀려나며 수많은 존재의 부서진 잔해와 함께 토양 속으로 섞여 들어갔다. 생물학자라면 이 거리를 어떻게 이해할까? 여기서 뭘 볼까? 아마도 이 장소에 가능한 미래 중 하나를 볼 터였다. 나무뿌리의 침투와 기상 재해의 공습에 무너져 가는 주류 판매점. X구역 근처에 있는, 이끼에 뒤덮여 침몰한 언덕과도 비슷한 광경이겠지. 사라진다 해도 생물학자가 슬퍼하지 않을…… 어쩌면 슬퍼할까?

"거기 있니, 존?"

달리 어디로 가겠는가?

오래전부터 컨트롤은 어머니가 누군가를 제자 삼아 데리고 있을 거라는 생각을 했다. 그럴 수밖에 없을 듯했다. 컨트롤이 저지른 것들과 같은 실수를 바로잡기 위해 연마하고, 훈련하고, 파견할 누군가가 존재할 터였다. 그가 특히 불안하거나 약해질 때면 이런 생각이 다시 찾아왔고, 때로는 정신력을 단련하기 위해 일부러 떠올리기도 했다. 컨트롤은 말쑥하게 차려입은 어머니의 후계자가 나타나 자신으로부터 서던 리치를 빼앗아 가는 장면을 상상했다. 그자라면 어떻게 이 문제를 처리할까? 그자라면 **지금** 어떻게 행동할까?

그러는 동안 어머니는 아무리 해도 거짓말처럼 들리는 이야기를 계속 이어 나갔다.

"내가 전화한 이유는 어떻게 되어 가는지 알아보기 위해서란다. 네 생각에는 어떤 진전이라도 있는지 물어보려고 말이다."

사과를 통해 컨트롤의 침묵을 깨뜨리려는 어머니의 의도가 보였다. 그녀는 **진전**이라는 단어를 살짝 강조했다.

"어떻게 되어 가는지 정확히 알고 계시잖아요."

보이스가 어머니에게 전부 보고했을 터였다. 그자는 컨트롤이 반항하기 시작한 시점까지 벌어진 모든 일을 알고 있었다.

"그래, 하지만 네 관점을 들어 보고 싶구나."

"제 관점요? 제 관점에서 보자면 누군가 제 눈을 가리고 손을 뒤로 묶은 다음 뱀 구덩이 속으로 밀어 넣었죠."

"그건 너무 극적인 표현이구나, 그렇지 않니?"

한 줄기 섬광이 말했다.

"본부에서 어머니가 제게 하신 일만큼 극적이지는 않죠. 전 몇 시간을 잃어버렸어요. 어쩌면 한나절일지도 모르죠."

"그 정도는 아니란다." 어머니는 이 이야기가 지겹다는 듯 단조로운 목소리로 말했다. "그 정도는 아니야. 널 준비시키고, 의지를 다지려 했을 뿐이다. 네가 어떤 일들은 더 집중해서 보고 나머지 일들은 덜 집중해서 보게 만들려고 했던 거지."

"그러기 위해서 가짜 기억을 심거나……"

"아니야. 그렇게 많은 비용을 네게 **투자**할 수는 없었어. 그랬다면 널 서던 리치에 보낼 수도 없었겠지."

이 자리에 오기 위해 살인이라도 불사할 거라면서.

"제게 거짓말을 하는 거예요?"

"아니길 바라는 편이 좋을 게다." 어머니가 갑자기 활기차게 말했다. "왜냐하면 지금 네겐 나밖에 없으니까. 그것도 네가 초래한 결과다만. 게다가 넌 결코 확신이란 걸 모르잖니. 넌 항상 더 이상 껍질이 남아 있지 않은데도 계속해서 껍질을 벗겨 내려 애쓰는 아이였지. 그러니 이번에는 오래 고생한 이 엄마가 말하는 그대로 한번 믿어보렴."

"어머니가 보여요. 유리창에 비치네요. 바로 저 모퉁이에서 절 지켜보고 있죠? 누굴 보낸 게 아니라 직접 여기 와 있는 거예요."

"그래, 존. 그래서 지금 통화가 울리는 거란다. 내 말이 공기 중으로 그리고 수화기로 두 번 들리기 때문이지. 아무래도 내가 내 자신을 방해하고 있는 것 같구나."

어떤 울림 같은 것이 컨트롤의 내면에 퍼져 갔다. 몸이 길어지고 펼쳐지는 느낌과 함께 목이 말라 왔다.

"어머니를 믿어도 될까요?" 말싸움에 지친 컨트롤이 물었다.

컨트롤의 목소리에 담긴 진실하고 열린 마음이 어머니에게 닿았는지, 그녀도 거리감이 느껴지던 말투를 내려놓고 말했다.

"물론이지, 존. 내가 목표를 향해 가는 **방법**은 믿지 않아도 좋지만, 어디로 가는지 알고 있다는 사실은 믿어도 좋단다. 난 언제나 내가 어디로 가는지 알고 있어."

전혀 위안이 되는 말이 아니었다.

"제가 믿기를 바라세요? 그럼 말해 주세요, 어머니. 보이스가 누군지 말이에요."

어머니가 말해 주지 않는다면 헤들리의 뒷골목으로 사라져 돌아오지 않겠다는 충동이 되살아날지도 몰랐다. 억누르기에는 너무 강렬한 충동이었다.

어머니는 주저했고, 그 주저함이 컨트롤을 두렵게 했다. 꾸며낸 주저함이 아니라 진짜처럼 느껴졌다.

"로우리란다. 신께 맹세코 진실이야, 존. 로우리가 보이스였다."

그는 30년 전의 인물이 아니었다. 어제까지도 컨트롤의 귓가에 대고 속삭이고 있었다.

"망할 자식."

컨트롤의 머릿속에서 영원히 반복될 영상 속의 망령이 계속해서 그를 따라다니고 있었다.

로우리.

"존, 혹시 뒷좌석에 동전이 떨어져 있는지 한번 보거라."

잭 할아버지는 그가 총을 들고 있는 모습을 응시했다.

차창을 세게 두드리는 소리가 들렸다. 안쪽을 들여다보기 위해 몸을 숙이고 있는 어머니였다. 창에는 물방울이 맺혀 있었지만, 그 사이로 컨트롤의 무릎 위에 놓인 총을 본 것이 분명했다. 문이 확 열렸다. 총이 갑자기 사라지더니 잭 할아버지가 어머니에게 끌려 나갔다. 할아버지는 차 바로 앞의 길모퉁이에 앉았고, 어머니는 그런 할아버지를 노려봤다. 컨트롤은 두 사람의 모습을 더 잘 보기 위해 뒷좌석의 차창을 내리고 몸을 기울였다. 어머니는 팔짱을 끼고 똑바로 앞을 쳐다보며 조용히 이야기하고 있었다. 할아버지가 자신의 눈높이에 맞춰 서 있다는 듯이. 총은 어디로 사라졌는지 보이지 않았다.

어머니가 그렇게 분노를 표출하는 모습은 처음이었다. 목소리는 낮았지만, 어머니가 무슨 이야기를 하고 있는지 알아들을 수 있었다. 어머니의 말투는 생고기를 썰어 내는 도살장의 칼처럼 예리했다. 할아버지는 알았다며 연신 고개를 끄덕였다. 어떤 보이지 않는 힘에 억눌리거나, 어머니가 정말로 할아버지를 밀기라도 하는 것 같은 동작이었다.

어머니가 팔짱을 풀더니 시선을 내려 할아버지를 쳐다봤다.

"이런 식으로는 안 돼요! 이런 식으로는 안 된다고요. 억지로 저 아이를 끌어들일 수는 없어요."

컨트롤은 어머니가 총에 대한 이야기를 하는지, 아니면 할아버지가 자신을 몰래 속옷 패션쇼에 데려가려는 계획을 알아차려서 그러는지 알 수 없었다.

그런 다음 어머니가 컨트롤을 데려갔고, 할아버지는 차를 몰고 천천히 사라졌다. 집으로 돌아온 컨트롤은 안도감을 느꼈다. 속옷 패션쇼에 갈 필요가 없어졌기 때문이었다. 어쩌면 조금 있다가 옆집에 갈 수 있을지도 몰랐다.

집에 돌아온 뒤 어머니가 그 사건에 대해 언급한 적은 한 번뿐이었다. 그들은 외투를 벗고 거실로 들어갔다. 어머니는 담배를 꺼내더니 불을 붙였다. 커다랗게 부풀린 머리와 날씬한 몸매, 흰색 블라우스, 붉은 스카프, 빳빳한 검정 바지에 하이힐 차림으로 담배를 물고 있는 어머니는 잡지 모델처럼 보였다. 짜증을 부리는 모델처럼.

컨트롤은 어머니가 자신을 위해 그렇게 무섭게 싸울 수 있다는 사실 외에 또 한 가지 새로운 발견을 했다. 그때까지는 어머니가 담배를 피우는 줄도 몰랐다.

어머니는 컨트롤을 돌아보며, 마치 그가 무슨 잘못이라도 한 듯 다그쳤다.

"대체 무슨 생각을 했던 거니, 존? 왜 그랬던 거야?"

하지만 컨트롤은 아무 생각도 없었다. 할아버지가 백화점에서 열리는 쇼에 대해 이야기하며 윙크를 했다. 그는 언제나 엄격하고 못마땅한 태도를 고수하던 할아버지가 자신을 믿고 엄마에게는 비밀이라는 이야기를 하자 기뻤을 뿐이었다.

"총에 손대면 안 된다, 존." 어머니가 이리저리 걸어 다니며 말했다. "그리고 할아버지가 시키는 바보 같은 일을 전부 따를 필요는 없어."

컨트롤은 두 번째 당부는 지켰지만 첫 번째는 따르지 않았다. 사실 어머니도 진심으로 말한 건 아니라 생각했다. 심지어 여러 자루의 총에다 '할배' 혹은 '할아버지'라는 별명을 붙이기도 했다. 총을 다루기는 했지만 좋아하지는 않았고 의존하지도 않았다. 그는 총에서 나는 냄새가 싫었다.

아버지에게는 그 일에 대해 일언반구도 하지 않았다. 그랬다가는 분명 어머니와 다툴 때 그 사건을 이용하려 들 것이기 때문이었다. 시간이 지나서야 컨트롤은 할아버지가 그에게 총을 만지게 하려고,

혹은 총을 찾아내게 하려고 그 여행을 계획했다는 사실을 깨달았다. 아마 일종의 시험이었을 것이다.

어머니가 전화를 끊고 나서 다시 카페에 돌아와 앉은 컨트롤은 그때 분노한 어머니의 모습도 어쩌면 할아버지와 함께 연출한 장면, 일종의 테루아일지도 모른다는 생각이 들었다. 어린 나이의 컨트롤이 진로를 선택하는 데 어떻게든 영향을 미치려는 의도였을 것이다. 즉, 가업을 이어받게 만들기 위한 세뇌의 시작이었다.

남들이 그더러 찾아내도록 유도한 것과 그 스스로 찾아낸 것의 차이를 점점 더 알기 어려웠다. 탑은 구덩이가 될 수도 있었다. 생물학자에게 질문하는 일은 덫이 될 수도 있었다. 탐사대 대원 하나가 30년 후에 돌아와 목소리의 형태로 그의 귀에 온갖 이상한 말들을 속삭일 수도 있었다.

일요일 밤 집으로 돌아온 컨트롤은 어머니와 통화한 내용의 녹음 파일을 들었다. 그리고 중간에 끊어지는 부분이나 어머니가 보이스처럼 그를 속이고 있다는 증거가 나오지 않아서 안도했다.

컨트롤은 본부가 혼란에 빠졌으며 자신은 최면에 걸려 한 파벌에게 이용당하고 있었다고 믿었다. 이제 분명 비밀 조직의 지하실이 무너지는 중이었다. 메갈로돈은 금이 간 유리 수조 안에서 불안에 떨고 있었다. 그레이스가 놈에게 상처를 입혔다. 그리고 컨트롤이 후속타를 날렸다.

"로우리만이 서던 리치와 X구역에 대해 도움이 될 만큼 충분한 경험을 가지고 있단다."

어머니는 그렇게 말했지만 목소리에 두려움이 묻어났다. 어머니가 로우리에 대해 계속해서 얘기하는 바람에 컨트롤은 초상화 속의 위인이 되살아나 몸소 자기 소개를 하는 것을 듣는 기분이었다. 비디오에 찍힌 장면들 말고는 기억나는 것이 거의 없다고 주장했던, 상처 입고 변덕스러우며 복귀에 성공한 역사적 인물이었다. 본연의 능력보다는 사람들의 동정심과 애도 같은 감정을 잘 이용해서 지금의 자리까지 올라간 사람이기도 했다.

"로우리는 쓰레기예요."

컨트롤은 어머니가 로우리에 대해 더 뭐라 하기 전에 말을 끊었다. 그저 살아남았다고 해서, 영웅이라 불린다고 해서 그자가 쓰레기라는 사실이 변하지는 않았다. 어쩌면 어머니도 절박한 나머지 다른 대안을 찾지 못했는지도 몰랐다. 뿐만 아니라 컨트롤이 지금 기억하는 속삭임들도 로우리가 고안한 내용일 가능성이 있었다. 비밀스러운 시설, 최면과 세뇌를 활용해 만들어 낸 끔찍한 수작들.

"네가 내게는 말하지 못해도 로우리에게는 말할 수 있는 것들도 있겠지. 우리는 네가 모르는 편이 더 좋은 일들도 있다고 생각했어……. 우리가 네게 시켜야 하는 임무들 중에서 말이다."

분노와 함께 자신이 비밀을 밝혀냈고, 적어도 하나의 변수는 제거했다는 만족감이 찾아왔다. 더 알고자 하는 욕구와 불안한 감정이 균형을 이루고 있었다. 컨트롤은 새롭게 떠오른 불편한 생각을 애써 억눌렀다. 어머니의 권력에도 한계가 있다는 생각이었다.

"제게 감추는 게 더 있나요?"

"없다." 어머니가 말했다. "없어. 임무는 여전히 그대로야. 생물학자와 사라진 국장에게 초점을 맞추거라. 기록을 샅샅이 뒤져. 서던 리치를 안정시켜라. 우리가 모르는 어떤 일이 벌어졌는지 알아내거라."

그게 자신의 임무였나? 그렇게 다양하고 세부적인 사항들이? 어쩌면 보이스의 임무였지만, 이제는 그의 임무가 됐을지도 모른다고 컨트롤은 생각했다. 컨트롤은 더 이상 숨기는 바가 없다는 어머니의 거짓말을 받아들이기로 했다. 어쩌면 최악의 상황은 지나갔을지도 몰랐다. 자신을 묶고 있던 사슬은 떨쳐 냈다. 그레이스가 할 수 있는 공격도 이미 모두 받았다. 비디오를 봤다.

컨트롤은 부엌으로 들어가 위스키 한 잔을 따르고 단숨에 마셨다. 어쩌면 잠드는 데 도움이 될지도 몰랐다. 빈 잔을 내려놓다가 집 전화기 옆에 놓인 국장의 휴대폰이 눈에 들어왔다. 케이스에 들어 있는 전화기는 여전히 거대한 바퀴벌레처럼 보였다.

불길한 예감이 엄습하며, 며칠 전 지붕 위에서 들리던 소리가 떠올랐다. 컨트롤은 행주를 대고 전화기를 집었다. 따라붙는 초리와 함께 부엌문을 열고 나가 뒷마당의 어둠 속으로 전화기를 던졌다.

전화기는 나무에 맞고 튕겨져 나가더니 정원 가장자리의 길게 자란 잔디 속으로 사라졌다. 망할 놈의 전화기. 다시는 돌아오지 마라. 어쩌면 전화기들의 사후 세계에서 보이스/로우리의 전화기와 만날지도 모르지. 타협하기보다는 피해망상에 걸린 바보가 되는 편이 나았다. 초리가 전화기를 쫓아가지 않고 제자리에 있는 모습을 보며 컨트롤은 잘한 일이라고 생각했다. 좋은 선택이었어.

021: 반복

월요일 아침이 왔지만, 컨트롤은 곧바로 서던 리치에 출근하지 않았다. 대신 국장의 집으로 향했다. 인터넷에서 출력한 지도와 권총을 챙겨서 고속도로에 진입했다. 국장의 집을 찾아가는 일은 메모를 정리하고 나서 해야 할 일들의 목록에 들어 있었다. 그레이스가 말한 대로 그녀의 부하들이 집 안 구석구석을 치웠는지 확인할 필요가 있었다. 보이스/로우리의 수작을 밝혀내고, 어머니와 통화까지 마치고 나니 허탈하고 무기력한 감정이 들었다. 대답은 들었지만 로우리의 이름 외에 진짜 단서는 얻어 낼 수 없었다. 누군가 실체를 알 수 없는 인물이 그를 조종하고 있었다. 로우리는 보이스라는 이름 뒤에 숨어서 서던 리치를 염탐했다. 이제 컨트롤은 그 전부를 한 사람으로, 하나의 의도로 통합해서 보려고 애썼다.

일단 길을 나서자 서던 리치로 아예 돌아가고 싶지 않다는 충동이 들었다. 국장의 집을 그냥 지나쳐 시골길로 들어서고, 서쪽으로 80킬로미터 떨어진 아버지의 집으로 향하고 싶었다.

하지만 컨트롤은 그런 충동에 저항했다. 아버지의 집에는 새 주인이 생겼고, 뒷마당에 조각품도 남아 있지 않았다. 컨트롤로서는 어린 시절의 추억이 사라진 셈이지만, 이제 그 집에는 고모와 삼촌, 조카 들이 있는 화목한 가정이 보금자리를 꾸몄다. 찾아가 봤자 위안이나 추억은 없었다. 친척 몇 명이 근처에 살지만, 아버지가 컨트롤과 그들의 유일한 연결고리였고 10대 이후로는 만난 적도 없었다.

블리커스빌의 인구는 2만 명 정도였고 괜찮은 식당 몇 군데와 작은 아트센터, 세 블록에 걸친 역사 지구가 있었다. 국장은 백인 이웃이 거의 없는 동네에 살았다. 길거리에 소나무와 참나무, 목련나무 가지가 이끼에 덮여 무겁게 늘어져 있거나 폭우로 부러진 젖은 가지들이 군데군데 움푹 팬 길거리에 떨어져 있었다. 벽돌로 장식한 시멘트 주택들은 대개 갈색이나 파란색, 회색 페인트가 칠해져 있었고 자갈과 솔잎으로 뒤덮인 진입로에 자동차가 한두 대씩 보였다. 컨트롤은 동네 사람들이 애용하는 농구대를 지나, 자전거에 탄 채 그를 빤히 쳐다보는 히스패닉과 흑인 아이들을 지나쳤다. 지금은 방학 기간이었다.

국장의 집은 스탠디퍼드라는 이름의 거리 끝, 언덕 꼭대기에 위치하고 있었다. 컨트롤은 한 블록 떨어진 도로에 차를 세우고 국장의 집 뒷마당을 지나 경사진 길을 올라갔다. 마구 자란 진달래와 등나무가 뒷마당을 뒤덮었고 그중 일부는 소나무 둥치를 꽉 조이며 둘러싸고 있었다. 둥글게 쳐진 철조망 뒤쪽으로 비료 두 더미가 처량하게 쌓인 채였다. 잔디는 대부분 노랗게 죽어 가는 상태였고, 군데군데 나무뿌리가 흙 밖으로 드러나 있었다.

시멘트로 만든 반원 모양의 세 장식물 속에는 더러운 물이 차올라 그 위에 썩은 새 모이처럼 보이는 뭔가와 낙엽들이 둥둥 떠 있었다. 그 뒤로 보이는 녹색 곰팡이로 얼룩진 하얀 유리문이 진입 지점이었다. 문제는 그가 공식적으로 국장의 집을 방문한다는 요청을 하지 않았기 때문에 문을 억지로 따야 한다는 점이었다. 컨트롤은 자신이 기꺼이 그러고 싶어 한다는 사실을 깨달았다. 열쇠로 문을 열고 싶지는 않았다. 컨트롤이 가져온 도구로 문을 따는 도중에 비가 내리기 시작했다. 두꺼운 빗방울이 낙엽 위로 떨어지며 소리를 냈다.

컨트롤은 누군가 자신을 지켜보는 느낌을 받았다. 문을 막 열려는 순간 눈가에 움직임이 느껴졌다. 컨트롤은 몸을 벌떡 일으켜 왼쪽으로 돌아섰다.

철조망 너머 이웃집 마당에서 구슬 장식으로 머리를 땋은 아홉 살 내지 열 살 정도의 흑인 여자아이가 이쪽을 쳐다보고 있었다. 아이는 해바라기가 그려진 원피스에 샌들 차림이었다.

컨트롤이 웃으며 손을 흔들었다. 어딘가 다른 우주에서는 컨트롤이 임무를 버리고 도망쳤을지도 모르지만 이번에는 아니었다.

소녀는 마주 손을 흔들지 않았지만 그렇다고 달아나지도 않았다. 컨트롤은 이를 신호로 받아들이고 집 안으로 들어갔다.

몇 달 동안 아무도 집 안에 들어오지 않았을 텐데도 공기의 흐름이 느껴졌다. 마치 환풍기나 에어컨이 작동하다가 방금 꺼진 듯했다. 하지만 그레이스가 '국장의 돈을 아끼기 위해' 그녀가 돌아올 때까지 모든 전기를 차단했을 터였다. 빗줄기가 거세지면서 집 안이 어두워지자, 컨트롤은 손전등을 켰다. 창가에서 멀리 떨어진 위치였고 유리창에는 두꺼운 커튼이 드리워져 밖에서 눈치챌 리는 없었다. 어차피 지금은 대부분의 사람들이 일터에 있을 시간이기도 했다.

이웃들은 국장을 개인 병원의 임상심리사로 알고 있을 터였다. 그녀와 알고 지낸 사람이 있다면 말이다. 컨트롤은 그레이스의 사무실에 걸려 있던 사진을 떠올렸다. 예전의 국장은 맥주를 마시고 바비큐 파티를 즐기는 사람이었을까? 독립기념일이면 로우리도 야구 모자에 티셔츠 차림으로 핫도그와 폭죽놀이를 위해 이 집에 왔을까? 사람들은 보통 두세 가지 가면을 상황에 따라 바꿔 쓰면서 살지만, 어째선지 국장은 늘 하나의 모습을 고수했을 거라는 생각이 들었다. 그리고 그 모습이 여기에, 이 집 안에 남아 있을 터였다. 시간이 지나면서 규칙을 어기고 심지어 불법적으로 X구역의 증거와 서류를 집으로 가져왔던, 업무와 사생활의 경계를 구분하지 못했던 모습이.

손전등의 불빛 아래 작은 거실이 비밀을 드러냈다. 소파와 안락의자 세 개, 벽난로가 있었다. 술집에나 있을 법한 여닫이 문 뒤로 서재 같은 공간이 보였다. 왼쪽으로는 부엌과 복도가 있었다. 모퉁이를 지키는 커다란 냉장고 위에는 자석으로 고정한 사진들과 오래된 달력이 눈에 띄었다. 거실의 오른쪽에 차고로 나가는 문이 있었고, 그 뒤는 아마 침실로 이어지는 듯했다. 집의 전체 면적은 150평방미터 정도였다.

국장은 왜 여기에 살았을까? 그녀의 연봉이라면 더 좋은 집에 살 수도 있었다. 실제로 그레이스와 체니는 두 사람 모두 헤들리의 고급 주택가에 거주했다. 컨트롤이 아직 모르는 빚이라도 있었을까? 정보가 더 필요했다. 국장에 대해 알려진 정보가 드물다는 점은 그녀가 몰래 경계를 넘나들면서도 그렇게 오래 자리를 유지할 수 있었던 사실과 관련이 있어 보였다.

집은 1년 동안 비어 있는 상태였다. 본부에서 사람들이 나왔던 때를 제외하면. 지금은 아무도 없었다. 하지만 텅 빈 공간을 보니 어쩐지 불편해졌다. 숨이 가빠지고 심장 박동이 빨라졌다. 어쩌면 그가 의지하는 손전등의 한 줄기 불빛이 움직일 때마다 뭔가가 그림자 밖으로 밀려나는 듯한 느낌 때문인지도 몰랐다. 아니면 컨트롤이 몇 년간 했던 모든 일들 중에 이번이 가장 현장 임무에 가깝기 때문일 수도 있었다.

싱크대에 놓인 반쯤 찬 물컵이 손전등의 불빛을 동그랗게 반사했다. 접시 몇 장과 포크, 나이프도 보였다. 12차 탐사대에 참여하기 위해 서던 리치로 출발하기 전에 국장이 어질러 놓은 물건들이었다. 본부에서는 국장의 뒷정리는 고사하고 자신들이 방문한 흔적조차 치우지 않았다. 거실의 양탄자 위에는 신발 자국이며 밖에서 딸려 들어온 나뭇잎과 먼지들이 가득했다. 마치 서던 리치의 비밀 역사 박물관에 재현될 법한 광경이었다.

그레이스가 이 집에 있는 비밀 자료를 모두 수거하라고 본부에 요청했을지 몰라도, 국장의 개인 물건에는 아무도 손을 대지 않은 모양이었다. 컨트롤이 알기로 상자 대여섯 개 분량의 자료들이 나갔는데도 집 안에 어질러진 흔적은 없어 **보였다**. 조금 어수선해 보이기는 했지만 컨트롤이 물려받은 사무실과 마찬가지로 분명 원래부터 이런 상태였을 것이다. CD 수납장 위의 벽면에는 그림과 인쇄물이 잔뜩 붙어 있었다. 먼지가 쌓인 평면 텔레비전, 싸구려 스테레오 위에는 오래된 레코드판 열 장 정도가 보였다. 사진이나 그림 모두 개인적인 사연과는 관련이 없는 듯했다.

거실과 서재를 구분하는 벽 바로 앞에 금색과 파란색의 우아한 소파가 놓여 있었고, 그 위에는 잡지가 가득했다. 소파 앞을 차지한 로즈우드 골동품 탁자는 책상 대용으로 보였다. 탁자 위에도 책과 잡지가 가득했고, 왼쪽으로 보이는 부엌 식탁 위도 사정은 마찬가지였다. 국장은 여기서 업무를 처리했던 걸까? 집 안에는 생각보다 고급 가구가 많고 안락한 분위기였는데, 그게 신경에 거슬리는 이유를 알 수가 없었다. 이 가구들은 원래 집에 딸려 있던 걸까 아니면 물려받은 유산이라도 되는 걸까? 국장은 블리커스빌에 어떤 연고라도 있었을까? 흐릿하게 떠오르는 뮤지컬 노래를 흥얼거릴 수는 있지만 정확한 제목이나 가사가 생각나지 않을 때처럼 머릿속이 복잡했다.

부엌 옆으로 난 복도를 걷다가 어쩐지 묘한 점을 발견했다. 집 안의 모든 문들이 닫혀 있었던 것이다. 컨트롤은 이동할 때마다 에어록을 통과할 때처럼 일일이 문을 열어야 했다. 위험 요소는 없을 테지만 문을 열 때마다 뒤로 물러설 준비를 했다. 그러고는 사무실, 실내용 자전거와 아령들이 있는 방, 그리고 손님용 침실과 그 맞은편의 화장실을 살폈다. 작은 집치고는 문이 무척이나 많아서, 국장이나 본부가 뭔가를 가둬 두려 했다는 느낌을 받았다. 혹은 자신이 국장의 뇌 안에 있는 여러 칸을 헤집고 다니는 기분이 들기도 했다. 이런 생각에 불안해져서 세 번째 문 이후로는 아예 권총집에 손을 올린 채로 방에 들어갔다.

서재가 있는 곳까지 돌아온 컨트롤은 창문 너머로 바깥을 쳐다봤다. 나뭇가지가 흩어지고 너무 자란 잔디와 시멘트가 깔린 진입로, 그 끝에 있는 망가진 녹색 우편함까지 의심스러운 구석은 없었다. 누군가 유리창까지 온통 검정색인 차 안에서 이 집을 감시하거나 하지도 않았다.

컨트롤은 반대편 통로로 다시 거실을 지나 차고로 통하는 문 왼쪽에 위치한 침실로 들어갔다.

홍수라도 나서 모든 가구가 벽으로 밀려난 듯한 광경이었다. 의자들이 옷장과 서랍장 위로 올라갔고, 침대는 서랍장에 바짝 붙어 있었다. 운동화부터 하이힐까지 일곱 켤레나 되는 신발들이 침대 위에 뒹굴었다. 침대 커버는 대충 씌워 놓은 모습이었다. 방 반대쪽에 있는 화장실의 열린 문 너머로 거울이 손전등 불빛을 정신없이 반사했다.

컨트롤은 권총을 꺼내 안전장치를 풀고 손전등 불빛의 움직임에 따라 겨누었다. 서랍장에서 침대로, 그리고 원래는 침대가 놓였을 테지만 지금은 두꺼운 보라색 커튼만 드리워진 벽 쪽으로. 조심스럽게 커튼을 걷자 가로로 긴 채광창 아래 너무도 익숙한 문장이 드러났다.

죄인의 손에서 비롯한 목 조르는 과실이 놓인 곳에 나는 죽은 자의 씨앗을 낳으리라.

두꺼운 검정 마커로 갈겨쓴 문장과 그 옆에 그려진 지도. 사무실의 비밀 문 뒤에 있던 문장과 지도를 지워 버리자, 그것들이 국장의 집으로 이동한 듯한 느낌이었다. 비이성적인 장면이 비이성적인 생각을 유발했다. 100개의 다중 우주에 존재하는 100명의 컨트롤이 모두 밖으로 뛰쳐나가 차를 향해 달려가는 이미지다.

하지만 이 문장은 오랫동안 여기 적혀 있었다. 그럴 수밖에 없었다. 그레이스가 보낸 직원들이 이걸 지우지 않다니 일 처리가 허술했다. 너무 허술해.

컨트롤은 화장실 쪽으로 돌아섰다.

"그 안에 있다면 당장 나와." 그가 말했다. "내겐 총이 있다."

심장이 쿵쾅거리며 뛰었고, 손전등을 쥔 손에는 힘이 잔뜩 들어갔다.

하지만 아무도 나오지 않았다.

숨을 천천히 쉬려고 애쓰며 화장실로 다가가 확인한 결과, 그 안에는 아무도 없었다. 컨트롤은 동굴처럼 보이는 작은 벽장을 포함해 화장실의 네 모퉁이를 전부 확인했다. 샴푸, 비누, 혈압약과 잡지들처럼 일반적인 물건들만 보였다. 갈색 염색약과 회색 머리카락이 엉켜 있는 빗도 있었다. 국장은 자신이 중년이라는 사실을 의식하고 있었나 보다. 손전등 빛을 받아 번뜩이는 빗은 마치 뭔가 이야기를 하고 싶어 하는 듯했다. 국장의 삶을 그대로 드러냈던 영수증과 찢어진 잡지 페이지 위의 낙서들처럼. 그 이야기가 어쩌면 컨트롤 자신의 삶보다 그에게는 더 의미 있게 다가왔다.

컨트롤은 침실로 되돌아와 벽에 전등을 이리저리 비췄다. 서던 리치의 사무실에 있는 벽과 똑같지는 않았다. 물론 문장은 똑같았다. 완전히 일치했다. 하지만 키를 잰 표시가 없고 지도도 달랐다. 여기 있는 지도에는 섬과 지형적 변이, 그리고 해변의 등대가 표시되어 있었다. 서던 리치도 있었다. 무너진 등대와 여전히 작동하는 등대, 그리고 지형적 변이가 하나의 선으로 연결되어 있었다. 그 선이 서던 리치까지 이어졌다. 마치 고대 제국의 경계 위에 요새들을 표시한 지도처럼 보였다.

　한기를 느낀 컨트롤은 생각에 잠긴 채 거실로 돌아왔다. 본부에서 이 문장과 지도를 보고도 지우지 않았다고 생각하기는 힘들었다.

　그렇다면 이것들은 본부가 이 집을 뒤진 이후에 만들어졌다고 봐야 했다. 그렇다면 그건…… 그 의미는 아마…….

　컨트롤은 스스로의 생각을 용납할 수 없었다. 대신 갑자기 든 의심을 확인하기 위해 현관으로 향했다.

　문고리는 쉽게 돌아갔다. 잠겨 있지 않았다.

　그 자체로는 아무런 의미도 없었다.

　당장 이 집에서 빠져나가야 한다는 생각이 강하게 들었다. 하지만 애써 침착함을 유지하며 문을 잠그고 집 안으로 들어왔다.

　뒷마당으로 이어지는 유리문을 밀어 열고 빗속으로 걸어 나왔다. 그리고 황급히 차를 세워 놓은 쪽으로 뛰어갔다.

　컨트롤은 국장의 집에서 멀리 떨어진 블리커스빌 중심가에 차를 세운 뒤 어머니에게 전화를 걸었다. 그리고 자신이 발견한 내용을 설명하고 조사 팀을 요청했다. 직접 조사에 나서려면 너무 많은 시간이 걸릴 터였다. 통화하는 동안, 컨트롤과 어머니 모두 좋은 방향으로 해석하려고 노력했다.

　"너무 비약해서 생각하진 말거라, 존. 그레이스가 과잉 반응을 보일지도 모르니 그녀에게는 **말하지 않는 편이 좋겠구나**."

어머니의 말이 맞았다. 서던 리치의 누구라도 벽에 낙서를 할 수 있었다. 전임 국장보다는 휘트비가 더 유력한 용의자였다. 하지만 마을과 공원, 들판과 숲처럼 익숙한 장소를 찾아 돌아다니는 국장의 모습이 떠오르자, 안심하기 위해 억지로 떠올린 생각들이 모두 사라졌다.

"하지만, 존, 네게 해야 하는 이야기가 있단다."

"말씀하세요."

어머니는 다른 뭔가를 감추기 위해 보이스가 로우리라는 사실을 털어놨던 걸까?

"우리가 인류학자와 측량사를 발견했던 장소들 말이다."

"집 현관, 그리고 병원 뒤쪽이었죠."

"우리는 그 장소들에 대해 뭔가…… 앞뒤가 맞지 않는 점을 발견했단다. 해석은 다양할 수 있겠지만."

"뭔데요? 어떻게 다른 거죠?"

"아직 자료를 검토하는 중이지만, 일단 그 지역들을 봉쇄했단다. 쉬운 일은 아니었지."

"하지만 공터는 아니고요? 생물학자가 발견된 장소는 봉쇄하지 않았나요?"

"그래."

022: 작전

늦은 아침. 컨트롤은 일상을 다시…… 컨트롤하려고 노력했다. 그는 이제는 익숙해진 심문실로 향하며 어머니의 전화를 기다렸다. 국장의 집에서 알아낸 점들이 궁금했지만 적어도 몇 시간 뒤에나 가능할 터였다.

그는 그레이스에게 이번 면담에는 그녀도 참여했으면 좋겠다고 말했다. 몇 분 후, 그레이스가 밝은 노란색 꽃무늬 원피스에 검은 허리띠를 두른 채 나타났다. 마치 교회에 주일 예배라도 가는 듯한 차림새였다. 그레이스는 조심스럽게 복도를 살피거나, 컨트롤을 적대적인 눈초리로 살피지도 않았다. 컨트롤은 곧바로 의심이 들었다.

"생물학자는 어디에 있죠?"

그레이스가 마치 공모자 같은 태도로 물었다. 심문실 안에는 컨트롤이 홀로 앉아 있었다.

컨트롤은 대답 대신 바쁜 척 서류를 뒤적이며 발로 반대편 의자를 밀었다.

"미안합니다. 조금 일찍 끝났어요. 하지만 그녀가 제법 흥미로운 얘기를 했죠. 예를 들면…… 당신에 대해 뭐라고 했는지 알고 싶지 않습니까?"

컨트롤은 그레이스가 덫을 발견하고 자리를 벗어나리라 예상하여 떠나지 못하도록 설득하려 했다. 하지만 그레이스는 순순히 자리에 앉아서 그를 마주 봤다.

"시작하기 전에, 녹음기는 모두 꺼 뒀다는 말부터 해 두죠. 이건 우리 두 사람만 아는 이야기가 될 겁니다."

그레이스가 팔짱을 꼈다.

"좋아요. 계속해 봐요."

컨트롤은 뭔가 잘못된 느낌을 받았다. 그레이스가 자신의 말이 거짓이 아닌지 확인하려 들기를 기대했기 때문이다. 어쩌면 이 방에 오기 전에 이미 확인을 마쳤는지도 몰랐다. 잭 할아버지는 이쪽 세계에서 일하려면 '언제나 믿을 만한 누군가를 곁에 둬야' 한다고 말했다. 글쎄, 컨트롤의 곁에는 아무도 없었다. 무작정 뛰어들 수밖에 없었다.

"바로 본론으로 들어갑시다. 마지막 11차 탐사 전에, 국장은 혼자서 몰래 경계를 넘어갔죠? 당신은 사전에 알고 있었나요? 필요한 물자를 제공했습니까? 그녀가 자리를 비운 동안 지휘 통제와 의사 결정을 대신했고요? 그리고 국장이 경계를 넘어 다시 귀환하는 일도 도왔습니까? 당신이 이 모든 일을 했다고 생물학자가 말하더군요. 국장에게 들었다고 말입니다."

통화로 갑작스럽게 결별하기 전, 보이스가 이메일로 보낸 그 사건에 대한 공식 보고에는 이런 내용들이 전혀 포함되어 있지 않았다. 보고서 상으로 국장은 처음부터 끝까지 혼자 행동했다.

"흥미롭군요. 생물학자가 다른 얘기는 더 안 하던가요?"

심드렁한 말투로 부국장이 말했다.

"국장이 당신에게 지시를 내렸다고 하더군요. 자기가 경계를 넘어가고 나서 3주가 지나면, 특정한 날짜마다 1주일씩 경계 근처에서 대기하라고 말입니다. 국장의 귀환을 돕기 위해서요."

보안 기록을 보면 그레이스는 그 정도 간격으로 조기 퇴근을 했다. 물론 경계 방면의 검문소에는 아무 기록도 남아 있지 않았다.

"모두 지난 일이에요. 뭘 증명하고 싶은 거죠? 정확히요."

컨트롤은 체스를 둘 때 자신이 생각해도 기막힌 수를 내밀었지만, 상대방이 더 영리하거나 허세를 부리거나 아니면 이미 네 수 앞을 내다보고 있는 듯한 기분이 들었다.

"정말로? 그게 당신의 대답입니까? 나는 이 두 가지 혐의 모두에 대해서 본부에 보고를 올릴 수도 있어요. 당신은 국장과 공모해서 내부 규칙과 보안 규정을 어겼습니다. 지원 물자를 제공했고요.

국장은 그 대가로 정직을 당했습니다. 당신이 거짓말의 대가로 어떤 처분을 받을 것 같습니까?"

그레이스가 웃으며 물었다.

"원하는 게 뭐죠?"

분명한 시인은 아니지만, 컨트롤이 머릿속에 짜 놓은 각본을 따라갈 수 있는 반응이었다. 그는 다소 경계심을 누그러뜨리며 말했다.

"당신이 생각하는 그런 건 아닙니다, 그레이스. 난 당신이 사표를 내기를 바라지 않아요. 이 일을 본부에 보고할 생각도 없습니다. 난 그저 국장을 이해하고 싶을 뿐입니다. 그게 다예요. 국장은 경계를 넘어갔어요. 난 그 이유와 방법을 정확히 파악하고 싶습니다. 그녀가 거기서 뭘 찾았는지도 함께요. 보고서의 내용은 너무 애매해요."

컨트롤은 이제 그레이스가 그 보고서를 썼거나, 적어도 관여하지 않았는지 의심하고 있었다.

보고서의 내용은 주로 국장에 대한 징계, 그리고 경계의 보안을 다시 강화하는 방안이었다. 변호사가 받아 적은 듯한 국장의 발언도 짤막하게 들어가 있었다. "비록 서던 리치의 이익을 최우선으로 고려했고, 또 제 역할에 걸맞은 책임을 다할 의도로 한 선택이지만 결과적으로 위험하고 무모한 행동이며 조직의 목표에도 위배되는 일이었다는 점을 절실히 깨달았습니다. 만약 다시 기회가 주어진다면, 저에게 그리고 제가 맡은 자리에 요구되는 규범을 준수하도록 최선을 하겠습니다." 보고서에는 '측정과 표본'이라는 표현도 들어가 있었지만, 정확히 뭘 가리키는 말인지는 확인할 수 없었다. 표본을 대성당 창고로 보내지지 않았다는 점 외에는 짐작이 가지 않았다. 식물과 쥐와 낡은 휴대폰이 아니라면.

"국장님이 모든 생각을 나와 공유했던 건 아니에요."

그레이스는 불편한 기색을 드러내며 말했지만, 입가에는 묘한 미소가 사라지지 않았다.

"지금 내게 말하는 이상을 당신이 모른다고 믿기는 어렵군요."

그레이스가 아무런 반응도 없자, 컨트롤은 한 걸음 더 나아갔다.

"난 국장이나 당신의 유산을 망치려고 여기에 온 게 아닙니다. 당신을 부른 이유는 생물학자가 한 말 때문만은 아니에요. 우리 둘 다 주도권을 가질 수 있다고 생각하기 때문입니다. 당신의 지위에 변화를 주지 않으면서도 함께 이 조직을 이끌어 갈 방법이 있다고 말입니다."

컨트롤이 보기에 이 조직은 완전히 망가진 상태였다. 자신은 적지에 잠입한 위장 요원과 다를 바가 없었다. 따라서 협상 카드가 될 만한 것은 무엇이든 사용할 필요가 있었다. 어쩌면 이곳을 탈출하기 전에 휘트비가 그토록 바라는 전근 요청을 허락할 수 있을지도 몰랐다. 어쩌면 본부로 돌아가서 로우리와 맥주를 마실 수도 있었다.

"친절하기도 해라. 남학생이 교사에게 권력을 나누자고 제안하는 꼴이로군요."

"나라면 그런 비유는 하지 않을 겁니다. 나라면……"

"국장님이 했던 일은 전부, 본인이 중요하다고 믿었기 때문이었어요."

"그렇겠죠. 하지만 대체 무슨 일을 한 겁니까? 국장은 뭐에 집착했던 거죠?"

"집착이라고요?"

그레이스가 믿을 수 없다는 투로 콧방귀를 뀌며 말했다.

컨트롤은 아주 신중하게 단어를 골랐다.

"그레이스, 난 이미 여기에 있습니다. 이미 휘말릴 대로 휘말렸다고요. 도대체 무슨 일이 벌어지고 있는지 내게 말해 줘야 합니다." 어떤 표정을 해야 굳이 말로 꺼내지 않아도 자신이 이미 아주 괴상한 것들을 봤다는 사실을 전달할 수 있을까? "아까도 말했지만, 이 대화는 공식적인 게 아닙니다."

그레이스는 재미있다는 듯한 표정으로 잠시 생각에 잠겼다. 그러더니 입을 열기 시작했다.

"국장님의 입장을 이해해야 해요. 첫 번째 탐사대가 조직 내의 분위기를 이끌고 있었죠. 신시아가 처음 들어왔을 때부터 있었던 원래 국장님도 그런 상황을 바꾸고 싶어 했지만 말이에요." 신시아? 너무 오랫동안 그녀를 '국장'이라는 이름으로 생각했기 때문인지 잠시 누구를 말하는지 파악하기 어려웠다. "여기 직원들은 서던 리치가 제대로 일 처리를 하지 못했기 때문에 1차 탐사대가 실패했다고 여겼어요. 무슨 짓을 하는지도 모르면서 탐사대를 들여보내 죽게 만들었고, 그걸 보상할 길도 없다고 생각했죠." 첫 번째 탐사대. 부족한 정보에 의한 희생자들. 너무 늦었다는 한탄. "그리고 여기서 로우리의 존재는……" 그레이스가 자신의 생각이라도 읽은 걸까? 아니면 어느 정도 짐작하고 있었던 걸까? "내가 보기에는 상황을 악화시키기만 했어요. 로우리는 걸어 다니는 유령이었죠. 단지 생존자일 뿐인데 영웅 대접을 받았어요. 그가 하는 조언은 틀린 말이라고 해도 무게감을 얻었죠. 로우리가 승진해서 본부로 가고 나서야 국장님도 비로소 자신의 목표를 수행할 기회를 얻었어요. 하지만 그건 그것대로 문제였죠. 로우리는 탐사대를 더 자주 보내고 싶어 했고 국장님은 그 반대였어요. 예전에는 국장님이 그나마 로우리를 통제할 수 있었다면, 그가 본부로 가고 나서는 그조차 불가능해졌죠. 그래서 우리는 계속해서 완전히 미지의 세계로 사람들을 밀어 넣었어요. 국장님은 그 점을 견딜 수 없어 하면서도 어쩔 수 없이 명령을 따라야 했죠."

컨트롤은 어느새 그레이스의 이야기에 어느새 푹 빠져들었다.

"국장은 자기 의도를 어떻게 관철시킨 거죠? 무슨 방법으로요?"

"사정이 달라지자 국장님은 수치에 집착하게 되었죠. 방침을 재검토하는 것에도요. 그러자 로우리는 마지못해 탐험대, 훈련, 자기가 극복한 최면에 대한 정보를 주었어요. 시간이 갈수록 국장님은 왜 로우리가 최면이라는 방법을 밀어붙였는지 알게 되었죠."

공중을 날아다니는 카메라로 바라본 로우리의 모습이 계속 컨트롤의 뇌리를 맴돌았다. 로우리가 기어다니고 카메라가 솟아 오르는 시점. 아마 진실은 그 사이 어딘가에 있을 터였다. 그리고 로우리는 컨트롤이 바닥을 기고 날아오르게 했다.

그럼에도 국장이 경계를 넘어가는 비밀스러운 임무를 진행한 이유는 아직 나오지 않았다. 그레이스는 그 주제를 피하기 위해 컨트롤에게 그저 정보를 마구잡이로 던지고 있는 걸까? 이제까지는 그레이스가 그에게 이렇게 많이 말한 적이 없었다.

"그리고요?" 컨트롤이 물었다. "국장이 또 뭘 했죠?"

그레이스는 거의 행복해 보이기까지 하는 미소를 지으며 두 팔을 활짝 벌렸다.

"국장님은 반응을 끌어내는 일에 집착했죠."

"X구역 말입니까?"

"그래요. 국장님은 X구역이 반응하게 만들 수만 있다면, 그걸 궤도에서 이탈하게 만들 수 있을 거라고 여겼어요. 물론 X구역이 어떤 궤도를 따라가는지 우리는 알 수 없지만 말이에요."

"하지만 X구역은 **이미** 반응을 보였지 않습니까. 수많은 사람을 죽였죠."

"국장님은 우리가 한 어떤 일도 X구역 뒤에 도사리고 있는 뭔가를 **자극하지** 못했다고 믿었어요. 우리가 한 모든 걸 그게 너무 쉽게 처리했으니까요. 거의 아무 생각도 없이 말이에요. 생각이라는 말을 쓸 수 있을지는 모르겠지만."

"그래서 X구역의 반응을 끌어내기 위해 경계를 건넜다는 거로군요."

"국장님이 경계를 건넜다는 사실을 내가 안다거나, 그 일을 도왔다고 인정할 수는 없어요. 그녀가 돌아와서 내게 들려준 이야기에 근거한 내 믿음을 말했을 뿐이죠."

"국장이 바랐던 반응은 아니었죠."

"그래요. 바랐던 반응이 아니었죠. 그래서 국장님은 자책을 했어요. 국장님은 가차 없는 성격이었고, 무엇보다 자기 자신에게 가장 가차가 없었죠. 본부에서 열한 번째 탐사대를 보내기로 결정했을 때, 국장님은 자신이 뭔가 차이를 만들었다고 생각했던 게 틀림없어요. 어쩌면 정말로 그랬는지도 모르죠. 여느 때와 달리 대원들이 암에 걸려서 돌아왔으니까요."

"그래서 국장 스스로 열두 번째 탐사대에 합류한 거로군요."

"맞아요."

"그래서 그녀의 방법론이 의심스럽다는 거로군요."

"그런 평가에는 동의할 수 없어요. 하지만, 그래요, 사람들이 그렇게 말했죠."

"본부는 어째서 국장이 탐사대에 합류하도록 내버려 둔 겁니까?"

"국장님이 경계를 넘어간 사실을 알고서도 해고하지 않고 견책으로 끝냈던 것과 같은 이유죠."

"그래서 그 이유가 뭐죠?"

그레이스가 의기양양하게 웃었다. 컨트롤이 이미 알고 있어야 마땅한 사실을 그녀만 알기 때문일까? 아니면 다른 뭔가가 있을까?

"어머니에게 물어보시죠. 내가 알기로는 당신 어머니가 두 가지 일 모두에 관여했어요."

"아무튼 그들은 더 이상 국장님을 신뢰하지 않게 됐죠." 그렇게 말하는 그레이스의 목소리에 씁쓸한 기색이 드러났다. "그러니 그녀가 돌아오지 않는다고 해서 신경이나 쓸까요? 어쩌면 본부에 있는 몇몇 작자는 그걸로 문제가 해결됐다고 생각할지도 모르죠."

예를 들어 로우리처럼.

하지만 컨트롤은 여전히 재키 미란다 세브란스, 줄여서 세브란스, 할아버지는 언제나 '잭'이라고 불렀던 인물에 대한 생각에 사로잡혀 있었다. 어머니가 그를 서던 리치로, 이 모든 일의 한가운데로 보냈다. 그녀는 서던 리치에서 잠시 일한 적이 있다. 컨트롤의 청소년기에 가까이 머물고 싶어서 그곳을 근무지로 택했다고 했었다. 그레이스에게 질문하면서 컨트롤은 그 시기의 서던 리치에 누가 있고 누가 없었는지, 누가 떠나고 또 들어왔는지 날짜를 맞춰 보려고 애썼다. 국장은 아직 있었다. 그레이스도. 휘트비도 있었다. 로우리는 있었나? 아닌가? 어머니는 이곳을 떠나 어디로 이동한 걸까? 떠난 뒤에도 여기에 연줄이 있었나? 그레이스의 말에 따르면 분명히 그랬다. 어머니가 갑작스럽게 그의 앞에 나타나 일자리를 제안한 것은 무언가 그녀에게 위급 상황이 닥쳤기 때문이라고 봐도 될까? 아니면 그저 더욱 복잡한 계획의 일환인 것일까? 실타래를 푸는 일은 사람을 지치게 했다. 할아버지는 적어도 직설적인 양반이었다. 오, 이런. 여기 총이 있네. 놀랐지? 네가 총을 다루는 법을 배우면 좋겠구나. 언제든 한 번에 여러 가지 일을 처리할 수 있도록 하거라. 때로는 결국 지름길을 택해야 할 때도 있는 법이지. 윙크, 윙크. 하지만 어머니는 절대 윙크를 보내지 않았다. 그럴 필요가 있을까? 어머니는 친구가 되려 하지 않았고, 교묘한 설득에 실패하면 대신 설득할 사람을 구했다. 컨트롤이 여태까지 어머니가 서던 리치에 남긴 흔적을 얼마나 접했는지 그 스스로는 결코 알아낼 수 없을 터였다.

하지만 국장이 조직 내의 다른 사람들과 본부에 연줄이 있었다는 사실은 컨트롤을 안심시켰다. 적어도 그녀가 독불장군을 고집하는 괴짜가 아니라, 진지하게 문제를 해결하려고 했던 사람으로 여겨졌기 때문이다.

"경계 너머에서는 무슨 일이 있었던 겁니까?"

컨트롤이 다시 압박했다.

"국장님은 내게 아무 말도 하지 않았어요. 조사관들이 나를 소환할지도 모르니, 모르는 편이 나를 위한 일이라고 했죠."

이 점에 대해서는 나중에 다시 확인하기 위해 메모를 남겼다.

"전혀 말입니까?"

"전혀요."

"경계로 떠날 때나 돌아온 뒤에 무슨 특별한 지시를 내린 적은 없습니까?"

컨트롤이 서류를 통해 파악한 바로는 국장보다 그레이스가 좀 더 규정에 얽매이는 편이었다. 국장이 그녀의 그런 점을 다소 불편하게 느꼈을 수도 있었다. 혹은 그레이스가 국장이 선을 넘지 않도록 제어했을지도 몰랐다. 그렇다면 부국장이 실제적인 세부 사항을 책임졌을 게 거의 틀림없었다.

그레이스는 주저했고, 컨트롤은 그녀가 더 많은 내용을 털어놓을까 고민하고 있는지 아니면 거짓말을 꾸며 내는 중인지 알 수 없었다.

"신시아는 내게 소위 강령술과 과학 협회라는 곳에 대한 조사를 재개하라고 시켰어요. 등대에 대해 더 자세히 조사할 인력을 배정하라고도 했고요."

"그래서 누가 그 조사를 맡았습니까?"

"휘트비요."

미치광이 휘트비. 그랬던 거로군.

"조사는 어떻게 됐죠?"

그가 서던 리치로 오기 전 받았던 보고서에서 그런 내용을 본 기억은 없었다.

"신시아에게 보고했죠. 그녀는 조사 결과를 컴퓨터에 입력하거나 전자 기록으로 남기지 말고 종이 서류로 달라고 했어요. ⋯⋯당신도 같은 길을 따라갈 생각인가요?"

"그럼 당신은 그게 시간 낭비였다고 생각합니까?"

"우리한테는요. 신시아에게는 아닐 수도 있겠죠. 내게는 아무런 관련성도 없어 보였지만, 신시아가 무슨 생각을 하는지 모르는 상태에서는 우리가 수집한 자료의 의미를 파악하기 어려웠죠. 우리라고 언제나 신사아의 생각을 알았던 건 아니니까요."

"그밖에 내게 하고 싶은 말이 있습니까?"

컨트롤은 그레이스가 마침내 마음을 열었다는 생각에 조금 더 대담해졌다.

컨트롤을 안내하거나, 길을 열어 주려는 듯한 동정적인 표정이 떠올랐다.

"담배 피우나요?"

"가끔은요."

지난 주말에 피웠다. 망령들과 목소리들을 쫓아내기 위해.

"그럼 정원으로 나가서 같이 한 대 피우죠."

괜찮은 생각처럼 들렸다. 솔직히 말해 축복에 가까운 제안이었다.

두 사람은 습지와 가까운 정원 가장자리에서 다시 만났다. 방에서 나와 바깥공기를 쐬는 짧은 여정으로 뜻밖의 발견도 하게 되었다. 그는 건물 밖으로 나오던 도중 마침내 청소 직원과 마주쳤다. 연두색 작업복 차림에 커다란 안경을 쓴 왜소한 백인 사내였고, 손에는 대걸레를 들고 있었다. 키가 채 150센티미터도 되지 않아 보였다.

컨트롤은 그레이스를 기다리게 하더라도 그 직원에게 말을 걸어 청소 약품을 바꾸게 하고 싶은 충동을 애써 억눌렀다.

축축한 습기 그리고 덤불 속에서 벌레들이 내는 소리에도 불구하고, 정원에 있는 그레이스는 취조실에서보다 한결 편안해 보였다.

그레이스가 컨트롤에게 담배를 내밀었다.

"한 대 피우세요."

컨트롤은 기꺼이 그 제안을 수락했다. 지난 주말의 폭음 이후로 담배 생각이 간절했다. 필터가 없는 맨솔 담배의 날카롭고 거친 맛은 마치 두통을 잊기 위해 눈을 찔러 대는 것과 같은 느낌이었다.

"습지를 좋아합니까?" 컨트롤이 물었다.

그레이스가 어깨를 으쓱해 보였다.

"가끔 이곳에 오면 조용해서 좋아요. 평화롭죠." 그녀는 컨트롤을 향해 메마른 미소를 지었다. "건물을 등지고 서면, 건물이 없는 척 생각할 수도 있죠."

컨트롤은 고개를 끄덕이고 잠시 침묵하다가 말했다.

"만일 국장이 돌아왔는데 인류학자나 측량사 같은 상태라면 어떻게 할 겁니까?"

별 생각 없이 대화를 이어 가기 위해 꺼낸 화제였다. 하지만 말을 하자마자 실수라는 사실을 깨달았다.

그레이스는 동요하지 않았다.

"그런 일은 없을 거예요."

"어떻게 그렇게 확신하죠?"

컨트롤은 하마터면 어머니와 한 약속을 어기고 국장의 집 벽에 적혀 있던 글에 대해 털어놓을 뻔했다.

"이 이야기를 해야겠군요." 그레이스가 컨트롤을 향해 돌아서며 말했다. "충격을 받을지도 모르지만, 그러라고 하는 말은 아니에요."

비록 너무 늦긴 했지만, 어째선지 컨트롤은 맞기도 전에 마치 슬로 모션처럼 펀치가 날아오는 모습을 볼 수 있었다.

"아직 모르는 모양인데, 본부에서 지난 금요일 저녁에 생물학자를 데려갔어요. 그녀는 주말 내내 여기에 없었어요. 당신이 내게 거짓말을 할 리는 없으니, 존, 당신은 유령과 이야기한 셈이죠. 당신이 내게 거짓말을 할 리는 없잖아요, 존. 안 그래요?"

그레이스는 두 사람 사이에 어떤 유대감이라도 있다는 듯 진지한 표정이었다.

컨트롤은 제복 차림의 여자가 주류 판매점 앞에 돌아왔을지 궁금했다. 스케이트보더가 또다시 캔 속에 든 개 먹이를 인도 위에 쏟고 있는지, 비닐 봉투를 뒤집어 쓴 남자가 행인에게 소리를 지르고 있는지도. 어쩌면 자신도 그 사람들과 합류해야 할지도 모른다는 생각이 들었다. 점점 더 커지는 슬픔과 함께 그들 모두에 대해 관대한 애정이 생겨났다. 저기 서 있는 헛간. 소나무에 감겨 있는 크리스마스 전구들. 노랑부리황새.

컨트롤은 그날 아침 생물학자와 이야기를 나누지 않았다. 그래, 그는 생물학자가 아직 서던 리치에 있다고 생각했으며 그 생각에 의존했다. 이미 다음 면담 계획도 구체적으로 세워 놓았다. 야외가 아닌 취조실에서 진행할 예정이었다. 생물학자는 거기에 앉아서 지난번과 마찬가지로, 어쩌면 조금 다른 기분으로 이제는 익숙해진 질문들을 기다리고 있을 터였다. 하지만 컨트롤은 더 이상 질문을 하지 않으려 했다. 패러다임을 바꿀 시간이었다. 절차 따위는 어떻게 되든 상관없었다.

컨트롤은 그녀에게 서류를 건네주고 이렇게 말하려 했다. '이게 우리가 당신에 대해 알고 있는 전부입니다. 당신의 남편, 과거 직업과 대인 관계 그리고 심리학자와의 최초 면담 기록까지 포함되어 있죠.' 컨트롤에게도 쉬운 일은 아니었다. 그러고 나면 생물학자는 그가 알던 것과 전혀 다른 사람이 될 터였다. 어쩌면 X구역을 어떤 기이한 방식으로, 이 세상에 더 깊숙이 끌어들이게 될 수도 있었다. 어머니를 배신하는 결과가 될지도 몰랐다.

생물학자는 당연히 자신의 의도를 의심할 테고, 그러면 이렇게 말해 주려고 했다. 보이스의 게임에 질렸기 때문에, 더 이상은 게임을 할 생각이 없다고. 그녀는 아마 호숫가에서 했던 이야기를 반복했겠지. '당연한 일에 감사할 필요는 없어요.' '난 감사를 바란 게 아닙니다.' 컨트롤은 대답했을 터였다. '아니, 바랐을 거예요.' 생물학자는 책망하는 기색 없이 말했을 것이다. '사람은 원래 그런 법이니까.'

"당신이 그녀를 보냈습니까?"

너무 조용히 말해서 그레이스가 무슨 말이냐고 되물을 정도였다.

"당신은 생물학자에게 너무 집착했어요. 객관적인 관점을 잃고 있었죠."

"그건 당신이 판단할 일이 아닙니다!"

"생물학자를 보낸 건 내가 아니에요."

"그게 무슨 말이죠?"

"당신 상관에게 물어보지그래요, 컨트롤. 본부에 있는 당신네 패거리한테요."

"내 패거리가 아닙니다."

패거리 대 파벌이라. 뭐가 더 나쁠까? 어쨌든 이 건은 컨트롤로서는 손쓸 수 없는 상황이 되었다. 본부가 생물학자를 데려간 이상, 정보는 완전히 차단되리라. 지금 이 순간 거기에서는 어떤 난장판이 벌어지고 있을까.

컨트롤은 담배를 깊이 들이마신 뒤, 습지의 끔찍한 풍경을 응시했다. 그레이스가 괜찮으냐고 묻는 말과 "잠시면 됩니다." 하는 자신의 대답이 마치 멀리서 들려오는 소리처럼 느껴졌다.

괜찮으냐고? 합법적이지만 괜찮지 않았던 일들의 긴 행렬 중에서도 이번이 단연 수위를 차지했다. 뭔가가 너무 이르게 끝나 버린 기분이었고, 아직 할 말이 많이 남아 있었다. 컨트롤은 안으로 들어가 어머니에게 전화를 걸고자 하는 충동을 억지로 참았다. 분명 어머니도 사전에 알고 있었을 터였다. 컨트롤은 로우리가 자신을 벌주기 위해 벌인 일이라고 생각했지만, 어머니에게 그렇게 말해 봤자 그레이스와 같은 말을 반복할 것이 뻔했다. '넌 짧은 시간 동안 생물학자와 너무 가까워졌어. 취조를 하라고 했더니 그녀의 방으로 찾아가서 대화를 나눈 것도 모자라 건물 밖을 안내하며 같이 풀이나 씹고 서 있더구나. **고작 나흘 만에** 말이다. 다음에는 뭘 하려고 했니, 존? 생일잔치? 같이 춤을 추거나 힐튼 호텔에 방이라도 잡아 줄 생각이었니? 어쩌면 누군가 작은 목소리로 속삭이기 시작했을지도 모르지. 그녀에게 서류를 건네주라고 말이야. 응?'

컨트롤이 거짓말을 하면서 이건 공정하지 못하다고 항변하면, 어머니는 잭 할아버지의 공격적인 말버릇을 되풀이할 터였다. 공정이라는 건 '패배자나 계집애'가 쓰는 말이라고. 컨트롤은 초리에 대해 이야기할 생각은 없었다. 어머니에게 당신 스스로 지시한 임무를 방해하는 짓이라고 말하면, 그녀는 본부에서 진행하는 생물학자의 면담 기록을 언제든 제공하겠다는 식으로 반격할 것이다. '보나마나 뻔한' 내용이 담길 기록들을. 그러면 컨트롤은 그게 핵심이 아니라는 항변과 지원이 필요하다는 말밖에 할 수가 없었다. 하지만 그는 지원을 요청할 만한 입장이 아니었고, 어머니도 도와줄 생각이 없을 터였다. 어머니가 레이철 매카시의 이름을 직접 언급한 적은 없었지만, 두 사람의 대화에는 항상 그녀의 그림자가 어른거렸다.

"그럼 이제 업무 분담에 대해 논의하죠." 그레이스가 말했다.

"그래, 그럽시다."

두 사람 모두 그레이스가 유리한 위치에 있다는 사실을 알고 있었다.

그레이스가 그를 정신적으로 학살하고 나서 정원을 떠날 때까지도, 컨트롤은 다른 곳에 정신을 팔고 있었다. 앞으로도 대부분의 주요 업무는 그레이스가 처리하고, 모든 책임을 내려놓은 존 로드리게즈는 중요한 회의에서 얼굴마담 역할이나 하게 될 터였다. 컨트롤이 제안서에서 의미 없는 항목들을 지우고 돌려주면, 그레이스가 그중에서 무엇을 실행할지 결정하기로 했다. 그리고 두 사람은 서로의 근무 시간이 최대한 겹치지 않도록 조정할 계획이었다. 그레이스는 컨트롤이 국장의 메모를 해석할 수 있게 도와주기로 했다. 이 새로운 체제에 적응하는 동안, 아마 그 일이 컨트롤의 주된 업무가 될 터였다. 설사 국장이 이미 죽었을 수도 있다는 사실이나, 그녀가 서던 리치에 머물던 마지막 나날 동안 완전히 정신이 나간 채로 절벽 끝을 향해 돌진했다는 사실을 그레이스가 여전히 결코 인정하지 않는다고 해도. 최소한 부국장 역시 쥐와 식물이 괴상한 점이라는 정도는 인정했고, 컨트롤이 국장의 사무실 벽을 다시 칠했다는 사실도 어쩔 수 없이 용인했다.

컨트롤은 완패했다. 지금 그의 처지는 선봉이 무너져 절망에 빠진 보병 부대가 습지의 진흙을 헤치며 적군의 기병들이 기다리고 있는 평야로 후퇴하는 꼴이나 마찬가지였다. 어차피 컨트롤로서는 양

보해도 크게 상관없는 내용들이지만, 예상치 못한 공격을 당한 데다 항복의 조건을 그레이스가 일방적으로 정한다는 점이 뼈아팠다. 그리고 권력을 빼앗기는 처지보다 생물학자를 잃었다는 사실이 더욱 견딜 수가 없었다.

컨트롤은 여전히 담배를 피우며 서 있었다. 그레이스는 위로하듯 그의 어깨를 두드린 뒤 먼저 들어갔다. 그는 이미 그녀를 친구까지는 아니더라도 동료로 여겼지만 그렇다고 해서 큰 위로가 되지는 않았다. 컨트롤은 생물학자를 떠올리며, 그녀의 모습과 목소리를 머릿속에 되살려 보려고 애썼다.

"이제 난 어떻게 해야 할까요?"

"난 여기 갇힌 죄수에 불과해요." 자신의 방 안에서 벽을 바라본 채 생물학자가 말했다. "내가 왜 그런 걸 말해 줘야 하죠?"

"난 당신을 도우려고 하는 중이니까."

"그런가요? 당신 스스로를 도우려는 게 아니고?"

컨트롤은 대답할 말이 없었다.

"정상적인 사람이라면 포기하겠죠. 그게 정상일 거예요."

"당신이라면?" 그가 물었다.

"난 아니죠. 난 정상이 아니니까요."

"나도 마찬가집니다."

"그럼 이제 우린 어떻게 하죠?"

"별다른 수는 없겠죠."

아니, 그렇지 않았다. 아까 마주친 청소 직원과 관련된 어떤 생각이 컨트롤의 머릿속에 떠올랐다. 사다리와 전구와 관련된 뭔가가.

023: 붕괴

컨트롤은 손전등을 찾아 잘 켜지는지 확인했다. 그리고 짜증이 날 정도로 오갔던 구내식당을 가로질러 걸어갔다. 공항에서 같은 터미널을 며칠 동안 돌아다니는 기분이었다. 비품 창고의 문 앞에 도착한 컨트롤은 주변에 사람이 있는지 확인한 뒤, 재빨리 안으로 들어갔다.

창고 안은 어두웠다. 컨트롤은 손으로 한참 더듬거린 끝에 겨우 줄을 잡아당겨 전등을 켰다. 불이 들어왔지만 그리 도움이 되지는 않았다. 컨트롤이 기억하고 있는 대로 전등갓이 그의 머리 높이에 달려 있어, 불빛이 비치는 아래쪽 선반들만 보일 뿐이었다. 청소 직원의 손이 닿는 범위도 그 정도일 터였다. 어둠에 눈이 익숙해지고 나서 보니 컨트롤의 키보다 높이 달린 선반들은 전부 비어 있는 상태였다.

컨트롤은 휘트비가 거짓말을 했다는 느낌을 받았다. **여기야말로** 휘트비가 예전에 보여 주려 했던 특이한 장소 같았다. 다른 수수께끼를 다 포기할 수밖에 없다면, 적어도 이 방의 비밀은 풀고 말겠다는 오기가 생겼다. 퍼즐. 발상의 전환. 로우리는 최면으로 이 순간을 앞당기려 했을까 아니면 미루려고 했을까?

컨트롤은 손전등을 이리저리 휘두르며 위쪽 선반들을 살피다가 불빛을 천장으로 가져갔다. 마감이 덜 된 듯한 천장은 3미터가 조금 안 되는 높이였다. X자로 교차하는 두 개의 대들보와 그 위에 얹어 놓은 널빤지는 모두 선반보다 나중에 만들어진 듯했다. 빈 선반들이 천장 높이를 지나서까지 계속 이어지고 있었다. 잠시 살펴보던 컨트롤은 천장 한쪽에 잘 보이지 않을 만큼 가느다란 실금이 정사각형 모양으로 나 있는 것을 발견했다. 다락문일까?

컨트롤은 생각에 잠겼다. 단순한 수납공간이나 환기구로 이어질 수도 있었다. 하지만 머릿속에 건물 배치도를 펼쳐 보니, 다락문의 위치는 구내식당에서 휘트비가 가장 좋아하는 자리의 정확히 반대편이었다. 그렇다면 3층으로 이어지는 계단 아래로 상당한 공간이 존재할 터였다.

창고 안을 이리저리 뒤진 끝에 한쪽 구석에서 방수포 아래 가려진 접이식 사다리를 찾아냈다. 사다리를 옮기다가 전구를 건드리는 바람에 쌓여 있던 먼지들이 깜빡이는 불빛 아래 어지럽게 흩날렸다.

컨트롤은 사다리 꼭대기까지 올라가 다시 손전등을 켰다. 그리고 불편한 자세로 나머지 손을 이용해 천장의 정사각형을 힘껏 밀었다. 사다리에 올라와서 보니 '천장' 위쪽으로 분명한 공간이 느껴졌다.

덜컥거리는 소리와 함께 문이 움직였다. 컨트롤은 불안한 기분으로 숨을 길게 내쉬었다. 사다리의 발판이 조금 미끄럽게 느껴졌다. 문을 밀어 올리자 경첩에 기름칠을 한 지 얼마 되지 않았는지 아무런 소리도 없이 부드럽게 열렸다. 컨트롤은 손전등으로 바닥을 먼저 살피고 나서 불빛을 벽 쪽으로 돌렸다. 양쪽으로 선반들이 2.5미터 높이까지 이어지고 있었다. 사람은 아무도 없었다. 다시 가운데를 비추자 먼 쪽 벽과 경사진 천장이 눈에 들어왔다.

거기에서 얼굴들이 컨트롤을 응시했다. 그 옆에는 거대한 형상들과 알아볼 수 없는 글자들이 그려져 있었다.

컨트롤은 거의 손전등을 떨어뜨릴 뻔했다.

정신을 차리고 다시 주위를 살폈다.

벽과 천장의 일부에 걸쳐서, 인간의 얼굴을 한 기괴한 형상의 괴물들이 등장하는 거대한 그림이 펼쳐져 있었다. 더 자세히 살펴보니 진한 붉은색과 푸른색 그리고 초록색과 노란색의 유화 물감들을 마구 뿌리고 칠해서 괴물의 몸뚱이가 그려져 있었다. 흐릿한 얼굴들은 서던 리치 출입증의 사진을 확대해서 붙인 듯했다.

가장 두드러진 형상은 몸뚱이를 벽에, 얼굴은 기울어진 천장에 그려서 아래를 굽어보는 듯한 느낌을 주는 괴물이었다. 나머지 그림들은 이 괴물 주위를 별자리처럼 에워싸고 있었다. 그리고 불길한 문장과 구절이 마구 겹치거나 덧칠해져 있어서, 마치 누군가 글자들의 퇴비 더미를 만들고자 한 것처럼 보였다. 경계도 그려져 있었다. 붉은 불꽃으로 이루어진 원은 끝 부분에서 머리가 두 개 달린 괴물로 변했다. 그 괴물의 배꼽 부근에 X구역이 있었다.

컨트롤은 주저하면서도 바닥이 튼튼한지 확인할 때까지 몸의 중심을 낮게 유지하며 빈 공간으로 올라갔다. 바닥을 이루는 널빤지는 튼튼해 보였다. 컨트롤은 왼쪽 벽의 선반들 곁에 서서 앞에 보이는 그림을 감상했다.

벽화 혹은 그림에서 가장 두드러져 보이는 괴물은 거대한 멧돼지와 달팽이가 합쳐진 듯한 형상으로, 창백한 피부는 연두색 이끼 같은 얼룩으로 가득했다. 빠르고 넓은 붓질로 그려진 팔다리는 돼지의 사지 같았고, 그 끝에 두꺼운 손가락이 세 개씩 보였다. 놈의 몸통에는 더 많은 부속물이 달려 있었다.

흐릿한 분홍색으로 그린 목은 너무 가늘었고, 몸에 비해 작은 머리가 기형적으로 보였다. 그림 위에 얼굴을 붙인 풀 자국이 손전등 불빛 아래 번들거렸다. 얼굴의 정체는 컨트롤이 서류에서 본 적 있는 사람이었다. 마지막 11차 탐사대의 심리학자로, 암으로 죽기 전 이렇게 말했던 대원이었다. "X구역은 아름답고 평화로웠습니다." 그는 그렇게 말하며 조용히 미소를 지었다.

하지만 여기에 있는 얼굴은 전혀 평화롭지 않았다. 누군가 펜을 사용해(휘트비일까? 휘트비일 것이다.) 입을 O자로 벌린 상상할 수 없을 만큼 끔찍하고 고통스러운 표정으로 바꿔 놓았다.

그 좌우로는 마치 만신전(萬神殿)처럼 다양한 괴물들이 줄지어 늘어섰고, 낯익은 얼굴들도 보였다. 국장은 거대한 멧돼지의 몸속에 식물이 가득한 형상이었다. 부국장은 일종의 통통한 족제비 같았고, 체니는 해파리가 되어 있었다.

그러다 컨트롤은 자신의 모습을 발견했다. 아직 미완성의 그림이었다. 얼굴은 최근에 찍었던 심각한 표정의, 마치 범죄 용의자처럼 나온 사진을 사용했다. 몸뚱이는 하얀 토끼가 아니라 구불거리는 털을 반쯤 그려 넣다가 만 산토끼였다. 옆에는 회청색의 거대한 바다 괴물이 보랏빛 파도를 일으키며 헤엄치고 있었다. 얼굴 한가운데 커다란 원형의 눈을 그려서 마치 외눈박이 거인처럼 보였다. 괴물의 주변에는 파도 말고도 괴상하게 휘갈겨 쓴 탓에 거의 읽을 수 없는 문자들이 마구 쏟아져 나왔다. 벽화의 놀랍고도 불길한 인상은 국장의 사무실 벽보다 훨씬 강렬했다. 컨트롤은 갑작스러운 냉기에 온몸의 털이 곤두서는 듯했다. 컨트롤은 휘트비의 분석이 해답을 가져다주리라고 아직 자신이 반쯤 기대하고 있다는 사실을 깨달았다. 하지만 여기에 어떤 답이 있는 것은 아니었다. 그저 휘트비의 머릿속이 죽은 쥐와 식물, 낡은 휴대폰과 함께 서류 뭉치가 들어 있던 사무실 서랍과 다를 바 없다는 증거일 뿐이었다.

맞은편의 오른쪽 선반 근처 바닥에는 수건과 몇 개의 페인트 통,

휘트비가 천장에 그림을 그릴 때 썼을 법한 발 받침대가 놓여 있었다. 책 몇 권과 이동식 난로, 말아 놓은 침낭도 보였다. 휘트비는 이곳에서 **살았을까?** 아무도 모르게? 누군가 짐작은 했더라도 굳이 밝혀내려 하지 않았을지도 몰랐다. 그러는 대신 휘트비를 새로 부임하는 국장에게 떠넘기려 했을 터였다. 허위 정보와 교란. 휘트비는 이걸 그리기 위해서는 꽤 많은 시간이 필요했을 것이다. 끈기 있게 페인트를 칠하고, 더하거나 덜어 내면서. 테루아.

컨트롤이 선반을 등지고 서 있던 건 아주 잠깐이었다.

그는 이 다락 공간에도 바람이 분다고 생각했다. 그게 바람이 아니라는 사실을 깨닫지 못했다.

누군가 숨을 쉬고 있었다, 바로 뒤에서.

누군가의 **숨결**이 뒷목에 느껴졌다. 그걸 깨닫자 몸이 딱딱하게 굳었고 '이런 맙소사!' 하는 비명조차 목구멍 안쪽에 얼어붙었다.

컨트롤은 자신이 회전하는 동상처럼 보였으면 좋겠다고 생각하며 믿을 수 없을 만큼 천천히 몸을 돌렸다. 그리고 놀랍게도 커다랗고 창백한 물빛 눈동자와 파랗게 질린 피부를 보았다. 휘트비였다.

휘트비는 줄곧 컨트롤 바로 뒤의 선반 위에 웅크리고 있었다.

얕고 가쁜 숨을 쉬면서. 이쪽을 응시했다.

마치 인큐베이터 안에 있는 신생아처럼. 선반 위에서.

처음에 컨트롤은 휘트비가 눈을 뜬 채 잠을 자는 중이라고 생각했다. 아니면 밀랍 인형이거나. 인체 모형이거나. 그러나 컨트롤은 곧 휘트비가 완전히 깨어 있는 상태로 자신을 바라본다는 사실을 깨달았다. 뭔가가 움직여서 그 위에 쌓인 나뭇잎이 흔들릴 때처럼 휘트비는 계속해서 미세하게 몸을 떨었다. 마치 뼈가 없는 뭔가를 너무 작은 공간에 쑤셔 넣은 듯했다.

두 사람의 거리는 너무 가까워서 컨트롤이 몸을 굽히면 휘트비의 코를 깨물거나 입을 맞출 수도 있을 정도였다.

휘트비는 여전히 아무 말도 없었다. 겁에 질린 컨트롤은 어째선지 입을 열면 위험할 수도 있다는 생각이 들었다. 뭐라고 말을 하는 순간 휘트비가 자신의 은신처에서 갑자기 튀어나올지도 몰랐다. 그리고 그의 딱딱거리는 턱은 실상 위협적이고 치명적인 무기일지도 몰랐다.

두 사람의 눈이 마주쳤다. 더 이상 서로가 서로를 알아봤다는 사실을 부인할 방법은 없었다. 하지만 휘트비는 여전히 아무 말도 없었다. 이 환상을 깨고 싶지 않은 것처럼 보였다.

컨트롤은 휘트비에게 등을 보이고 싶지 않다는 본능의 호소를 억누르며, 이를 악물고 몸을 떨면서 천천히 손전등의 불빛을 다른 방향으로 돌렸다. 그는 휘트비가 내쉬는 숨결을 느낄 수 있었다.

그러자 휘트비가 천천히 움직여 컨트롤의 머리에 손을 가져다 댔다. 그는 가만히 손바닥을 컨트롤의 머리카락 위에 올렸다. 손가락들이 마치 불가사리처럼 펴지더니 천천히 앞뒤로 움직였다. 두 번,

세 번. 휘트비가 컨트롤의 머리를 쓰다듬었다. 머뭇거리면서도 다정하게 어루만졌다.

컨트롤은 움직이지 않았다. 쉬운 일은 아니었다.

잠시 후 휘트비가 마지못한 듯 손을 도로 가져갔다. 컨트롤은 앞으로 두 걸음을 걸었다가, 다시 한 걸음을 더 내딛었다. 다시 또 한 걸음. 휘트비는 여전히 제자리에서 움직이지 않았지만 대신에 사람의 목소리라고는 생각할 수 없는 괴상한 소리를 냈다. 하지만 컨트롤을 다시 선반 쪽으로 끌어당기거나 하지는 않았다.

바닥에 난 문까지 걸어간 컨트롤은 발로 사다리를 더듬거리며 아래로 내려갔다. 휘트비가 있는 선반 쪽은 쳐다보지도 않은 채로 천천히 문을 닫았다. 그러자 겨우 안도감이 몰려왔다. 컨트롤은 사다리를 내린 뒤 잠시 망설이다 접어서 원래 자리로 가져갔다. 그리고 밖에서 인기척이 나는지 귀를 기울인 후 비품 창고를 나왔다. 밝은 복도로 나와 심호흡을 하자, 아직 빛에 적응하지 못한 시야에 검은 점들이 떠오르며 제어할 수 없는 경련이 찾아왔다. 컨트롤은 지금 자신의 모습을 아무도 보지 못하기만 바랐다.

쉰 걸음 정도 나아가다, 컨트롤은 문득 휘트비가 사다리 없이 거기까지 올라갔다는 사실에 생각이 미쳤다. 휘트비가 통풍구를 통해 기어 올라가는 모습이 떠올랐다. 그의 창백한 얼굴. 그의 창백한 손. 그 손이 와 닿던 느낌.

주차장에서 마주친 체니는 쾌활한 목소리로 "귀신이라도 본 얼굴이네요!"라고 말을 걸었다. 컨트롤은 그에게 지난 몇 년 동안 건물 안에서 이상한 소리를 듣거나 신기한 광경을 본 적이 없는지 물었다. 그저 한숨을 돌리려고 한 잡담에 가까운 질문이었다. 하지만 체니는 짐짓 심각한 표정으로 대답했다.

"글쎄요, 아마 천장이 너무 높아서 그럴 겁니다. 괜히 있지도 않은 게 보이거나, 실제와 다른 걸 보기도 하죠. 새인 줄 알았더니 박쥐거나, 박쥐도 아니고 바람에 날리는 비닐봉지거나 하는 식이죠. 결국 눈의 착각인 겁니다. 새가 나뭇잎이거나. 박쥐가 새거나. 빛이 만들어 낸 그림자거나. 소리도 마찬가지라서 실은 별것 아닌데 의미를 부여하게 되곤 하죠. 누구나 어디서나 겪는 일입니다."

새가 박쥐일 수도 있다. 박쥐가 떠다니는 비닐 봉투일 수도 있다. 하지만 그것 역시 착각일 수 있지 않을까?

문득 휘트비와 마찬가지로 체니에 대해서도 알아낸 바가 거의 없다는 생각이 강렬하게 머리를 때렸다. 컨트롤의 귀에 닿지 않는 말을 계속 늘어놓으며 뒷걸음질로 주차장을 가로질러 멀어지는 체니의 모습은 어쩌면 급하게 만들어 낸 껍데기에 지나지 않을지도 몰랐다.

컨트롤은 급하게 차의 시동을 걸었고, 정신없이 운전해서 강변의 산책로에 도착했다. 그제야 겨우 서던 리치를 벗어났다는 느낌을 받으며, 컨트롤은 헤들리 잔교에 차를 세워 두고 한동안 강가를 산책

했다. 하지만 상점도 사람들도 그 너머의 강물도 제대로 눈에 들어오지 않았다.

반쯤 멍하니 걷던 컨트롤은 어떤 소녀의 외침에 퍼뜩 정신을 차렸다. "너무 늦게 왔잖아요!" 그리고 자신에게 한 말이 아니라는 사실을 깨닫고 안도했다. 아이 아버지가 그의 옆을 지나쳐 딸에게 걸어갔다.

컨트롤은 뒤쪽에 당구대가 있는 어둡고 넓은 싸구려 술집에 도착했다. 화요일 저녁에 조깅했던 잔교 근처였다. 언덕만 올라가면 지금 살고 있는 집이지만, 아직 돌아갈 생각은 들지 않았다. 고등학교 시절 쿼터백이 그대로 나이만 먹은 듯한 백인 남자가 바텐더에게 추근대다 마침내 포기하자, 컨트롤은 위스키 한 잔을 주문했다.

"저 남자, 말은 잘하는데 목이 너무 많이 접히더군요."

컨트롤이 이죽거리자 바텐더가 웃음을 터뜨렸다.

"뭐라고 말하는지 모르겠던데요. 턱살 부딪치는 소리가 너무 시끄러워서 그랬나."

컨트롤도 낄낄거리며 잠시나마 괴로운 생각을 잊었다.

"오늘 밤에 뭐해요, 아가씨? 뭘 하든 나랑 같이 합시다."

그는 조금 전에 남자가 했던 형편없는 대사를 흉내내며 말했다.

"오늘 밤엔 그냥 잘 거예요. 벌써부터 졸려 죽겠어요."

"나도 마찬가집니다."

컨트롤은 여전히 웃으며 말했다. 하지만 바텐더가 잔을 씻으려고 몸을 돌리면서도 호기심 어린 시선을 던지는 것이 느껴졌다. 아주 오래전에 레이철 매카시와 나눴던 대화도 이것보다 그리 길지 않았다. 별다른 내용이 있지도 않았다.

소리를 낮춘 텔레비전 화면에서는 화제의 농구 경기에 대한 광고 앞뒤로 커다란 홍수의 여파와 학교에서 벌어진 학살 사건에 대한 소식이 나왔다. 컨트롤의 뒤쪽에서 한 무리의 여자들이 이야기하는 소리가 들렸다. "이제 네 말을 믿어야 할 것 같아······. 더 나은 이론이 없으니까." "그럼 이제 어떡하지?" "난 돌아갈 준비가 안 됐어. 아직은 아니야." "여기가 마음에 드는구나. 정말로 좋은 모양이야. 그렇지?" 그녀들의 대화가 왜 거슬리는지 알 수 없었지만, 컨트롤은 멀찍이 자리를 옮겼다. 보통 사람들이 세상을 보는 방식은 원래부터 자신과 달랐지만, 지난주부터 그 차이가 급격히 더 커지고 있었다.

컨트롤은 자신이 집에 돌아가면 미친 휘트비에 대해 생각하기 시작할 거라는 사실을 알았다. 사실 지금도 휘트비에 대한 생각을 멈추기가 힘들었다. 내일이면 무슨 조치라도 취해야 하기 때문이었다. 다만 어떻게 처리해야 할 지가 문제였다.

휘트비는 서던 리치에서 아주 오래 근무했다. 여태까지 누구에게 피해를 입힌 적도 없었다. 하지만 이제는 '오랫동안 수고했습니다. 이제 그 괴상한 그림을 챙겨서 당장 꺼지세요.'라고 말해야 했다.

그 밖에도 처리해야 할 업무가 많았다. 어머니로부터 국장의 집에 대한 설명을 듣지도 못했다. 생물학자를 잃어버린 상처도 아직

아물지 않았다. 보이스도 휘트비가 중요하지 않다고 말한 적이 있었다. 컨트롤은 보이스/로우리의 말투에서 휘트비를 잘 안다는 느낌을 받았다.

서던 리치를 떠나 헤들리로 오기 전에, 컨트롤은 휘트비가 작성한 테루아 관련 서류를 다시 한 번 자세히 살펴봤다. 훈련된 눈으로 보자, 휘트비가 이 문서를 작성하는 동안 정신적으로 무너지기 시작했다는 점을 알 수 있었다. 언뜻 평범해 보이는 소제목이나 다른 출처를 명기한 서문에서도 그런 특징이 드러났다. 휘트비의 상상은 점차 불안정해졌고, 그걸 표현하는 단어들의 선택에도 신경을 쓰지 않는 느낌이었다. 괴물들에 대한 언급이 규칙적으로 되어 있었는데, 첫 번째 탐험대의 비디오에서 단서를 얻어 쓴 듯했다. 아마 적절한 과정을 거쳐 보지는 않았을 것이다. 컨트롤은 어느 지점에서 더 이상 읽기를 멈췄다. 휘트비가 경계를 '보이지 않는 껍질'로 표현하면서, 문을 이용하지 않고 넘어가려 하면 수백 킬로미터 너비의 **다른 공간**에 영원히 갇히게 된다고 써 놓은 부분이었다. 터무니없는 이론이지만, 휘트비가 이런 결론에 도달할 때까지 밟아 온 단계들은 멀쩡하고 논리적으로 보이기도 했다.

그리고 로우리에 대한 문제도 있었다. 주차장에서 체니에게 로우리에 대해 묻자, 그는 얼굴을 찌푸렸다. 흔히 있는 일은 아니었다.

"로우리요? 여기로 돌아온다고요? 지금은 아니죠. 사실 앞으로도 아니라고 봅니다." 왜일까? 체니가 잠시 망설이다 말했다. "글쎄요,

그 사람은 망가졌어요. 다른 사람들이 보지 못하는 걸 보죠. 그러면서 거기에 다가가지도, 그렇다고 벗어나지도 못해요. 아마 그로서도 지금 정도로 떨어져 있는 게 최선일 겁니다."

로우리는 과거의 경험을 결코 잊을 수 없었기에, 자신과 X구역 사이에 주술이나 주문 따위의 거미줄로 방어막을 만들어 놓았다. 외면할 수는 없지만 실제로 보기에는 너무 두려워서 자신의 공포를 남들에게 떠넘겼다. 그런 면에서 휘트비는 X구역에 보다 가까이 있었고, 그의 주문들은 더 본능적이었다.

반면에 국장이 남긴 수많은 메모들은 지루하고 실용적이며 무미건조하다고, 컨트롤은 다음 잔을 부드럽게 넘어가게 해 줄 폭탄주를 주문하며 생각했다. 게다가 어쩌면 X구역에 대해 아무런 설명도 하지 못하는 휘트비의 테루아 이론과 마찬가지로, 결국에는 일종의 종교적인 집착에 가까운 무의미한 내용일지도 몰랐다. 국장의 관점에서 모든 추가적인 맥락을 고려해도, 컨트롤이 아는 한 그녀가 어떤 답을 찾아낸 바는 없기 때문이다.

컨트롤은 큰 소리로 술 한 잔을 더 주문했다.

어쩌면 그게 자신의 운명일지도 몰랐다. 다른 사람들이 남긴 메모를 정리하고 자신의 메모를 만드는 것. 끊임없이, 그리고 아무런 소용도 없이. 그러다 배도 나올 테고 한 번쯤 이혼 경력이 있는 여자를 만나 결혼도 하겠지. 헤들리에서 아들 하나 딸 하나를 낳아 가족을 꾸리고 주말이 되면 일은 뒷전으로 미룬 채 가정에 충실할 것이다. 컨트롤은 서던 리치에 근무하면서 늙어 갈 테고, 은퇴할 때까지 날짜를 세고 개월 수를 세고 햇수를 세면서 시간을 보낼 터였다. 은퇴 기념 선물로 금시계를 받고 누군가 등을 토닥여 줄지도 몰랐다. 그때가 되면 조깅을 너무 한 탓에 무릎이 상해 하루 종일 앉아 있어야 하거나, 머리가 벗어질 수도 있었다.

그리고 그때까지도 휘트비를 어떻게 해야 할지 모를 수도 있었다. 생물학자를 여전히 그리워할지도 몰랐다. X구역 안에서 무슨 일이 벌어지는지 계속 모르는 채로 살아갈 확률이 높았다.

술 취한 남자가 컨트롤에게 다가와 등을 두드리는 바람에 정신이 번쩍 들었다.

"아무리 봐도 내가 아는 사람 같은데. 얼굴이 낯이 익단 말이야. 당신 이름이 뭐지?"

"랫 포이즌(쥐약)이올시다." 컨트롤이 말했다.

사실 고등학교 시절 쿼터백처럼 생긴 남자가 그 말에 갑자기 괴물로 변해 자신을 조각 낸다고 해도, 컨트롤의 일부는 개의치 않을 터였다. 그런 일이 벌어진다면 X구역의 진실에 더 가까이 다가갈 테니까. 설사 그 진실이 빌어먹을 아가리, 썩어 가는 시체가 가득 쌓인 동굴과 같은 냄새가 나는 아가리라고 해도 지금처럼 모호한 상황보다는 나을 테니까.

00X

　화요일 아침 컨트롤이 집을 나설 때, 국장의 딱정벌레처럼 생긴 휴대폰이 현관 앞 매트 위에 놓여 있었다. 그에게 다시 돌아온 것이다. 현관 손잡이를 잡은 채로 전화기를 내려다보며 컨트롤은 그게 어떤 계시라고 느꼈다……. 하지만 어떤 계시일까?

　자세히 보려고 쪼그려 앉는데 초리가 뛰쳐나오더니 컨트롤을 지나쳐 덤불 속으로 사라졌다. 전화기는 며칠 동안 밖에 있었는데도 여전히 괴상하게 보였다. 케이스에는 동물의 이빨 자국이 나 있었고 흙과 풀물로 더러워져 있었다. 그래서 예전보다 더 살아 있는 생물처럼 보였다. 어쩌면 전화기가 탐색이나 모험에 나섰다가 보고를 위해 돌아온 것처럼 보이기도 했다.

　다행히도 전화기 아래에 집주인의 메모가 놓여 있었다. 휘갈겨 쓴 글씨체로 '잔디를 깎으러 온 사람이 전화기를 주웠어요. 쓰지 않는 전화기라면 쓰레기통에 버려 주세요.'라고 적힌 메모였다.

컨트롤은 다시 덤불 속으로 전화기를 던졌다.

컨트롤은 아침 햇살을 느끼며 수많은 문과 복도를 지나 자신의 사무실로 걸었다. 그러는 동안 선반에 구겨져 있던 휘트비와 그가 벽에 그려 놓은 끔찍한 그림들에 대해서도 조금 더 용인할 수 있을 듯한 생각이 들었다. 장기간에 걸친 정신 분열 현상이 휘트비 본인에게는 물론 심각한 문제겠지만, 서던 리치 전체로 봤을 때에는 그저 그를 '수상한' 서류철에서 '도움이 필요한' 서류철로 옮길 이유가 될 수 있는 증상에 불과할 수도 있었다.

하지만 사무실에 도착하고 나서도 컨트롤은 여전히 휘트비를 어떻게 처리할지 고심했다. 그는 자신의 책임일까, 아니면 그레이스의 책임일까? 그레이스는 거부 반응을 보이거나 회피하면서 '아, 그 휘트비요?' 같은 말을 할까? 어쩌면 자신과 그레이스가 함께 휘트비의 비밀 공간에 올라가서 거기 그려진 괴상한 그림들을 보고 웃음을 터뜨린 다음 벽을 다시 칠할 수도 있었다. 그러고 나서 체니와 슈를 데리고 함께 점심을 먹은 뒤 보드 게임을 하거나 사소한 수다를 떨지도 몰랐다. 슈는 그에게 '단어의 뜻을 당연하게 여기면 안 돼요!' 같은 말을 할 것이다. '예를 들면 **경계** 같은 단어 말인가?'라고 대답하면 슈는 '맞아요, 제가 말하려고 했던 게 바로 그거예요! 아셨군요!

제 말을 이해했어요!' 하고 외칠 터였다. 그리고 두 사람은 누가 먼저 랄 것도 없이 손을 맞잡고 춤을 추면서, 수천 마리의 하루살이가 휘몰아치는 길을 따라 수천 그루 양치식물들이 우거진 혼돈 속으로 사라질 것이다.

혹은 아닐 수도 있었다.

좌절감에 분노하면서, 컨트롤은 휘트비의 문제를 한쪽으로 미루고 다시 국장의 메모에 몰두했다. 국장의 관심사에 대해 그레이스가 알려 준 정보를 유념하며 그 허접쓰레기 속에서 겉으로 보이는 것보다 더 많은 내용을 알아내기 위해 애썼다. 휘트비에 대해서 당장은 그가 손을 뻗을 수 없을 만큼 거리와 시간을 두고 싶을 뿐이었다.

컨트롤은 그레이스가 한 말을 토대로 다시 등대에 집중했다. 등대의 목적은 무엇일까? 위험을 경고하는 것, 해안의 선박을 인도하고 육지가 가깝다는 사실을 알리는 것. 서던 리치에게 그리고 국장에게 등대는 어떤 의미였을까?

잠겨 있던 서랍 속의 서류 뭉치 중에서 가장 눈에 띄는 것은 등대에 대한 문서였다. 그 안에는 북쪽 섬의 역사와 밀접하게 관련된 조사를 출처로 하는 내용도 포함되어 있다고 그레이스가 알려 줬다. 여러 가지 이름을 가졌던 그 섬은 이제 서던 리치의 'X섬'으로 알려졌지만, 몇몇 사람들은 '굳이 이걸 왜 조사해야 하지?'라는 의미를 담아 'Y섬'이라고 부르기도 했다.

재미있는(의미심장하기까지 한) 점은 등대의 신호등이 원래 X섬의 등대에서 사용하던 물건이라는 사실이었다. 항로가 변경되면서 섬의 등대가 필요 없어지자, 폐허가 되기 전에 그 눈을 빼앗았던 셈이다.

그레이스의 말에 따르면 국장이 가장 흥미를 보인 대상도 등대 신호등으로, 단지 기술적으로 훌륭할 뿐 아니라 예술적인 아름다움까지 겸비한 최고급 렌즈였다. 청동으로 만든 골조 안에 2000개가 넘는 개별적인 렌즈와 프리즘이 들어가 있었다. 예전에는 램프에서 그 뒤에는 전구에서 나오는 불빛이 수많은 렌즈에 반사되고 프리즘에 굴절되어 바다 위를 비췄다.

전체 장비는 조각조각 분해해서 이동과 운반이 가능했다. '불빛의 특성'은 생각할 수 있는 거의 모든 방식으로 조작이 가능했다. 구부리거나 직선으로, 다양한 표면에 반복적으로 반사시켜 밖으로 새어나가지 않게 할 수도 있었다. 옆으로 보낼 수도 있었다. 꼭대기 층으로 올라가는 나선형 계단을 밝힐 수도 있었다. 외부 공간을 환하게 비출 수도 있었다. 수많은 탐사대의 일지들이 쌓여 있는 다락문 아래를 밝힐 수도 있었다.

컨트롤의 뇌에 불길한 짐작을 위한 자리가 더 이상 남아 있지 않아서 무시했지만 거슬리는 메모가 하나 있었다. 블리커스빌의 극단이 상연한 **햄릿의 해방**이라는 끔찍한 연극의 입장권의 구겨진 뒷면에 적었다가 X자를 그려 지운 낙서였다. '탐사대의 대원들이 말한 것보다 더 많은 일지가 존재한다.' 컨트롤은 어디에서도 일지의 수가 명시되어 있거나 그 수를 세어 봤다는 내용이 포함된 보고서를 본 적이 없었다.

50년대부터 해안선을 따라 활동했던 강령술과 과학 협회는 줄곧 두 개의 쌍둥이 등대에 집착을 보였다. 서던 리치에서는 오래전에 등대를 'X구역의 생성과 관계된 증거들'에서 제외했지만, 협회가 국장 개인에게 정보를 공유하기라도 했는지 그녀는 등대의 역사에 모든 관심을 집중했다. 『유명한 등대들』이라는 책에서 뜯어 내고 동그라미를 친 페이지들에 따르면 문제의 신호등은 남북 전쟁이 발발하기 직전에 이제는 이름을 알 수 없는 어느 제작자가 만들었다. 그 '신비한 역사'에는 그 신호등이 상대 진영에 넘어가지 않도록 모래 속에 묻혀 있기도 했고, 남군과 북군의 손을 오가다가 결국 잊힌 해안의 X섬에 갑자기 모습을 드러냈다는 내용이 포함되어 있었다. 컨트롤은 아무리 분해한 조각들이라도 신호등을 전국 각지로 운반하느라 들인 노력을 상상하며 신비하다기보다 부산스럽고 다망한 역사라고 생각했다. 신호등이 마침내 자리를 찾기까지 이동한 거리가 신기하다면 신기한 점이었고, 안개 신호를 묘사하면서 사용한 '꼬리로 매달린 두 마리 커다란 황소' 같은 표현도 마찬가지였다.

기사를 발췌한 날짜를 보건대, 국장이 등대에 집착했던 시기는 12차 탐사를 계획하던 무렵이었다. 하지만 그보다는 국장이 스스로도 신뢰하지 않는 출처에서 나온 자료에 계속해서 주석을 달며 수정하고 보완했다는 사실이 더 흥미로웠다. 문제의 출처에 대한 정보는 그레이스의 DMP 자료는 물론 컨트롤이 지금까지 뒤진 어떤 메모에도 나와 있지 않았다. 컨트롤은 좌절했다. 국장 본인도 뭔가 놓치고 있다고 생각하면서 남겨 놓은 메모를 계속해서 검토하는 일도 지겨웠다. 국장은 컨트롤에게 오래전의 조사를 부활시켜야 한다는 메시지를 남긴 걸까? 아니면 서던 리치에 아이디어가 다 떨어져서 끊임없이 재활용을 하며 스스로를 갉아먹기 시작했다는 증거에 불과할까?

컨트롤은 스스로의 상상을 증오한 나머지 그 상상이 갈색으로 말라 비틀어져 자신으로부터 떨어져 나가기를 바랐다. 컨트롤은 국장이 답이 없는 문제에 집착했다고 생각하기보다는 그녀가 남긴 메모들 사이에서 뭔가가 모습을 숨긴 채 자신을 엿보는 중이라고 믿었다. 하지만 그게 뭔지 알아낼 수가 없었다. 단지 국장이 조사한 내용만을 보면서 그녀가 왜 그렇게까지 열심히 조사했는지 의아하게 여길 뿐이었다.

컨트롤은 충동적으로 벽에 걸린 사진 액자들을 모두 떼어 내서 뒷면을 분리하고 뭐가 숨겨져 있는지 살폈다. 하지만 아무것도 없었다. 그저 갈대밭, 등대, 등대지기, 그의 조수, 그리고 30년도 더 전의 풍경 속에 서서 그를 응시하는 소녀뿐이었다.

오후가 되자, 컨트롤은 그레이스의 DMP 파일과 메모를 비교하기 시작했다. DMP는 특허 프로그램이라 페이지를 넘길 때마다 컨트롤 키를 눌러야 했다. 컨트롤 키만이 유일하게 그가 제어할 수 있는 대상처럼 느껴졌다. 컨트롤 키의 기능은 단 하나였고, 불평 없이 묵묵하게 자신의 역할을 수행했다. 휘트비를 처리하지 않고 메모를 검토하는 시간이 일종의 축복처럼 느껴졌지만, 그럼에도 불구하고 컨트롤은 짜증을 내며 있는 힘껏 키보드를 눌렀다. 휘트비의 모습은 보이지 않았지만 그의 차는 여전히 주차장에 있었다. 휘트비가 도움을 원할까? 스스로 도움이 필요하다는 사실을 알기나 할까? 누군가 휘트비에게 그가 어떤 상태인지 말해 줘야 했다. 그레이스가 그럴 수 있을까? 체니는? 아니. 그들은 여태까지도 그러지 않았다.

컨트롤. 컨트롤. 컨트롤. 페이지는 언제나 너무 많았다. 여기에 컨트롤. 저기에 컨트롤. 점점 세게, 컨트롤. 컨트롤 키는 계속해서 페이지를 스치고 지나갔다. 책상부터 벽의 선반까지 널려 있는 서류들만 해도 너무 많았고, 컴퓨터 화면에서 얻을 수 있는 정보들은 별 의미가 없어 보였기 때문이다.

사무실이 점점 더 답답하게 느껴졌다. 컨트롤은 잠시 서류철을 뒤적이고 책장을 정리하는 시늉을 하다가, 곧 생물학자가 12차 탐사대에 합류하기 전까지 근무하던 장소들을 인터넷으로 검색해 보는 일에 몰두하고 말았다. 좀 진정할 필요가 있었다. 생물학자가 근무하던 장소들의 경관은 매번 그 전보다 더 아름다웠다. 하지만 그러다 X구역에 못지않을 정도로 원시적인 풍경이 나오기 시작했다. 그런 장소를 상공에서 촬영한 사진들을 보자 마지막으로 봤던 비디오 영상이 떠올랐다.

컨트롤은 5시쯤 휴식을 취할 겸 복도에서 슈, 체니와 잡담을 나눈 뒤 사무실로 돌아왔다. 슈는 약간 상기된 모습이었고 무슨 이유 때문인지 말하는 속도가 너무 빠르고 자세도 구부정했다. 체니가 포수의 글러브처럼 커다란 손을 컨트롤의 어깨에 어색하게 올리며 말했다.

"두 번째 주군요! 좋은 징조가 아닙니까? 여기가 마음에 드셨기를 바랍니다. 여태까지 우리가 해야만 하는 이야기를 들으셨고, 또 우리가 어떻게 그 이야기를 하는지 보셨으니, 이제 우리도 변화할 준비가 됐습니다."

거의 일리가 있는 말이었지만 어째서인지 오늘은 체니 역시 이상했다. 하지만 컨트롤에게도 그런 날은 있었다.

이제 휘트비에 대한 문제만 남았다. 휘트비는 오후 내내 보이지 않았고 이메일에 답신도 없었다. 수요일로 미루지 않고 오늘 처리해야 한다는 느낌이 들었다. **어떻게 하면** 이 문제를 공정하게 처리할 수 있을지에 대한 생각도 분명하게 정리했다. 컨트롤은 과학 부서로 가서 체니와 함께 휘트비의 처우를 결정할 계획이었다. 하지만 그레이스는 제외하기로 했다. 체니는 자신의 결정을 따를 수밖에 없을 터였다. 휘트비는 휴가와 정신과 상담을 받아야 했다. 운이 좋다면 이 작고 괴상한 남자가 다시는 서던 리치로 돌아오지 않을 수도 있었다.

이미 시간이 6시를 넘었다. 컨트롤이 시간 가는 줄도 잊었거나,

아니면 시간이 그의 존재를 잊은 듯했다. 사무실은 마치 국장의 뇌 속처럼 여전히 엉망으로 어질러져 있었고, 그레이스의 DMP 파일도 그 안에서 실마리를 찾는 일에 도움이 되지 않았다.

컨트롤은 휘트비가 작성한 테루아 관련 문서를 가져가기로 했다. 어쩌면 거기서 몇몇 부분을 골라서 읽어 주면 휘트비에게 문제를 인식시킬 수도 있겠다는 생각이 들었기 때문이다. 컨트롤은 넓은 구내식당을 가로질러 걸었다. 커다란 창문 밖의 하늘에 먹구름이 몰려들고 있었고 식당 테이블과 의자에 그림자가 드리웠다. 곧 다시 비가 올 것 같았다. 정원의 테이블은 모두 비어 있었다. 새인지 박쥐인지 알 수 없는 작고 검은 생물은 날갯짓을 멈추고 창가의 높은 철제 빔 위에 앉아 있었다. "바닥에 뭔가가 있어." "이런 걸 본 적 있어?" 문을 지나 부엌으로 가는데 대화의 일부가 들렸고, 곧이어 희미하지만 날카롭게 흐느끼는 소리가 났다. 컨트롤은 순간 혼란스러웠지만, 식당 직원이 조작하는 어떤 기계에서 나는 소리일 거라고 짐작했다.

하지만 뭔가 다른 요소가 계속해서 컨트롤의 신경에 거슬렸다. 마치 집에 지갑이나 다른 중요한 물건을 두고 나왔을 때처럼. 하지만 흐느끼는 소리를 듣자 그 원인이 뭔지 깨달았다. 바로 부재였다. 더 이상 썩은 벌꿀 냄새가 나지 않았다. 컨트롤은 오늘 하루 종일 어디를 가도 그 냄새가 나지 않았다는 사실을 깨달았다. 그레이스가 제안서에서 적어도 그 부분은 받아들인 걸까?

컨트롤은 모퉁이를 돌아 과학 부서로 향하며, 휘트비에게 해 줄

말을 연습했다. 그가 들고 있는 휘트비의 정신 나간 보고서의 무게가 느껴졌다.

컨트롤은 커다란 미닫이문을 향해 손을 뻗었다. 손잡이를 잡으려 했지만 실패했고, 다시 시도했다.

하지만 늘 문이 있던 자리에는 문이 없었다. 벽뿐이었다.

손으로 만져 보니 벽은 부드러웠고 숨을 쉬고 있었다.

자기가 비명을 지르고 있다고 컨트롤은 생각했다. 하지만 깊은 바다 속에서 지르는 비명처럼 밖에서는 들리지 않았다.

환생

또 다른 비극의 심장부에서, 컨트롤의 눈에는 머리에 총알이 박힌 채 채석장 아래로 추락하는 레이철 매카시의 모습이 보였다. 그 당시에는 모든 일이 현실이 아닌 것처럼 느껴졌다. 요원들이 컨트롤을 잡아서 가뒀던 방과, 그를 심문했던 수사관도 모두 머릿속에만 존재하는 상상 같았다. 컨트롤이 그 생각을 계속 고집했다면 결국 방도 사라지고 수사관도 사라져서 현실로 돌아올 수 있었을지도 모른다. 그러고 나서야 컨트롤은 비로소 잠에서 깨어나, 이전과 다를 바 없는 삶을 살아갔을 터였다.

오랜 시간 심문을 받느라 허벅지 뒤쪽에 의자 자국이 생겼더라도. 수사관의 재킷에서 찌든 담배 냄새가 풍기고, 취조실 책상 위에 놓인 녹음기의 테이프가 돌아가면서 딸깍거리는 소리를 냈더라도.

수족관의 쥐가오리를 만질 때와 비슷하게 단단하면서도 부드럽고 거칠지만 유연한, 그 아래에 뭔가 거대한 존재가 숨 쉬고 있는 느낌이 벽의 표면에서 느껴지더라도. 썩은 벌꿀 냄새가 온 세상에 퍼졌다. 냄새는 금세 사라졌지만 좀처럼 잊히지 않았다. 마치 고급 레스토랑의 요리에서 풍기는 발사믹 식초 향 같았다. 범죄 드라마에 흔히 볼 수 있는, 시체로 이어진 검은 핏자국 같기도 했다.

어렸을 때 부모님이 「호랑이, 이글이글 불타는 호랑이」라는 시를 읽어 주곤 했다. 어머니는 내용을 찾고 아버지는 그걸 잘라 붙이며 함께 숙제를 도와주기도 했다. 자전거 타는 법을 가르쳐 준 것도 부모님이었다. 헛간 옆에 세워진 허술한 크리스마스트리는 컨트롤이 기억하는 첫 번째 명절이었다. 그는 헤들리 잔교에 서서 할아버지가 낚시를 하던 호수로 이어지는 강줄기를 바라보고 있었다. 그가 이름을 붙인, 아버지의 집 뒷마당에 놓여 있던 조각품들은 이제 체스 위의 말이 되었다. 컨트롤이 무슨 일을 했건 벽은 여전히 숨쉬고 있었다. 오래전 미식 축구 연습 도중 수비수의 헬멧이 가슴에 부딪혔을 때 경험했던 충격이 다시 떠올랐다. 폐 속의 공기가 모두 빠져나간 듯 숨을 쉴 수가 없었다.

컨트롤은 자신이 어떻게 그 복도를 탈출했는지 기억이 나지 않았다. 정신을 차리고 보니 구내식당 안을 달리고 있었다. 손에는 휘트비의 테루아 보고서를 꼭 쥔 채였다. 사무실에 가서 몇 가지를 더 챙겨야 한다고 생각했다. 사무실로 가서 물건을 챙기려고 했다. 자신의 사무실에서. 자신의 물건들을.

컨트롤은 눈에 보이는 모든 화재경보기를 작동시켰다. 사이렌 소리 너머로 사람들에게 도망치라고 외쳤다. 믿을 수 없었다. 충격적이었다. 몇몇 사람들이 과학 부서에 갇힌 것처럼 그도 자신의 머릿속에 갇혀 버렸다.

너무 급하게 뛰다가 구내식당 한가운데서 미끄러져 넘어졌다. 다시 일어나자 그레이스가 문을 열고 정원으로 나가는 모습이 보였다. 말해야 돼. 누군가에게 말해야 돼. 벽밖에 없다고. 벽밖에 없었다고.

그레이스의 이름을 크게 불렀지만 그녀는 돌아보지 않았다. 가까이 다가가자, 그녀는 세차게 내리는 빗줄기 속에 서서 습지 너머를 바라보고 있었다. 정원으로 천천히 걸어오는 누군가를. 폭우 사이로 비치는 늦은 오후의 햇살을 받으며 걸어오는 커다란 키의 어두운 윤곽을. 이제는 컨트롤도 그 정체를 알아볼 수 있었다. 그녀는 아직도 탐사대 대원의 복장을 하고 있었다. 처음에는 쏟아지는 비와 어둠 때문에 등 뒤의 나무와 한 덩어리처럼 보이기도 했다. 하지만 그림자는 천천히 그레이스를 향해 걸어오고 있었다. 뒤쪽에서 살짝 보이는 그레이스의 얼굴에 미소가 떠올랐고, 긴장한 몸짓에는 기대감이 드러났다. 거짓된 귀환, 변질된 재회를 향한. 모든 것의 끝을 향한.

국장의 뒤로 반짝이는 에메랄드 가루 같은 먼지가 피어올랐다. 그녀의 뒤쪽은 다른 세상처럼 환한 빛이 가득했고, 빗줄기는 점점 가늘고 옅어졌다. 비의 장막은 점점 사라지고 걷혀 더 이상 존재하지 않았다.

경계가 서던 리치를 향해 다가오고 있었다.

주차장에 도착한 컨트롤은 시동을 걸기 위해 자동차 열쇠를 억지로 쑤셔 넣었다. 사무실에 대해서는 이미 잊어버렸고, 뒤돌아보고 싶은 생각도 없었다. 투명한 파도가 자신을 집어 삼키려 들고 있는지 확인할 용기도 없었다. 주차장에는 차들이 가득했고 건물 안에 남아 있는 사람들도 많았지만 상관없는 일이었다. 떠나야 했다. 이제 끝이었다. 여기에 갇혀 버릴지도 모른다는 공포감 때문에 자꾸 헛손질을 하다 손톱이 부러졌다. 이미 차에 시동이 걸렸는데도 어서 시동이 걸리라며 소리를 질렀다.

컨트롤은 차를 몰고 입구를 향해 질주했다. 문은 열려 있었고 경비의 모습도 보이지 않았다. 뒤쪽에서는 아무런 소리도 들리지 않았다. 그저 광활한 침묵뿐이었고, 그의 머릿속도 마찬가지였다. 운전대를 꽉 쥔 손바닥으로 손톱이 맹수의 발톱처럼 파고들었다.

속도를 높여 헤들리로 향해야 한다는 생각밖에 들지 않았다. 물론 다른 선택의 여지는 없었다. 전화기를 꺼내다가 떨어뜨렸지만 차를 세우지 않았다. 고속도로에 진입하면서 발아래를 더듬어 전화기를 찾았다. 고속도로가 차들로 가득한 일상적인 풍경을 보니 안심이 됐다. 컨트롤은 차를 고속도로 진입로에 세운 뒤 창문을 내리고 지나가는 차들에게 소리를 질러 경고하고 싶다는 충동을 애써 억눌렀다. 한시라도 빨리 도망쳐야 한다는 깊고 강한 본능을 방해하는 다른 모든 충동을 억눌렀다.

전투기 두 대가 굉음을 내며 머리 위를 지나갔지만 그는 보지 못했다.

컨트롤은 뉴스 속보를 듣기 위해 라디오 채널을 이리저리 돌렸다. 지금 벌어지고 있는 일에 대해 어떤 이야기라도 듣고 싶었다. 하지만 어디에서도 관련 뉴스는 나오지 않았다. 전혀. 컨트롤은 아직도 손에 남아 있는 그 벽의 느낌을 지우려고 애썼다. 자동차의 좌석이나 운전대, 바지에도 손을 문질러 닦았다. 효과만 있다면 개똥 속에 손을 파묻을 수도 있을 것 같았다.

그레이스로부터 몸을 돌렸을 때, 구내식당 안쪽 옛날 사진들이 걸린 자리에 여느 때처럼 앉아 있는 휘트비가 보였다. 휘트비는 회선 상태가 좋지 않은 통신처럼 간헐적으로 나타났다. 몇몇 단어들은 의미가 전해졌고, 전체적인 말투는 아직 인간의 언어처럼 들렸다. 하지만 그 나머지 부분은 첫 번째 탐사대의 비디오 기록을 연상시켰다. 휘트비는 어떤 근본적인 시험을 통과하지 못한 탓에 루비콘강을 건너 그 자리에 앉아 있었다. 뭔가 말하고 싶은 듯 입을 뻐끔거리고 있었지만, 컨트롤은 그를 도울 방법이 없었다. 그때였는지 아니면 더 나중의 어느 시점인지 몰라도, 컨트롤은 휘트비가 단순히 미친 사람이 아니라는 사실을 깨달았다. 그는 시간이 흐르면서 점점 더 복잡한 형태가 되어 버린 균열이었고 틈새였다. 그 자체가 X구역으로 통하는 문이었다. 이제 국장이 서던 리치로 돌아오고 있었다. 그레이스가 아니라 휘트비가 인간 등대처럼 신호를 보냈기 때문이었다. 국장의 모습을 하고 돌아온 존재에게.

컨트롤은 서던 리치가 방어 시설이 아니라 오히려 느리게 작동하는 일종의 인큐베이터였다는 생각에 사로잡혔다. 자신이 휘트비의 제단을 발견한 사실이 뭔가를 촉발했을지도 몰랐다. **경계**와 같은 단어를 신뢰한 것이 실수였고, 덫이었다. 진정한 의미가 서서히 드러나고 있었지만 이제 너무 늦어 버렸다.

휘트비는 정문을 향해 달아나는 컨트롤을 계속 응시했다. 컨트롤은 휘트비를 시야에서 놓치지 않기 위해 모퉁이에 도착할 때까지 거의 옆으로 뛰다시피 했다. 컨트롤은 이제 꿈속의 레비아탄*들을 분명히 볼 수 있었다. 그 괴물들 역시 끔찍한 시선으로 그를 마주했다. 컨트롤은 그들의 관심을 벗어날 수 없었다.

어머니에게 전화를 걸었다. 최면을 걸어 달라고 부탁할 셈이었다. 최면을 걸어서 자신을 구해 달라고. 하지만 전화가 연결되지 않았다. 컨트롤은 횡설수설 소리를 지르며 메시지를 남겼다.

---

* 구약성서 「욥기」에 등장하는 바다 괴물.

퇴근 시간이라 헤들리로 들어가는 길목은 정체 상태였다. 등 뒤에서 느껴지는 압박감에도 불구하고, 그의 눈앞에 펼쳐진 풍경은 비 내리는 평범한 오후였다. 컨트롤은 호흡을 가다듬으려 애썼다. 지금까지 어머니가 했던 모든 충고들은 머리에서 사라지고 없었다.

이제 끝났을까? 국장은 멈췄을까? 아니면 아직 전진하는 중일까?

투명한 얼룩이 세계를 가로질러 번지고 있을까?

조금씩 진정이 되면서, 컨트롤은 자신이 달리 어떻게 할 수 있었을까 되돌아봤다. 뭘 어떻게 했다면 다른 결과가 나왔을까? 아니면 어차피 이렇게 될 수밖에 없었던 걸까? 이 우주에서는. 이날에는.

"미안합니다." 듣는 사람은 없었지만 차 안에서 말했다. 그레이스에게. 체니에게. 심지어 휘트비에게. "미안합니다."

하지만 무엇이 미안하단 말일까? 이 일에서 그의 역할은 무엇이었을까?

집으로 이어지는 언덕길을 오를 때, 라디오에서 잘 포장된 뉴스가 나오기 시작했다. 군부대에서 어떤 사고가 발생했고, 어쩌면 '환경 오염 개선을 위한 지속적인 노력'과 관계된 일일지도 몰랐다. 이상한 빛과 이상한 소리 그리고 충격이 있었다. 하지만 무슨 일인지 제대로 아는 사람은 없었다. 아무것도 확실하지 않았다.

다만 컨트롤은 지금껏 몰랐던 사실을 하나 깨달았다. 깊은 물속에서 계속 알아차려 달라고 호소하던 무엇인가를. 하지만 이제 와서는 너무 늦었고, 소용없는 깨달음이었다. 어깨를 늘어뜨리고 머리를 약간 기울인 채 걸어오는 국장의 모습에서, 컨트롤은 마침내 등대지기가 찍힌 사진에 함께 나왔던 소녀의 정체를 알아차렸다. 바로 어린 시절의 국장이었다. 비록 오랜 세월이 흘렀지만, 자세히 들여다보면 결코 놓칠 수 없는 공통적인 특징들이 있었다. 사무실 벽의 뻔히 보이는 자리에 강령술과 과학 협회에서 촬영한 어린 시절의 국장과 솔 에반스의 사진이 걸려 있었다. 그리고 그자의 설교는 살아 있는 조직의 형태로 지형적 변이의 벽을 장식했다. 국장은 사무실에서 매일 그 사진을 들여다봤을 터였다. 애초에 그 사진을 그 자리에 걸어 놓은 사람도 국장이었다. 국장이 선택한 블리커스빌의 집 안에는 아마 그녀의 외가 쪽에서 물려받았을 물건들이 가득했다. 서던 리치에서 또 누가 이 사실을 알고 있었을까? 아니면 이게 또 다른 음모라서, 국장이 줄곧 모두에게 감추고 있었을까?

컨트롤의 생각이 맞는다면 국장은 그 사건이 벌어지기 직전에 등대에 있었을 터였다. 그러다 경계가 출현하기 전에 빠져나왔을 것이다. 그녀는 잊힌 해안에 대해 누구보다 잘 알았다. 그리고 자신의 정체나 출신 성분 때문에 결코 서류에는 적을 수 없는 내용들이 있었을 것이다.

컨트롤이 아는 한 국장은 살아 있는 솔 에반스를 마지막으로 본 사람들 중 하나였다.

컨트롤은 집 앞에 차를 세우고 잠시 그대로 앉아서 자신의 심장 박동을 느꼈다. 너무 지쳐서 무슨 일이 벌어지고 있는지 파악할 수 없었다. 셔츠는 땀으로 흠뻑 젖었고 재킷은 서던 리치의 어디에 흘렸는지 보이지 않았다. 컨트롤은 차에서 내려, 강 너머의 보이지 않는 지평선을 살폈다. 방금 희미하게 빛이 번쩍였나? 지금 들리는 소리는 폭발음일까 아니면 그저 환청일까?

현관 쪽으로 몸을 돌리자, 계단 위에 한 여성이 고양이와 함께 서 있었다. 컨트롤은 놀라기보다 안심이 됐다.

"오셨어요, 어머니."

어머니는 평소 그대로의 모습이었다. 하지만 방탄조끼를 입었는지 세련된 붉은 외투가 살짝 부풀어 있었다. 아마 총도 지니고 있을 터였다. 머리를 한 갈래로 바짝 묶어서 얼굴의 주름이 더 두드러져 보였다. 지금 벌어지고 있는 일에서 비롯한 당황과 스트레스가 어머니로부터 느껴졌다.

"어서 오너라, 아들아."

컨트롤이 그녀를 스쳐 지나갈 때 어머니가 말했다.

컨트롤은 어머니의 이야기를 들으며 현관 문을 열고 들어간 다음, 침실로 가서 짐을 싸기 시작했다. 대부분의 옷들은 아직 깔끔하게 접힌 채로 서랍 속에 있었다. 여행 가방으로 차례차례 옮기는 일은 그리 어렵지 않았다. 컨트롤은 욕실에서 세면 도구를 챙겼고, 돈과 여권, 총, 신용카드 따위가 든 서류 가방도 찾았다. 거실에서는 뭘 가져가야 할까? 당연히 체스판의 말을 챙겨야 했다. 컨트롤은 어머니의 이야기를 건성으로 들으며 짐 싸는 일에 집중했다. 완벽하게 해내려면 집중해야 했다.

컨트롤은 국장을 기다리며 서 있는 그레이스에게 달아나자고, 돌아서서 안전한 곳으로 뛰자고 애원했다. 하지만 그레이스는 그의 말을 들으려 하지 않았다. 그녀는 있는 힘껏 자신을 잡아당기는 컨트롤의 손을 뿌리쳤다. 그리고 위로라도 하는 것처럼 어깨에 매달린 총집 안의 총을 보여 줬다. "나에겐 따라야 할 명령이 있고, 그건 당신이 신경 쓸 일이 아니에요." 결국 컨트롤은 그녀를 두고, 서던 리치를 두고 달아났다.

어머니가 짐을 싸는 컨트롤을 멈추게 하고, 이미 너무 많은 짐을 욱여넣은 여행 가방을 닫았다. 그리고 그의 손에 뭔가를 쥐여 주었다.

"이걸 먹거라."

알약. 작고 하얀 알약이었다.

"이게 뭐죠?"

"그냥 먹거라."

"그냥 최면을 걸지 그러세요?"

어머니는 그 말을 무시하고, 구석에 있는 의자로 컨트롤을 데려가 앉혔다. 컨트롤은 땀에 흠뻑 젖은 채 무거운 몸으로 한기를 느끼며 앉아 있었다.

"약을 먹고 나서 얘기하자. 샤워도 하고 나서."

어머니는 더 이상 말다툼이나 토론을 허락하지 않겠다는 듯한 말투로 얘기했다.

"지금 샤워할 시간이 없어요."

컨트롤이 응시하고 있는 벽지의 문양이 점점 흐려졌다. 컨트롤은 복도 가운데에 자리를 잡고 섰다. 어떤 표면에도 손을 올리고 싶지 않았다. 컨트롤은 마치 자신이 유령이라서 누군가와 혹은 무언가와 접촉하면 그대로 통과할 것처럼 행동했다. 그리고 자신과 접촉한 사람은 컨트롤이라는 유령이 연옥과도 같은 상태에 존재한다는 사실을 알아차릴 것처럼.

세브란스가 뺨을 때리자, 겨우 컨트롤의 정신이 돌아왔다.

"넌 지금 쇼크 상태야. 존, 난 지금 네가 어떤 상태인지 알 수 있어. 나도 지난 몇 시간 동안 그랬으니까. 하지만 이제 정신을 차려야 한다. 나에겐 네가 필요해."

컨트롤은 어머니를 올려다봤다. 지금 그녀의 모습은 그가 아는 어머니답기도 하고 아니기도 했다.

"알았어요." 컨트롤이 말했다. "알았어요."

컨트롤은 알약을 삼켰다. 그리고 몸을 휘청거리면서도, 아직 의지가 남아 있을 때 화장실로 향했다. 국장의 눈을 보고서는 알아낼 수 있는 것이 없었다. 아무것도.

샤워를 하면서 컨트롤은 울기 시작했다. 무슨 짓을 해도 손에 남아 있는 벽의 감촉을 떨쳐 버릴 수가 없었기 때문이다. 빗줄기가 가

늘어지던 모습, 휘트비의 표정, 그레이스의 굳은 결심, 그리고 이 모든 일들이 고작 한 시간 전에 일어났다는 사실도 떨쳐 버릴 수가 없었다. 그는 아직도 이해해 보려고 애쓰는 중이었다.

하지만 샤워를 마치고 나와 몸의 물기를 닦아 내고, 티셔츠와 청바지 차림이 되니 거의 정상이라고 할 만한 상태까지 진정이 됐다. 여전히 조금 불안한 기분이 들었지만 아마 약 기운이 돌기 시작한 것 같았다.

컨트롤은 손 세정제를 사용했지만 벽의 감촉은 떨쳐 낼 수 없는 망령처럼 여전히 남아 있었다.

어머니는 부엌에서 커피를 내리고 있었다. 컨트롤은 한 마디 말도 없이 어머니를 지나쳤고, 찬바람이 나오는 에어컨도 지나쳤다. 그리고 현관문을 열어 뜨거운 공기와 축축한 습기가 집 안으로 들어오게 했다.

비는 이미 그쳤다. 저 아래쪽으로 강이 보였고 그 너머 어딘가 서던 리치가 있을 지평선도 보였다. 풍경은 고요하고 차분했지만, 기이한 녹색과 보라색 불빛들이 퍼져 나가고 있었다. X구역에서 비롯한 뭔가가 강을 건너 헤들리까지 번지려 했다.

"여기서는 보이는 게 별로 없단다." 어머니가 컨트롤의 뒤쪽에서 말했다. "본부가 여전히 막으려고 시도하는 중이야."

"얼마나 멀리까지 퍼졌나요?"

문을 닫고 부엌으로 돌아오며, 약간 떨리는 목소리로 컨트롤이 물었다. 어머니가 타 놓은 커피를 한 모금 마시자 입맛이 썼지만 적어도 손에서 주의를 돌릴 수는 있었다.

"거짓말은 하지 않으마, 존. 상황이 나빠. 서던 리치는 사라졌어. 새로운 경계가 정문보다 훨씬 멀리까지 밀고 들어왔단다. 모두들 안에 갇혀 버렸지." 국장의 뒤로 **가늘어지던** 빗줄기가 암시하던 것. 그레이스, 휘트비, 얼마나 많은 사람들이 악몽 속에 갇혀 버렸을까. "어쩌면 그 자리에 멈출지도 모르지. 아주 오랫동안 그대로 있을지도 몰라."

"헛소리예요. 그게 뭘 할지 어머니도 모르죠."

"아니면 속도가 빨라질 수도 있지. 네 말이 맞단다, 우린 알 수가 없어."

"그래요, 아무도 모르죠. 전 거기에, 그 일의 한가운데에 있었어요. 경계가 다가오는 걸 봤다고요." **어머니가 절 거기로 보냈기** 때문에요. 격렬한 배신감이 들었다가, 지치고 걱정스러워 하는 어머니의 표정을 보자 문득 어떤 생각이 떠올랐다. "하지만 아직 끝이 아니에요, 그렇죠? 저한테 얘기하시지 않은 게 더 있군요."

언제나 그랬다.

일주일 후면 사라질지도 모르는 국가의 기밀조차 누설할 수 없다는 생각인지, 어머니는 망설였다. 그러다 감정 없는 목소리로 말했다.

"우리가 측량사와 생물학자를 데려온 장소의 봉쇄가 뚫렸단다. 최선을 다해서 막고 있지만, 침범이 점점 확산되고 있어."

"하느님 맙소사."

약 기운에 멍해지는 감각 속에서도 컨트롤은 간지러움이 느껴지는 자신의 뇌와 타 버린 피부, 그 아래의 살점을 없애버리고 싶었다. 그러면 지상의 속박으로부터 풀려난 영적인 존재가 되어 아무것도 보지 않고 모든 것을 부인할 수 있을 듯했다.

"어떤 종류의 침범이죠?"

답을 알면서도 그가 물었다.

"모든 오염을 정화하는 종류지. 너무 늦을 때까지 발견할 수 없는 종류의 침범이란다."

"막을 방법은 없나요?"

기침으로 뭔가를 가릴 때처럼 어머니는 참을 수 없다는 듯 웃음을 터뜨렸다.

"우리가 뭘 할 수 있겠니, 존? 거기다 지뢰를 깔고 전쟁을 시작할까? 예전처럼 다시 오염이라도 시킬까? 상수도에 중금속이라도 풀면 될까?"

컨트롤은 믿을 수 없다는 듯한 표정으로 어머니를 응시했다.

"이런 일이 벌어질 줄 알았다면 절 왜 **빌어먹을** 서던 리치로 보낸 거죠?"

"난 네가 가까이 있기를 바랐다. 네가 알기를 바랐어. 그게 널 보호할 테니까."

"그게 날 **보호**한다고요? 세상의 종말로부터 말인가요?"

"어쩌면. 어쩌면 그럴지도 모르지. 그리고 우리는 새로운 관점이 필요했단다." 컨트롤의 옆으로 와 싱크대에 기대어 서며 어머니가 말했다. 그는 어머니가 얼마나 날씬하고 말랐는지 늘 잊고 지냈다. "나에겐 **너의** 신선한 관점이 필요했어. 모든 일이 이렇게 빨리 벌어질 줄은 미처 몰랐단다."

"하지만 그럴 수도 있다는 생각은 했겠죠."

어머니는 정보를 조금씩 흘리고 있었다. 자동차 시트 아래 숨겨진 권총처럼. 컨트롤이 그걸 주워야 하는 걸까? 어머니가 그러기를 바란다는 이유만으로?

"그래, 그럴 수도 있다고 생각했지. 존, 그래서 우리가 널 보낸 거란다. 우리 중 몇몇이 뭔가를 해야 한다고 생각했거든."

"로우리처럼 말이죠."

"그래, 로우리처럼."

로우리, 무슨 일이 벌어질지 대면할 용기도 없어서 본부에 숨어 있는 작자. 비디오 속의 영상이 현실 세계로 흘러나오는 느낌이었다.

"어머니는 그자가 내게 최면을 걸도록 내버려 뒀어요. 그들이 절 **조종하도록** 놔둔 거죠."

컨트롤은 아직도 그 점에 대한 분노를 참을 수 없었다. 언제까지 그럴지는 그 자신도 몰랐다.

"미안하구나, 하지만 그게 조건이었단다." 어머니는 단호한 목소리로 이야기를 계속했다. "그게 조건이었어. 내가 사람을 고르는 대신, 로우리가 어떤 식으로든…… 컨트롤할 수 있게 하는 것. 그리고 한편으로는 그게 널 보호하는 방법이기도 했어."

이미 답은 알고 있었다. 컨트롤은 조소가 나왔다.

"본부에는 어머니 편이 몇 명이나 더 있죠? 이 파벌에 말이에요."

"거의 우리뿐이란다, 존. 로우리와 나. 하지만 로우리에게는 조력자들이 있어, 아주 많지."

작은 목소리로 어머니가 말했다.

겨우 두 사람. 두 사람의 파벌과 국장 패거리 한 명의 싸움이었다. 그리고 어느 쪽도 제대로 하고 있지는 않아 보였다. 이제 모두 파멸하고 있을 뿐이었다.

"그 밖에는요?"

어머니에게 벌을 주기 위해서라도 컨트롤은 강하게 밀어붙였다. 여기저기 X구역이 생겨나는 상상만은 하고 싶지 않았다.

어머니는 쓴웃음을 지었다.

"우리는 지난 11차 탐사대의 대원들이 나타난 장소에도 유사한 현상이 벌어졌는지 재조사를 했어. 하지만 아무 일도 없었지. 그래서 우리는 그들의 경우 목적이 달랐다고 생각했단다. 서던 리치 자체를 오염시키려는 목적이었다고 말이야. 전에도 단서가 있었거든. 다만 제대로 해석하지 못했고, 그 의미에 대해 의견 일치를 보지 못했을 뿐이지. 우리에겐 조금 더 많은 시간이, 조금 더 많은 정보가 필요했어."

그레이스에 의하면 국장이 사망한 대원들의 시신을 다시 파냈을 때 부패 속도가 '조금 더 빨랐다'고 했다.

어머니의 고백은 본부가 완전히 실패했다는 사실에 대한 인정이었다. 그들은 X구역이 본부보다 더 영리하고 교활하며 유능할 경우의 시나리오를 생각하지 못했다.

하지만 그 어떤 이야기도 빗속에서 국장이 다가올 때, 그레이스의 얼굴에 떠올랐던 표정에 대한 기억을 지우지 못했다. 그녀의 얼굴에는 자신의 희생과 충성심이 이제야 보상받을 거라는 고양감이 드러나 있었다. 오래전에 죽었다고 생각한 친구이자 동료가 다시 돌아왔다는 사실이, 그간의 일들을 모두 지워 버릴 수 있다는 듯이. 그리고 부자연스러운 침묵 속에서 다가오는 국장의 모습. 그녀는 눈을 감고 있었던가, 아니면 더 이상 눈이 없었나? 걸음을 옮길 때마다 에메랄드빛 먼지가 날렸다. 거기에 있어서는 안 되는 사람이었다. 컨트롤이 이제 겨우 한 조각만을 엿본 사람의 영혼이 남긴 껍데기에 불과했다.

어머니가 이야기를 시작했고, 상황에 적응할 시간이 필요했던 컨트롤은 선택의 여지가 없었기 때문에 그러도록 내버려 뒀다.

"네가 뭔가 위험한 걸 가두려 한다고 상상해 보렴, 존. 하지만 넌 그걸 가두는 일은 불가능하다는 의심을 가지고 있지. 네가 가두려고 하는 대상이 천천히, 하지만 막을 수 없는 방법으로 빠져나가고 있다는 의심을 하고 있어. 통과할 수 없는 방벽이 놓였다고 생각했지만 시간이 지나고 보니 그렇지 않았으니까. 사실은 경계에 구멍이 숭숭 나 있었던 거야. 그리고 그리로 빠져나오는 이 뭔가는 널 파괴하려 들지만, 협상의 여지나 심지어 네가 이해할 수 있는 목적도 없어."

"서던 리치 이야기로군요. 어머니가 절 보냈던 기관요. 잘못된 도구를 손에 들려서 말이죠."

"내가 속했던 무리에서는 오래전부터 서던 리치가 위태로울 수 있다고 믿었지. 하지만 대다수는 지금까지도 그런 생각이 말도 안 된다는 생각을 가지고 있단다."

"어머니는 어쩌다 이 일에 연관된 건가요?"

"너 때문이란다, 존. 오래전 일이야. 너와 네 아버지가 사는 곳에 가까이 있고 싶었거든. 그래서 서던 리치를 근무지로 택했지." 자원했단 말이로군. "처음에는 부수적인 프로젝트였어. 그저 주의 깊게 지켜볼 대상이었지. 그러다 메인 코스가 됐단다."

"하지만 왜 절 보낸 거죠?"

"말했잖니." 어머니는 그에게 이해를 애원하고 있었다. "난 널 알아, 존. 네가 어떤 사람인지 안단다. 네가······ 변한다면 내가 알아차릴 수 있겠지."

"생물학자가 변한 것처럼 말이죠."

어머니가 미리 알려 주지도 않고, 선택의 여지도 없이 자신을 위험 속으로 내몰았다는 생각에 분노가 끓어올랐다. 하긴 그에게도 선택의 여지는 있었다. 원래 자리에 그대로 남아서, 자신이 경계 너머의 비밀을 알고 있다는 거짓말을 계속 믿는 척하며 지낼 수도 있었다.

"그렇다고 할 수 있지."

"아니면 그저 좀 더 냉소적이 된다거나, 무심해지거나 편집 증세를 보이거나 지쳐서 나가떨어져 버리는 그런 변화는요?"

"그만하거라."

"제가 왜 그만해야 하죠?"

"난 내가 할 수 있는 최선을 다했어."

"그렇겠죠."

"철없이 굴지 말거라, 존. 난 내가 할 수 있는 최선을 다했어. 주어진 상황에서 말이다. 하지만 넌 여전히 화가 나 있구나. 지금에 와서도 여전히 화가 나 있어. 너무 지나치다. 너무 지나쳐."

재앙의 가장자리에서 나누는 대화. 하지만 화를 내는 것이야말로 재앙에서 살아남은 사람들이 할 법한 일 아닐까?

컨트롤은 커피를 내려놨다. 절대로 풀어낼 수 없는 응어리도 있었다.

"그게 문제가 아니에요. 그건 중요하지 않죠. 이제 더 이상 중요하지 않아요."

"무엇보다 그게 중요하단다. 왜냐하면 내가 널 다시는 보지 못할 수도 있으니까."

컨트롤은 생전 처음으로 어머니의 흔들리는 목소리를 들었다.

그 무게가 컨트롤에게 충격을 안겼다. 그 말이 사실이라는 걸 알 수 있었다. 컨트롤은 잠시 추락하는 듯한 느낌을 받았다. 그 거대함, 불가능함은 그가 감당할 수 없는 것이었다. 그 자신이 모든 단계에 관여했음에도 어쩌다 일이 이 지경까지 됐는지 알 수 없었다.

컨트롤이 어머니를 끌어당겨 안자, 어머니가 그의 귀에 대고 속삭였다.

"내가 어리석었다. 난 국장이 우리에게 동의한다고 생각했어. 난 내가 로우리를 다룰 수 있다고 생각했지. 난 우리가 헤쳐 나갈 수 있다고 생각했어. 우리에게 시간이 더 있다고 생각했다."

문제가 이렇게 클 줄도 몰랐을 터였다. 어떻게든 통제할 수 있다고 생각했겠지. 이렇게 아들에게 해를 끼칠 줄도 몰랐겠지.

그의 어머니. 그의 지휘관. 하지만 잠시 후 그는 어머니를 놔줘야 했다. 그 둘 사이의 차이를 없애버릴 수도 없었고, 치유가 필요한 모든 걸 치유할 수도 없었다. 지금은 아니었다.

어머니는 그에게 한 가지를 더 말했다. 마치 고해성사 같았다.

"존, 주말에 생물학자가 탈출했다는 걸 알려 줘야 할 것 같구나. 지난 3일간 무단 이탈 상태란다."

서던 리치에 일어난 악몽 속에 그녀가 없었다는 생각을 하자 이 기적인 기쁨이 밀려왔다. 그녀가 아직 살아 있다는 사실이 마치 기대치 못한 선물처럼 느껴졌다.

나머지 의문들에 대한 답은 한참 나중에 찾아왔다. 어머니가 그의 차를 타고 떠난 뒤 그가 짐을 마저 싸고, 주저하다 고양이를 버려둔 채 어머니의 차를 타고 출발할 때였다. 본부를 신뢰할 수 없기 때문에, 컨트롤은 조용한 거리에 차를 세운 뒤 근처의 다른 차를 훔쳤다. 속도를 내자 얼마 지나지 않아 헤들리를 벗어날 수 있었다. 예전에 살던 동네를 지나치면서 그는 아버지의 부재를 실감했다. 이런 순간에 아버지가 있다면 위안이 되었을 텐데. 이제 더 이상 기밀을 누설하지 않으려고 애쓸 필요도 없으니까.
　145킬로미터 떨어진 다른 도시의 국제공항에서, 컨트롤은 총을 차에 놔둔 채 항공권 두 장을 구매했다. 한 장은 서해안에서 한 번 갈아타는 온두라스행이었고, 다른 한 장은 두 번 환승한 후 해안에서 320킬로미터 떨어진 곳에 도착하는 항공권이었다. 두 번째 표는 가명으로 구매했다. 컨트롤은 온두라스행 항공권으로 체크인을 한 뒤, 공항의 바에서 위스키를 한 잔 마시며 비행기를 기다렸다. X구역이 전진하며 모든 걸 삼켜 버리는 종말의 한 장면이 떠올랐다. 건물, 도로, 호수, 계곡 그리고 공항까지. 컨트롤은 텔레비전에서 어떤 뉴스라도 나오기를 기다렸다. 그러면서 생물학자의 뒤를 쫓고 있을, 어쩌면 이미 그녀의 행방을 알아냈을 본부의 요원들을 앞지르기 위해 고민했다. 만약 컨트롤이 생물학자라면 우선 몰래 기차를 탔을 테고, 그러니 쉽게 그녀를 따라잡을 수 있었다. 생물학자는 컨트롤만큼이나 그가 탈출한 장소로부터 멀어지고 싶을 터였다.

바에서 금발의 여인이 컨트롤에게 말을 걸며 무슨 일을 하는지 물었다. 컨트롤은 아무 생각 없이 대답했다.

"해양생물학자입니다."

"아, 정부 일을 하는군요."

"아뇨, 프리랜서입니다."

말하고 보니 조금 이상하게 들리긴 했다. 컨트롤은 그녀와 적당한 거리를 유지하며 시간을 보냈다. 바 안의 누구와도 특별히 친해지지 않으면서 동시에 다른 사람들 사이에 섞여 있고 싶었기 때문이다.

"생물학자가 어떻게 탈출한 거죠?"

떠나기 전에 컨트롤은 어머니에게 그렇게 물었다.

"그녀가 보기보다 강인했다고 해 두자꾸나. 누군가 돕기도 했고." 어머니가 생물학자에게 도움을 줬을까? 시간? 기회? 그는 묻고 싶지 않았다. "본부에서는 그녀가 공터로 갈 거라고 의심하고 있단다. 거긴 오염되지 않았으니까."

하지만 컨트롤은 생물학자가 거기로 가지 않을 거라는 사실을 알았다.

"너도 그렇게 생각하니?"

"네."

아니, 그녀는 북쪽으로, 록 베이에 자리한 마을의 야생으로 향할 터였다. 자신이 생물학자라고 믿지 않는데도 불구하고, 뭔가 개인적인 의미를 가지는 장소로 갈 터였다. X구역이 시켜서가 아니라 그녀 스스로 그런 충동을 느끼기 때문에. 만약 그녀가 어머니의 예상대로 움직일 법한 사람이었다면 다른 대원들과 마찬가지로 모든 기억을 잃어버렸을 것이다.

적어도 컨트롤은 그렇게 믿기로 했다. 짐을 싸는 목적을 가지기 위해서라도, 그리고 안식처가 될 수 있는 장소를 찾기 위해서라도. 혹은 피난처가 될 수 있는.

탑승 안내 방송이 나왔다. 컨트롤은 서쪽으로 향할 예정이긴 했지만, 첫 번째 환승 구간에서 렌터카를 빌리고 다른 렌터카로 바꿔 탄 다음, 아마 또 다른 차를 훔쳐 남쪽으로 천천히 빙빙 돌아서 내려갈 작정이었다. 그리고 아무도 못 찾을 거라는 확신이 들 때쯤 다시 북쪽으로 방향을 돌릴 것이다.

컨트롤은 실제로 그레이스의 손을 잡고 그녀가 휘청거릴 정도로 잡아당겼다. 할 수만 있다면 그녀를 끌고 오려 했다. 그녀에게 소리를 질렀다. 그녀의 이성에, 원초적이고 본능적인 이성에 호소했다. 하지만 그레이스는 전혀 이해하지 못한 채, 컨트롤을 무력하게 만드는 시선을 던지며 그의 손을 뿌리쳤다. 왜냐하면 '그것'으로부터 자의식이 느껴졌기 때문이다. 그레이스는 '그것'을 끝까지 지켜보려 했고 컨트롤은 그럴 수 없었다. 컨트롤은 진짜 국장이 아니었기 때문이다. 그래서 그는 그레이스가 빗속으로, 문을 향해 다가오는 국장 쪽으로 다가가게 내버려 둔 채 달아났다. 공포에 사로잡힌 채 구내식당을 가로질러 자신의 차에 올랐다. 그리고 그 모든 행동에 대해 일말의 죄책감도 느끼지 않았다.

상상도 할 수 없는 먼 곳으로부터 서던 리치의 쓸모없는 마지막 영상들이 도착했다는 휴대폰 알림이 울렸다.

영상 기록을 통해 알 수 있는 바도 없었고, 위안이 되지도 않았다. 그레이스가 어떻게 됐는지 알 수 있는 단서는 없었다. 조악한 화질의 영상들은 6초 정도 되는 일정한 시간으로 잘려 있었다. 첫 번째 영상에서는 계속 비어 있던 그의 의자에 마지막 순간 흐릿한 뭔가가 나타나 앉았다. 국장처럼 보이긴 했지만 윤곽이 분명하지 않았다. 다음 화면에는 반대편 의자에 축 늘어져 있는 휘트비가 보였다. 손가락이 마치 바다의 조류에 따라 흔들리는 해초처럼 움직이고 있었다. 윙윙거리는 배경음이 들렸다. 휘트비는 이제 1차 탐사대의 세상에 들어가 있을까? 그렇다면 스스로 그 사실을 알고 있을까?

컨트롤은 영상들을 두 번, 세 번 본 다음 지워 버렸다. 그런다고 영상 속의 장면들이 사라지진 않겠지만 조금이라도 더 멀어지는 기분이 들었고, 지금은 그것만으로도 충분했다.

비행기에 타자 늘 그렇듯 후끈한 열기에 이어 시린 추위가 찾아왔다. 컨트롤은 올이 풀린 좌석 벨트와 씨름을 벌였다. 이륙한 뒤에는 뭔가가 날아와 비행기와 충돌하기만을 기다렸다. 도착하면 본부의 요원들이 기다리고 있을까 아니면 뭔가 더 이상한 사건이 벌어질까? 승무원들이 자신을 보면서 웃는 모습에 의심이 들었지만, 이내 일반적인 서비스에 과민 반응하고 있다는 사실을 깨달았다.

옆자리의 남녀 한 쌍은 거슬리지만 평범한 사람들이었다. 누가 듣거나 말거나 시끄럽게 떠들며 애정 행각을 벌였다. 컨트롤은 그들에게도 경고를 해 주고 싶었다. 갑작스럽고 충동적인 감정을 절제하기 힘들었다. 무슨 일이 생겼는지, 그리고 앞으로 무슨 일이 벌어질지. 겁을 주거나 미친 사람으로 보이지 않으면서 사실을 알려 주고 싶었다. 하지만 결국 진정제를 한 알 더 먹고 의자에 몸을 기댄 채 바깥세상을 잊으려고 노력했다.

"어머니가 제 머릿속에 생물학자를 쫓으라는 생각을 주입하지 않았다고 제가 어떻게 확신하죠?"

"난 생물학자가 국장의 무기였다고 믿는다. 네 보고서에 따르면 생물학자는 다른 대원들과 다른 행동을 보였지. 그녀가 뭘 알든, 생물학자는 일종의 기회란다. 어떤 종류가 됐든 기회야."

서던 리치의 마지막 순간에 경험한 전부를 어머니와 공유하지는 않았다. 그가 본 모든 것, 혹은 국장이 이제 어떤 존재가 되었는지도. 그녀는 더 이상 국장 본인이 아니었다. 과거에 어떤 계획을 가지고 있었건 더 이상은 아무 상관도 없었다.

"그리고 네가 내 무기란다, 존. 내가 **모든 걸 알아낼** 사람으로 선택한 대상이 바로 너야."

흠집투성이 팔걸이의 윗면에는 뜯어지긴 했지만 충전재가 든 쿠션이 붙어 있어서 편안했다. 기장이 멍청하게 들리지만 사람을 안심시키는 농담과 함께 안내 방송을 마쳤다. 컨트롤은 보이스가 지금 어디쯤 있을지 궁금했다. 혹시 공황 상태에 빠졌거나 과거의 사건을 회상하고 있을까? 그의 동료였던 로우리. 불쌍한 메갈로돈 로우리. 이게 네 마지막 기회야, 컨트롤. 하지만 그렇지 않았다. 그는 제물이었을 뿐이다. 사람들이 그를 기억한다면 재앙의 전조로서 기억할 터였다.

컨트롤은 얼음을 띄운 위스키를 주문했다. 잔이 반짝이는 모습을 감상하고, 입안에 얼음을 굴리며 부드럽고 씁쓸하면서도 차가운 맛을 경험하고 싶었다. 술을 마시자 나른한 기분이 들고 진정이 되면서, 정신의 바퀴가 느려졌다. 컨트롤은 그 바퀴를 망가뜨리려고 애썼다.

어머니와 나눈 대화가 떠올랐다.

"본부의 계획은 뭔가요?"

"아마 나와의 관계 때문에 네 뒤를 쫓겠지."

딱히 어머니가 아니더라도, 본부에 보고하지 않고 생물학자를 추적한다면 그 역시 추적당할 터였다.

"그 밖에는요?"

"문이 아직 존재한다면, 13차 탐사대를 보낼 거다."

"그럼 어머니는요?"

"난 내가 옳다고 생각하는 방향으로 계속 일을 진행할 거야."

아마 그러기 위해서는 커다란 위험을 무릅써야 한다는 사실도 알고 있을 터였다. 어머니는 본부로 돌아갈 셈일까 아니면 사태가 진정될 때까지 몸을 피할까? 어머니는 자신을 둘러싼 세상이 모조리 사라지기 전에는 결코 포기하지 않을 사람이라는 점을 컨트롤도 알고 있었다. 혹은 본부가 그녀를 제거하기 전에는. 혹은 로우리가 어머니를 희생양으로 바칠 때까지는. 어머니는 본부가 사자(使者)를 해치지 않으리라 생각하는 걸까? 컨트롤은 어머니에게 왜 예금을 전부 현찰로 찾아서 최대한 멀리 도망치지 않는지 묻고 싶었다. 하지만 그러면 어머니도 그에게 같은 질문을 던질 터였다.

비행이 끝날 무렵, 통로 건너편 좌석에 앉아 있던 여자가 컨트롤에게 착륙을 위해 창문을 열라고 말했다.

"착륙할 때는 창문을 열어야 해요. 창문을 열어야죠. 착륙할 땐."

안 열면? 안 열면 어떻게 되지? 컨트롤은 그녀를 무시하고 눈을 감았다.

다시 눈을 뜨니 비행기는 이미 착륙한 뒤였다. 공항에서 그를 기다리는 사람은 없었다. 컨트롤은 별 탈 없이 자동차를 렌트했다.

마치 자기가 아니라 전혀 다른 사람이 자동차의 시동을 걸고, 친숙한 모든 것들로부터 멀어져 가는 느낌이었다. 이제는 되돌아갈 수도 없었다. 그렇다고 앞으로 나갈 수도 없었다. 그저 옆길로 새서 헤맬 뿐이었다. 하지만 두려운 만큼 스릴과 흥분도 느껴졌다. 이런 식으로는 죽음도 느끼지 못할 듯했다. 그저 다음에 자신에게 벌어질 일을 기다릴 뿐이었다.

록 베이. 세상의 끝. 설사 생물학자가 이곳에 없다 해도, 다음에 무슨 일이 벌어질지 기다리기에 더없이 좋은 장소였다.

다음 날, 해 질 무렵이었다. 컨트롤은 이름에 **해변**이 들어간 싸구려 모텔 방에서 글록 권총을 분해하고 청소하는 일에 몰두했다. 권총은 공항에서 나오자마자 있는 자동차 대리점의 뒷골목에서 가명을 사용해 구입했다. 컨트롤은 권총을 다시 조립했다. 이런 일에 집중하다 보면 바깥세상에 다가오는 공허로부터 정신을 분산시킬 수 있었다.

텔레비전이 켜져 있었지만 말이 되는 소리는 하나도 없었다. '서던 리치의 환경 복구 지역'에 어떤 문제가 발생했다는 짤막한 뉴스들이 나왔지만, 실제로 무슨 일이 벌어지고 있는지 진실을 말하지는 않았다. 사실 아무도 모르고 있기도 하지만 이미 오래전부터 말도 안 되는 소리들뿐이었다. 생물학자가 그와 함께 있었다면 마찬가지로 경멸을 느꼈을 터였다. 커튼 사이로 밤길을 질주하는 길 잃은 트럭의 불빛이 들어왔다. 방 안에서 썩는 냄새가 풍겼지만 컨트롤은 어쩌면 자신이 끌고 들어온 냄새일지도 모른다고 생각했다. 이제는 멀리 떨어져 있지만, 아직도 보이지 않는 경계가 가깝게 느껴졌다.

검문소들, 문의 휘몰아치는 빛. 창으로 비스듬히 들어오는 빛이 커튼 사이에서 어떤 형체를 이루려는 듯하다 허무하게 스러졌다.

침대 위에는 헤들리를 떠난 이후 한 번도 들춰 보지 않았던 휘트비의 테루아 보고서가 놓여 있었다. 보고서는 물이 새지 않는 튼튼한 플라스틱 케이스에 든 채였다. 컨트롤은 그 보고서를 통해, 침략이 아주 오랜 기간에 걸쳐 진행되었고 어머니를 비롯한 그 누구도 알아차리지 못할 정도로 천천히 이루어졌다는 사실을 깨닫고 체념 섞인 경악을 느꼈다. 아무도 믿어 주지 않았지만, 휘트비는 뭔가를 알아냈던 것이다. 그래서 휘트비는 무언가에 노출되었고, 그 무언가가 그를 알아차렸다.

권총 손질을 끝낸 컨트롤은 문 쪽을 향한 의자에 앉아서 손이 아플 정도로 주먹을 꽉 쥐었다. 역시 주체하기 힘든 일이 있을 때마다 사용하는 방법이었다. 주의를 분산시키기 위한 통증. 이제 더 이상 그를 인도할 사람은 없었다. 어머니, 할아버지, 그리고 아버지까지. 이제 아무도 컨트롤에게 뭔가를 말해 줄 수 없었다. 주머니 속의 조각품조차 이제는 무력하고 쓸모없어 보였다.

의자에 앉아 있다가 닳아빠진 이불과 담배 자국이 난 시트가 놓인 침대 위에 누울 때까지, 컨트롤은 줄곧 생물학자에 대한 생각을 떨쳐 버릴 수가 없었다. 공터에 서 있던 그녀의 텅 빈 표정. 면담에서 보여 준 거칠고 모욕적인, 연약하고 발랄한, 맹렬하고 강인한 모습들. 그녀는 컨트롤을 굴복시켰다. 컨트롤 안으로 침투해 모든 부분으로 퍼져 나갔다. 비록 생물학자 스스로는 그 사실을 모를지라도, 컨트롤에게 한 톨의 관심조차 없을지라도. 그녀가 아직 어딘가에 자유로운 몸으로 살아 있다고 확신할 수만 있다면, 다시는 만나지 못해도 상관없었다. 그의 내면에 존재하는 갈망은 이제 모든 방향으로 퍼져 나갔고, 그대로 안에 남아 있기도 했다. 그것은 대상이 필요 없는, 그 자신으로부터 세상 모든 사람들 그리고 모든 것들을 향해 발산되는 투명한 광선 같은 기묘한 애정이었다. 컨트롤은 그것이 어떤 지점을 통과한 다음에 생기는 당연한 감정이라고 생각했다.

생물학자는 북쪽으로 달아났다. 컨트롤은 그녀의 목적지가 어디인지 알고 있었다. 생물학자가 작성했던 현장 보고서에 답이 있었다. 세상 누구보다 그녀가 더 잘 아는 벼랑, 대지가 바다로 빠져들고 바다가 돌 위로 밀려드는 곳이었다. 다만 그는 대비를 해야 했다. 거기 도착하기 전에 본부가 먼저 컨트롤을 따라잡을지도 몰랐다. 하지만 그들 뒤에는 더 어둡고 거대한 뭔가가 도사리고 있을지도 모르며, 바로 그 점이 핵심이었다. 그들 모두를 쫓고 있는 그것은 더욱 자비를 모를 테니까. 그리고 그들이 마치 햇빛 아래 널어놓은 수건처럼 바싹 마르고 텅 빌 때까지 심문할 테니까.

그가 제때 북쪽에 이르지 못한다면. 만약 그녀가 거기에 있다면. 그녀가 뭔가를 알고 있다면.

컨트롤은 해도 뜨기 전에 모텔을 나섰다. 근처 카페에서 아침식사를 해결하고 나서 북쪽으로 차를 몰았다. 절벽을 따라 난 길은 심하게 구불거렸고, 모퉁이를 돌 때마다 하늘로 날아오를 것 같은 기분이 들었다. 컨트롤은 운전대를 돌리지 않고 그대로 나아가고 싶은 작은 충동을 계속 억눌렀다. 그 충동을 이기지 못하면 더 빠르게 차를 몰아 하늘로 날아오를지도, 그래서 알고 싶지 않았지만 알게 된 모든 비밀을 박살내 버릴지도 몰랐다. 기온은 23도까지 올랐고, 나무도 점점 더 많아져 풍경이 온통 녹색으로 가득했다. 이제는 익숙해진 남부의 지옥 같은 폭우와 달리 이곳에는 비가 안개처럼 흩뿌렸다.

셀크라는 작은 마을에 딱 하나 있는 주유소에는 신용카드도 쓸 수 없는 구식 주유기뿐이었다. 컨트롤은 상점에 들러 커다란 배낭과 그 안에 넣을 물건들을 구입했다. 사냥 칼을 하나 사고 건전지도 넉넉하게 챙겼다. 도끼와 라이터도 배낭 안에 넣었다. 앞으로 뭐가 필요할지, 생물학자가 무엇을 얼마나 필요로 할지, 혹은 생물학자를 찾기 위해 얼마나 오래 머물러야 할지 알 수 없었다. 그녀는 컨트롤이 예상한 반응을 보일까? 자신은 어떤 반응을 예상하고 있나? 뭐가 됐든 그녀가 거기에 있을 때의 이야기였다. 컨트롤은 몇 년 후의 미래까지 상상했다. 수염을 기르고, 아버지처럼 조각을 하면서 홀로 자급자족하는 생활, 그리고 고독의 무게로 인해 서서히 배경 속으로 사라지는 모습을.

종업원이 지역 자선 행사 때문에 컨트롤의 이름을 묻자, 그는 "존."이라고 대답했다. 그리고 그때부터 다시 본명을 사용하기 시작했다. 컨트롤도 아니고 지금까지 썼던 다른 가명도 아닌 존이라는 평범한 이름을. 눈에 띄지 않는 이름이었다. 아무런 의미도 없는 이름이었다.

하지만 지금까지 사용하던 전략은 그대로 유지했다. 국내 테러리즘 부서에 근무했던 경험 때문에 컨트롤은 시골 지역에 상당히 익숙했다. 훈련을 마치고 두 번째로 맡았던 임무에서 한동안 면역 관련 소프트웨어의 업데이트를 돕는다는 구실로 중서부에 머물며 지역 보건소를 오가며 지냈기 때문이다. 물론 실제로는 그 지역에서 활동하는 민병대를 추적하고 있었다. 당시에 익힌 편법들이 많았고, 비록 오랜 시간이 지났지만 아직도 능숙하게 활용할 수 있었다. 그런 긴장감 넘치는 자유가 주는 단순한 즐거움을 아주 오래 잊고 지냈다. 지나가는 모든 트럭이며, 천천히 움직이는 차량이나 길에서 차를 세워 달라고 하는 사람들이 모두 의심스러웠다. 그 시절에도 지금처럼 비포장 샛길로 되돌아 나올 수 있는 시골길만 골라서 다녔고, GPS 대신 커다란 종이 지도를 사용했다. 휴대폰에 대해서는 조금 망설였지만, 결국 바다에 던져 버리고 새로운 전화기를 개통하지도 않았다. 지금쯤이면 그와 통화하려는 사람은 모두 도청을 당하고 있을 터였다. 친척이나 지인에게 전화를 걸어 마지막으로 이야기를 나누고 싶은 마음은 점점 사라졌다. 할 말이 있었다면 이미 오래전에 수화기를 들었어야 했다.

운전을 하는 동안 때때로 국장을 떠올리기도 했다. 산맥으로 둘러싸인 계곡과 반짝이는 얕은 호숫가의 제방을 따라 달리면서, 시장에서 산 소시지를 씹으면서. 하늘은 구름 한 점 없는 파란색이라 진짜처럼 보이지 않았다. 오래된 흑백 사진 속의 여자아이. 그렇게 등대에 집착하면서도 등대지기에 대해서는 입을 다물었다. 그녀 자신이 거기에 있었으니까. 거의 마지막까지 그곳에 있었으니까. 거기서 뭘 봤을까? 뭘 알고 있을까? 그녀에 대해 또 누가 알고 있을까? 그레이스는 알았을까? 서던 리치에 입사하기 위한 엄청난 노력. 국장이 그 자리에 오르는 동안 누군가 그 비밀을 알아차렸지만, 조직에 해가 되지 않을 거라고 생각했을까? 국장은 왜 등대지기에 대해 아는 사실을 숨겼을까? 이런 질문들이 컨트롤을 흔들었다. 놓쳐 버린 기회들. 쥐와 식물, 보이스, 휘트비에 너무 관심을 기울이느라 보지 못했던, 좀 더 일찍 깨달았어야 하는 사실들. 그가 아직 간직하고 있는 서류들은 그리 도움이 되지 않았고, 조수석에 놓인 사진도 마찬가지였다.

밤까지 계속 운전하는 동안 다시 해안이 나오고, 또 다른 해안이 나왔다. 도로의 주황색 반사판과 은빛 가드레일에 헤드라이트 불빛이 비쳤다. 라디오 뉴스는 더 이상 듣지 않았다. 곧 닥쳐올 재앙의 미묘한 전조는 자신의 상상 속에만 존재하는 게 아닐까 하는 의심이 들었다. 점점 더, 자신이 이 모든 일과 상관없이 안전한 일상 속에 존재하는 척하고 싶어졌다. 운전이 영원히 계속될 거라고. 여행 그 자체가 중요하다고.

너무 지친 컨트롤은 이름조차 곧 잊어버릴 작은 마을에 들러서 24시간 영업하는 식당을 찾았다. 간단한 식사와 커피를 즐기는 그에게 종업원이 어디로 가는 중인지 묻자, 그저 "북쪽."이라고만 대답했다. 종업원은 고개를 끄덕이더니 다시 말을 걸지 않았다. 아마 그만두라는 컨트롤의 표정을 알아차린 모양이었다.

컨트롤은 식사를 금방 마치고 나왔다. 주차장에 서 있는 검은 유리창의 세단이 신경 쓰였기 때문이다. 낡고 볼품없는 볼보 자동차에는 야자수 스티커가 붙어 있고, 운전자는 구부정한 자세로 너무 오래 담배를 태우고 있었다.

바다에서 시작한 비는 짙은 안개로 변했다. 컨트롤은 차 앞으로 뭐가 나타날지 몰라 시속 30킬로미터 정도로 속도를 줄였다. 한번은 트럭이 아슬아슬하게 스쳐 지나갔고, 또 한번은 사슴 한 마리가 헤드라이트 불빛 속에서 춤을 추다 사라졌다.

새벽 무렵, 컨트롤은 어머니가 자신에게 거짓말을 했더라도 중요하지 않다는 결론을 내렸다. 그저 전술적인 선택에 불과했기 때문이다. 자신이 이 길을 가게 될 거라는 사실은 늘 알고 있었다. 컨트롤은 처음 서던 리치에 갔을 때부터 결국 이렇게 북쪽을 향해 어딘지도 모를 길을 달리게 될 운명이었다고 스스로를 설득했다. 바람에 구부러지고 부러진 나무들은 스스로 불에 타 재가 되고 안개 속에 흩날리는 어두운 연기가 되어 앞으로 닥칠 미래의 한 모습을 보여 주는 듯했다.

록 베이에 도착하기 전날 밤, 존은 마지막 식사를 했다. 그가 찾아간 멋진 식당이 있는 마을은 해안가의 산맥 아래 자리 잡은 곳이었다. 마을을 둘러싼 굽이진 강은 해안가의 파도와 색색깔의 줄무늬처럼 빛나는 모래와 대조되게 생기 없어 보였다. 유목과 죽은 나무들이 마치 제압당한 것처럼 힘없이 흩어져 있었다.

그는 바 자리에 앉아 고급 와인과 으깬 마늘을 넣은 감자 요리, 버섯 그레이비소스를 곁들인 스테이크를 주문했다. 그는 노련한 바텐더인 잰이 순진한 모습을 가장하면서도 은근히 잘난 척 떠드는 이야기에 귀를 기울였다. 존은 한 번도 가 본 적 없는 어느 외국 도시에서 일했던 일에 대한 흥미로운 이야기였다. 잰은 금발을 길게 기른 북유럽 스타일의 우락부락한 사내로 계속 존을 흘끗거렸다. 아마 존이 자신에게 이런 세상의 끝과도 같은 동네에서 뭘 하고 있는지 물어보지 않는 점을 의아하게 생각하는 듯했다.

한 가족이 식당 안에 들어섰다. 마치 의류 회사의 광고 사진처럼 폴로셔츠와 스웨터, 면바지를 차려 입은 백인 가족이었다. 그들은 존이나 바텐더를 의식하지 않았다. 아버지가 햄버거와 감자튀김을 주문하더니, 아이들을 낯선 사람으로부터 가리는 방패처럼 존의 바로 왼쪽에 자리를 잡고 앉았다. 그 모습이 얼마나 이상한지 그들은 알지 못할 터였다. 그들은 그들 자신의 온실 속에 존재하고 있었다. 거의 모든 걸 가졌지만 아무것도 알지 못하는 사람들이었다. 그들의 대화라고는 똑바로 앉으라느니, 꼭꼭 씹어 먹으라느니 하는 잔소리가 아니면 예전에 봤던 축구 시합이나 마을의 기념품 가게에 대한 잡담이 전부였다. 존은 그들이 부럽지 않았다. 그들이 밉지도 않았다. 그들에 대해 무엇도 궁금하지 않았다. 그에게는 이 장소의 모든 것들이 아무런 의미도 없었다. 그가 짊어진 비밀에 비하면 그 무엇도 의미를 가질 수 없었다.

아이들의 변덕스러운 주문과 그 아버지의 미묘하게 거들먹거리는 말투를 잘 참아 내던 바텐더가 존을 쳐다보며 눈을 굴렸다. 제복 차림의 여자와 스케이트보드를 타는 사내들의 유령이 존의 양옆에 나타나 굶주림이 가득한 눈빛으로 백인 가족이 식사하는 모습을 쳐다봤다. 그동안 얼마나 많은 요원들이 정식으로 등록도 되지 않은 채 잊히고, 어떤 소식도 없이 사라져 버렸을까? 어둠 속에서, 누추한 안전 가옥과 지저분한 모텔 방에서. 보이지 않는 존재, 아무 상관 없는 존재가 되었을까? 그리고 그중 몇이나 그처럼 할 수 있었을까? 자신의 존재를 부인하는 세상 속에서 정체를 감춘 채 악전고투를 벌이며 그 자신으로 남을 수 있었을까?

옆 자리의 가족이 식당을 나가고 자신을 찾아왔던 유령들도 떠난 뒤, 그가 바텐더에게 은근한 말투로 물었다.

"보트를 빌릴 수 있을까?"

세상을 떠도는 여행자처럼 들리기를 의도한 말투였다. 이야기 속의 바텐더와 마찬가지로, 때로는 과감하게 법을 무시하기도 하는 모험가처럼. 당신도 멋진 남자로군. 나와 통하는 데가 있어.

"보트를 몰 줄 압니까?" 잰이 물었다.

"물론."

호수에서라면. 해안 가까이에서도. 그보다 멀리 나갔다가는 잭 할아버지의 농담처럼 낭패를 볼 터였다.

"내가 도와줄 수 있을지도 모르겠군요." 바텐더가 씩 웃으며 말했다. "한번 준비해 보죠." 샹들리에의 굴절된 빛이 몸을 숙이며 속삭이는 바텐더의 얼굴에 그림자를 드리웠다. "언제까지 준비하면 되겠습니까?"

지금. 당장. 아침이 오기 전에.

록 베이까지 자동차로 갈 생각은 없었다.

소금기호는 평평한 바닥의 소형 보트로, 뱃머리가 가늘어서 방향을 부드럽게 바꾸기 어려운 배였다. 작은 선실이 있어서 바닷바람을 피해 잠깐이나마 휴식을 취할 수 있었다. 혹시 엔진이 멈추기라도 하면 선실은 큰 도움이 될 터였다. 군데군데 나무가 드러날 정도로 벗겨진 페인트가 배의 나이를 말해 줬다. 그는 통통하게 배가 나오고 다리가 바깥쪽으로 휜 반백의 어부가 낚시용으로 사용하던 이 보트를 시세의 두 배쯤 되는 가격으로 구입했다. 존은 그 어부가 불법적인 사업에 연루되어 있거나 어쩌면 주도하고 있을 거라는 생각이 들었다. 배를 사고 나서 세상 끝까지 항해해도 될 만큼 기름을 채운 뒤, 존은 가져온 짐을 모두 실었다.

'엔진이 멈출 때를 대비해서' 노가 있었고 '폭풍이 불 때 피난할 곳을 찾기 위해' 항해 지도와 조명탄을 쏠 수 있는 총도 한 자루 딸려왔다. 약간의 실랑이와 웃돈으로 어부의 낡은 우비와 모자, 방수용 덧신, 담배 파이프와 구멍이 숭숭 뚫린 어망까지 얻어 냈다. 담배 파이프를 입에 물자 기분이 이상했다. 덧신은 좀 컸지만, 멀리서는 충분히 평범한 어부처럼 보일 것 같았다.

모터의 덜그럭거리는 소리가 불안했지만 선택의 여지가 없었다. 자동차로 도로를 달리는 것보다 훨씬 더 추적하기 어려울 터였다. 바다를 향해 강을 따라 내려가는 동안, 존은 곧 닥칠 재앙을 예감했다. 바닷가로 밀려와 떠다니는 검게 그을린 나뭇조각들은 폭풍으로 인한 모닥불의 잔해가 아니라 좀 더 극적인 사건의 전조처럼 보였다.

존은 갑자기 튀어 오르거나 한쪽으로 기우는 보트와 씨름하며, 해류를 따라 잔잔한 바다 위를 천천히 나아갔다. 해안의 바위를 따라 늘어선 낡은 주택들은 대부분 허물어져 가고 있었다. 간혹 불빛이 들어온 집들도 임시로 되살려 놓은 듯한 인상이었다. 고기를 굽는 연기. 부두에서 일하는 사람들. 모두 겨울이 오면 어디론가 사라져 버릴 것처럼 보였다.

존은 위쪽이 검정으로 칠해진 키 작고 하얀 등대를 지나쳤다. 벗겨진 페인트칠 사이로 벽돌이 드러났고, 신호등은 꺼진 채였다. 존은 문득 자신이 X구역의 해안을 떠도는 기분이 들어 깜짝 놀랐다. 어떤 경계선을 넘어선 기분이었다.

자세히 들여다보면 안개 속 어딘가 로우리와 휘트비가 헤매고 있을 듯했다. 강령술과 과학 협회가 주위를 조사하고, 솔 에반스가 등대 계단을 올라가고, 그 아래서는 소녀가 아무 생각 없이 바닷가에서 놀고 있을 것만 같았다. 어쩌면 자신의 주위에 흩어진 서던 리치의 잔해를 주워 모으는 그레이스의 모습조차 찾아볼 수 있을 듯했다.

오후가 다 지나서, 존은 록 베이와 연결된 작은 만에 도착했다. 생물학자가 록 베이라고 불렀던 장소는 실제로 마을에서 30킬로미터 북쪽에 위치한 암초와 조수 웅덩이들이었다. 생물학자가 머물던 숙소는 마을 바로 바깥쪽에 있었다. 인구가 500명도 되지 않는 작은 마을이었다.

소금기호는 존이 해안으로 끌어올려 나뭇가지로 숨길 수 있는 송류의 배는 아니었다. 하지만 그는 더 나아가기 전에 록 베이를 정찰하고 싶었다. 존은 배를 만의 좀 더 넓은 쪽으로 몰아, 솟아오른 바위 뒤에 숨기기로 했다. 그곳에는 버려진 부두가 있어서 배를 묶어 둘 수 있었다. 지도에 따르면 야생 보호 구역과 가까운 위치였다. 하이킹 코스를 따라가면 마을 근처에 이를 수 있을 터였다. 존은 모자와 담배 파이프를 배에 남겨 두고, 우비와 쌍안경과 총을 챙겨서 육지에 올랐다. 숲길을 걷자 삼나무 향이 기운을 북돋았다. 얼마 지나지 않아, 존은 절벽을 지나 마을로 들어가는 나무다리 위에서 아주 작은 중심가를 바라보고 서 있었다. 다리에 도착하기 한참 전에 지역 경찰이 설치한 검문소를 지났지만 의심스러운 낌새는 없었다. 조깅하는 사람들과 숨어서 대마초를 피우려고 적당한 장소를 찾는 10대 아이들 두 명뿐이었다. 정찰에 적합한 위치를 찾아 몸을 숨기고 쌍안경으로 마을을 살피니, 유리창을 검게 칠한 세단과 SUV 대여섯 대가 보였다. 누가 봐도 본부의 냄새가 진동하는 차들이었다. 근처에 서 있는 남자는 벌목공 지망생처럼 보이고 싶은지 체크 셔츠와 청바지 차림을 했지만, 신발은 새로 산 티가 났고 머리를 지나치게 깔끔한 모양으로 빗어 넘겼다.

고작 저 정도 인원만 보냈다면 이 장소가 수많은 수색 대상 중 하나에 불과하거나 아니면 생물학자를 찾는 일이 그리 중요하지 않다는 의미였다. 어쩌면 본부는 지금 다른 일에 열중하고 있을지도 몰랐다. 아마 남쪽 어딘가에서.

본부가 생물학자의 습관을 얼마나 파악하고 있는지에 따라서, 그녀가 훨씬 더 북쪽의 어느 해안가에 숨어 있다고 생각할 수도 있었다. 하지만 그렇다고 해도 우선 마을 주변에 그녀가 없다는 점을 확인해야 했다. 이 근처는 온통 잡목으로 뒤덮인 해변이 아니면 빽빽한 우림이라 수색이 어려웠다. 지역 주민들조차 우기에는 마을을 벗어났다가 숲속에서 길을 잃곤 하는 종류의 테루아였다.

존은 직감에 따라 절벽 위의 자리를 포기하고 길을 따라 내려왔다. 시내에 놓인 나무다리를 건너고 반대편 언덕을 올라서 이끼로 뒤덮인 삼나무가 가득한 물가에 자리를 잡았다. 좁은 만 건너편에 생물학자가 살았던 오두막이 보였다. 컨트롤은 몸을 숙이고 날카로운 산딸기나무의 잎사귀를 헤치며 감시에 적합한 위치까지 이동한 뒤 바닥에 배를 깔고 엎드렸다.

오두막은 그가 타고 온 보트보다 약간 컸고, 나무를 베어 낸 앞마당은 겨우 잔디를 깔 정도였다. 왼쪽으로 난 비포장 길을 따라 언덕을 넘어가면 마을 사람들의 집이 모여 있었다. 마을 여기저기 굴뚝에서 흰 연기가 피어오르고 있었다.

하지만 오두막에서는 연기가 나지 않았다. 집 주위에 아무런 움직임도 없어 오히려 부자연스러워 보였다. 존은 거의 한 시간 동안 집 양쪽의 숲을 주시했다. 쉰 차례 정도 이리저리 살피고 나서야 땅의 일부가 움직이고 있다는 사실을 깨달았다. 위장이었다. 좀 더 집중하자 위장 그물 아래에서 오두막을 향해 조준경을 겨누고 있는 소총수가 보였다. 일단 한 명을 발견하자 나머지도 눈에 들어오기 시작했다. 나무 뒤에 숨어 있거나 심지어 오두막 안에서 바깥을 내다보고 있었다. 존은 생물학자가 설령 그러고 싶다고 해도 오두막으로 올 수 없다는 사실을 깨달았다.

존은 일부러 험하고 돌아가는 길을 택해 보트로 돌아왔다. 누군가에게 발각된 것 같지는 않았지만 혹시 모르는 일이었다. 다행히 보트를 숨겨 놓은 장소에 도착할 때까지 아무런 일도 없었다. 숲을 이동하는 동안 얼마 안 되는 야외 활동에 대한 지식을 총동원했고 운도 따랐다. 보트는 여전히 그 자리에 있었고 주위에 인기척도 없었다.

존은 통조림에 든 차가운 콩 요리로 허기를 채운 뒤 배를 출발시킬 준비를 하면서, 마지막 순간까지 해안에서 눈을 떼지 않았다. 그는 본부에서 나온 요원들이 곧 덮쳐들 거라고 거의 확신하면서 만의 입구를 향해 천천히 그리고 조용히 배를 몰았다.

그러나 드넓은 바다에는 갈매기와 펠리컨, 가마우지, 그리고 저 높이 떠 있는 신천옹처럼 보이는 새가 전부였다. 부서지는 파도와 멀리서 들리는 뱃고동 소리, 선박들의 희미한 윤곽이 전부였다. 그 장소에 어울리지 않는 어떤 존재도, 어부로 가장한 요원들도 없었다.

이 모든 것들로부터 멀리 벗어나는 일은 더 쉽고 편했다. 그녀는 아마 자신이 찾을 수 있는 가장 쓸쓸하고 외딴 장소에, 누구도 쉽게 따라올 수 없는 곳에 있을 터였다.

그곳에 있을 수도, 그렇지 않을 수도 있었다. 만약 그녀가 거기에 없다면 어차피 다 소용 없는 짓이었다.

추적은 불규칙한 맥박처럼 느껴졌다. 사라졌나 싶더니 다시 나타났다. 존은 쌍안경으로 저 멀리서 자신이 있는 방향으로 달려오는 쾌속정을 지켜봤다. 어디선가 헬리콥터 소리도 들렸다. 그는 모자를 이마까지 푹 눌러쓰고, 찢어져서 쓰지도 못하는 그물을 던져 고기를 낚는 시늉을 하며 초조하게 20분을 허비했다. 어부처럼 보이기 위해 할 수 있는 일은 뭐든지 했다. 헬리콥터 소리가 멀어졌고 쾌속정도 해안으로 돌아간 듯했다. 주변 풍경이 다시 원래대로 돌아왔다. 아주 오랫동안.

록 베이로 들어가자 풍경이 더 이국적으로 변해서 오히려 안도감이 들었다. 마치 X구역도 그저 다른 기후, 식생의 종류와 같은 테루아에 지나지 않는 것처럼 느껴졌다. 물론 그는 그렇지 않다는 사실을 알고 있었다. 이 지역에는 너무도 다양한 회색들이 존재했다. 하늘은 너무도 적막하고 끝없는 회색이었다. 수면을 때리며 잔물결을 일으키는 빗줄기는 얼룩덜룩한 회색이었다. 흔들리며 앞으로 나아가는 뱃전에 부딪혀 부서지는 파도는 은빛에 가까운 회색이었다. 존은 아래쪽에서 회색의 거대하고 육중한 뭔가가 보트를 뒤집으려 하는 듯한 느낌을 받았다. 그는 엔진을 끄고 배를 세운 채 호흡을 멈췄다. 꿈이 너무 현실 가까이 다가와 있어서 숨을 쉬기 어려웠다.

존은 생물학자가 왜 이 지역을 좋아했는지 이해했다. 여기서는 수백 가지 것들이 그 자신을 잃어버리게 했다. 그가 자신이라고 생각했던 존재와는 아주 다른 누군가가 된 듯한 기분이 들었다. 몇 시간에 걸친 추적 끝에 그의 정신은 아주 차분해졌다. 하루 혹은 일주일을 쪼개어 쓰고 뭐든 분석하려 들었던 부산한 욕구는 이제 사라지고 없었다. 그리고 그와 함께 인간관계와 간섭이 주는 무게와 부산

함도 사라져서 머리가 가벼워진 느낌이었다.

그는 어린 시절 호수에서 낚시하던 때의 고요함을 떠올렸다. 기나긴 정적 속에서 할아버지는 교회에 온 것처럼 속삭이며 말하곤 했다. 생물학자를 찾지 못한다면 어떻게 해야 할지 궁금했다. 되돌아가야 할까? 아니면 지금까지 벌어진 일들을 모두 잊고 뱃전에 부서지는 파도가, 해안에 떠오르는 물거품이, 얼굴에 부딪히는 바람이 될까? 이런 생각이 주는 위안은 생물학자를 찾아야 한다는 충동만큼이나 강렬했다. 그가 아주 오랫동안 경험하지 못했던 평온이 찾아왔다. 뒤에 두고 온 많은 것들은 수수께끼나 환상, 혹은 그 둘 다처럼 느껴졌다. 하지만 그 모두가 결국에는 중요하지 않았다.

북쪽으로 향하는 여정 동안 밤이 오면, 존은 닻을 내릴 만한 해안에서 자신을 숨겨 줄 수 있을 만큼 충분히 커다란 바위를 찾아 배를 단단히 묶었다. 뒤쪽에서 기이한 빛들이 보이기 시작했다. 때로는 하얗고 때로는 녹색 혹은 보라색이 섞인 불빛들이 바다와 하늘을 가로질렀다. 존은 그것들이 수색을 위한 불빛인지 아니면 뭔가 다른 목적이 있는 건지 알 수 없었다. 어쨌든 불빛이 마법을 깨뜨렸고, 그날 밤에는 라디오를 켰다. 침낭에 들어가 볼륨을 낮추고 귀를 가까이 가져다 댔다. 하지만 알아들을 수 없는 잡음만 나올 뿐이었다. 너무 외딴 곳이라서 그런 건지 아니면 어떤 재앙이 벌어졌기 때문인지 알 수 없었다.

하늘의 별들은 밝고 선명했다. 별들은 그의 잠처럼, 그의 꿈처럼 거대하고 깊은 밤의 장막 위에 존재했다. 그는 이제 지쳤고, 통조림이나 비상식량으로는 채울 수 없는 허기를 느꼈다. 파도 소리와 보트의 엔진 소리도 지겨웠다. 록 베이를 떠나고 벌써 사흘이 지나 이제 거의 만의 끄트머리에 도착했지만, 해안에 생물학자의 모습은 보이지 않았다. 이미 도로를 통해 접근할 수 있는 한계는 지나서 배나 헬리콥터를 타야 올 수 있는 장소였다.

물과 음식을 아낀다면 다시 돌아가기 전에 한 주 정도는 버틸 수 있었다.

새로운 아침, 존은 상어 지느러미처럼 날카롭고 육지의 산처럼 가파른 바위들로 둘러싸인 만 안쪽으로 천천히 노를 저어 나아갔다. 생물학자의 현장 스케치와 비슷해 보이는 해안이라 더 가까이 들어가 보기로 결정했다.

바위들은 조개와 불가사리로 뒤덮여 있었고, 얕은 물가에는 기뢰처럼 보이는 어두운 색 성게들이 득실거렸다. 이틀 동안 사람의 모습을 전혀 보지 못했다. 노를 젓는 팔이 쑤시고 저렸다. 제대로 된 식사와 목욕도 하고 싶었다. 눈에 띄는 지형 지물이 없어 정확한 위치를 알기 어려웠다. 배에 구멍이 나기 시작해서 한동안 물을 퍼내야 했다. 하지만 암초에 걸려 좌초하는 일보다 해안에서 조금이라도 멀어지기가 더 두려웠다.

해안까지 들쭉날쭉하게 늘어선 바위들 사이를 항해하는 건 쉬운 일이 아니었다. 너울에 배가 밀려서 바위에 부딪히자 온몸의 뼈마디에 충격이 전해졌다. 존은 노를 들어 배를 바위에서 밀어냈다. 처음에는 자꾸 노가 미끄러져 안간힘을 쓴 끝에야 배를 밀어낼 수 있었다. 존은 정신없이 노를 저어 안전한 거리를 확보했다.

잠시 후 그는 왜 노가 바위 표면에 걸리지 않고 미끄러졌는지 깨달았다. 누군가 조개와 홍합을 떼어 내서 먹었다. 해조류를 제외하면 바위에 아무것도 붙어 있지 않았다. 쌍안경으로 조금 더 멀리 있는 바위를 살피자 역시 표면이 깨끗했다. 조개들이 바위에서 떨어지지 않으려고 저항했던 흔적들이 군데군데 동그랗게 남아 있었다.

불을 피우거나 거주지를 만든 흔적은 없지만 누군가 혹은 뭔가가 조개를 먹고 있었다. 물론 누군가 다른 사람일지도 몰랐다. 하지만 마침내 실마리를 찾아냈다. 두려움과 안도감, 망설임이 그의 내면에서 전쟁을 벌였다. 누가 있다면 보트를 봤을지도 몰랐다. 존은 근처에 정박하기로 결정하고, 뱃머리를 돌려 섬처럼 솟아오른 거대한 바위들 뒤에 숨어 있는 움푹 들어간 해안으로 이동했다.

그때쯤에는 보트 안에 물이 더 들어와 있었다. 존은 이래서야 노를 젓기보다 물을 퍼내거나 배가 가라앉을까 걱정하는 데 시간을 더 보내고 말 거라는 사실을 깨달았다. 그래서 보트를 해안 가까이 가져간 다음 닻을 내리고, 얕은 물속을 걸어 무성한 나무들 아래 검은 모래가 펼쳐진 해변으로 올라가 숨을 돌렸다. 지금이 마지막 기회였다. 지금이라면 배를 고쳐서 록 베이로 되돌아갈 수도 있었다. 여기서 그만두고, 다시는 이런 생각을 떠올리지 않을 수도 있었다. 머릿속에 있는 생물학자의 모습을 외면해서 다시는 눈앞에 나타나지 않도록 하고, 뭐가 됐든 뒤에 남겨 두고 온 일과 직면하면 될 터였다. 존은 지금 어머니가 어디서 무엇을 하고 있을지 궁금했다. 갑자기 선반에 웅크린 채 손을 뻗어 자신을 건드리던 휘트비가, 국장을 기다리며 문 앞에 서 있던 그레이스가 떠올랐다.

존은 배로 돌아가서 휘트비의 테루아 보고서를 비롯해 쓸 만한 물건들을 모두 가방에 담았다. 그리고 그 무게에 휘청거리며 나무 뒤에 몸을 숨긴 채 검은 바위들을 따라 걸었다. 곧 보트는 한때 존재했지만 더는 이 세상에 없는 추억이 되었다.

그날 밤, 존은 하늘에서 불빛들을 발견했다. 아직 멀리 있었지만 가까이 다가오는 중이었다. 배의 엔진 소리가 귀에 들리는 듯했지만, 잠시 후 빛은 사라지고 소리도 멀어졌다. 존은 파도의 속삭임을 들으며 잠을 청했다.

다음 날 동틀 무렵, 존은 바위 위에서 움직임을 감지하고 쌍안경을 눈으로 가져갔다. 그는 멀리 보이는 형체가 생물학자라고, 자신이 그녀의 윤곽과 움직이는 방식을 알아볼 수 있다고 믿고 싶었다. 하지만 존은 그녀가 갇혀 있는 모습만을 봤을 뿐이었다. 지치고 무기력한, 원래와 다른 모습만을.

처음에는 바위 위로 나타나자마자 조금 떨어진 위치에서 곧바로 사라졌다. 이쪽으로 오는 중인지, 아니면 멀어지고 있는지도 확실하지 않았다. 바위와 합쳐지기도 하고 흐릿해지기도 하는 형체를 좇는 동안 밤이 찾아왔다. 존은 빛이나 모닥불이 나타나기를 기다렸지만 보이지 않았다. 그가 발견한 형체가 정말 생물학자라면 극도로 조심하고 있는 것이 분명했다.

또 하루가 지나는 동안, 존은 갈매기와 회색여우 외에 아무것도 발견하지 못했다. 여우는 그를 보더니 잠시 멈췄다가, 짙은 안개 속으로 모습을 감췄다. 존은 자기가 봤던 형체도 이미 어디론가 사라졌을까 봐, 이곳이 단지 지나치는 장소에 지나지 않을까 봐 불안했다. 그는 통조림에 담긴 콩 요리를 먹고, 물병에 든 물을 아껴 가며 마셨다. 그가 받은 야영 기술들은 산길이나 작은 마을을 감시할 때에나 유용한 것들이라 이런 야생에서 생존하는 데에는 그리 도움이 되지 않았다. 벌써 몸무게가 2킬로그램 넘게 빠진 것 같았다. 존은 삼나무와 다른 모든 녹색의 살아 있는 것들이 풍기는 향기를 마치 해독제를 흡입하듯 깊이 들이마셨다.

해 질 무렵, 사람의 형체가 다시 나타나서 존이 따라가지 못할 정도로 능숙하게 검은 바위 사이를 뛰거나 걸었다. 쌍안경으로 생물학자의 모습을 확인하자, 심장이 빠르게 뛰고 팔뚝의 잔털이 곤두섰다. 감정이 복받쳐 올라 눈물을 참아야만 했다. 안도감, 아니면 그보다 더 깊은 감정일지도 몰랐다. 너무 오래 자기 안에 갇혀 있던지라 무엇도 확신하기 어려웠다. 하지만 존은 바로 정신을 차렸다. 만약 그녀가 다시 해변으로 돌아가면, 곧 우림 속으로 사라지고 말 터였다. 숲 안에서 그녀를 추적하는 일에는 승산이 없었다.

두 사람이 마주치기 전에 존이 자신을 쫓는다는 사실을 생물학자가 알게 되면, 아마 도망치려 할 터였다. 그러면 다시는 그녀를 볼 수 없었다. 존은 그 점을 알고 있었다.

밀물이 들어오기 시작했다. 날이 흐려 주위가 온통 회색이었다. 바람이 다시 세차게 불어왔다. 바다 쪽에는 바위를 오르내리는 생물학자 외에 인간의 흔적이라고는 보이지 않았다. 쌍안경으로도 분간하기 어려운 먼 바다에 떠 있는 배에서 검은 연기 한 줄기가 피어 올랐다.

존은 생물학자가 바위들 사이를 반쯤 나아갈 때까지 기다렸다. 생물학자를 따라잡기는 생각보다 쉬웠다. 존은 그녀가 조심성을 잃지 않았는지 궁금했다. 그는 햇빛을 등지지 못했지만 최대한 모습이 드러나지 않게 몸을 숙이며 바위 반대편으로 움직였다. 혹시 생물학자나 다른 누군가가 가져갈지도 모른다는 생각에 가방을 든 채였다. 짐을 덜었는데도 그 무게 때문에 균형을 잡기가 어려웠다. 휘트비의 보고서를 두고 올걸 하는 생각이 잠깐 들었지만, 그 보고서를 항상 보이는 곳에 두는 일이 점점 더 중요하게 느껴졌다.

무릎을 굽히고 보폭을 좁혔지만 미끄러운 해초로 뒤덮인 바위 위에서 몇 차례 미끄러졌다. 균형을 잡으려면 팔을 뻗어야 했고, 천으로 손바닥을 감쌌는데도 조개나 홍합의 날카로운 표면에 몇 차례 베였다. 얼마 지나지 않아 발목과 무릎에 힘이 빠지기 시작했다.

절반쯤 나아가자 바위가 좁아져 어쩔 수 없이 꼭대기로 올라가야 했다. 하지만 생물학자의 모습은 보이지 않았다. 마술처럼 해변으로 돌아갔거나, 아니면 이 앞 어딘가에 숨어 있다는 의미였다.

존이 아무리 몸을 숙이고 구부려도 생물학자는 그를 훤히 볼 수 있을 터였다. 그녀가 자신을 반기지 않는다면, 어떤 선택을 할까? 돌멩이, 칼, 아니면 손으로 깎아 만든 창일까? 존은 모자를 벗어 우비 주머니에 쑤셔 넣었다. 적어도 자기가 누군지를 알리고 싶었기 때문이다. 존은 생물학자에게 자신이 단지 '심문관'이나 '간수' 이상의 존재이기를 바랐다. 그녀가 어딘가 숨어서 자신을 보며 망설이고 있지는 않을까 하는 기대감이 들었다.

4분의 3 정도 되는 지점에 도착했을 때, 존은 그냥 되돌아갈까 하고 망설였다. 다리가 후들거렸고, 미끄러운 바위가 금방이라도 그를 삼켜 버릴 듯했다. 밀려오는 파도는 점점 더 높아졌다. 아직 태양이 수평선에 걸려 있지만, 돌아가는 길에는 손전등을 사용해야 할 터였다. 그러면 다른 사람들도 그의 존재를 알아차릴 수밖에 없었다. 존은 생물학자를 배신하고 그녀를 본부에 넘기기 위해 여기까지 온 것이 아니었다. 고민 끝에 존은 앞으로 전진했다. 어차피 막다른 길이었다. 폰은 물론 나이트와 비숍, 룩까지 모두 포기한 처지였다. 체스판의 적진에서는 아부엘라(할머니)와 아부엘로(할아버지)가 맹공격을 받고 있었다.

계속해서 바위를 오르며 앞으로 나아가는 힘든 여정에서 오는 엄숙한 만족감이 존에게 마지막 힘을 불어넣었다. 그는 포기하지 않고 이 길을 따라왔다. 그는 아주 멀리 떠나왔고, 그토록 많은 사람들과 실낱 같은 관계밖에 없었다는 사실이 슬프게 느껴졌다. 바위 끝에 다가갈수록 자신이 너무 많은 사람들에 대해 잘 알지 못했고 알고자 노력하지도 않았다는 생각이 들었다. 아버지에 대한 애정도 이타적인 헌신이 아니라, 자신도 누군가와 가까이 지낼 수 있다는 것을 증명하기 위한 노력이었던 것처럼 느껴졌다.

바위의 끄트머리에서 존은 끊임없이 물결이 이는 깊은 석호에 이르렀다. 석호라는 말은 너무 완곡한 표현일지도 몰랐다. 물은 바닥이 보이지 않을 정도로 깊었고, 날카롭고 불규칙한 가장자리는 위협적이었다.

석호 너머로 끝없이 펼쳐진 바다에서 밀려오는 파도가 바위에 부딪혀 부서지며, 존의 얼굴에 물방울을 튀겼다. 몸이 휘청일 정도로 세찬 바람이 불었지만 석호의 검은 수면은 물결 한 점 없이 고요했다.

 존의 왼편에 숨어 있던 생물학자가 갑자기 모습을 드러냈다. 존은 놀라서 균형을 잃고 넘어질 뻔했다가 겨우 중심을 잡고 섰다.

 생물학자는 그에게 총을 겨누고 있었다. 존의 것과 같은 글록 자동 권총이었다. 예상치 못한 일이었다. 어디에서 어떤 식으로 총을 손에 넣었을까? 생물학자는 더 말라서 광대가 이곳에 부는 바람처럼 날카로워 보였다. 두꺼운 청바지에 두껍고 헐렁한 스웨터, 갈색의 고급 등산화 차림이었다. 얼굴에는 도전적인 표정과 함께 호기심 혹은 다른 어떤 감정이 뒤섞여 드러났다. 터서 갈라진 입술이 눈에 들어왔다. 생물학자는 자기 영토에 있는 듯 당당해 보였다. 반대로 그 자신은 어색하고 볼품없는 존재처럼 느껴졌다. 이 장소에는 뭔가가 있었다. 그 뭔가가 생물학자를 예리하게 만들었다. 존은 어쩌면 그 뭔가가 기억일지도 모른다고 생각했다.

 "총을 바다에 던져요."

 존의 총집을 가리키며 생물학자가 말했다. 파도와 바람 때문에 존이 몇 걸음만 다가가면 손을 뻗어 그녀의 어깨를 건드릴 수 있을 정도로 가까운 거리인데도 소리를 질러야 했다.

 "나중에라도 이 총이 우리에게 필요할지 모릅니다."

"우리?"

"그래요. 사람들이 올 거예요. 불빛을 봤습니다."

서던 리치에 무슨 일이 있었는지 그녀에게 이야기하고 싶지 않았다. 적어도 아직은.

"총을 던져요. 내 총에 맞고 싶지 않다면."

존은 생물학자의 말을 믿었다. 그녀의 훈련 보고서를 봤기 때문이다. 생물학자 스스로는 총에 익숙하지 않다고 했지만, 과녁지가 하는 말은 달랐다.

그렇게 할배 4.9와 5.1이 그의 손을 떠났다. 존은 자신이 던진 총의 궤적을 굳이 눈으로 쫓지 않았다. 잭 할아버지가 마지막으로 뭐라고 말하기라도 하듯, 풍덩 하는 소리와 함께 총들은 바다 속으로 사라졌다.

존은 파도가 바위에 부딪히는 소리를 들으며 생물학자를 마주 봤다. 춥고 우울한 날씨에도 불구하고, 몇 분 후면 그녀의 총에 죽게 될지 모르는데도 웃음이 나오기 시작했다. 마치 자신이 아니라 다른 사람이 웃고 있는 듯한 느낌에 존 스스로도 놀랐다.

총을 쥔 생물학자의 손에 힘이 들어갔다.

"당신을 쏘겠다는 말이 우습나요?"

"그래요. 우습네요. 아주 우스워요."

그는 너무 격렬하게 웃느라 바위 위에서 넘어지지 않기 위해 무릎을 꿇어야 했다. 강렬한 환희 혹은 히스테리가 내면에서 터져 나왔다. 이런 기분을 더 자주 느끼고 싶다는 생각마저 들었다. 존은 솟구치는 파도를 등지고 서 있는 생물학자의 표정을 감당하기 힘들었다. 그리고 그럼에도 여기에 오기를 잘했다고 생각했다.

"그동안 다른 사람들에게 아주 여러 번…… 총에 맞아도 쌀 만한 짓을 아주 여러 번 저질렀죠. 그래서 우습다는 겁니다."

그건 한 가지 이유에 불과했다. 다른 이유는 X구역이 자신을 총으로 쏘려고 하는 것처럼 느껴졌기 때문이었다. 아주 오랫동안 그를 쏘려고 노력했던 것처럼.

"당신은 내 뒤를 밟았어요. 내가 원하지 않는 게 분명한데도 말이에요. 대부분의 사람들이 세상의 끄트머리라고 생각하는 곳까지 따라와서 날 궁지에 몰았죠. 아마 내게 물어보고 싶은 질문들이 남아서 그러는 모양인데, 난 더 이상 대답할 생각이 없어요. 대체 뭘 바라고 여기까지 온 거죠?"

사실은 존도 자신이 그녀에게 뭘 바라는지 알 수 없었다. 어쩌면 무의식적으로 서던 리치에서 두 사람이 쌓았던 관계에 기댔는지도 몰랐다. 하지만 그 관계를 여기서 기대할 수는 없었다. 존은 정신을 차리고, 항복의 표시로 손을 들어 올렸다.

"만약 **내가** 답을 안다고 말한다면 어쩔 겁니까?"

하지만 그가 생물학자에게 보여 줄 수 있는 구체적인 답은 휘트비의 보고서밖에 없었다.

"당신이 거짓말을 한다고 말하겠죠. 그리고 그 말이 옳을 테고요."

"당신 역시 여전히 그 답의 일부를 지니고 있다고 말한다면?"

존은 조금 전 흥분했던 만큼이나 진지하게 말했다. 생물학자에게 시선을 고정하고 싶었지만 좀처럼 그러기가 어려웠다. 맙소사, 해안가 풍경은 고통스러울 만큼 아름다웠고 전나무 숲의 짙고 울창한 녹색이 그의 머리를 뚫고 들어오는 듯했다. 하늘과 바다가 성난 듯 으르렁거렸다. 존은 생물학자가 자신을 쏘거나 아니면 자신의 말에 귀 기울여 주기를 기다렸다. 파도가 마치 그의 동맥에 빠르게 밀려드는 피처럼 바위 위를 넘실거렸다. 존은 이대로 죽어서 이 모든 것의 일부가 되어도 괜찮겠다고 충동적으로 생각했다.

"난 생물학자가 아니에요. 난 생물학자였던 과거에는 관심이 없어요, 당신이 무슨 말을 하든지 말이에요."

"압니다." 아직은 분명히 표현하기 어려웠지만, 보트 위에서 그 사실을 깨달았다. "알고 있어요. 그래도 당신은 생물학자의 일부입니다. 그녀의 기억도 어느 정도 가지고 있죠. 생물학자는 X구역의 어딘가에 아직 살아 있을지도 몰라요. 당신은 그녀의 복제품이지만, 동시에 당신 자신이기도 하죠."

그녀가 예상했던 답은 아니었다. 총구가 내려갔다. 살짝.

"내 말을 믿는군요."

"그래요."

바로 거기에 있었다. 존의 앞에, 비디오 영상 속에, 세포의 흉내 속에, 성격의 차이 속에. 다만 그녀는 그 틀을 깨부쉈다. 그녀의 탄생에는 뭔가 다른 점이 있었다.

"줄곧 이 장소를 기억해 내려고 애썼어요." 그녀가 거의 구슬픈 목소리로 말했다. "난 이곳을 사랑해요. 항상 이 장소만이 유일하게 나를 기억해 주는 느낌이었죠."

존은 자신이 이 침묵을 깨고 싶은지 확신할 수 없었고, 그래서 그저 가만히 서 있었다.

"날 다시 데려가려고 왔나요? 난 돌아가지 않아요."

"아뇨, 아닙니다." 존은 그렇게 말하고 나서, 자신이 진심이라는 사실을 깨달았다. 그런 생각이 있었을지도 모르지만 지금은 모두 사라졌다. "서던 리치는 더 이상 존재하지 않아요. 조금 더 지나면 우리가 기억하는 모든 것들이 더 이상 존재하지 않을지도 모르죠."

노을이 지는 하늘에는 새 한 마리 보이지 않았고, 연기는 어둠 속으로 사라지는 중이었다. 두 사람 주위에 움직이는 존재는 오직 거친 파도뿐이었다.

"내가 여기 있는 줄 어떻게 알았죠?" 그녀가 생각에 잠긴 채로 물었다. "꽤 조심했는데요."

"몰랐습니다. 그냥 한번 와 봤죠."

존의 얼굴에 그의 생각이 드러났는지, 생물학자는 약간 놀란 듯 발을 조금 헛디뎠다.

"날 데려갈 생각이 없다면 왜 굳이 여기까지 와 본 거죠?"

"나도 모르겠습니다."

세상을 구하기 위해? 아니면 그녀를 구하기 위해? 그 자신을 구하기 위해? 하지만 존은 알고 있었다. 그들이 취조실에 있던 때와 달라진 것은 하나도 없었다. 정말로는 그랬다.

존이 다시 올려다보자, 생물학자가 말했다.

"난 그냥 여기 머물러도 좋겠다 싶었어요. 생물학자가 이루지 못한, 망쳐 버린 삶을 대신 살면서요. 하지만 그럴 수 없어요. 분명 그럴 수 없겠죠. 내가 뭘 하든 누군가 내 뒤를 쫓을 테니까."

이제 태양이 완전히 저물었고, 아래쪽 석호의 깊은 곳으로부터 존에게 어쩐지 친숙하게 느껴지는 빛이 새어 나왔다.

"저 아래엔 뭐가 있죠?"

"아무것도."

너무 빠른 대답이었다.

"아무것도요? 거짓말을 하기엔 너무 늦었습니다. 그럴 필요도 없고요."

거짓말을 하고, 방해하고, 시간을 끌기에 너무 늦은 때란 없었다. 존은 그 점을 너무 잘 알았다.

하지만 생물학자는 아니었다. 그녀는 망설이다가 입을 열었다.

"여기 처음 도착했을 때에는 몸이 좋지 않았어요. 어느 날 밤 여기로 나왔다가 현기증이 나서 의식을 잃었죠. 밀물이 들어와서 정신을 차렸는데, 몸이 씻은 듯이 나았어요. 그 빛이 내게 뭔가를 한 거죠. 이 구멍의 바닥에 뭔가가 있어요."

"뭐가 있단 말입니까?"

존은 그렇게 물었지만 이미 알고 있었다. 깊은 물속이라 잘 보이지 않았지만, 휘몰아치는 빛의 형상이 너무나 친숙했다.

"X구역으로 통하는 길이 있어요. 내 생각이지만." 그렇게 말하는 생물학자는 겁에 질린 표정이었다. "내 생각이지만, 내가 그 길을 데리고 온 것 같아요."

존은 그녀가 그 사실을 어떻게 아는지 알 수 없었다. 하지만 그 말이 맞을 수도 있다고 생각하며, 통로를 지나는 일이 얼마나 힘들고 어려운지에 대해 체니가 했던 말을 떠올렸다. 경계에 대한 휘트비의 끔찍한 묘사도.

이제 어둠이 완연하여 생물학자는 존의 앞에 서 있는 그림자에 불과했다. 두 사람은 먼 바다에서 불빛을 목격했다. 여남은 개의 불빛들이 물 위에서 빠르게 혹은 천천히 움직이고 있었다. 그리고 발밑의 깊은 물속에서는 불가능한 빛이 번뜩이며 비쳤다.

"우리에게는 시간이 얼마 남지 않았습니다." 존이 말했다. "오늘 밤을 넘길 수 있을지 그것조차 모르겠군요. 몸을 숨길 곳을 어서 찾아야 합니다."

다른 가능성은 생각하고 싶지도 않았다. 그는 자신이 떠올린 생각의 일부라도 생물학자가 눈치채지 않기를 바랐다.

"곧 만조 때가 와요. 당신은 바위에서 내려가야 해요."

그녀는 아니란 말인가? 존은 생물학자의 얼굴을 볼 수 없었지만 그 표정을 알 것 같았다.

"우리 둘 다 바위에서 내려가야 합니다."

진심인지 스스로도 헷갈렸다. 헬리콥터와 보트 소리가 들리기 시작했다. 만약 생물학자가 미쳤다면, 거짓말을 하고 있다면, 실제로는 아무것도 모른다면…….

"난 내가 누군지 알고 싶어요. 여기서는 그럴 수가 없죠. 감옥 안에 갇힌 채로는 그럴 수가 없어요."

"난 당신이 누군지 압니다. 전부 내 머릿속에 있죠. 당신에 대한 서류가요. 내가 알려 줄 수 있습니다."

"난 돌아가지 않아요. 절대 돌아가지 않아요."

"위험합니다." 마치 상대는 그 사실을 모르는 것처럼 존이 애원했다. "아직 증명되지 않았어요. 당신이 어디로 나가게 될지 알 수 없습니다."

깊은 구멍 위의 수면이 파도로 출렁이기 시작했다. 존은 여러 차례 기적을 목격했고, 끔찍한 일들도 목격했다. 그는 이번에도 마찬가지라고, 생물학자의 말이 진실이라고 믿어야 했다.

생물학자의 시선이 존을 향했다. 할 말은 다 했다는 태도였다. 그녀는 자신의 총을 멀리 던졌다. 그리고 물속으로 뛰어들어 깊이 내려갔다.

존은 마지막으로 자신이 알던 세상을 돌아봤다. 눈에 보이는 모든 것을, 그가 기억하는 모든 것을 크게 한 차례 삼켰다.

'뛰어.'

머릿속에서 목소리가 말했다.

컨트롤은 뛰었다.

감사의 말

전문성과 열정, 유머, 그리고 무엇보다 인내를 보여 준 편집자 션 맥도널드와 FSG 출판사의 모든 분들. 포스 이스테이트, 하퍼콜린스 캐나다, 블랙스톤 오디오북스, 그리고 내 작품을 선택해 준 해외 출판사들에 근무하는 모든 분들. 작품들을 쓸 동안 심적으로 큰 도움을 준 에이전트 샐리 하딩과 내 아내 앤. 작업 공간이 되어 준 블랙 독 카페, 올 세인츠 카페, 퍼먼테이션 라운지 바, 샌 루이스 미션 공원, 셰어드 월드 창작 교실. 과학적 자문을 해 준 에릭 샬러, 제프리 A. 랜디스, 애슐리 데이비스. 끝으로 첫 독자인 브라이언 에번슨, 테사 쿰, 그레고리 보서트, 제러미 저포스, 카린 티드벡, 크레이그 L. 지트니, 베리트 엘링슨, 애덤 밀스에게 감사의 마음을 전한다.

옮긴이 | 정대단

1980년 서울에서 태어났다. 서울대학교 법학과를 졸업하고, 네오위즈 게임즈에서 리드 디자이너로 일했다. 인터넷 쇼핑몰 마고진스(magojeans.com), 창작집단 '노가리' 대표로 재직 중이며 전문 번역가로 활동하고 있다. 옮긴 책으로 메리 도리아 러셀의 『스패로』, 마커스 세이키의 『브릴리언스』가 있다.

서던 리치 시리즈 2
경계 기관

1판 1쇄 펴냄 2017년 6월 23일
1판 3쇄 펴냄 2025년 2월 13일

지은이 | 제프 밴더미어
옮긴이 | 정대단
발행인 | 박근섭
편집인 | 김준혁
책임편집 | 장은진
펴낸곳 | 황금가지

출판등록 | 2009. 10. 8 (제2009-000273호)
주소 | 06027 서울 강남구 도산대로 1길 62 강남출판문화센터 5층
전화 | 영업부 515-2000 편집부 3446-8774 팩시밀리 515-2007
홈페이지 | www.goldenbough.co.kr

도서 파본 등의 이유로 반송이 필요할 경우에는 구매처에서 교환하시고
출판사 교환이 필요할 경우에는 아래 주소로 반송 사유를 적어 도서와 함께 보내주세요.
06027 서울 강남구 도산대로 1길 62 강남출판문화센터 6층 민음인 마케팅부

한국어판 ⓒ ㈜민음인, 2017. Printed in Seoul, Korea

ISBN 979-11-5888-288-4 04840 (2권)
ISBN 979-11-5888-290-7 04840 (set)

㈜민음인은 민음사 출판 그룹의 자회사입니다.
황금가지는 ㈜민음인의 픽션 전문 출간 브랜드입니다.

종이책의 감성을 온라인으로
황금가지의
온라인 소설 플랫폼

인기 출판소설 무료 연재 중!